insel taschenbuch 5046
Camilla Trinchieri
Toskanisches Verhängnis

Nico Doyle ermittelt:
Toskanisches Vermächtnis (Band 1)
Toskanische Vergeltung (Band 2)
Toskanische Verdammnis (Band 3)

»Bei Trinchieri ist das Lösen von Verbrechen abenteuerlich, lustig und schmackhaft. Dies ist der bisher beste Band der Serie.« *Publishers Weekly*

Nico Doyle ist im malerischen Gravigna angekommen: Er hat Freundschaften geschlossen, hilft im Restaurant seiner Verwandten, experimentiert mit köstlichen Rezepten, und mit der Künstlerin Nelli scheint es ernst zu werden. An seinen früheren Job als Cop beim NYPD würde er am liebsten keinen Gedanken mehr verschwenden – doch sein guter Freund, der Maresciallo dei Carabinieri Salvatore Perillo, ist einmal mehr auf seine Hilfe angewiesen. Die wohlhabende Signora Nora, eine reiche Witwe, so berühmt wie berüchtigt, wurde tot auf ihrem Klavier aufgefunden. Die einzige Zeugin am Tatort spricht nur Englisch. Also ermitteln Nico und Perillo, um den Mord aufzuklären.
Toskanisches Verhängnis ist ein Bella-Italia-Krimi inmitten der zypressengesäumten Alleen der Toskana mit einem rätselhaften Mordfall und voller italienischer Lebensart.

Camilla Trinchieri, geboren in Prag, lebt in New York. Neben ihren Toskana-Kriminalromanen um den Polizisten Nico Doyle hat sie weitere erfolgreiche Krimis unter den Pseudonymen Trella Crespi und Camilla Crespi veröffentlicht.

Sonja Hauser ist Übersetzerin aus dem Englischen. Sie übersetzt u. a. die Werke von Lucinda Riley, Emily Hauser, Sujata Massey und E. L. James.

Camilla Trinchieri

TOSKANISCHES VERHÄNGNIS

Kriminalroman

Aus dem amerikanischen Englisch von Sonja Hauser

Insel Verlag

Die Originalausgabe erschien 2024 unter dem Titel
The Road to Murder bei Soho Press, New York.

Erste Auflage 2024
insel taschenbuch 5046
© der deutschsprachigen Ausgabe
Insel Verlag Anton Kippenberg GmbH & Co. KG, Berlin, 2024
© 2024 by Camilla Trinchieri
Umschlaggestaltung: zero-media.net, München
Umschlagabbildungen: gehring/Et/Getty Images, München;
FinePic®, München
Satz: Satz-Offizin Hümmer GmbH, Waldbüttelbrunn
Druck: CPI books GmbH, Leck
Printed in Germany
ISBN 978-3-458-68346-9

www.insel-verlag.de

Zum Andenken an Wendy Pesky,
die die Welt mit Anmut und Schönheit erfreute.

EINS

Gravigna, ein kleiner Ort in den toskanischen Chiantihügeln
Ein Montag im Mai, 5:05 Uhr

Nicos kalte Füße suchten unter der Bettdecke nach den warmen von Nelli und fanden sie. Sofort schlief er wieder ein. Im Nachbarzimmer begann ein Handy zu klingeln, was jedoch nur OneWag hörte, der zusammengerollt auf dem Sofa lag. Der Hund hob den Kopf, um den Ursprung des aufdringlichen Geräuschs auszumachen. Es kam von dem Ding auf dem Tisch. Er knurrte empört, denn gerade war er im Traum Kaninchen hinterhergejagt. Das Klingeln hörte nicht auf. OneWag sprang von der Couch, trottete zur Schlafzimmertür und stieß sie mit der Schnauze auf.

Nach einer Weile weckte der Lärm Nelli. Auf einen Ellbogen gestützt, stupste sie Nico in den Rücken. »Wach auf, dein Handy klingelt.«

Nico schlang die Arme um sein Kissen. »Nein. Ist deins.«

»Irrtum. Meins liegt hier auf dem Nachtkästchen.« Nach einem Blick auf den Radiowecker begann sie, Nico an der Schulter zu rütteln. »Steh auf, Nico. Es ist fünf Uhr morgens. Der Anruf muss wichtig sein.«

»Da erlaubt sich bestimmt bloß jemand einen Scherz«, murmelte Nico.

»Du bist unmöglich.« Nelli wollte über ihn klettern, um an das Handy zu gelangen.

Nico schob sie zurück. »Ich geh ja schon.« Er drückte ihr einen Kuss auf die Nase und schälte sich brummend aus dem Bett. Das üppige Essen vom Vortag lag ihm noch schwer im Magen, und so dauerte es eine ganze Weile, bis er das Telefon erreichte.

Als OneWag Nico sah, wedelte er zur Begrüßung mit dem

Schwanz, wurde jedoch nicht beachtet. Verstimmt sprang er aufs Sofa zurück und drehte Nico den Rücken zu. Das Klingeln hörte in dem Moment auf, in dem Nico das Handy vom Tisch nahm. Er rieb sich die Augen und las auf dem Display: *Verpasster Anruf.* Super. Also zurück ins Bett. Da fing das Klingeln wieder an. Als Nico Perillos Namen sah, bekam er einen Schreck. Er ging ran. »Was ist passiert?«

»Ich brauche Ihre Hilfe.«

»Alles in Ordnung?«

»Danke der Nachfrage. Seit zwanzig Minuten stehe ich neben einer Toten, die auf dem Boden liegt, und einer quicklebendigen Engländerin, die kein Italienisch kann.«

»Soll ich mit ihr reden?«

»Ja bitte.«

Perillo teilte der Dame in fehlerhaftem und stark akzentbehaftetem Englisch mit: »Signora Barron, mein Freund sprechen Englisch.« Nico hörte, wie eine kräftige Frauenstimme erklärte: »Dem Herrn sei Dank für kleine Gaben.« Dann das Geräusch leiser Schritte und wie Perillo ihr sein Handy gab.

»Sir, was man meiner Freundin angetan hat, ist abscheulich. Weiter äußere ich mich dazu erst, wenn Sie hier sind.«

Nachdem sie Perillo das Telefon zurückgegeben hatte, erkundigte sich dieser: »Was hat sie gesagt?«

»Sie will, dass ich komme. Wo sind Sie?«

»Ein paar Kilometer südlich von Vignamaggio in der Villa Salviati. Gleich hinter einer ziemlich scharfen Kurve führt eine von Zypressen flankierte Straße den Hügel hinauf zu der Villa.«

»Geben Sie mir kurz Zeit zum Anziehen, dann mache ich mich auf den Weg.« Nico beendete das Gespräch.

»Wer war das?«, rief Nelli, die mittlerweile aufgestanden war und den Gürtel ihres Bademantels um die Taille schlang, vom Schlafzimmer aus.

»Perillo.« Nico ging zu ihr und begann sich anzukleiden.

»Was ist los?«

Nico schilderte es ihr, während er sein kariertes Hemd zuknöpfte.

Nelli reichte ihm eine graue Cordhose. »Wer ist die Tote?«

»Das hab ich nicht gefragt.«

»Wie traurig.« Nelli runzelte die Stirn. »Herzinfarkt?«

Obwohl Nico sich nicht vorstellen konnte, dass man bei Verdacht auf Herzinfarkt die Carabinieri rufen würde, sagte er nichts. Warum Nelli beunruhigen? Er griff nach dem dunkelblauen Pullover, den sie ihm zu Weihnachten geschenkt hatte. »Keine Ahnung.«

Auf dem Weg zum Herd bekreuzigte sich Nelli. OneWag sprang vom Sofa und lief zu ihr, um sie zu begrüßen. Sie nahm den Hund hoch und küsste ihn auf den Kopf. »Ich setz schon mal den Kaffee auf.«

Nico ließ den elektrischen Rasierapparat über Wangen und Kinn gleiten. Unerfindlicherweise hatte er das Gefühl, einen guten Eindruck machen zu müssen. Die englische Dame hatte ziemlich kultiviert geklungen. Er kämmte seine nach wie vor dichten, allmählich ergrauenden Haare und putzte sich die Zähne.

Der Espresso blubberte vor sich hin, als Nico die Wohnzimmer-Küchenkombination betrat. »Dafür habe ich keine Zeit.«

»Dauert nur zwei Minuten«, erwiderte Nelli, die ihn ungern ziehen ließ.

»Nelli, ich kann nicht. Perillo braucht Hilfe. Trink einen für mich mit. Ciao, bella.« Er wollte sie auf die Lippen küssen, aber da sie den Kopf wegdrehte, erwischte er OneWag. Nico betrachtete Nellis Gesicht. Es wirkte sanft, noch ein wenig verschlafen. »Machst du dir Sorgen, weil ich gehe?«

Nelli lächelte. »Der Grund bereitet mir Kopfzerbrechen. Aber mach dir keine Gedanken. Rocco leistet mir Gesellschaft.«

Nun gelang es Nico, sie leicht auf die Lippen zu küssen. Nelli erwiderte den Kuss. »Halt mich auf dem Laufenden.«

»Klar.«

Als Nico weg war, goss Nelli sich einen doppelten Espresso ein, gab etwas Milch dazu und kehrte mit der Tasse ins Bett zurück. OneWag streckte sich auf Höhe ihres Beins neben ihr aus, während sie ein kurzes Gebet gen Himmel schickte. *Bitte lass es nichts Schlimmeres sein als einen Herzinfarkt.* Die vergangenen fünf Monate, in denen Nico nicht für Perillo in Mordfällen ermittelt hatte, waren herrlich gewesen. Er war gut gelaunt und liebevoll, und die Traurigkeit, die ihn immer irgendwie begleitete, schien fast verschwunden.

Nelli lehnte sich ins Kissen zurück. Trotzdem bemerkte sie seine Rastlosigkeit. Er habe keine Freude an der Polizeiarbeit in New York gehabt, so seine Worte, doch dass ihm Teamwork mit Perillo und Daniele Spaß machte, war nicht zu übersehen. Hier wurde er auf eine Art und Weise gebraucht wie in New York höchstwahrscheinlich nicht. Er hatte mehr Erfahrung in Sachen Mordermittlungen als Perillo und stand ihm gern bei. So hatte er in Italien Wurzeln schlagen können. Nico half im Sotto Il Fico aus und ersann neue Rezepte für Tilde, auch wenn das Lokal während der Wintermonate, in denen keine Touristen nach Gravigna kamen, lediglich an den Wochenendabenden geöffnet hatte. Weswegen Nelli seine Gesellschaft, Liebe und Aufmerksamkeit in den letzten Monaten häufiger hatte genießen können.

Nelli leerte achselzuckend die Espressotasse. Wenn es sich tatsächlich um Mord handelte, würde er weniger Zeit für sie haben. Vielleicht wäre das gut für sie beide. Schließlich hatte sie einen Job im Weingut Querciabella, den sie liebte, und außerdem bliebe ihr mehr Zeit fürs Malen.

Im heller werdenden Licht des Morgens fand Nico problemlos die lange, ansteigende Reihe der Zypressen. Ganz oben auf dem Hügel stand ein großes zweigeschossiges hellgelbes Steingebäude, von dem aus sich ein Blick auf weit auseinanderstehende Bäume bot. *Mondänes Haus*, dachte Nico, als er von der gepflasterten Straße herunterfuhr und das Bronzeschild mit den Namen SALVIATI-LAMBERTI auf der einen Seite des hohen gusseisernen Tors bemerkte. Vermutlich in der Renaissance erbaut. Ein geschichtsträchtiger Ort. An dem es nach Geld roch. Nico schaltete und betete insgeheim, dass sein alter Fiat 500 den steilen Anstieg schaffen würde.

Perillos rechte Hand Daniele Donato begrüßte Nico an der Doppeltür. »Buongiorno, Nico.«

»Ciao, Daniele. Sind Vince und Dino auch da?«

»Ja, sie sehen sich in sämtlichen Räumen um. Ich zeige Ihnen den Weg. Ist ein ziemlich großes Haus.« Daniele reichte ihm Plastiküberzüge für die Schuhe und Latexhandschuhe.

Nico bedankte sich und schlüpfte hinein.

»Tut mir leid, dass der Maresciallo Sie wecken musste«, sagte Daniele.

»Den Schlaf können wir alle heute Nacht nachholen.«

Sie durchquerten einen prächtigen Raum nach dem anderen, vorbei an hohen Fenstern mit Brokatvorhängen und Wänden mit Gemälden und Zeichnungen in Goldrahmen. Danieles Stiefel und Nicos Turnschuhe, beide plastikverhüllt, verursachten unterschiedliche Geräusche auf glänzendem Marmor und weichen Teppichen.

Gerade als Nico und Daniele ein Zimmer mit Bücherregalen vom Boden bis zur Decke betraten, tauchte Perillo aus einer Seitentür auf. »Da seid ihr ja.« Er schritt über den großen Perserteppich auf sie zu und schüttelte Nico die Hand. »Danke, dass Sie gekommen sind.« Perillo schaute Daniele an. »Was sagt die Spurensicherung?«

»Da geht niemand ran. Ich habe eine Nachricht auf die Mailbox gesprochen.«

Perillo breitete seufzend die Arme aus.

»Dann ist es also Mord?«, erkundigte sich Nico.

»Ja. Die Frau wurde mit einem Stück Vorhangschnur erdrosselt.«

»Wer ist sie?«

»Die Eigentümerin dieses Hauses, vermute ich, aber die Engländerin wollte mir nicht mal ihren Namen verraten.«

»Ist wahrscheinlich zu durcheinander. Sonst noch jemand da?«

Perillo schüttelte den Kopf. »Wir haben den Anruf um vier Uhr fünfzehn erhalten. Die Frau hat lediglich gesagt: ›Villa Salviati, *morto, morto.*‹ Und aufgelegt, bevor Dino sie irgendetwas fragen konnte.«

»Wissen wir, wem die Villa gehört?«, erkundigte sich Nico.

»Das habe ich auf dem Weg hierher recherchiert«, antwortete Daniele, Perillos Mann für Computerfragen. Im Netz zu surfen war seine Lieblingsbeschäftigung. »Im Grundbuch ist Eleonora Salviati-Lamberti eingetragen, eine Witwe. Das Haus scheint nicht durchwühlt worden zu sein, aber wir müssen erst noch feststellen, ob etwas gestohlen wurde.«

»Allmählich tun mir die Knie weh«, bemerkte Perillo. »Dani, bitte spür mal die Küche in diesem Mausoleum auf und versuch, uns einen Kaffee zu organisieren.«

Daniele wandte sich zackig ab und eilte den Weg zurück, den er gekommen war.

»Endlich hat die Frau sich ein Glas Brandy geben lassen«, erklärte Perillo. »Nur so konnte ich sie überreden, sich von der Toten zu entfernen und in einem anderen Raum zu warten.«

»Lassen Sie mich einen Blick auf die Leiche werfen, bevor ich mit ihr rede.«

»Hier lang.«

Nico folgte Perillo durch eine Doppeltür am anderen Ende der Bibliothek.

Der Nachbarraum war kalt und lag im Halbdunkel. Das frühmorgendliche Licht, das durch zwei Fenster auf der einen Seite fiel, besaß kaum genug Kraft, weiter als bis zu den Vorhängen zu dringen.

»Sie hat die Lampe ausgeschaltet, als wir rausgegangen sind«, teilte Perillo Nico mit.

Als Nico den Lichtschalter mit seinem Taschentuch betätigte, erwachte ein Kronleuchter funkelnd zum Leben. In der Mitte der Wand am anderen Ende befand sich ein reichverzierter Marmorkamin mit gestapelten Holzscheiten. Von dort aus wanderte Nicos Blick über zwei verschlissene Samtsofas und einige Sessel zu dem Flügel daneben. Etwas Dunkles bedeckte einen Teil der Tasten. Nico ging näher heran. Das Mordopfer lag zusammengesunken über dem Klavier, den Kopf auf einem Unterarm, das Gesicht der Wand zugewandt. Die Hand des anderen Arms ruhte auf den Tasten. Die Frau wirkte, als wäre sie beim Spielen eingeschlafen. Ihre Füße waren nackt; die Hausschuhe lagen hinter dem Klavierhocker.

Da entdeckte Nico die zwei abgeschnittenen Enden einer Goldkordel, die unter den dichten schwarzen Haaren der Frau hervorlugten und sich über den Rücken eines gelben Bademantels schlängelten.

»Niemand bleibt ruhig liegen, wenn er erdrosselt wird«, stellte Perillo fest. »Man hat sie so hingelegt.«

»Der Mörder wollte eine Botschaft hinterlassen.«

»Die ich nicht verstehe.«

»Wir müssen sie entschlüsseln. Vielleicht kann die Engländerin uns dabei helfen. Wo steckt sie eigentlich?«

»In einem Raum, den sie sich selbst ausgesucht hat.« Perillo kehrte in die Bibliothek zurück und öffnete eine Tür zwischen zwei Bücherstapeln. »Signora, mein amerikanischer Freund«, verkündete er und machte einen Schritt zur Seite, um Nico eintreten zu lassen.

Das einzige Licht in dem Raum stammte von einer kleinen Porzellanlampe auf einem Beistelltisch. In ihrem sanften Schein war ein hellblauer Wollschoß zu erkennen, in dem zwei schmale Hände ruhten.

»Guten Morgen«, begrüßte Nico die Frau und stellte sich vor.

»Es ist wohl kaum ein guter Morgen, Mr Doyle. Unter anderen Umständen hätte ich gesagt, ich freue mich, Sie kennenzulernen, aber heute passt das nicht. Mein Name ist Laetitia Barron.«

Nico kam näher. »Tut mir leid, Sie in einer so traurigen Situation zu belästigen, aber wir benötigen Ihre Hilfe, um zu begreifen, was hier passiert ist.«

»Was hier passiert ist, liegt auf der Hand. Gestern Abend haben Nora und ich uns kurz vor oder nach zehn Uhr eine gute Nacht gewünscht, und während ich schlief, hat jemand sie erdrosselt.«

Nico meinte, ihre Stimme vor Zorn beben zu hören. »Sie zu finden muss ein furchtbarer Schock für Sie gewesen sein, doch Maresciallo Perillo braucht dringend Ihre Unterstützung.«

»Zuallererst muss er Noras Töchter informieren, dass ihre Mutter ermordet wurde. Ich habe weder die Telefonnummer von Adriana noch die von Clara. Aber sie stehen sicher in Noras Adressbuch.«

Nico übersetzte für Perillo, der an der Tür geblieben war.

»Grazie.« Perillo entfernte sich.

»Mrs Barron, könnten Sie mir sagen ...«

»Miss Barron. Ich war nie verheiratet. Zu viele Leute bestehen darauf, mich mit ›Mrs Barron‹ anzureden, als wäre es ihnen peinlich, dass ich ledig geblieben bin. Bitte machen Sie diesen Fehler nicht. Er verärgert mich zutiefst.« Ihre Hände bewegten sich im Schein der Lampe. »Nehmen Sie doch Platz. Hinter Ihnen befindet sich eine Sitzgelegenheit.«

Nico streckte den Fuß ein wenig nach hinten aus und setzte sich, als er etwas Hartes spürte. »Ist es Ihnen recht, wenn ich eine weitere Lampe einschalte, damit wir uns besser sehen können, Miss Barron?«

»Bitte gönnen Sie mir noch ein paar Minuten in der Dunkelheit, Mr Doyle. Sie spendet mir Trost.« Sie legte die Hände zurück in den Schoß.

»Wie Sie wünschen. Was können Sie mir über Mrs Lamberti sagen?«

»Lamberti war der Name ihres Mannes. Nora hat wieder ihren Mädchennamen angenommen: Salviati. Sie war eine sehr stolze, eher unfreundliche Frau. Mir gegenüber merkwürdigerweise nicht. Ich habe sie als keine besonders enge Freundin erachtet. Sie suchte meine Nähe und behauptete, sich in meiner Gesellschaft wohlzufühlen. Wahrscheinlich hat es ihr Freude gemacht, sich mit ihrem guten Englisch brüsten zu können.«

Nico beugte sich ein wenig vor. »Sie haben die Carabinieri ger...«

Miss Barron hob die Hand, um ihn zum Verstummen zu bringen. »Ja, doch bitte unterbrechen Sie mich nicht. Geschichten müssen ihrem eigenen Rhythmus folgen, um Sinn zu ergeben.«

»Wir möchten lediglich die Wahrheit herausfinden.« Nico fragte sich, ob sie unangenehmen Fragen ausweichen oder Zeit haben wollte, sich eine Story auszudenken.

»Wir haben uns vor vier Jahren während einer Zugfahrt von Bath, wo ich lebe, nach London kennengelernt.« Sie sprach mit klarer Stimme. »Nora hat bemerkt, dass wir das gleiche Buch lasen, und angefangen, Fragen zu stellen. Sie war nach einem Monat in London nach Bath gereist, um die römischen Ruinen zu besichtigen, und danach wollte sie nach Italien zurück. Sie hat sich sehr für mich interessiert, was mich überraschte. Ich fand sie ein bisschen neugierig, aber am Ende hat sie mich überredet, diese reizende Region zu besuchen, und dafür werde ich ihr ewig dankbar sein. Seit damals verbringe ich jeden Sommer zwei Monate in einem Hotel nicht weit von hier.«

Während er ihren Ausführungen lauschte, stieg Nico der Geruch von Kaffee in die Nase. Perillo war auf Zehenspitzen zur Tür zurückgekehrt.

»Dieses Jahr«, fuhr Miss Barron fort, »hat Nora mich zu meiner Überraschung eingeladen, eine Woche bei ihr zu verbringen. Zuvor haben wir uns immer nur gesehen, wenn ich zu meinem Sommeraufenthalt herkam. Eigentlich wollte ich nach London, mir einige Theaterstücke ansehen, doch sie hat mir keine Ruhe gelassen. Nora war es gewohnt, ihren Kopf durchzusetzen, und zu Hause hatte es tagelang geregnet, also habe ich mich überreden lassen.« Miss Barron machte eine kurze Pause.

»Sie hat Klavier gespielt, als sie ermordet wurde. Beethovens *Mondscheinsonate*. Die Musik hat mich aufgeweckt. Mein Zimmer liegt genau über dem Raum.«

»Um wie viel Uhr war das?«

Miss Barron beugte sich ins Licht der Lampe vor. Ihr Gesicht war schmal und ungeschminkt, auf ihren Wangen prangten rote Flecken. Perfekt arrangierte graublonde Locken umrahmten ihren kleinen Kopf. Nico schätzte sie auf Ende fünfzig. Sie sah ihn mit ihren tiefblauen Augen an, bevor ihr Blick zu dem Schatten wanderte, den Perillos Körper auf den Boden warf.

Nun musterte Miss Barron den kleingewachsenen, stämmigen Mann an der Tür, dessen Gesicht im Dunkeln lag. Sie war erstaunt gewesen über seine ausdrucksstarken, attraktiven Züge und die auffälligen braunen Augen, die sie unter seinen dichten schwarzen Haaren hervor anblickten. Sein Aussehen hatte ihr geholfen, sich zu beruhigen. Sie hatte das Gefühl gehabt, sich in guten Händen zu befinden, bis sie merkte, dass er kein Wort von dem verstand, was sie sagte. »Warum steht der Maresciallo an der Tür?«, erkundigte sie sich. »Meiner Ansicht nach wäre es sinnvoller, wenn er nach Hinweisen suchen würde.«

Nico übersetzte für Perillo, fasste zusammen, was Miss Barron ihm bis dahin berichtet hatte, und fügte hinzu: »Ich hoffe, Sie haben Ihren Kaffee genossen.«

»Und den Ihren auch. Ihnen einen zu bringen wäre unhöflich gewesen, weil ich keinen Tee für die Dame hatte.«

»Ciao.«

»Stellen Sie ihr Fragen, Nico. Worauf warten Sie?«

»Darauf, dass Sie ihr Tee bringen.«

»Gut, aber ich verlasse mich auf Sie, Nico. Sagen Sie Bescheid, wenn Sie fertig sind.« Perillo verabschiedete sich mit einem Nicken von Miss Barron und entfernte sich.

Miss Barron wartete, bis Perillos Schritte nicht mehr zu hören waren. »Sie sprechen fließend Italienisch.«

»Ich hatte eine italienisch-amerikanische Mutter und eine italienische Frau, seit zwei Jahren lebe ich hier«, erklärte er in der Hoffnung, eine Vertrauensbasis mit ihr aufzubauen. »Leider mache ich noch immer ziemlich viele Fehler und werde meinen Akzent einfach nicht los.«

»Ich beneide Sie, Mr Doyle. Ich versuche, die schöne Sprache dieses Landes zu sprechen, doch mein fremdenfeindliches Ohr weigert sich zuzuhören und zu lernen.« Sie schaltete die Lampe neben sich aus, stand auf und trat an das Fenster mit den schweren Vorhängen. Nico staunte, wie groß sie war.

»Die Sonne wird bald aufgehen«, stellte sie fest. »Von dieser Seite des Hauses aus ist das sehr gut zu sehen.« Sie öffnete die Vorhänge, hinter denen sich eine hohe Terrassentür befand. Fahles Licht strömte in den Raum.

Nico gesellte sich zu Miss Barron und blickte mit ihr hinaus. Draußen verschmolz die dunkle, mit Wildblumen gesprenkelte abfallende Grasfläche mit dem Horizont. Mittlerweile hatte der Himmel, an dessen unterem Ende eine schmale rosafarbene Linie verlief, einen blaugrauen Ton angenommen. Die ersten Vögel stimmten bereits ihr Morgenkonzert an.

»Es muss Nora das Herz gebrochen haben, sich von diesem herrlichen Ort zu trennen«, bemerkte Miss Barron.

»Sie wollte verkaufen?«

»Ja. Das hat sie mir gestern Abend beim Essen verkündet. Die Neuigkeit hat mir die Sprache verschlagen. Schließlich befindet sich dieses Anwesen seit über einem Jahrhundert im Besitz ihrer Familie.«

»Hat sie erklärt, warum sie es verkaufen wollte?«

»Es erschien mir unpassend, sie zu fragen, da ich den Eindruck hatte, dass sie in finanziellen Schwierigkeiten steckte.« Miss Barron setzte sich wieder. »Warum sonst sollte sie es veräußern?«

Vielleicht um ein neues Leben zu beginnen, dachte Nico und nahm ebenfalls Platz. Aus diesem Grund hatte er seine bescheidene Wohnung in der Bronx verkauft. »Darf ich noch einmal auf die Musik zurückkommen, die Sie heute Nacht gehört haben? Können Sie mir sagen, wann genau sie Sie geweckt hat?«

»Ich habe ihr einige Minuten lang vom Bett aus gelauscht. Als ich dann aufgestanden bin und auf meine Uhr gesehen habe, war es achtzehn nach drei morgens. Nora hat das Klavier geliebt. In jungen Jahren hatte sie gehofft, Konzertpianistin zu werden, doch ihr Vater erklärte ihr, sie besitze zu wenig Talent, und weigerte sich, ihr weitere Unterrichtsstunden zu bezahlen. Eltern können unglaublich grausam sein. Am Abend meiner Ankunft hat sie das Adagio aus dem ersten Klavierkonzert von Brahms ganz ausgezeichnet gespielt.«

»Wann war das?«

»Am Mittwoch, vor fünf Tagen. Was hatte ich gerade gesagt?«

»Dass Sie auf die Uhr geschaut haben. Was ist danach passiert?«

»Ich habe mein Zimmer verlassen und bin zum oberen Ende der Treppe gegangen.« Sie schaute hinüber zur Tür, als Vince sich mit einem großen Tablett, darauf zwei Tassen, eine silberne Teekanne und ein Stück Kuchen auf einem Teller, seitlich hindurchwand.

»Den Pinoli-Kuchen hat meine Frau gemacht«, erklärte Vince. »Die Signora hat ihn nötiger als ich. Und der Kaffee ist für Sie. Tut mir leid, ich habe nur ein Stück.«

»Der Wille zählt fürs Werk, danke«, erwiderte Nico, dessen Verärgerung über die Störung durch den Duft des heißersehnten Kaffees gemindert wurde.

Miss Barron verschränkte die Hände, als Vince das Tablett auf einer langen Bank abstellte, die als Kaffeetischchen fungierte. »Grazie molto, Signore. Grazie.«

Vince nickte erfreut. »Danke sehr, Lady.« Während er sich rückwärts entfernte, fügte er hinzu: »Gianconi und die Spurensicherung sind am Tor.« Was bedeutete, dass sie sich die Villa in ein paar Minuten vornehmen würden.

»Sehr freundlich«, bedankte sich Miss Barron und gab zuerst Milch, dann Tee in ihre Tasse. »Wer ist Gianconi?«

»Der Rechtsmediziner.«

»Wird er Nora mitnehmen?«

»Ja, zur Obduktion in Florenz.«

»Gott hab sie selig. Ich habe mich bereits von ihr verabschiedet. Sie war eine bedauernswerte Frau, manchmal aggressiv und schwierig, jedoch auch faszinierend und immer für eine interessante Geschichte gut. Ich habe eine Schwäche für Geschichten.« Miss Barron brach ein wenig von dem Kuchen ab und aß einen Bissen. Beim Kauen schloss sie kurz die Augen. »Köstlich.« Sie streckte Nico den Teller hin.

»Für mich?«, fragte Nico.

»Ja, teilen wir ihn uns.«

Nico sah die Andeutung eines Lächelns um ihre Mundwinkel spielen, nahm ein kleines Stück und steckte es in den Mund. »Danke.« Vielleicht war er dabei, ihr Vertrauen zu gewinnen.

Miss Barron lehnte sich im Sessel zurück und trank einen großen Schluck Tee. »Was hatte ich eben erzählt?«

»Sie gingen zum oberen Ende der Treppe.«

»Als ich es erreichte, war sie gerade mit dem Adagio fertig, und ich wartete auf den nächsten Satz. Doch der kam nicht. Ich verharrte einige Minuten an Ort und Stelle und überlegte, ob ich sie stören oder mich wieder ins Bett legen sollte. Unglücklicherweise behielt die Neugierde die Oberhand.«

»Vom oberen Ende der Treppe aus konnten Sie die Tür zum Musikzimmer sehen?«

Miss Barron bedachte Nico mit einem leicht verärgerten Blick. »Offenbar meinen Sie, nicht auf Unterbrechungen verzichten zu können. Da ich dazu neige, vom Thema abzuweichen, was dem Zuhörer auf die Nerven gehen kann, sind wir wohl quitt. Um Ihre Frage zu beantworten: Von der Stelle aus, wo ich stand, konnte ich lediglich die beiden unteren Hälften der Tür erkennen. Sie waren verschlossen. Nora kam weder heraus, noch spielte sie weiter, und so überlegte ich, ob sie sich über Gesellschaft oder eine Tasse Tee freuen würde. Bestimmt werden Sie sich nun gleich erkundigen, wie lange ich wartete, bis ich hinunterging. Vielleicht drei oder vier Minuten. Möglicherweise länger. Sobald ich die geschlossene Tür erreichte, rief ich: ›Das war wunderschön, Nora.‹ Natürlich antwortete sie nicht. Als ich eintrat, war es dunkel in dem Raum, und als ich das Licht anmachte, fand ich sie über dem Klavier zusammengesunken vor. Ich eilte zu ihr und entdeckte die Kordel an ihrem Hals.« Miss Barron schwieg kurz, bevor sie hinzufügte: »Ich wollte ihren Puls fühlen, doch sie hatte unsere Welt schon verlassen.«

»Haben Sie irgendetwas angefasst?«

»Möglicherweise ihre Hand auf den Tasten, als ich nach ihrem Puls suchte. Dabei ist mir aufgefallen, dass der Opalring, den sie sonst am kleinen Finger trug, fehlte. Den hatte sie von ihrer Bridgefreundin bei einer Wette gewonnen. Meinen Sie, der Mörder hat ihn genommen? Opale können sehr wertvoll sein. Auch wenn der fragliche eher klein war.«

»Möglich. Haben Sie sonst noch etwas berührt?«

»Den Lichtschalter, bevor ich mich im Dunkeln aufs Sofa setzte und für Nora betete.«

»Sie hatten keine Angst?«

»Ich glaube, ich war zu bestürzt, um Angst zu haben. Und ich weiß nicht, wie lange es dauerte, bis ich nach oben ging, um mich mit der nächstgelegenen Carabinieristation in Verbindung zu setzen. Egal, wohin ich reise: Ich notiere mir immer die Telefonnummer der örtlichen Polizei, hier in der Chiantiregion also die der Carabinieri. Vorsicht ist besser als Nachsicht.«

Nico hörte, wie sich schwere Schritte näherten.

Miss Barron erhob sich aus dem Sessel. »Bitte keine Fragen mehr. Ich muss jetzt nach oben, packen.«

»Der Maresciallo braucht noch Ihre Fingerabdrücke sowie eine Speichelprobe zum Abgleich.«

»Ich weiß. Nora und ich, wir mochten Krimis. Agatha Christies *Mord im Spiegel* hat uns damals im Zug zusammengeführt. Sagen Sie ihm, ich komme morgen früh in die Carabinieristation.«

»Sie werden außerdem einige Tage lang in der Gegend bleiben müssen.«

»Damit Sie mir weitere Fragen stellen können, nehme ich an. Bestimmt ist Ihnen das lästig.«

»Das bin ich gewohnt. Ich war in New York bei der Mordkommission.«

Miss Barron musterte ihn einige Sekunden lang. »Dann habe ich Sie falsch eingeschätzt. Oft täusche ich mich nicht. Ich dachte, Sie seien Lehrer.«

»Ich fasse das mal als Kompliment auf.«

»Gut.« Sie verließ den Raum, Nico im Schlepptau. »Ich habe bereits ein Zimmer im Hotel Bella Vista gebucht, wo ich sonst immer im Sommer unterkomme.«

Nico entschlüpfte ein überraschtes »Oh«.

Miss Barron drehte sich zu ihm um. »Sie kennen das Hotel?«

»Ja.« Im vergangenen Jahr hatte es eine wesentliche Rolle bei Ermittlungen in einem Mordfall gespielt.

»Dann wissen Sie, wo Sie mich finden können.« An der Treppe streckte sie ihm die Hand hin. »Auf Wiedersehen, Mr Doyle. Sagen Sie dem Maresciallo, er soll sich nach Noras Ring umsehen. Falls er ihn nicht findet, ist klar, dass der Mörder ihn gestohlen hat. Das könnte hilfreich sein.«

Im Nebenzimmer hörten sie einen Mann fluchen, und andere Stimmen unterhielten sich gedämpft. Offenbar waren die Leute von der Spurensicherung eingetroffen. Was bedeutete, dass Perillo nun beschäftigt war.

Nico schüttelte Miss Barrons Hand. »Soll ich Sie ins Hotel bringen, Miss Barron?«

»Das wäre sehr nett. In Italien fahre ich nicht Auto. Die Straßen im Chianti sind abenteuerlich. Ich brauche nicht lange.«

Nico folgte Miss Barron die Treppe hinauf, um die Sicht vom Treppenabsatz im ersten Stock zu überprüfen. Die Türen zum Musikzimmer standen jetzt offen, aber wie Miss Barron gesagt hatte, war von oben nur die untere Hälfte zu erkennen. Der Mörder musste durch eines der beiden Fenster geflohen sein.

Nico eilte nach unten und streckte den Kopf ins Musikzimmer. Dort begutachteten vier Leute in weißen Schutzanzügen Bücher, Musiknoten und Kunstgegenstände, und ein Fotograf dokumentierte alles mit der Kamera. Ein kleingewachsener korpulenter Mann, der neben dem Flügel stand, tippte ungeduldig mit dem Fuß auf den Boden. Gianconi, vermutete Nico. Von Perillo keine Spur.

Nico wandte sich, plötzlich sehr müde, ab und ging den Weg zurück, den er gekommen war. Im Wohnzimmer ließ ein riesiges Gemälde einer atemberaubend schönen, mit Schmuck behängten Dame im Abendkleid ihn innehalten. Auf dem Sims unter dem Bild befand sich ein ca. 20×30 Zentimeter großes Foto im Silberrahmen von einer jungen Frau im Hochzeitskleid. Die gelbliche Patina verriet Nico, dass es sich um eine alte Aufnahme handelte. Vermutlich war die Braut Nora. Sie sah genauso schön aus wie die Dame auf dem Porträt, hatte die gleichen dunklen Haare und Augen und das gleiche blasse, ovale Gesicht. Besonders fiel Nico ihre Miene auf. Sie blickte trotzig in die Kamera, mit zusammengepressten Lippen und vorgerecktem Kinn. *Eine wütende Braut*, konstatierte Nico beim Weitergehen.

An der Haustür trat er einen Schritt beiseite, um zwei Männer mit einer Tragbahre vorbeizulassen. In der Auffahrt stand ein Krankenwagen vor mehreren Autos. Nico verließ die Villa und überquerte die Auffahrt zu der großen, kreisförmigen, von blühenden Rhododendronbüschen umgebenen Rasenfläche. Dort sog er die laue, von Gras- und Blumenduft schwere Luft ein. *Wie traurig, die Woche so zu beginnen*, dachte er. Plötzlich wurde der süßliche Duft von einem anderen Geruch überlagert.

Perillo lehnte mit einer Zigarette im Mund am Alfa der Carabinieri.

Nico schüttelte den Kopf.

Perillo hob abwehrend die Hand. »Ich habe aufgehört, Nico, das wissen Sie, aber Herrgott noch mal, ein Mord erlaubt schon die eine oder andere Ausnahme.«

»Wie viele bis jetzt?«

»Bloß drei. Das ist die letzte.«

Nico war überrascht gewesen, wie leicht Perillo seine Gewohnheit, zwei Päckchen Zigaretten pro Tag zu rauchen, aufgegeben hatte. Stattdessen aß er nun Schokolade, was sich allmählich an seinem Körperumfang bemerkbar machte. »Ich hatte Sie mit Dottore Gianconi und den Leuten von der Spurensicherung im Musikzimmer vermutet.«

»Sie verstehen ihr Handwerk und brauchen mich nicht. Ich wäre bloß im Weg.« Perillo schnippte den Zigarettenstummel neben die beiden anderen auf den weißen Kies und trat ihn aus.

»Wie ist der Mörder ins Haus gekommen?«, fragte Nico. »In einer solchen Villa gibt es bestimmt eine gute Alarmanlage.«

»Ja, aber die war außer Betrieb.«

»Sie hat ihn also hereingelassen?«

»Oder jemand hat die Anlage von innen ausgeschaltet.«

»Sie meinen, die Engländerin.«

»Wer sonst?«

»Wer einen Schlüssel hatte, muss gewusst haben, wie man das macht«, stellte Nico fest. »Signorina Barron geht jetzt. Ich bringe sie zum Hotel Bella Vista und morgen früh zum Polizeirevier. Sie sagt, Sie sollen nach einem Opalring Ausschau halten, den die Tote am kleinen Finger trug. Er ist verschwunden, und Signorina Barron glaubt, dass der Mörder ihn an sich genommen hat.«

»Gut, wir suchen danach. Jeder Hinweis hilft, auch wenn der Ring wahrscheinlich auf Noras Nachtkästchen oder im Bad liegt.«

»Haben Sie die Töchter schon erreicht?«

»Sie sind nicht ans Telefon gegangen.«

»Wo wohnen sie?«

»Die eine in Lucca, die andere in Florenz. Ich brauche Verstärkung, bevor ich sie wieder zu erreichen versuche.«

Als Daniele sich ihnen näherte, fiel sein Blick auf die drei ausgetretenen Zigarettenstummel auf dem weißen Kies.

Perillo merkte, wie er die Stirn runzelte. »Keine Sorge, Dani. Ich hebe sie gleich auf. Gibt's irgendwelche Neuigkeiten aus dem Musikzimmer?«

Daniele wurde rot. Dabei handelte es sich um einen peinlichen Makel, den er in den Griff zu bekommen versuchte. Die Stummel hatte er gesehen, war jedoch mit den Gedanken anderswo gewesen. »Gianconi hat keine neuen Erkenntnisse. Die arme Frau wurde erdrosselt. Falls die Obduktion irgendetwas Interessantes ergeben sollte, lässt er es Sie wissen. Seiner Ansicht nach ist der Tod zwischen elf Uhr abends und vier Uhr morgens eingetreten.«

»Wir können den Zeitraum einengen«, meldete sich Nico zu Wort. »Nora Salviati hat um drei Uhr achtzehn Klavier gespielt und ein paar Minuten später damit aufgehört.« Dann erwähnte er die Sicht auf die Tür des Musikzimmers von der Treppe aus. »Der Mörder muss durch ein Fenster geflohen sein.«

»Aber die beiden Fenster in dem Raum waren von innen verschlossen.« Perillo seufzte und blickte an Nico und Daniele vorbei zum Eingang der Villa. »Signora Barron scheint abfahrtbereit zu sein, Nico.«

»Sie möchte lieber mit ›Signorina Barron‹ angesprochen werden. Miss Barron ist nicht verheiratet.« Nico ging mit Perillo die Auffahrt entlang. Daniele blieb beim Alfa.

»Interessant, wie ruhig sie bei unserer Ankunft war«, bemerkte Perillo. »Völlig gefasst und keine Tränen. Wahrscheinlich ist das bei den Engländern so.«

»Darüber waren Sie bestimmt froh«, meinte Nico. In seinem alten Job in New York hatte er die unterschiedlichsten Reaktionen auf den gewaltsamen Tod eines geliebten Menschen erlebt. Man hatte ihm eine Ohrfeige gegeben, ihn sogar angespuckt. Am schwierigsten gestaltete sich ausgedehntes Schweigen, während die Erkenntnis, was passiert ist, allmählich ins Gehirn sickert wie ein langsam wirkendes tödliches Gift.

»Ja, doch dadurch hat sich die eine oder andere Frage ergeben.«

»Da sind Sie ja, Mr Doyle.« Miss Barron wirkte sehr elegant in ihrem burgunderroten, an der Taille mit einem Gürtel versehenen Mantel und dem einen Ton helleren Glockenhut im

Stil der Zwanzigerjahre. »Haben Sie gesehen?« Nico folgte ihrem Blick. Der rosafarbene Lichtstreifen, den sie von dem hinteren Teil der Villa aus betrachtet hatten, war in Richtung Westen breiter geworden, und in den Bäumen schmetterten die Vögel ihre morgendlichen Lieder.

Miss Barron schüttelte den Kopf. »Der Natur ist es völlig einerlei, ob ein Mensch stirbt. Natürlich hat das seine Ordnung, aber ich finde es trotzdem verstörend.«

»Ja, das stimmt«, pflichtete Nico ihr bei. Nach Ritas Tod waren ihre geliebten Pflanzen, die sie auf den Fensterbrettern gehegt und gepflegt hatte, einfach weitergewachsen. Am Ende hatte er sie alle entsorgt. Und es hinterher sofort bereut. Nico nahm Miss Barrons kleinen Lederkoffer in die Hand. »Mein Wagen steht da drüben.«

»Arrivederci, Signorina Barron.« Perillo verabschiedete sich mit einer kurzen Verbeugung.

»Ja, wir müssen uns wiedersehen«, erwiderte Miss Barron kopfnickend. »Das hat Mr Doyle mir schon gesagt. Morgen um halb elf. Normalerweise bin ich pünktlich. Es sei denn, ich vergesse die Zeit über einer guten Geschichte. Geschichten sind mir die liebste Gesellschaft.«

Nico übersetzte lediglich die Uhrzeit. Perillo antwortete mit einem Lächeln und fragte Nico: »Könnten Sie, nachdem Sie sie zum Hotel gefahren haben, ins Revier kommen? Ich möchte wissen, was sie Ihnen gesagt hat, und unser weiteres Vorgehen besprechen.«

»Gut, aber nicht lange. Ich muss heute arbeiten.«

»Ach, ich wusste gar nicht, dass das Sotto Il Fico wieder jeden Tag geöffnet hat.«

»Allmählich trudeln die Touristen ein.« Tilde hatte ihn zum Souschef befördert und darauf bestanden, ihm ein Gehalt zu zahlen. Das freute ihn, war ihm jedoch nicht wichtig. Er half seiner Adoptivfamilie gern. Ritas Cousine Tilde und ihr Mann Enzo hatten ihn mit offenen Armen empfangen, als er seine Frau herbrachte, damit sie in ihrem Heimatort begraben werden konnte. Und ihre Freundschaft hatte den Entschluss in ihm reifen lassen, New York zu verlassen und in Gravigna einen Neuanfang zu wagen. Sogar Elvira, die chronisch schlecht gelaunte Inhaberin des Sotto Il Fico und Enzos Mutter, hatte ihn schließlich in die Familie aufgenommen.

»Es wird nicht lange dauern«, sagte Perillo. »Ich gehe jetzt rein, Dani. Leg dich irgendwo ins Gras und ruh dich ein bisschen aus. Dein Gesicht hat die Farbe von meiner Zigarettenasche.«

Daniele wartete einige Minuten für den Fall, dass der Maresciallo zurückkehrte. Er musste sich nicht ausruhen. Nein, er schämte sich. Als er die über dem Flügel zusammengesunkene Tote gesehen hatte, war zuerst Wut in ihm aufgestiegen, dann Scham. Keinerlei Mitleid mit der Frau, kein Entsetzen über die Grässlichkeit des Mordes. Er war egoistisch geworden.

Daniele lehnte sich gegen die Mauer, schloss die Augen und sprach ein Gebet für Nora Salviati.

Handyklingeln riss ihn aus seinen Gedanken.

»Ciao, Dani.« Stella klang verschlafen. »Ich weiß, es ist früh am Tag, aber ich wollte deine Stimme hören.«

Daniele spürte, wie sich sein Magen verkrampfte. »Alles in Ordnung?«

»Ja«, antwortete sie lachend. »Es ist einfach nur schön, den Tag mit dir zu beginnen. Ich hab dich doch nicht geweckt, oder?«

Er entspannte sich. »Nein, nein. Ich bin schon seit halb fünf auf den Beinen. Wieder ein Mord.«

»Oh, mein Gott. Wer?«

»Eine Frau, Nora Salviati. Sie wurde erdrosselt.«

»Ach, die Frau, der die schöne Villa gehört.«

»Du kennst sie?«

»Nicht persönlich. Wie schrecklich. Bist du okay?«

»Ich bin nicht sonderlich stolz auf mich. Als ich es hörte, war mein erster Gedanke, dass ich dich dieses Wochenende nicht sehen würde.« Endlich hatte er den Mut besessen, Stella seine Gefühle zu gestehen. Bereits während der Weihnachtsfeiertage hatten sie herrlichen Sex miteinander gehabt, ohne über ihre Emotionen zu sprechen. Er fragte sie nicht danach. Es konnte gut sein, dass sie in Florenz mit jemand anders zusammen war. Doch nun musste er wissen, wie sie die Sache sah. Eine rein sexuelle Beziehung genügte ihm nicht mehr.

»Dani, tut mir leid«, sagte Stella. »Ich komme am Wochenende zu dir und muntere dich auf.«

»Wie soll das gehen? Das Museum hat geöffnet.«

»Ich finde schon eine Möglichkeit«, erwiderte Stella. »Außerdem muss ich mit Mamma reden.«

Oh, dachte Daniele.

»Ich lasse dich wissen, welchen Bus ich nehme. Umarme Zio Nico für mich und grüß Salvatore. Ihr drei werdet den Mörder aufspüren, das weiß ich. Ciao, amore.«

Meinte sie echte Liebe, nach der er sich sehnte, oder war das nur eine nette Abschiedsfloskel am Telefon? Daniele hoffte, dass das bevorstehende Wochenende ihm diese Frage beantworten würde.

ZWEI

Nachdem Nico Miss Barron wohlbehalten ins Hotel Bella Vista gebracht hatte, ging er zum Parkplatz zurück, stieg in den Wagen und holte sein Handy hervor. Es dauerte ziemlich lange, bis Nelli sich meldete. »Sorry, ich konnte das Telefon nicht finden. Alles in Ordnung bei dir? Fast hätte ich mir schon Sorgen gemacht.«

»Ich fürchte, es ist ein Mord passiert.«

»Wer ist das Opfer?«

»Nora Salviati.«

»Oh, das tut mir leid. Wie ist sie gestorben?«

»Sie wurde erdrosselt. Kanntest du sie?«

»Ja, von früher. Sie hat mich beauftragt, ihre Töchter zu malen, als die noch jung waren. Adriana dürfte damals dreizehn gewesen sein und Clara elf. Die beiden waren richtige Nervensägen. Wahrscheinlich sind sie völlig durch den Wind.«

»Sie sind nicht ans Telefon gegangen.«

»Lass mich es ihnen sagen. Mich kennen sie. Sie kaufen ihren Wein im Querciabella von mir, und vergangenen Sommer habe ich ein Porträt von Adrianas Sohn Luca gemalt. Bestimmt ist die Nachricht leichter zu verdauen, wenn ein vertrauter Mensch sie überbringt.«

»Nein, Nelli, bitte nicht. Es reicht, dass ich in dem Fall ermittle. Perillo muss ihnen die schlimme Botschaft verkünden. Das ist sein Job.«

»Wie traurig. Meinst du, es ging um einen Diebstahl? Die Bilder in der Villa sind der Traum eines jeden Kunsthändlers.«

»Laut Aussage von Perillos Leuten war nichts angetastet. Er wird mehr wissen, wenn die Töchter sich ein Bild über den Zustand der Villa verschafft haben.«

»Bestimmt war es ein Einbrecher«, meinte Nelli. »Warum sollte jemand anders sie umbringen wollen?«

»Genau das müssen wir herausfinden. Ich fahre jetzt nach Greve und treffe mich mit Perillo. Wird nicht lange dauern.«

»Und ich muss in die Arbeit.«

»Bitte erwähn nichts von der Angelegenheit.«

»Natürlich nicht. OneWag kann ich leider nicht mitnehmen.«

»Ich schaue kurz vorbei und hole ihn ab.« OneWag drückte seinen Unmut darüber, allein zu Hause gelassen zu werden, gern aus, indem er an den Möbeln herumnagte. »Warte, bis ich da bin.«

»Das geht nicht. Ich muss die Weinhandlung aufmachen. Wenn du mich brauchst, findest du mich am Nachmittag im Atelier.«

»Ich brauche dich immer.«

»Gott sei Dank tust du das nicht. Sag Perillo, dass er mir eine ungestörte Nacht schuldig ist. Ciao.« Nelli beendete das Gespräch.

Nico betrachtete sein Handy. *Nelli kennt das Mordopfer, die Familie der Frau. Vielleicht hat sie nützliche Informationen.* Nico hätte sich gewünscht, dass Nelli den Lambertis, Salviatis oder wie sie auch immer heißen mochten, nie begegnet wäre. *Das sage ich Perillo noch nicht gleich. Ich will nicht, dass Nelli in den Mordfall hineingezogen wird.*

Als Nico, um OneWag zu holen, zu dem kleinen Steinhaus fuhr, das nun sein Heim war, fiel ihm ein, dass Gogol zu ihrem allwöchentlichen Frühstückstreffen auf ihn warten würde. Ein Ritual, das er nicht einmal jetzt, da Nelli die meisten Nächte bei ihm verbrachte, aufgegeben hatte. Er rief Sandro in der Bar All'Angolo an. »Ciao, ich bin's, Nico. Bitte sag Gogol, wenn er kommt, dass ich es heute nicht schaffe. Ich treffe mich morgen mit ihm.«

»Wird gemacht. Ich gebe ihm sein Frühstück.«

»Danke.«

»Alles okay?«

»Fürs Erste ja. Ciao.«

»Nico!«, brüllte Perillo, als Nico die Carabinieristation in Greve betreten wollte. »Hier rüber.«

Nico und OneWag schauten zu der kleinen Grünfläche auf der anderen Seite der Straße hinüber. Perillo und Daniele saßen auf einer sonnigen Bank zwischen zwei mächtigen Eichen; sie trugen Zivilkleidung. Zwischen ihnen entdeckte Nico etwas sehr Erfreuliches: eine große Thermoskanne und drei Becher.

Perillo winkte. »Kommen Sie, wir haben reichlich.«

Nico folgte OneWag. »Danke. Ich kann gut was von dem schwarzen Gift gebrauchen. Mir fallen fast die Augen zu.« OneWag steuerte geradewegs auf den Korb auf Perillos Schoß zu.

»Ehi, Rocco, Vorsicht!« Perillo hob den Korb hoch. »Nico, für Sie. Mein Dankeschön dafür, dass Sie mir bei Signorina Barron geholfen haben. Hier ist es schöner als im Revier. Es scheint ein warmer Tag zu werden. Perfekt für ein Frühstück im Freien.«

Nico warf einen Blick in den Korb. »Ein Cornetto. Sehr großzügig, danke.«

»Leider gibt es in meiner Bar keine Vollkornhörnchen.«

»Ich hätte durchaus zwei genommen.«

»Ivana hat mich auf Diät gesetzt.«

»Verstehe. Dann hätten Sie am Ende auch noch meins gegessen.«

»Das Risiko bestand durchaus, ja«, gab Perillo zu.

Nico füllte den ziemlich kleinen Becher mit pechschwarzem Espresso aus der Thermoskanne, nahm das Cornetto und setzte sich auf die gegenüberliegende Bank. »Komm her, Kumpel. Immerhin haben wir eins. Das teilen wir uns.«

OneWag legte sich, den Kopf hoch erhoben, mit ein wenig Abstand vor Nico auf den Boden. Nico riss das Hörnchen in zwei Hälften und warf die eine dem Hund hin. OneWag beobachtete, wie sie vor ihm im Gras landete, wartete kurz und streckte dann den Hals, um vorsichtig daran zu schnuppern. Als er merkte, dass alle drei Männer ihn beobachteten, legte er den Kopf auf eine Pfote.

Perillo wandte schmunzelnd den Blick ab. *Stolzer Hund.*

»Nico, berichten Sie mir ausführlich, was Signorina Barron Ihnen gesagt hat.«

»Ich hab's alles auf Englisch und in meinem Italienisch aufgeschrieben. Daniele, ich hoffe, Sie korrigieren es für mich.«

»Das wird bestimmt nicht nötig sein«, meinte Daniele.

»Seien Sie sich da mal nicht so sicher.« Nico aß den letzten Bissen von dem Cornetto, trank seinen Espresso und wiederholte, was er gehört hatte. Während Nico redete, verspeiste OneWag seelenruhig seinen Teil des Frühstücks.

»Angenommen, Signorina Barron hat Ihnen die Wahrheit gesagt ...«

»Wenn nicht, hat sie ziemlich gut gelogen.«

»Nico, Sie vergessen, dass die Briten die besten Schauspieler der Welt sind.«

Nico hob seine leere Tasse hoch. »Ist noch Kaffee da?«

Daniele schüttelte die Thermoskanne. »Ja.« Er goss Nico ein und flüsterte ihm zu: »Er ist nicht auf Diät. In der Bar gab's nur noch ein Cornetto.«

»Danke, Dani. Das hatte ich mir schon gedacht.« Nico leerte den Becher mit zwei Schlucken. Daniele schüttelte die Kanne noch einmal, um ihm zu zeigen, dass sie nun leer war.

Perillo beugte sich auf der Bank vor und stützte die Ellbogen auf die Knie. »Bei dem, was Sie mir gerade erzählt haben, fallen mir zwei Dinge auf.« Er hob seinen rechten Daumen. »Erstens: Wenn das Stück, das Signorina Barron hörte, von Nora Lamberti gespielt wurde ...«

»Nora Salviati«, korrigierte ihn Nico. »Sie hat den Namen ihres Ehemannes abgelegt.«

Perillo schenkte Nico ein nachsichtiges Lächeln, obwohl er es hasste, unterbrochen zu werden. »Dem Mörder von Signora Salviati blieb nicht viel Zeit, sie umzubringen und zu fliehen, bevor Signorina Barron das Musikzimmer betrat. Und Erdrosseln ist nicht gerade die schnellste Tötungsart.«

»Möglicherweise täuscht sie sich in der Uhrzeit«, bemerkte Daniele. »Sie war ja gerade erst aufgewacht.«

Perillo schüttelte den Kopf. »Oder der Mörder spielte Klavier, nicht das Opfer.«

»Wieso sollte der Mörder Aufmerksamkeit erregen wollen?«, fragte Nico.

»Er oder sie wusste vielleicht nicht, dass sich ein Gast in der Villa aufhielt. Oder der Mörder ist mit dem Gast identisch.«

»Entschuldigung«, mischte sich Daniele ein. »Sind Ihnen Signorina Barrons Hände aufgefallen? Ihnen fehlt die Kraft zu so etwas.«

»Ach, unser Streiter für die Frauen«, spottete Perillo. »Du könntest recht haben, Dani, aber vergiss nicht: Wir dürfen uns nicht von vorgefassten Meinungen aufs Glatteis führen lassen. Ich weiß, dass Signorina Barron Nico angelogen hat. Der Mörder hat die Villa entweder durch die vordere oder durch die hintere Tür verlassen. Die beiden Fenster im Musikzimmer, der einzige Ausgang abgesehen von der Doppeltür des Raums, waren fest von innen verschlossen, was bedeutet, dass Signorina Barron nicht zu dem von ihr behaupteten Zeitpunkt auf der Treppe gewesen sein kann.«

Nico lehnte sich zurück. Das Holz der Bank knarrte. »Ich habe vergessen, ihre Uhr zu überprüfen. Die könnte fünf oder zehn Minuten vor- oder nachgehen. Oder noch mehr. Ich muss die meine auch alle drei bis vier Tage neu stellen.«

»Möglich.« Perillo zählte mit dem Zeigefinger weiter. »Zweitens: Warum hat sie bis Viertel nach vier gewartet mit ihrem Anruf bei den Carabinieri?«

»Mir hat sie gesagt, sie sei eine Weile in dem Raum geblieben, um für ihre Freundin zu beten. Wurden Einbruchsspuren entdeckt?«

Perillo rieb sein schmerzendes Knie. »Uns sind keine aufgefallen. Vielleicht finden die Leute aus Florenz mehr heraus. Wenn nicht, besaß der Mörder entweder einen Schlüssel, oder Nora hat ihn hereingelassen, oder er war bereits im Haus.«

»Hat man den Opalring gefunden?«

»Noch nicht.«

»Der Verkauf des Anwesens könnte ein mögliches Motiv für den Mord sein«, ergriff Daniele das Wort in der Hoffnung, seinen Chef daran zu hindern, dass er der englischen Lady die Schuld gab.

»Ihre Töchter werden uns mehr sagen können. Adriana Meloni ist nicht rangegangen. Da habe ich die Nummer von Clara gewählt und mit einem Marco Zanelli gesprochen, der behauptete, Claras Verlobter zu sein. Sie ist die jüngere Tochter. Das wissen wir aufgrund des Geburtsdatums in einem ledergebundenen Adressbuch, das auf Noras Nachttisch lag. Nachdem ich mich vorgestellt und gebeten hatte, mit ihr zu reden, meinte er, sie sei nicht zu Hause, was ich ihm nicht abkaufe, weil er ja an ihr Handy gegangen ist. Ich habe ihm aufgetragen, ihr auszurichten, dass sie mich zurückrufen soll. Er wollte unbedingt wissen, warum ich anrufe. Ich habe bloß meine Bitte wiederholt und das Gespräch beendet.«

»Konnten Sie herausfinden, wer in der Villa arbeitet?«, erkundigte sich Nico. »Um so ein Anwesen am Laufen zu halten, ist sicher viel Personal nötig.«

»Nur drei Leute«, antwortete Daniele, dessen Gesicht wieder seine übliche venezianische Blässe angenommen hatte. »Ihre Namen standen in dem Adressbuch, alphabetisch nach der Berufsbezeichnung aufgelistet: Gärtner, Haushälterin, Wäscherin. Ich versuche, sie zu erreichen, sobald die Töchter informiert sind.«

»Sollen sie weiter ihre Unwissenheit genießen.« Perillo strich sich mit den Händen übers Gesicht. »Für mich ist das der schlimmste Teil der Mordermittlungen: dass ich die Familie informieren muss. Adriana lebt in Florenz, Clara in Lucca. Gütiger Himmel, wie soll man so etwas übers Telefon sagen? *Buongiorno Signora, ich rufe an, um Ihnen mitzuteilen, dass Ihre Mutter letzte Nacht erdrosselt wurde!*« Perillo seufzte tief.

»Das ist nicht leicht«, pflichtete Nico ihm bei. Auch er hatte diesen Aspekt der Ermittlungen immer gehasst, obwohl die Reaktionen mitunter nützliche Informationen lieferten. »Florenz ist nur eine Stunde entfernt. Bekanntermaßen werden häusliche Morde meist von Menschen verübt, die dem Opfer nahestehen. Am Ende entpuppt Adriana sich vielleicht als Verdächtige. Es ist wichtig, ihre Reaktionen sowie die der Menschen, die bei ihr sind, zu beobachten. Reaktionen können viel verraten.«

»Zuerst muss ich aber anrufen, oder?«, brummte Perillo.
»Um zu sehen, ob sie sich überhaupt aufspüren lassen. Dann muss ich den Grund meines Anrufs nennen. Was soll es da noch bringen, sie persönlich aufzusuchen?«

»Geben Sie's zu, Perillo: Sie wollen sich bloß nicht den damit verbundenen Emotionen aussetzen.«

Perillo legte die Hand aufs Herz. »Das stimmt, Nico.« Sein Blick wanderte zu Daniele, der nicht weit von ihm entfernt stand. »Über die Angelegenheit mit den Emotionen unterhalten wir uns später, am besten bei einem Glas von Ihrem guten Whiskey.«

Nico konnte Perillos Widerwillen, im Beisein seines Brigadiere über Gefühle zu sprechen, verstehen.

»Ich würde liebend gern für Sie gehen«, sagte Daniele, sichtlich bekümmert.

»Danke, Dani, aber diese Aufgabe kann ich nur delegieren, wenn der Empfänger meiner Nachricht nicht Italienisch spricht.« Perillo wandte sich Nico zu. »In Nora Salviatis Schlafzimmer habe ich etwas gesehen, das Sie vermutlich überrascht hätte. Daniele hat mich darauf aufmerksam gemacht. Dank Stella entwickelt er ein gutes Auge für Kunst.«

Nico ersparte dem errötenden Daniele Verlegenheit, indem er ihn nicht anblickte. »Ein berühmtes Gemälde?«

»Jedenfalls ein hübsches. Zwei händchenhaltende Mädchen im Gras. Unsigniert, aber Daniele ist der festen Überzeugung, dass es sich um ein Werk von Nelli Corsi handelt.«

»Ich weiß es«, beharrte Daniele. »Es sind ihre leuchtenden Farben und ihre breiten Pinselstriche. Stella hat mir ihre Werke letzten Sommer bei der Kunstausstellung in Gravigna gezeigt. Nico, können Sie sie fragen?«

Nico zuckte innerlich mit den Achseln. Nun konnte er

nicht mehr hinterm Berg halten. »Das muss ich nicht. Nelli hat mir vorhin am Telefon erzählt, dass sie ein Bild von den beiden Töchtern gemalt hat.«

Daniele straffte stolz die Schultern, ohne zu erröten.

»Das sind gute Nachrichten.« Perillo senkte den Ellbogen wieder aufs Knie. »Ich fahre jetzt nach Florenz.«

Daniele widersprach. »Maresciallo, das Fahren ist mein Job.«

»Es ist nur dein Job, wenn ich das sage. Wenn du fährst, bestehst du auf einem legalen Parkplatz, der in Florenz praktisch nicht zu finden ist, und suchst womöglich nach einem Grund, Stella zu treffen. Ich brauche dich hier. Was ich gleich sagen werde, ist so offensichtlich wie die Tatsache, dass die Sonne jeden Tag aufgeht, aber ich sage es trotzdem. Wir müssen so viel wie möglich über die Ermordete erfahren. Über ihren Anwalt, ihre Bank, ihren Arzt, ihre Freunde. Schau, was du ergründen kannst, ohne persönlich mit irgendjemandem Kontakt aufzunehmen, bevor ich mit den Töchtern geredet habe. Und Ihnen, Nico, überlasse ich es, Nelli zu fragen, was sie über die Familie weiß.«

»Gut.« Nico schob seinen Unwillen, sie in den Fall hineinzuziehen, beiseite. Nelli war eine starke, fähige Frau. Sie würde nur Ressentiments entwickeln, wenn er sie zu schützen versuchte. Nico wandte sich Daniele zu. »Hatte Nora Salviati einen Computer?«

»Keinen Desktop, nur ein Handy und ein iPad Pro«, antwortete Daniele. »Mit Codes und Passwörtern wird es keine Probleme geben. Signora Salviati hat beide unter dem Buchstaben *P* in ihrem Adressbuch notiert. Sie hat nicht dazugeschrieben, wofür sie stehen, aber das war leicht rauszufinden.«

»Offenbar hatte sie nichts zu verbergen. Wie bedauerlich«, meinte Perillo. »Morgen wird ein anstrengender Tag. Signorina Barron kommt um halb elf. Dabei brauche ich Sie, Nico.«

»Ich hole sie ab.«

»Prima. Sagen Sie der guten Tilde, sie möchte sich nicht beklagen, wenn ich Sie während der Arbeitszeit benötige. Sie schuldet mir noch etwas.«

»Was?«

»Das soll Tilde Ihnen selber erklären.«

Nico sah auf die Uhr. »Ich muss los.« Er stand auf. »Apropos schulden: Wenn Sie mich das nächste Mal mitten in der Nacht aus dem Bett holen, erwarte ich als Gegenleistung eine Tüte Vollkorncornetti und eine Thermoskanne voll Kaffee.«

»Wollen wir hoffen, dass es kein nächstes Mal gibt.«

»Ja«, pflichtete Nico ihm bei. »Rufen Sie mich heute Abend an. Mich interessiert die Reaktion der Töchter auf die Nachricht.«

»Beherrsch dich, Kumpel«, ermahnte Nico OneWag, als sie das Lokal erreichten. Daraufhin trottete der Hund zur Sant'-Agnese-Kirche und legte sich auf eine der Stufen davor, von wo aus er beobachten konnte, was sich im Viertel tat. Da One-Wag mindestens zwei Jahre lang auf den Straßen von Gravigna herumgestreunt war, bevor er ein Zuhause gefunden hatte, vertraute Nico darauf, dass er sich benehmen würde.

»Hallo«, rief Nico, als er das Sotto Il Fico mit der großen Tasche voller Brot betrat, das er in Enricos Salumeria am anderen Ende der Straße gekauft hatte. »Ciao, Enzo.«

Enzo trat mit ausgebreiteten Armen hinter der kleinen Theke gleich hinter dem Eingang hervor. »Mamma hat sich schon Sorgen gemacht.«

Nico reichte ihm die Tasche. »So spät bin ich nun auch wieder nicht dran.«

»Sag du ihr das. Danke, dass du das Brot den Hügel heraufgeschleppt hast.«

Enzos Dankeschön verwunderte Nico. »Gern geschehen, aber das mache ich seit über einem Jahr fast täglich.«

»Stimmt, heute sieht's allerdings aus, als wäre es dir schwergefallen.«

»Hab nur nicht genug geschlafen, das ist alles.« Nico ging in den hinteren Bereich des Lokals, wo Geschirr und Besteck in kleinen Schränken aufbewahrt wurden. Dort faltete Elvira in ihrem goldverzierten Sessel wie immer Servietten. Sie trug gern jeden Tag der Woche ein Kleid in einer anderen Farbe. Für den Montag hatte sie sich gelb ausgesucht, weil sie überzeugt war, dass das Glück für die kommende Woche bringen würde.

»Welch Glanz«, bemerkte Nico und beugte sich zu ihr herunter, um sie auf die faltige Wange zu küssen.

Sie musterte ihn mit Adleraugen. »Du bist zwölf Minuten zu spät dran und schaust grässlich aus. Wenn du bloß zu wenig geschlafen hättest, wärst zu pünktlich hier gewesen. Etwas Unangenehmes ist passiert, das verrät mir dein Blick. Ich hoffe nur, dass es nichts mit Nelli zu tun hat. Oder mit deinem Hund.«

»Beiden geht's gut.« Nico wusste, dass er bei Elvira unweigerlich den Kürzeren ziehen würde, aber es bereitete ihm Vergnügen, es trotzdem zu versuchen. Also hielt er ihr seine Uhr hin. »Du musst deine richtig stellen.«

Elvira wandte sich brummelnd wieder den Servietten zu.

Nico verschwand in die schmale Küche, die er als sein zweites Zuhause betrachtete. Er liebte die massiven Holzarbeitsflächen darin und die Kupfer- und Edelstahltöpfe sowie die gusseisernen Pfannen, die an der Wand hingen. Durch das Fenster über der Spüle konnte man die Terrasse mit dem riesigen Feigenbaum sehen. Das Schönste an dieser Küche war Tilde. Tilde mit ihrer langen weißen Schürze über dem blauen Kleid und dem grünen Kopftuch über den kastanienbraunen Haaren. Sie entfernte gerade über der Spüle, in der sich eine große Schale voll Wasser mit Zitronenscheiben und geputzten Artischocken befand, die harten Blätter von einer faustgroßen Artischocke.

»Möchtest du die herausbraten?«

»Ich will sie in Scheiben kurz anbraten, Béchamelsauce dazugeben und das Ganze auf Blätterteig schichten, der gerade auftaut.«

»Lass mich das Putzen übernehmen.«

Tilde hob den Blick nicht von der Arbeit. »Du musst Zwiebeln, Sellerie und Karotten schneiden.«

»Für eine Minestrone?«

»Für eine Carabaccia, eine florentinische Zwiebelsuppe, die ihren Ursprung in der Renaissance hat. Die gibt's heute Abend.« Während sie sprach, zupfte sie Blätter von den Artischocken. »Das Gemüse köchelt sehr langsam im eigenen Sud vor sich hin. Das zeige ich dir später.«

»Klingt gut.« Nico nahm ein Messer, trat an die Arbeitsfläche auf der anderen Seite und widmete sich den Zwiebeln.

Tilde hielt kurz inne, um zu Nico hinüberzuschauen, der mit dem Rücken zu ihr stand. »Ich habe gehört, was meine liebe Schwiegermutter gesagt hat.« Tildes Beziehung zu Elvira gestaltete sich schwierig. »Hat sie recht? Hat irgendetwas dich aus der Fassung gebracht?«

»Ich bin nicht aus der Fassung.« Er schnitt weiter Zwiebeln. »Gibt's Neuigkeiten von Stella?«

Tilde seufzte. Nico verriet nicht gern, was ihn verletzte oder beschäftigte. »Stella hat viel zu tun. Die Touristen strömen wieder ins Museum. Wenn Daniele sie sehen möchte, muss er nach Florenz fahren.«

»Das wird nicht so bald möglich sein«, rutschte es Nico heraus.

»Dann ist also tatsächlich etwas passiert, stimmt's? Bitte erzähl es mir. Ich finde es sowieso heraus.«

Sie hatte recht, das war Nico klar. Die Buschtrommeln des Ortes konnten es mit dem Internet aufnehmen. Doch er verkniff es sich, sie aufzuklären, weil die Töchter seiner Ansicht nach das Recht hatten, zuerst unterrichtet zu werden. Und selbst wenn sie bereits Bescheid wussten: In diesem Raum, der seinem Gefühl nach für Wärme und Freundschaft stand, hatten Gespräche über Morde nichts zu suchen.

Widerstrebend drehte Nico sich zu Tilde um und begegnete ihrem besorgten Blick. »Tut mir leid. Ja, etwas ist passiert, doch ich kann dir noch nicht verraten, was.«

»Aber du wirst es mir erzählen?«

»Ja, sobald ich kann. Allerdings nicht hier.«

»Du erinnerst mich an Ivana, die keine Gespräche über den

unangenehmen Teil von Salvatores Arbeit bei sich zu Hause duldet.«

»Ich halte das für eine gute Strategie.«

»Für ihn ist das sicher hart.«

»Apropos.« Nico legte das Messer weg. »Perillo sagt, du schuldest ihm etwas.«

Tilde musste lachen. »Schätze, ich schulde Salvatore die fantastischen Mittagessen, die Ivana für ihn zubereitet.«

»Und weiter?«

»Da musst du Ivana fragen.«

»Verstehe.« Nico wandte sich wieder dem Gemüse auf der Arbeitsfläche zu. »Wie du mir, so ich dir.«

»Falsch. Du weißt, dass ich nicht kleinlich bin. Nein, es ist Ivanas Geschichte. Und die sollte sie selbst erzählen.«

Adriana Lamberti-Meloni griff nach der Hand ihres Ehemannes, nachdem Perillo sie über den Mord an ihrer Mutter informiert hatte. Fabio Meloni strich ein paar Mal darüber, hielt jedoch den Blick mit sichtlicher Abneigung auf Perillo gerichtet.

Perillo nutzte das folgende Schweigen, um das Paar zu mustern. Die schlanke Frau hatte ein unauffälliges Gesicht, das man öfter betrachten musste, um sich daran zu erinnern, und die hellbraunen Haare trug sie zu einem im Nacken sitzenden Knoten gebunden. Ihre Kleidung hingegen war bemerkenswert: ein strukturiertes, tabakbraunes Kostüm passend zu ihren Haaren, flache dunkelbraune Krokodillederschuhe, geschmackvoller Goldschmuck. Ihr ebenfalls schlanker Gatte hatte ausdrucksstärkere Züge als sie, möglicherweise seines gepflegten roten Bartes und der randlosen Brille wegen. Er war mit einer grauen Flanellhose und einem braunen Tweedjackett bekleidet. Daniele hatte recherchiert, dass er Zahnarzt mit einer Praxis an der Via de' Tornabuoni war, einer der elegantesten Straßen in Florenz.

»Was wurde gestohlen?«, erkundigte sich Adriana mit näselnder Stimme.

»Wir wissen nicht, ob etwas entwendet wurde«, erwiderte Perillo. »Im Haus schien alles in Ordnung zu sein. Es herrschte kein Chaos. An den Wänden sind uns keine Hinweise auf fehlende Gemälde aufgefallen. Signorina Barron, die gerade zu Besuch in der Villa war, hat allerdings erwähnt, dass der Opalring Ihrer Mutter fehlt.«

»Was hatte diese alberne Frau denn dort verloren?«

Die Engländerin war Perillo keineswegs albern erschienen. »Ihre Mutter hatte sie eingeladen, die Woche bei ihr zu verbringen.«

Fabio Meloni ließ die Hand seiner Frau los. »Hoffentlich haben Sie ihr Gepäck überprüft, bevor sie gegangen ist.«

Perillo ballte die Hände zu Fäusten. »Wenn etwas gestohlen wurde, werden wir alles Erforderliche unternehmen, um das Diebesgut aufzufinden.«

»Mit Sicherheit wurde etwas gestohlen«, erklärte Meloni. »Zum Beispiel der Opalring, nicht dass der besonders wertvoll wäre. Die Villa ist voll mit kostbaren Dingen: Silber, Schmuck, Gemälde. Deswegen wurde Nora umgebracht. Haben Sie denn die Haushälterin nicht befragt?«

»Nur Signora Salviati und Signorina Barron waren im Haus.«

»Herrgott, warum haben Sie die Haushälterin nicht gerufen?«

Perillo lockerte die Fäuste und zog seine Uniformjacke gerade. »Nun, da Sie Bescheid wissen«, erklärte er in eisigem Tonfall, »werde ich alle kontaktieren, die irgendwie mit Signora Salviati zu tun haben.« Er sah Adriana an. »Signora Meloni ...« Ihm fiel auf, dass eines ihrer strumpfbekleideten Beine zu zittern begann. »Ich fahre nach Lucca, um Ihre Schwester über die Ereignisse in Kenntnis zu setzen – es sei denn, Sie wollen sie selbst informieren?«

»Clara wäre es bestimmt lieber, es von mir zu erfahren als von einem wildfremden Carabiniere.«

»Einer von Ihnen wird die Leiche identifizieren müssen, und hinterher muss ich Sie beide aufs Polizeirevier in Greve bitten.«

40

»Wozu?«, erkundigte sich Fabio.

»Was für eine dumme Frage, Fabio.« Adriana, deren Bein mittlerweile zu zittern aufgehört hatte, hielt den Blick auf Perillo gerichtet. »Dieser Mann weiß anders als wir nichts über meine Mutter. Wir fahren morgen mit Clara zu der Villa. Sie finden uns dort. Unser Hausmädchen bringt Sie hinaus.«

Perillo schluckte die Galle herunter, die er in seinem Hals hochsteigen spürte, bevor er etwas erwiderte. »Nein, Signora. Sie kommen morgen in mein Büro im Polizeirevier von Greve, nachdem Sie sich vergewissert haben, dass nichts aus Signora Salviatis Villa entwendet wurde. Wir benötigen Ihre Fingerabdrücke und eine Speichelprobe zum Abgleich.«

»Maresciallo, die Villa gehört jetzt uns«, erinnerte Adriana ihn lächelnd.

Perillo setzte die Mütze auf. »Ich finde den Weg hinaus, ohne Ihr Hausmädchen belästigen zu müssen. Buongiorno.« Perillo marschierte mit angriffslustig vorgerecktem Kinn aus dem Wohnzimmer der Melonis.

»Für wen hält der sich eigentlich?«, fragte Fabio so laut, dass Perillo es vom Vorraum aus hörte.

»Er ist ein Idiot, Schatz, aber leider auch ein Carabiniere.«

Ivana musterte das Gesicht ihres Mannes, als er zum Mittagessen an dem runden Tisch in ihrer Küche Platz nahm. Er wirkte müde und verärgert. »Bedauerlich, dass du nicht genug Schlaf bekommen hast. Das Ganze scheint dich ziemlich zu schlauchen.«

»Du willst nicht, dass ich zu Hause über Probleme in der Arbeit rede, weißt du noch?«

Ivana überraschte sein scharfer Tonfall. Vielleicht war es ihre Schuld. Sie vergewisserte sich, dass die Fleischsauce in der Schale mit den Spaghetti und den angebratenen Brokkoliröschen gut verteilt war, und gab eine Portion auf den Teller ihres Mannes. »Bist du noch sauer auf mich?«, fragte sie, während sie Parmigiano Reggiano über seine Pasta rieb.

Perillo wickelte Spaghetti mit der Gabel auf. »Nein.« Er hatte sich mit ihrer Entscheidung abgefunden, einen Job anzunehmen. Adriana und Fabio Melonis beleidigendes Verhalten war es, das ihn verärgerte.

Ivana gab eine kleine Portion Spaghetti auf ihren eigenen Teller und setzte sich Perillo gegenüber an den Tisch. »Ich möchte das Gefühl haben, zu etwas nütze zu sein.« In den vergangenen Jahren hatte sie es allmählich sattbekommen, die Vormittage mit Einkaufen und Kochen zu verbringen. Das Abendessen war weniger aufwendig, da sie dann leicht Verdauliches auf den Tisch brachte. Eine Suppe und danach geschmortes Gemüse oder eine Frittata, ergänzt durch frische Sachen, die sie am Vormittag im Coop entdeckt hatte. »Deine Arbeit besteht darin, anderen Menschen zu helfen. Ich helfe nur dir.«

Perillo hörte auf, seine Gabel zu drehen, und sah seine Frau an. Ihre ehemals strahlende Schönheit war ein wenig verblasst, doch ihre schwarzen Augen faszinierten ihn nach wie vor. Sie waren vierundzwanzig Jahre verheiratet. Es war eine gute Ehe mit einigen zwischenzeitlichen Flauten, die ihre Beziehung jedoch niemals gefährdet hatten. »Ich dachte, es reicht dir, mir zu helfen.«

Ivana ließ die Schultern hängen. »Das tut es, aber jetzt möchte ich auch mir selbst helfen.«

»Indem du jeden Tag acht Stunden arbeitest?« Perillo schob die Gabel mit den perfekt aufgewickelten Spaghetti in den Mund und begann zu kauen.

»Nur sechs, und für gutes Geld. Es ist gar nicht schlecht, wenn du bloß eine Schiacciata aus der Bar isst. Dann nimmst du ein bisschen ab.«

Perillo wusste, dass er sich mindestens drei einverleiben würde. Zwei Scheiben Fladenbrot, belegt mit Mortadella, Caciotta, Prosciutto oder Salami waren durchaus nicht zu verachten, jedoch nur ein minderwertiger Ersatz für die Gerichte, die seine Frau ihm kredenzte. »Mir ist da gerade ein Gedanke gekommen, Ivana. Du könntest ein paar Portionen vorkochen und einfrieren. Die würde ich dann in der Mikrowelle erhitzen. Das ist die perfekte Lösung.«

Für dich, dachte Ivana, ohne es auszusprechen, weil sie diesen Mann liebte, für den sie tatsächlich überlegt hatte, Essen für eine Woche vorzukochen und einzufrieren. Sie habe ein schlechtes Gewissen, hatte sie Tilde gestanden. »Schieb's beiseite«, hatte Tilde ihr geraten. Ivana würde es versuchen. Keine Sachen aus der Tiefkühltruhe. Es war genug Aufwand, die Mahlzeiten zu planen, dafür einzukaufen und sie zuzubereiten.

Perillos Fuß suchte unter dem Tisch den von Ivana. »Was ich dir noch sagen wollte, bella mia: Deine Spaghetti sind ein köstliches Geschenk, das mich in den finsteren bevorstehenden Wochen an dich erinnern wird.«

»Freut mich, dass du das sagst.« Ivana fädelte Spaghetti mit der Gabel auf und wickelte sie zu einem kleinen Bündel. »Buon appetito.« Dann schob sie es in den Mund.

Die nachmittägliche Pause von drei bis fünf Uhr verbrachten Nico und OneWag in dem schäbigen Park über dem neuen Teil des Ortes. Da es dort keine Bänke gab, breitete er seine Windjacke so auf dem Boden aus, dass Platz für sie beide war, setzte sich darauf und rief Perillo an. »Ciao, ich mache gerade Pause.«

OneWag, der sich von seinem Herrchen vernachlässigt fühlte, machte sich daran, schnüffelnd das Gras zu erkunden.

»Haben Sie irgendetwas Hilfreiches erfahren?«

»Ich fange mal mit dem wenig Hilfreichen an«, antwortete Perillo. »Der Stellvertretende Staatsanwalt wird in diesem Fall wieder Riccardo Della Langhe sein. Seiner Aussage nach reicht die Familiengeschichte der Salviatis mindestens zwei Jahrhunderte zurück. Der Mord ist ungeheuerlich und eine Schande für die Toskana. Er will jemanden vom Nucleo Investigativo zur Überwachung herbeordern. Ich zitiere: ›Für unseren guten Ruf ist es von höchster Bedeutung, dass dieser Fall schnell gelöst wird.‹ Ich habe mich sehr beherrschen müssen, das Gespräch nicht einfach zu beenden.«

»Wenn er Capitano Tarani schickt, ist alles gut. Der hat Ihnen bei dem Mantelli-Mord auch nicht ins Handwerk gepfuscht. Und jetzt die hilfreichen Nachrichten.«

»Ich bin noch nicht fertig. Adriana Lamberti-Meloni hat der Tod ihrer Mutter kein bisschen aus der Fassung gebracht.«

»Bei manchen Menschen setzt die Reaktion erst später ein.«

»Lassen Sie mich ausreden!«, herrschte Perillo Nico an.

Hoppla, amico. »Sorry.«

»Sie haben sofort gefragt: ›Was wurde gestohlen?‹, nicht: ›Wurde etwas gestohlen?‹ Und dann haben sie mich hinauskomplimentiert. Bitte versuchen Sie jetzt nicht, eine Entschuldigung dafür zu finden.«

»Dafür gibt es keine.« Nico konnte Perillo verstehen. Er war gedemütigt worden.

»Ich komme aus dem Nichts und arbeite hart, um stolz auf mich sein zu können.«

»Nach allem, was ich bisher miterlebt habe, können Sie das sein. Sogar mit dem Rauchen haben Sie aufgehört.«

Perillo rang sich ein gezwungenes Lachen ab. »Das heute Morgen war eine unumgängliche Ausnahme. Nach dem Besuch bei den Melonis ist mir nicht einmal in den Sinn gekommen, eine Zigarette anzuzünden. Dazu war ich zu wütend.« Er holte tief Luft, bevor er fortfuhr.

»Wir müssen auf den Durchsuchungsbeschluss warten. Erst dann können wir Noras finanzielle Situation überprüfen. Den verlangt ihr Anwalt, bevor er uns irgendwelche Informationen über Testament und Eigentumsverhältnisse gibt.«

»Und die hilfreiche Neuigkeit?«

»Daniele hat die drei Personen erreicht, die bei Nora Salviati beschäftigt waren. Sie kommen morgen aufs Revier, damit wir Speichelproben und Fingerabdrücke nehmen können. Die schicken wir anschließend zum Abgleich nach Florenz ins Labor. Das wird Della Langhe zeigen, wie effizient wir sind.«

»Wollen Sie alle an einem einzigen Tag befragen?«

»Nein. Vince und Dino erledigen die Vorarbeiten. Ich widme mich den Beschäftigten später. Zuerst höre ich mir mit Ihnen an, was Signorina Barron zu sagen hat, dann ist die Lamberti-Familie dran. Bis ich erfahre, wen das Nucleo Investigativo wann herschickt, befrage ich alle, von denen ich meine, sie könnten mir etwas Nützliches verraten.«

Nico machte sich Sorgen wegen Perillos Wut. Manchmal regte Zorn zum Handeln an, doch bei Perillo vernebelte er die Gedanken. »Klingt nach einem guten Plan. Übrigens muss ich morgen Abend nicht arbeiten, und Nelli isst mit ihren Querciabella-Freunden. Schauen Sie doch auf ein Glas Whiskey bei mir vorbei.«

»Danke. Das kann ich nach dem Gespräch mit Adriana und ihrem Mann gebrauchen. Hoffentlich ist ihre Schwester anders als sie. Wir sehen uns morgen um halb elf vormittags.«

»Ich werde da sein.«

Als OneWag von der anderen Seite des Parks aus bemerkte, wie Nico das Handy in die Hosentasche schob, trottete er zu ihm hinüber und setzte sich neben ihm auf die Windjacke. Nico legte den Arm um ihn. Nebeneinander betrachteten sie die leuchtend grünen Blätter an den Bäumen und genossen den Anblick und den Geruch der sich erneuernden Natur.

DREI

»›Nie schnellte ein Pfeil des Bogens Sehne, der so geschwind die Luft durchschnitten hätte‹«, zitierte Gogol, als Nico die gut besuchte Bar All'Angolo betrat.

»Dir auch ein herzliches Buongiorno, Gogol.« Nico begrüßte Jimmy und Sandro mit einem Winken und setzte sich gegenüber von Gogol an seinen üblichen Tisch. OneWag wuselte auf Ausschau nach Leckerbissen zwischen den Beinen der Gäste herum. »Hat Sandro dir denn gestern nicht gesagt, dass ich nicht kommen kann?«

»Doch, aber ›ohne Hoffnung wir in Sehnsucht leben‹.«

»Dieses Dante-Zitat gefällt mir. Du hast mir auch gefehlt, amico. Wie geht's dir?«

Gogol deutete auf die leere Tischfläche. »Ich habe Hunger.« Für gewöhnlich brachte er ein Crostino mit Salami und eines mit Lardo mit, das er von Sergio, dem Metzger, bekam.

»Die Crostini waren noch nicht fertig?«

Gogol schlang den Mantel enger um den Körper. Die ungewöhnlich kalte Luft von der halb geöffneten Terrassentür half, den intensiven Geruch des Kölnischwassers abzuschwächen, der Gogol stets umwehte. »In der Fastenzeit verzichte ich darauf. Aber einen Kaffee trinke ich gern.«

»Der Fastenmonat ist vorbei. Du musst etwas essen.«

»Fühlt sich an wie diesen Monat.«

»Ein Cornetto oder eine Ciambella?«

In Gogols wässrig blaue Augen trat ein Lächeln. »Wenn es dem guten Gott genehm ist, bitte ein Cornetto. Das ist nicht meine Lieblingsspeise, also komme ich bloß ins Fegefeuer, nicht in die Hölle.«

»Für dich nur den Himmel, wenn es so weit ist. Ich hole es.« Nico ging ans Ende des Tresens, wo Jimmy die Kaffeemaschine bediente.

»Gestern scheint Gogol sich dran erinnert zu haben, dass keine Fastenzeit mehr ist«, bemerkte Jimmy, während er Gogols Cornetto und wie immer zwei frisch gebackene Vollkornhörnchen für Nico auf einen Teller legte. »Da hat er zwei Stück Ciambella gegessen.« Jimmy stellte den Teller, einen Americano und einen Espresso auf ein Tablett. »Stimmt es, was man sagt?«

»Was?«

»Dass die Besitzerin der Villa Salviati ermordet wurde?«

»Wie kommst du darauf?«

»Das weiß ich von Lapo, dem Gärtner der Salviatis. Er hat gestern Abend erzählt, er sei zur Villa gefahren, um neue Pflanzen einzusetzen. Das Haus war versiegelt, und Carabinieri haben ihm gesagt, er soll heimgehen, ohne ihm zu verraten, was passiert ist. Ich hab mir gedacht, du könntest was wissen, weil du gestern früh nicht aufgetaucht bist.«

Die Medien waren nicht über den Mord informiert; dass die Buschtrommeln von Gravigna noch nicht gerührt wurden, wunderte Nico jedoch. »Danke, Jimmy.« Nico nahm das Tablett und entfernte sich.

»Ehi, Nico, warum gibst du mir keine Antwort? Heißt das, du hast keine Ahnung?«

»Entscheide selbst«, konterte Nico.

»Okay, dann frage ich Gogol. Der weiß es bestimmt.« Jimmy war felsenfest davon überzeugt, dass Gogol über außersinnliche Wahrnehmung verfügte.

»Mach ruhig«, meinte Nico, stellte das Tablett auf seinem Tisch ab, setzte sich und biss hungrig in sein Cornetto. Er hasste solche Spielchen mit Freunden, aber Perillo war der Chef, und folglich musste er die Leute informieren.

Gogol kaute zufrieden an seinem Cornetto, als Jimmy sich zu ihnen gesellte. »Was ist es, Gogol? Mord oder Diebstahl?«

Sandro, der gerade hinter der Kasse mit Wechselgeld beschäftigt war, runzelte die Stirn. Er teilte Nicos Ansichten über außersinnliche Wahrnehmung. »Lass gut sein, Jimmy. Sechs Leute warten auf ihren Kaffee.«

Jimmy schenkte seinem Ehemann keine Beachtung. »Bitte sag's mir, damit ich heute Nacht ruhig schlafen kann.« Er hatte den Mord vom letzten Jahr noch nicht richtig verdaut.

Jimmys angespannter Tonfall veranlasste OneWag dazu, den Blick von einem appetitlich riechenden Stückchen Cornetto zu heben, das auf den Boden gefallen war, und zu Nicos Tisch zu trotten.

Gogol legte das angebissene Cornetto auf den Teller und hob bedächtig das verhutzelte Gesicht, um Jimmy anzusehen. »Schau hinaus: ›O Sonne, die umtrübten Blick du heilest‹.«

»Na, komm schon, Gogol. Was ist es?«

OneWag ließ sich neben Gogol nieder.

»›Von andern ist es löblicher zu schweigen.‹«

Jimmy schüttelte verärgert den Kopf. »Na schön, wie du meinst.«

»Jimmy, Gogol will dir damit sagen, dass er es nicht weiß«, mischte sich Nico ein.

»Er weiß es sehr wohl. Er sagt es mir bloß nicht, weil ihm klar ist, dass du das nicht möchtest.«

Gogol blickte Jimmy mit seinen wässrig blauen Augen an. »›Es sei'n die Leut im Urteil nicht so sicher.‹«

»Ciao.« Jimmy stapfte mit hängenden Schultern zu seinem Posten an der Kaffeemaschine zurück.

Sandro legte die Arme um ihn. Im vergangenen Jahr hatten sie großen Kummer gehabt. Deswegen warteten die sechs Leute aus dem Ort, die einen Kaffee bestellt hatten, die Umarmung geduldig ab.

Gogol belohnte OneWag, indem er ihm den Rest seines Hörnchens überließ.

»Nico!«, rief Beppe aus, der aufgeregt in die Bar stürmte. Nico sank auf seinen Stuhl. Der Sohn des Kioskbesitzers war ein netter Junge, aber lästig wie eine Mücke.

»Ich hab grade gehört, dass jemand umgebracht wurde.« Beppe zog einen Stuhl heraus und setzte sich zu Nico und Gogol an den Tisch. »Wen hat's erwischt?« Im Jahr zuvor hatte

Beppe den Klatschblog BeppeInfo ins Leben gerufen, für den er nun Futter brauchte.

Jimmy löste sich von Sandro. »Woher weißt du das?«

»Von Twitter.«

»›Komm, folge mir und lass die Leute reden‹«, murmelte Gogol.

Beppe achtete nicht auf ihn. »Nico, raus mit der Sprache. Mir gehen gerade Follower verloren. Wer ist es?«

Sein lauter Ton ließ OneWag mit dem Kauen aufhören.

Nico bemühte sich, die Frage abzuwehren. »Wenn ein Mord stattgefunden hat, ist Maresciallo Perillo der Mann, den man dazu befragen sollte.«

»Der verrät es mir nie. Nun sagen Sie schon: Wer ist ermordet worden?«

»Selbst wenn ich es wüsste, würde ich es dir nicht verraten. Und jetzt möchte ich gern weiter frühstücken.«

OneWag begann zu knurren.

»Madonna, gleich beißt er mich.« Beppe sprang so abrupt auf, dass er fast den Stuhl umwarf. »Sorry. Bis dann. Ich finde allein hinaus.«

»Bravo, junger Mann«, meinte Gogol, als Beppe zur Tür eilte. »›Nicht Schiffe, welche Stern und Leuchtturm leitet, dem Ruf so seltsamer Schalmei gehorchen.‹«

Beppe streckte noch einmal den Kopf herein. »Ja, Gogol, ich werde Stern und Leuchtturm folgen.«

Nico stand auf. Er wollte bei Rita vorbeischauen, bevor er Miss Barron in Panzano abholte. »Ich muss los. Bis morgen.«

»So ich lebe.«

»Du wirst leben.« Nico trat an den Tresen, zahlte und winkte Gogol zum Abschied zu.

Nico ging zum Brunnen, um die Vase für Rita mit frischem Wasser zu füllen, während OneWag sich neben dem Grab niederließ. Nico begutachtete die Rosen und zupfte die welken Blütenblätter ab. Einige der Blumen ließen die Köpfe hängen und sollten ersetzt werden. Doch das musste warten, bis Luciana ihren Laden aufmachte.

»Ach, wie süß«, säuselte eine Frauenstimme. »Maso, schau, er liegt neben dem Grab seiner Herrin. Wie traurig.«

Nico sah, dass eine Frau OneWag streichelte, der sich auf den Rücken gerollt hatte und ihr den Bauch hinstreckte.

Als Nico sich Ritas Grab näherte, hastete ein Mann so dicht an ihm vorbei, dass er seinen Arm streifte, bevor er durchs Tor verschwand.

»Wie unhöflich«, rief die Frau dem Enteilenden hinterher, während sie OneWag weiter am Bauch kraulte.

Nico ging zu ihr. Sie war jung, hatte dichte dunkle Haare, die ihr bis über die Schultern reichten, und ein freundliches Gesicht. »Mein Hund kennt keine Scham.«

Als OneWag Nicos Stimme hörte, richtete er sich auf und begann, an den winzigen Gänseblümchen im Gras zu schnuppern.

Die junge Frau stand auf. »Was für ein entzückender Hund. Wie heißt er?«

»OneWag für Leute, die Englisch können, und Rocco für alle anderen.«

»Mit der Sprache haben sie mich als Kind getriezt«, erzählte sie mit starkem Akzent auf Englisch. »Ciao, OneWag.« Sie entfernte sich mit einem strahlenden Lächeln.

Nico stellte erstaunt fest, dass er die junge Frau sehr hübsch und charmant fand. Er sank auf ein Knie und stellte die Vase mit den Rosen auf das Grab. »Vergib mir, Rita.«

»Guten Morgen, Mr Doyle.« Miss Barron wirkte erfreut darüber, Nico zu sehen. Sie saß in einem grauen Kaschmirstrickkleid, ein großes vielfarbiges Tuch um die schmalen Schultern, mit Laura Benati in einem der vorderen Räume des Hotels. Von ihren Ohren baumelten graue Perlenohrringe. Ihr Kopf war unbedeckt. »Einen Herrn von der Mordkommission als Begleiter zu haben, finde ich ziemlich aufregend. Bestimmt könnten Sie interessante Geschichten erzählen.« Sie nahm ihre Handtasche und erhob sich aus dem Sessel. »Ich sammle Geschichten. Und bin bereit für ein Gespräch mit dem Maresciallo. Danke, Laura, dass Sie mir Gesellschaft geleistet haben. Jetzt bin ich in guten Händen, das weiß ich.«

Laura stand ebenfalls auf. »Stimmt. Falls Sie später etwas brauchen sollten, finden Sie mich hier. Passen Sie gut auf meinen Lieblingsgast auf, Nico.«

»Wird gemacht. Ciao.«

Miss Barron hakte sich bei Nico unter und verließ mit ihm den Raum. »Hoffentlich erzählen Sie mir eines Abends beim Essen einige Ihrer Geschichten. In dem hiesigen Restaurant kann man ausgezeichnet speisen.«

»Das sind keine schönen Storys.« Mittlerweile waren sie bei seinem roten Fiat 500 angelangt.

»Mich interessiert die Psychologie der Beteiligten.« Sie wartete, bis er ihr die Autotür öffnete. »Bestimmt wollen Sie mehr über mich erfahren. Schließlich könnte ich diejenige sein, die die arme Nora getötet hat.« Sie stieg mit eingezogenem Kopf in den Wagen und nahm auf dem Beifahrersitz Platz.

Nico schlüpfte auf den Fahrersitz. *Spielte sie mit ihm, wollte sie seine Aufmerksamkeit erregen?* »Und: Haben Sie sie getötet, Miss Barron?«

»Nein. Man bringt Menschen nicht um, weil sie herrisch sind. Gestern Abend bei einem Pimm's an der Hotelbar habe ich nachgedacht und bin zu folgendem Schluss gelangt: Wenn ich jemanden ermorden wollte, würde ich ihm mit etwas Hartem, zum Beispiel dem Messingschürhaken vom Kamin im Musikzimmer, auf den Kopf schlagen. Das wäre bestimmt einfacher, als ihn zu erdrosseln.«

»Ja, allerdings«, pflichtete Nico ihr bei und ließ den Motor an. Er würde sich mit Laura über Miss Barron unterhalten müssen, so viel stand fest.

In der Polizeistation brachte Nico Miss Barron in Dinos Zimmer, wo ihre Fingerabdrücke und eine Speichelprobe genommen wurden.

Danach folgte Miss Barron Nico ins Büro des Maresciallo.

»Welcome«, begrüßte Perillo sie. Dieses englische Wort hatte er gerade von Daniele gelernt. Daniele stand an seinem Schreibtisch im hinteren Teil des Raums, einen Finger auf dem Startknopf des Kassettenrekorders.

»Vermutlich bin ich tatsächlich willkommen«, meinte Miss Barron, »obwohl ich Sie möglicherweise enttäuschen werde. Sehr viel mehr kann ich Ihnen über Nora und ihre Familie nicht sagen.« Sie setzte sich auf einen der beiden Stühle vor Perillos Schreibtisch und wartete, die sauberen Hände im Schoß gefaltet.

Nico übersetzte und nahm neben ihr Platz. »Miss Barron, der Maresciallo hat meinen Bericht über Ihre gestrige Aussage in der Villa Salviati gelesen und hätte noch ein paar Fragen an Sie. Ich hoffe, es macht Ihnen nichts aus, wenn das Gespräch aufgenommen wird.«

»Vermutlich hat es keinen Sinn zu widersprechen. Außerdem habe ich nichts dagegen, im Rampenlicht zu stehen. Als Teenager war ich Mitglied einer Laienspielgruppe im Theater.« Sie straffte die Schultern und wandte sich Perillo zu. »Ich war eine ziemlich gute Schauspielerin.«

Nico signalisierte Daniele, dass er den Rekorder in Gang setzen konnte. Daniele sprach Datum, Uhrzeit und Namen der Anwesenden auf Band. Perillo verschränkte mürrisch die Arme vor der Brust und lehnte sich auf seinem Chefsessel zurück. Es hasste es, nicht die Kontrolle zu haben. Miss Barron blickte ihn mit glänzenden Augen an. »Sagen Sie ihr, dass der Mörder das Musikzimmer nur durch die Doppeltür verlassen konnte. Wenn sie sich, wie sie behauptet, am oberen Ende der Treppe aufhielt, muss sie ihn gesehen haben«, meinte Perillo.

Nico übersetzte.

Miss Barron schaute auf ihre kleine Goldarmbanduhr von Cartier, ein geliebtes Geschenk. »Meine Uhr geht ganz genau, und ich erachte es als unnötig zu lügen.« Ihre Lippen bebten. »Der Mann muss durch eines der Fenster geflohen sein.«

»Die Fenster waren von innen verriegelt«, klärte Nico sie auf.

»Verstehe. Daraus lässt sich logisch schließen, dass er den Raum erst verlassen hat, nachdem ich weggegangen war, um die Carabinieri zu rufen.« Hatte sie nicht beim Betreten des Zimmers einen ungewöhnlichen Geruch wahrgenommen? Den hatte sie einzuordnen versucht, bevor sie die arme Nora über dem Flügel zusammengesunken entdeckte. *Was konnte das sein?*, hatte sie sich gefragt. Sie habe den Geruch auch jetzt in der Nase.

Nico übersetzte für Perillo und fügte hinzu: »Es ist möglich.«

Daniele ergriff das Wort. »Nicht weit von dem Flügel weg stand ein Sofa mit hohem Rücken. Er könnte sich dahinter versteckt haben.«

Perillo wirkte alles andere als überzeugt.

Miss Barron schnupperte. »Tabak!«, rief sie schließlich aufgeregt aus. »Der Geruch in diesem Raum erinnert mich an den beim Betreten des Musikzimmers. Ich besitze eine gute Nase, rauche selbst nicht und habe auch Nora niemals rauchen gesehen. In dem Zimmer war ein Raucher.«

»Oder war zuvor darin gewesen«, meinte Nico.

Miss Barron wirkte enttäuscht. »Mr Doyle, bitte glauben Sie mir, wenn ich sage, dass ich mich zum fraglichen Zeitpunkt am oberen Ende der Treppe aufhielt.«

»Hat Signora Salviati jemals etwas von Problemen mit einem Mitglied ihrer Familie oder dem Personal erwähnt?«, erkundigte sich Nico.

Miss Barron wurde wieder lebhafter. »Nora war sehr zufrieden mit den Leuten, die für sie arbeiteten. Sie sagte, sie seien ihr treu ergeben, und bezeichnete sie als ihre wahre Familie. Sie lasen ihr jeden Wunsch von den Augen ab, was sie zu wundern schien. Ich habe ihr erklärt, dass ihnen wohl nichts anderes übrig blieb, wenn sie ihre Stelle behalten wollten. Diese Äußerung kam nicht sonderlich gut an. Ihren Worten habe ich entnommen, dass ihre Töchter ihr nach dem Tod ihres Mannes keinerlei Liebe oder Achtung entgegenbrachten.«

»Wie lange ist das her?«

»Zehn Jahre. Nora hat mir erzählt, sie habe ihren Mann seines Geldes wegen geheiratet. Das Ganze sei eine *Downton-Abbey*-Geschichte mit umgekehrten Vorzeichen gewesen. Sie besaß den Grund, er das Geld. Soweit ich weiß, hat er sein Vermögen in der Baubranche verdient. Ihre Töchter habe ich während meiner Aufenthalte zwei-, höchstens dreimal gesehen. Dabei konnte ich keine offensichtliche Feindseligkeit zwischen den drei Frauen feststellen. Spannungen, ja, eine gewisse unnatürliche Zurückhaltung.« Miss Barron schüttelte den Kopf, den Blick auf die Wand hinter Nico gerichtet. *Wie traurig, Teil einer lieblosen Familie zu sein,* dachte sie. Ihr Traum war es immer gewesen, eine Familie zu haben. Einen Mann, den sie liebte und der ihre Liebe erwiderte, dazu zwei, drei oder sogar vier Jungen und Mädchen. Das hatte sie sich gewünscht.

Miss Barron fuhr fort: »Ich fürchte, Nora verursachte das Problem; an den Mädchen lag es nicht. Sie zeigte sehr offen, dass sie ihren Mann nicht liebte, und ihre Kinder liebte sie, glaube ich, auch nicht. Sie hat gern Kontrolle über Menschen ausgeübt, sie dazu gebracht, dass sie ihre Wünsche erfüllten. Das funktioniert beim Personal recht gut, aber nicht bei den eigenen Kindern.«

»Hat sie auch versucht, Kontrolle über Sie auszuüben?«

»Nein, mir gegenüber war sie erstaunlich sanft. Sie hat stets mich entscheiden lassen, was wir unternehmen, und mich gefragt, was ich essen möchte. Und sie wollte alles über mich erfahren. Ich habe ihr neutrale Antworten gegeben. Und sie gefragt, wieso sie sich so sehr für mich interessiert. Sie sagte, sie wolle verstehen, wer ich sei, ohne mir zu erklären, warum. Ich muss zugeben, dass mir das schmeichelte und es mich faszinierte.«

Miss Barrons blasses Gesicht hatte Farbe angenommen, ihre Augen leuchteten. Ihr machte die Sache Spaß, vermutete Nico. »Hat Nora mit Ihnen über ihr Leben geredet?«

»Sie war ein Einzelkind. Ihre Mutter starb, als Nora acht war, und hinterließ ihr kostbaren Schmuck. Ihr Vater liebte seine Frau abgöttisch, interessierte sich jedoch kaum für seine Tochter. Nora behauptete, der Tod ihrer Mutter habe sie hart und egoistisch gemacht. Von da an habe sie sich als reich und schön erachtet. Die Männer umschwärmten sie. Einige von ihnen wählte sie als Liebhaber, ohne sich etwas aus ihnen zu machen. Sie beschloss, niemals zu heiraten, weil sie ihre Freiheit zu sehr liebte. Ihr Vater starb, als sie zweiundzwanzig war. Er hinterließ ihr einen gewaltigen Schuldenberg. Als seine Anwälte ihr mitteilten, dass sie ihr gesamtes Hab und Gut verkaufen müsse, bat sie ihre Gläubiger, ihr sechs Monate Zeit zu geben, um die Schulden zu tilgen. Dann heiratete sie den reichsten ihrer Verehrer, ohne ihm von ihrem Problem zu erzählen. Ein Jahr später brachte sie Adriana zur Welt, und die Schulden wurden beglichen.« Miss Barron faltete die Hände im Schoß. »Das ist Nora Salviatis Geschichte, wie ich sie am Abend meiner Ankunft erfahren habe.«

»Haben Sie sie gebeten, sie Ihnen zu erzählen?«

»Nein. Sie hat mich damit überrascht. Nun eine Frage an Sie: Haben Sie Noras Ring gefunden?«

Nico übersetzte und sah Perillo an, der den Kopf schüttelte.

Miss Barron wirkte entzückt. »Finden Sie den Ring, dann haben Sie den Mörder.«

Nico übersetzte erneut.

Perillo bedachte Nico mit einem skeptischen Blick. »Adrianas Mann glaubt, dass die Frau, die neben Ihnen sitzt, ihn gestohlen hat.«

»Was hat er gesagt?«, erkundigte sich Miss Barron.

»Maresciallo Perillo meint, den Mörder aufzuspüren wird nicht so einfach.«

Miss Barron schaute Perillo stirnrunzelnd an. »Bestimmt nicht mit einer so negativen Einstellung. Sie mit Ihrer positiven amerikanischen Art sollten die Ermittlungen leiten. Noch Fragen? Ich werde allmählich müde.«

Nico erkundigte sich bei Perillo, ob er irgendeine spezielle Information von ihr benötige.

»Wie zum Teufel soll ich das wissen?«

Daniele beendete die Aufnahme für den Fall, dass der Maresciallo einen seiner Wutanfälle bekam.

»Ich hatte erwartet, dass Sie mir alles Satz für Satz übersetzen«, beklagte sich Perillo.

»Dann würden wir morgen früh immer noch hier sitzen. Vertrauen Sie mir.«

Perillo zuckte mit den Achseln. »Lösch, was ich zuletzt gesagt habe, Dani.«

»Schon geschehen, Maresciallo.« Daniele schaltete den Rekorder wieder ein.

Nico wandte sich Miss Barron zu. Sie wirkte tatsächlich müde und blass. »Noch eine letzte Bitte, Miss Barron. Möglicherweise müssen wir Ihnen weitere Fragen stellen. Bleiben Sie also im Hotel Bella Vista.«

»Das habe ich Ihnen doch bereits versprochen. Schließlich möchte ich wissen, wie die Geschichte endet. Man stolpert nicht jeden Tag über einen Mord. Das mag herzlos klingen, aber es trifft zu.«

»Es könnte sein, dass Leute von der Presse mit Ihnen sprechen wollen.«

»Keine Sorge, Mr Doyle. Die bekommen ihre Story nicht von mir. Darf ich jetzt gehen?«

Nico leitete die Frage an Perillo weiter, der mit einem gezwungenen Lächeln aufstand und sich zu einem fehlerhaften englischen Dankeschön durchrang. »Dank you, Miss Barron.«

»Keine Ursache, Maresciallo. Ich bedanke mich bei Ihnen erst, wenn geklärt ist, wer meine Freundin ermordet hat.«

Perillo nickte, als hätte er ihre Worte verstanden. »Sagen Sie ihr, sie soll in der Gegend bleiben. Könnte sein, dass ich noch mal mit ihr reden muss.«

»Das habe ich schon.«

»Gut für Sie.«

Daniele sprach die Uhrzeit auf Band, stoppte die Aufnahme und brachte Nicos tags zuvor erstellte und mittlerweile von Daniele korrigierte Übersetzung von Miss Barrons Aussage zum Unterschreiben.

Perillo schaute Nico nach, wie er Miss Barron aus seinem Büro begleitete. »Daniele, ich finde, du solltest einen Englischkurs machen. Bei all den Engländern und Amerikanern, die hierherkommen, müssen wir in der Lage sein, uns auch ohne Hilfe Außenstehender mit ihnen zu verständigen.«

»Nico gehört zu uns«, erwiderte Daniele, der wusste, dass sein Chef lediglich seiner Frustration Ausdruck verlieh.

Perillo ließ sich auf seinen Stuhl sinken. Sein dummer Stolz bekümmerte ihn. Er musste sich bei Nico entschuldigen. »Lösch, was ich gerade gesagt habe, Daniele. Und dann gehen wir in die Bar und gönnen uns was.«

Nico hielt sich gerade in Enricos Laden auf, um das Brot fürs Restaurant abzuholen, als Ivana den Perlenvorhang teilte und eintrat. Sie war Anfang vierzig, kleingewachsen, hatte ein hübsches Gesicht und seit ihrer letzten Begegnung abgenommen. Ivana trug einen dunkelgrauen ausgestellten Rock und einen dazu passenden Pullover sowie an einem Arm eine große Handtasche. Und Turnschuhe.

Das ist ja mal was Neues, dachte Nico. Bisher kannte er sie nur in niedrigen Pumps. »Buongiorno«, begrüßte er sie. »Schön, Sie zu sehen.«

»Danke, Nico. Buongiorno, Signor Enrico. Rocco habe ich schon begrüßt.« OneWag lag auf der Straße unmittelbar vor dem Laden und kaute an einem Fetzen Prosciutto, den er zwischen den Pfoten eingeklemmt hielt.

»Ich wusste gar nicht, dass Sie hier einkaufen«, bemerkte Nico.

»Ist ziemlich weit weg von mir. Alba hat mich hergebracht.« Sie wandte sich dem Verkaufstresen zu. »Signor Enrico, ich wollte mich persönlich vorstellen, damit Sie wissen, wer in Ihrer Bäckerei arbeitet. Ich bin Ivana, Salvatore Perillos Frau.«

Eine weitere Überraschung, dachte Nico und lehnte sich gegen das Regal, statt mit der Brottasche zu seiner eigenen Arbeit zu gehen. Ivana hatte sich also einen Job gesucht. Bestimmt mit Tildes Ermutigung. Kein Wunder, dass Perillo gesagt hatte, Tilde schulde ihm etwas.

»Ich weiß, wer Sie sind, Signora«, erwiderte Enrico, ein kleingewachsener, schmaler Mann mit müden Augen, der sich auf ein Podest stellen musste, um über die hohe Glastheke schauen zu können. »Sie dürfen meine Bäckerei gern nutzen. Die Sünden des Ehemannes färben nicht auf die Frau ab.«

»Was hat Salvatore angestellt?«, erkundigte sich Ivana besorgt. *Mischte er sich bereits in die neue Ausrichtung ihres Lebens ein?*, fragte sie sich. *Bitte, Salva, mach mir keine Schande.*

»Salvatore hat nur seine Pflicht getan und mir eine Strafe aufgebrummt, weil ich die Salumeria zu früh geöffnet habe«, antwortete Enrico. »Mein Groll ist wie Schimmel auf dem Käse. Man muss ihn wegschneiden.« Er hob die Hände. »Bitte vergeben Sie einem nicht mehr ganz jungen Mann. Darf ich Ihnen ein Sandwich fürs Mittagessen machen? Und auch eins für Alba?«

Ivana tätschelte lachend ihre Handtasche. »Nein danke. Ich habe für uns alle etwas zu essen dabei.«

»Für alle?«, wiederholte Nico erstaunt. Bisher hatte er Albas Projekt, das seit dem Winter lief – dem Backen und Verpacken ihrer Cantuccini, die in ganz Italien verkauft wurden –, nicht allzu viel Aufmerksamkeit geschenkt. »Wie viele arbeiten denn bei der Sache mit?«

»Drei Frauen. Ich weiß noch nicht, was ich für Alba tun soll.« Ivana errötete vor Stolz. »Tilde braucht Alba im Restaurant, weil die Touristen allmählich wieder kommen.«

»Gratuliere«, meinte Nico. »Viel Spaß bei der Arbeit.«

»Danke. Arrivederci.«

Enrico winkte ihr breit grinsend nach.

»Ciao«, sagte Nico, als Ivana den Laden mit einem Nicken in seine Richtung verließ.

Nico nahm die beiden großen Taschen, in denen sich das Brot für Mittag- und Abendessen befand. »Sie wirken auch zufrieden.«

»Ich bin bei der Produktion mit von der Partie, habe ihnen

gratis einen Bereich in der Bäckerei zur Verfügung gestellt für einen kleinen Anteil an dem Unternehmen. Albas Cantuccini sind außergewöhnlich. Sie werden sich gut verkaufen.«

»Bestimmt«, meinte Nico. »Dann also viel Glück. Rocco sagt danke. Bis morgen.«

Als Nico auf die Straße trat, hatte OneWag seinen Leckerbissen vertilgt und inspizierte Ivanas neue Turnschuhe.

»Warten Sie auf Alba?«, erkundigte sich Nico.

»Nein, auf Sie. Ich bin Sonia Rossi, der Haushälterin von Signora Salviati, auf der Piazza Matteoti begegnet.«

Er stellte die Brottaschen auf dem Gehsteig ab. »Sie hat es Ihnen erzählt?«

Ivana nickte und bekreuzigte sich. »Ich kenne Sonia von den Bingo-Abenden in der Kirche von Greve. Natürlich ist sie ziemlich aus der Fassung. Sonia behauptet, interessante Informationen zu haben, fürchtet aber, dass ihr die Töchter die ihr zustehende Rente nicht zahlen, wenn sie sagt, was sie weiß.«

»Das müssen Sie Perillo erzählen.«

Ivana hob die Hand, als wollte sie einen Schlag abwehren. »Mit Salva möchte ich nicht über Morde reden. Bitte sagen Sie es ihm.« Sie griff in ihre Handtasche. »Sonia hat mir ihre Adresse gegeben. Sie will nicht in die Polizeistation kommen.«

Nico erwähnte nicht, dass Perillo die Adresse bereits kannte. »Danke, Ivana.« Er nahm den Zettel, den sie ihm reichte. »Ich tue Ihnen den Gefallen.«

»Danke *Ihnen*.«

»Keine Ursache. Noch einmal Gratulation zum neuen Job. Das wird eine gewaltige Veränderung.« In einer heißen Bäckerei massenhaft Cantuccini herzustellen und zu verpacken war mit Sicherheit mörderische Arbeit.

Ivana schenkte ihm ein strahlendes Lächeln. »Ein neues Abenteuer. Ich komme mir vor wie ein Kind am ersten Schultag. Aufgeregt und ein bisschen ängstlich. Seit ich damals in Pozzuoli für meinen Vater Fisch verkauft habe, bin ich nicht mehr im Berufsleben gestanden.« Mit besorgtem Blick streckte sie die Hand nach Nicos Arm aus. »Haben Sie Geduld mit Salvatore. Er ist nicht glücklich über das, was ich mache.«

Nico ergriff ihre Finger. »Er brummelt gern, aber am Ende wird er sehr stolz auf Sie sein.«

»Möge Gott es so einrichten«, meinte Ivana und verzog den Mund zu einem Lächeln.

Jemand hupte. Ein brauner Wagen kam den Hügel herauf. OneWag lief darauf zu.

»Da ist Alba. Ciao, Nico.«

»Ciao.« Nico sah Ivana nach, wie sie zu dem Auto eilte, und winkte Alba, die mit einem Hupen antwortete. Nachdem sie sich entfernt hatten, pfiff er OneWag und rief Perillo an.

»Madonna! Warum zum Teufel musste diese Person meine Frau belästigen?« Bevor Nico etwas erwidern konnte, legte Perillo auf.

Nico steckte das Handy in die Tasche, nahm die Brottaschen wieder in die Hand und folgte OneWag die Anhöhe hinauf zum Sotto Il Fico. Ein übellauniger Perillo würde die Lösung dieses Mordfalles nicht einfacher machen.

Sonia Rossi lebte in einer Dreizimmerwohnung zwei Stockwerke über dem großen Coop in Greve.

»Eine günstige Adresse«, bemerkte Perillo, nachdem er sich und Daniele an der Tür vorgestellt hatte. Small Talk erwies sich bisweilen als hilfreich, wenn man dem zu Befragenden die Nervosität nehmen wollte. Auch er selbst musste sich entspannen.

»Günstig fürs Einkaufen, aber nicht in puncto Mäuse«, erwiderte Sonia Rossi. Sie besaß ein breites Gesicht, eng beieinanderstehende teebraune Augen und eine lange Nase, die in fleischige Lippen überging. Die kurzen, allmählich ergrauenden braunen Haare hatten einen Topfschnitt. Ihr großgewachsener, kräftiger Körper steckte in einem fröhlich geblümten Hauskleid, das in deutlichem Kontrast zu ihrem ernsten Blick stand.

Sie sieht nicht aus, als hätte sie vor irgendwas Angst, dachte

Perillo. Trotzdem war sie nicht ins Revier gekommen, um Fingerabdrücke und eine Speichelprobe nehmen zu lassen.

Als Daniele ihre starken Arme sah, hätte er sich gewünscht, ihr den schweren Kassettenrekorder aus dem Büro in die Hand drücken zu können, den Perillo unbedingt dabeihaben wollte, weil es ihm nicht genügte, Aussagen mit dem Smartphone aufzunehmen. Dabei war es nicht einmal eine offizielle Befragung, weswegen keine Notwendigkeit bestand, das Gespräch aufzuzeichnen. Daniele hatte sich erboten, Notizen zu machen, doch heute schien Perillo nichts recht zu sein.

»Dürfen wir uns setzen?«, fragte Perillo schroff.

»Natürlich, gern.« Sonia trat einen Schritt beiseite. An einer beigefarbenen Wand stand ein zweisitziges Sofa mit Plastiküberzug vor einem Fernsehapparat. Neben der Couch befand sich ein Sessel mit Blumenmuster, darauf ein Korb, in dem etwas lag, das nach Strickzeug aussah. Über dem Sessel hing ein Kreuz aus getrockneten Palmwedeln und darüber eine alte Schwarzweißfotografie von den Eltern der Haushälterin, vermutete Daniele. Durch die offene Tür war ein Teil der Küche zu erkennen.

Perillo trat an den Tisch in der Mitte des Raumes, über den eine Spitzendecke mit einer Schale voll getrockneter Blumen gebreitet war. Dort zog er einen Stuhl heraus und setzte sich.

Daniele machte sich auf die Suche nach einer Steckdose. Kurze Zeit später entdeckte er eine, an der die Stehlampe neben dem Sofa angeschlossen war.

»Es wird doch keinen Kurzschluss geben, oder?«, fragte Sonia besorgt.

Daniele beruhigte sie mit einem Lächeln, während er die Lampe aussteckte. »Das glaube ich nicht.«

»Wir sind Ihnen zuliebe hier.« Perillo bemühte sich, Sonia seine Verärgerung darüber zu verbergen, dass sie Ivana durch ihre Information eine Last aufgebürdet hatte.

»Darf ich Ihnen einen Espresso anbieten? Und Zitronenkekse, die ich für Signorina Nora habe backen lassen?« Sonia hob kurz die Schultern und ließ sie wieder sinken. Ihre Miene blieb ausdruckslos.

»Nein danke«, antwortete Perillo. »Bitte setzen Sie sich. Ich werde Ihnen einige Fragen stellen, aber Sie müssen trotzdem ins Polizeirevier kommen, damit man Ihre Fingerabdrücke und eine Speichelprobe nehmen kann. Und Sie müssen Ihre Aussage unterschreiben.«

»Wird Signora Salviatis Familie erfahren, was ich Ihnen mitteile?«

»Die Frage kann ich Ihnen nicht beantworten, weil ich nicht weiß, was Sie mir mitteilen werden. Jedenfalls wird alles von meinem Brigadiere aufgezeichnet. Haben Sie das verstanden?«

Sonia sah Perillo in die Augen. »Was ich hier sage, wird sich nicht über Nacht ändern, falls Sie das mit Ihrer Frage meinen, ob ich verstanden habe.« Sonia ging zu dem Sessel, stellte den Korb mit dem Strickzeug auf den Boden und nahm Platz.

Nachdem Daniele den Kassettenrekorder eingesteckt hatte, holte er den freien Stuhl vom Tisch, stellte ihn neben den Rekorder und setzte sich ebenfalls. Die Vorstellung, auf einem Sofa mit Plastikschutzbezug zu sitzen und diesen unter seinem Gewicht wie eine Maus quieken zu hören, verursachte ihm eine Gänsehaut. Daniele drückte auf »Start« und sprach Uhrzeit, Ort und Namen der Anwesenden auf Band.

»Bitte nennen Sie mir Ihren Namen, Ihren Geburtsort und Ihr Geburtsdatum«, forderte Perillo Sonia auf.

»Sonia Maria Filomena Rossi, geboren in Greve in Chianti am dritten Februar vor dreiundfünfzig Jahren.« Ihre Worte vermischten sich mit Verkehrslärm und Lachen, die durchs offene Fenster hereindrangen.

»In welcher Beziehung standen Sie zu Signora Nora?«

»Ich bin seit dem Tod ihres Mannes vor zehn Jahren ihre Haushälterin. Sie hat die frühere Haushälterin gefeuert und mich eingestellt. Signora Nora war eine ungeduldige und anspruchsvolle Arbeitgeberin, aber ...«, Sonia reckte das Kinn vor, »... sie wusste gute Arbeit zu schätzen. Erst vor ein paar

Tagen hat sie mir erklärt, dass sie das Gefühl hat, sich blind auf mich verlassen zu können.«

»Wollten Sie von ihr weggehen?«

»Aber nein! Ich wäre geblieben, bis meine Beine nicht mehr mitgemacht hätten. Ich liebe die Villa, den Garten und die Vögel und hätte gern dort gewohnt. Neben der Küche befinden sich zwei Bedienstetenzimmer, doch sie wollte niemanden im Haus haben.«

»Hatte sie denn keine Übernachtungsgäste?«

»Wenn, kamen sie nach vier Uhr nachmittags und waren wieder weg, bevor ich um acht Uhr morgens das Haus betrat.«

»Signorina Barron übernachtete dort.«

»Das hatte vor ihr noch niemand getan. Eine sehr nette Signora.« Ein Lächeln trat auf ihr Gesicht. »Sie hat mir einen Wollschal mit Spitze aus England geschenkt und eine Tasse Tee angeboten. Signora Barron war nicht an eine Haushälterin gewöhnt, das lag auf der Hand. Und sie hat ihr Bett immer selbst gemacht.«

»Haben Sie sie dieses Jahr das erste Mal gesehen?«

»Nein. Sie war im Sommer hin und wieder zum Mittagessen da. Am Wochenende auch mal zum Abendessen.«

»Kennen Sie irgendwelche Freunde von Signora Nora außer Signorina Barron?«

»Die Rosatis. Sie wohnen auf der anderen Seite der Straße. Signora Rosati und Signora Nora haben jeden Donnerstagnachmittag Bridge gespielt. Manchmal war ihr Mann mit dabei, und sie blieben zum Abendessen, das vom Oltre Il Giardino in Panzano geliefert wurde. Im Sommer habe ich den Tisch auf der westlichen Terrasse gedeckt, damit sie den Sonnenuntergang erleben konnten. Ich habe ihr angeboten zu bleiben und das Dinner zu servieren, doch das wollte sie nicht.«

»Waren die Rosatis oft zum Abendessen da?«

»Ein- oder zweimal im Monat. Wenn keine Gäste kamen, habe ich eine einfache Mahlzeit für Signora Nora zubereitet, die sie in der Mikrowelle erhitzte. Am Morgen musste ich dann nur die Spülmaschine ausräumen. Signora Nora war sehr ordentlich.« Sonia legte den Kopf ein wenig schräg, als müsste sie kurz überlegen, bevor sie fortfuhr.

»Zu ordentlich, wenn ich mir das als Haushälterin zu bemerken erlauben darf. Es war, als hätte sie Angst, ihre Welt könnte in sich zusammenfallen, wenn sie nicht Ordnung hielt. Ich habe schnell gelernt, alles wieder genau an den Platz zurückzulegen, an dem ich es gefunden hatte. Was für ein Chaos herrschte allerdings, wenn die Töchter sie besuchten, was zum Glück nicht allzu oft geschah! Signora Adriana war die Schlimmere von beiden. Sie lachte und verschob die Dinge ein paar Zentimeter. Daraufhin versuchte Signorina Clara, sie zurückzuschieben, aber ihre Mutter merkte es jedes Mal. Wäre Signora Adriana meine Tochter, hätte ich ihr eine saftige Ohrfeige gegeben. Anders als Signora Nora. Sie hat die Sachen einfach nur zurückgestellt.«

»Ist Ihnen in den Wochen vor ihrem Tod irgendeine Veränderung in ihrem Verhalten aufgefallen?«

»Sie war nervös. Ich dachte, es liegt daran, dass die englische Lady zu Besuch kommt, denn die einzigen anderen Menschen, die sonst in der Villa übernachteten, waren ihre Töchter. Die wenigen Male, die sie sich herbemüht haben.« Sonia rümpfte missbilligend die Nase. »Letzte Woche, vor dem Eintreffen der englischen Lady, hörte ich Signora Nora lachen. Sie schien zu telefonieren. Das wunderte mich, denn für gewöhnlich lachte sie nicht. Sie war eine traurige Frau.«

»Sie haben meiner Frau mitgeteilt, Sie hätten Informationen, die uns bei den Ermittlungen helfen könnten.«

»Ja.« Sonia richtete sich mit grimmigem Gesicht in ihrem Sessel auf. »Signora Adriana und ihr Mann wollen die Villa und das Anwesen an ein Schweizer Unternehmen veräußern, das schon seit geraumer Zeit Hotels und Pensionen hier in der Gegend aufkauft.«

Perillo beugte sich gespannt vor. »Wo und wann haben Sie diese Information erhalten?«

»Während ihres letzten Besuchs bei Signora Nora. Vor drei

Wochen. Signor Fabio hat in dem kleinen Raum neben der Bibliothek telefoniert, den Signora Nora nicht nutzt. Ich habe in der Bibliothek Bücher abgestaubt und gehört, wie er sagte, er wisse, dass das Unternehmen Grundstücke in der Gegend aufkaufe. Eine Weile schwieg er, dann erkundigte er sich, ob sein Gesprächspartner Interesse an der Villa Salviati und dem Anwesen hätte. Plötzlich hat Lapo, das ist der Gärtner, seinen grässlichen Laubbläser direkt vor dem Fenster eingeschaltet. Er treibt mich noch in den Wahnsinn mit dem Ding. Den Rest des Telefonats habe ich nicht mitbekommen, nur noch, was Fabio zu seiner Frau sagte: ›*Sie haben ein Angebot gemacht.*‹ Das ist meine Information für Sie.«

»Sehr interessant, Signora Sonia.« Perillo dachte daran, die Stimme zu senken, weil er glaubte, auf Kassettenaufnahmen wie ein Kastrat zu klingen. »Hat Signora Nora jemals etwas über ihre Beziehung zu ihren Töchtern erwähnt?«

»Nur einmal, nachdem ich Zeugin geworden war, wie Signora Adriana ihre Mutter anschrie und sie beschuldigte, ihren Vater niemals geliebt zu haben. Als Adriana weg war, ist sie zu mir in die Küche gekommen und hat gesagt: ›Adriana hat recht. Ich habe ihn nie geliebt. Hoffentlich war Ihnen das Glück vergönnt, einen geliebten Menschen zu haben.‹ Ich antwortete, in dieser Hinsicht könne ich mich tatsächlich sehr glücklich schätzen, nur leider habe ich ihn zu früh verloren.«

»Hatten Sie jemals Probleme mit Signora Nora?«

»Ich war nur ein einziges Mal wütend, als sie die Sachen in der Vorratskammer umsortiert hat und ich nichts mehr finden konnte. Daraufhin habe ich ihr gesagt, wenn sie möchte, dass ich weiter für sie arbeite, muss sie mir die Herrschaft über den Küchenbereich überlassen. Darüber war sie nicht glücklich, das hat mir ihre Miene verraten, aber danach hat sie nie wieder etwas in der Kammer angerührt. Ich habe Stunden gebraucht, alles wieder nach meinen Vorstellungen zu ordnen.«

»Was können Sie mir über den Gärtner sagen?«

»Dass Lapo gern in die Küche kommt und versucht, meine

Zitronenkekse zu mopsen. Wenn Sie noch etwas anderes erfahren möchten, müssen Sie ihn selbst fragen.«

Perillo warf einen Blick auf seine Uhr und nannte die Zeit. »Ende der Befragung von Sonia Rossi.« Er stand auf. »Ich erwarte Sie morgen früh um neun im Polizeirevier.«

Sonia nickte widerwillig.

Daniele steckte den Rekorder aus und beugte sich vor, um das Gerät vom Tisch zu heben.

»Das Ding sieht schwer aus«, bemerkte Sonia. »Soll ich Ihnen meinen Einkaufswagen leihen? Den kann ich am Morgen wieder mitnehmen.«

Daniele schüttelte errötend den Kopf. Wirkte er so kraftlos? »Sehr freundlich von Ihnen, danke. Das Auto steht ganz in der Nähe.«

»Machen Sie sich das Leben leicht.« Sonia marschierte zu Daniele, um ihm den Rekorder abzunehmen, ging damit in die Küche und kehrte mit dem Gerät in ihrem Einkaufswagen zurück. »Hier.« Sie schob Daniele den Wagen hin. »Sparen Sie sich Ihre Muskelspiele für eine Frau Ihres Alters.«

Perillo schmunzelte, und Danieles Gesicht war nach wie vor rot, als Sonia sie zur Tür begleitete. »Bitte finden Sie den Mörder, Maresciallo.«

Perillo lüpfte die Mütze. »Ich werde mir Mühe geben, kann aber für nichts garantieren. Danke. Buongiorno.«

VIER

Nico häufte Rigatoni mit Wurst und Pilzen auf Teller, als Tilde einen leisen Pfiff ausstieß. Sie blickte zu dem schmalen Fenster hinaus, von dem aus ein Teil der Terrasse zu sehen war.

»Ich wette, er erwartet ein Gratisessen«, stellte sie fest.

Nico trat zu ihr ans Fenster. Draußen erläuterte Alba, bekleidet mit einem kurzen Rock und einem enganliegenden Pullover, einem Maresciallo der Carabinieri in Zivil die Speisekarte.

»Dass Ivana arbeitet, hast du eingefädelt?«

»Nein, das war ihre eigene Entscheidung. Ich habe ihr lediglich den Job vermittelt.«

Nico ging zum Tresen zurück, um den letzten Teller für Alba zu füllen. »Bin gleich wieder da.«

»Sag ihm, er ist sehr wohl in der Lage, sein Mittagessen selber zu kochen. Aber den ersten Gang spendiere ich ihm.« Tilde wandte sich wieder dem Rindfleisch zu, das sie in hauchdünne Scheiben für stracci con rughetta schnitt – Fleischstreifen mit Rucola. »Allerdings nur heute!«, rief sie Nico hinterher.

»Die Rigatoni sind super«, begrüßte Nico Perillo, nachdem er Alba den letzten Teller zum Servieren gereicht hatte.

Perillo hielt den Blick auf die Speisekarte gerichtet. »Haben Sie die gekocht?«

»Ich bin für die Sauce verantwortlich.«

»Und was ist von Tilde?«

»Die Auberginenlasagne.«

Perillo schüttelte den Kopf. »Leute aus dem Norden können keine Lasagne machen. Bei denen hat sie nicht genug Schichten. Und keinen Ricotta. Ich nehme Ihr Gericht.« Er sah Nico an. »Die Frau, zu der Sie mich geschickt haben ...«, sagte er leise, »... hat scharfe Ohren und interessante Informationen.«

Nico war klar, dass er die Haushälterin Sonia meinte.

»Zu Ihren Rigatoni werde ich ein Gläschen Supertoskaner brauchen. Am Nachmittag erwarte ich die Familie. Soll ich immer noch heute Abend bei Ihnen vorbeischauen?«

»Sehr gern.« Nico war neugierig, was Haushälterin und Familie berichtet hatten. Außerdem wusste er, dass Perillo Verstärkung benötigen würde. »Wann, überlasse ich Ihnen.«

»Um sieben. Ich bleibe nicht lange, weil ich so schnell wie möglich hören will, wie Ivanas erster Arbeitstag war. Keine Ahnung, ob ich hoffe, dass es ihr gefällt oder dass sie gleich morgen wieder damit aufhören möchte. Nicht dass sie das tun würde. Sie ist wie ihr Mann – zu stolz. Gehen Sie mal lieber wieder in die Küche. Ich spüre Tildes sengenden Blick auf mir.«

»Den ersten Gang spendiert sie Ihnen.«

»Das sollte sie auch.« Perillo prostete ihr mit dem leeren Weinglas in Richtung Fenster zu.

»Buon appetito und sagen Sie Bescheid, wenn Sie sich auf den Weg machen.« Nico kehrte in die Küche zurück, wo er das von Perillo bestellte Gericht auf einen Teller gab, mit einer Extrawurst für seinen Freund.

Nach einer ausgezeichneten Mahlzeit zum Schnäppchenpreis saß Perillo hinter seinem Schreibtisch, bereit, Noras Familie ins Auge zu blicken. Daniele, dem es nicht gelungen war, Stella in ihrer Mittagspause zu erreichen, arrangierte bedrückt vier Stühle im Halbkreis vor Perillos Tisch.

»Das war gar nicht schön«, stellte Adriana fest, als sie, angetan mit einem rot geblümten Seidenkleid und einem pinkfarbenen Blazer, den Raum betrat. Bei ihrem Mann, ihrer Schwester und dem Freund ihrer Schwester wurden gerade Fingerabdrücke und Speichelproben genommen.

Perillo konnte sich ob der grellen Farben, die sie trug, ein Blinzeln nicht verkneifen. *Sie feiert den Mord an ihrer Mutter.* »Schön ist die Identifikation einer Leiche nie.«

»Ach, das.« Adriana überprüfte, ob ihre Hände sauber waren. »Wir wussten ja, was uns erwartet. Nein, ich meine die Journalisten. Sie lassen uns keine Ruhe. Können Sie das nicht unterbinden?«

»Sie rauben uns hier auch den letzten Nerv. Leider kann ich nichts tun.«

Adriana nahm auf einem der Stühle Platz und schlug die Beine übereinander. »Ich hoffe, Sie fassen den Dieb, der meine Mutter umgebracht hat.«

Perillo straffte die Schultern. »Dann haben Sie den Opalring also nicht gefunden?«

»Vergessen Sie den albernen Ring. Der viel wertvollere Schmuck meiner Mutter fehlt, insgesamt sieben Stücke. Ich habe eine Liste für Sie erstellt.« Adriana öffnete ihre winzige pinkfarbene Handtasche und gab Perillo einen gefalteten Zettel. »Die Kunstwerke hat der Dieb dagelassen – wahrscheinlich lassen sie sich nicht so leicht verscherbeln.«

Perillo entfaltete den Zettel und las:

Fehlende Stücke: ein Art-déco-Diamantring, drei Karat, in Platinfassung, ein ovaler Cabochon-Rubinring in Goldfassung, ein Diamantcollier, abgestuft, mit runden Steinen, zwölf Karat, in Weißgoldfassung mit dazu passenden Ohrringen in Tropfenform, eine Diamantbrosche in Form eines fliegenden Vogels, ein zweireihiges Perlen-Diamant-Collier sowie ein schmales einreihiges Diamantarmband.

»Haben Sie Fotos von dem Schmuck?«

»Wir konnten keine finden. Fabio hat sich bei der Versicherung erkundigt, ob sie welche haben. Meine Mutter hat die Versicherung schon vor Monaten gekündigt. Der Vertreter hat uns mitgeteilt, sie hätten die Fotos zurückgeschickt. Ich könnte mir gut vorstellen, dass sie sie zerrissen hat.«

»Wo bewahrte Ihre Mutter den Schmuck auf?«, erkundigte sich Perillo. »Und wann haben Sie das letzte Mal eines der Stücke gesehen?«

»Im Gartenschuppen«, antwortete Fabio Meloni, der mit Clara in den Türrahmen getreten war, während Perillo die Liste las. Heute trug er eine dunkelgrüne Cordhose und eine senfgelbe Strickjacke. »Als ich neulich beruflich in der Gegend war, habe ich die Gelegenheit genutzt, um Nora zu besuchen und sie zu drängen, dass sie sich ein Schließfach bei der Bank nimmt.« Er setzte sich neben seine Frau.

»Wir haben ihr alle gesagt, dass es Wahnsinn ist, die Sachen im Schuppen zu lassen«, erklärte Clara und nahm auf der anderen Seite ihrer Schwester Platz. »Doch Mamma war stur. Sie hat den Schmuck nie getragen, obwohl sie ihn sich gern anschaute.«

Daniele beobachtete Clara, seit sie den Raum betreten hatte. Mit ihren espressobraunen Augen und dem sinnlichen Mund wirkte sie sehr attraktiv und dynamisch. Die dunklen, ein wenig wirren Haare reichten ihr bis zu den Schultern. Sie trug ein oberschenkellanges Strickkleid, dazu dünne gerippte graue Leggings in dazu passenden grauen Stiefeletten. Daniele spürte, wie ihm die Röte in die Wangen stieg, als er ihre langen, wohlgeformten Beine betrachtete.

»Wann fand dieser Besuch statt, Signor Meloni?«, fragte Perillo.

»Vor neun Tagen.«

»Haben Sie den Schmuck da gesehen?«

Kurz wirkte Fabio nervös. »Nein, aber sie hätte es mir gesagt, wenn er verkauft worden wäre.«

»Mit Sicherheit«, bekräftigte Adriana verärgert. »Die beiden hatten ein sehr gutes Verhältnis.«

»Maresciallo«, mischte sich Clara nach einem schnellen Blick auf ihre Schwester ein. »Mamma hat mir den Diamantring vor etwa einem Monat gezeigt, ihn aus der Plastiktüte genommen, in der der gesamte Schmuck war.«

»Wie bitte?«, rief Adriana aus, bevor Perillo seine nächste Frage stellen konnte.

Clara sah ihre Schwester finster an. »Sei nicht so eklig. Sie hat mir den Ring bloß gezeigt und ihn dann zurück in die Tüte mit der Blumenerde gesteckt.«

Daniele holte seinen Notizblock hervor, um etwas aufzuschreiben.

Perillo verfolgte die interessante Familieninteraktion mit verschränkten Armen.

»Ich und eklig?«

Fabio zupfte Adriana am Ärmel, doch die war nicht zu stoppen.

»Ich weiß, was du gemacht hast. Du hast Mamma deinen hübschen Marco präsentiert und ihr erzählt, dass ihr zwei heiraten wollt. Bestimmt hast du gesagt, der Ring würde sich wunderbar für die Verlobung eignen. Aber unsere Mutter hat ihn gleich wieder in eine Tüte voll Dreck geschoben. Wie unseren Vater.«

Clara bedachte ihre Schwester mit einem herablassenden Lächeln. »Du meinst immer, du wüsstest alles. Mamma hat ihn mir gezeigt, um mir mitzuteilen, dass sie ihn verkaufen wollte. Sie hatte vor, syrischen Geflüchteten zu helfen.«

»Ha!«, rief Adriana aus. »Was für eine Geschichte!«

Nun reichte es Perillo. »Vielleicht hat Signora Salviati den Schmuck tatsächlich gespendet.«

»Nie im Leben«, erwiderte Adriana, nun ruhig. »Entweder sie hat Clara angelogen, oder Clara lügt jetzt.« Sie machte eine wegwerfende Handbewegung. »Der Schmuck wurde gestohlen, Maresciallo. Er ist verschwunden. Verstehen Sie?«

Unter dem Schreibtisch ballte Perillo die Hand zur Faust. »Selbstverständlich gehen wir der Sache mit dem Schmuck Ihrer Mutter nach, doch möglicherweise war er nicht der Grund, warum sie umgebracht wurde.« Der Diebstahl passte einfach zu gut. Er traute diesen Leuten nicht über den Weg.

»Was für einen anderen Grund sollte es geben?«, fragte Fabio Meloni, der seinen dünnen Hals in Richtung des Maresciallo reckte. »Nora wusste, wer den Schmuck gestohlen hat, stellte sich dem Dieb entgegen und wurde erdrosselt. Sie sollten mit einer gründlichen Durchsuchung des Gepäcks von dieser Barron-Frau beginnen.«

»Wir werden alles Nötige tun, um den gestohlenen Schmuck

wiederzubeschaffen. Aber jetzt würde ich mit Ihnen gern weiter über den Mord an Ihrer Mutter beziehungsweise Ihrer Schwiegermutter reden.«

Adriana zupfte ihre pinkfarbene Jacke zurecht. »Ich dachte, das machen wir gerade, Maresciallo.«

Perillo kratzte sich an der Handfläche, um dieser selbstgefälligen Frau keine Ohrfeige zu verpassen. »Signorina Barron hat, kurz bevor sie das Musikzimmer betrat und die Leiche Ihrer Mutter entdeckte, gehört, wie die *Mondscheinsonate* auf dem Klavier gespielt wurde. Besitzt dieses Stück innerhalb Ihrer Familie eine besondere Bedeutung?«

»O ja, zumindest für uns beide«, antwortete Clara. »Wir mussten es stunden-, wenn nicht tagelang für unseren Klavierlehrer spielen. Wir haben es ihm nie gut genug gemacht. Am Ende war ich immer in Tränen aufgelöst.«

»Meine Schwester und ich sind gänzlich unmusikalisch«, fügte Adriana hinzu. »Am Ende habe ich Babbo davon überzeugt, dass wir, auch ohne Klavierspielen zu können, ordentliche junge Signorine wären. Unsere stets negativ eingestellte Mutter hat gemeint, wir würden es bereuen. Doch das haben wir nie.«

»Ich schon«, widersprach Clara. »Bei Partys hätte es Spaß gemacht.«

Adriana tat die Äußerung ihrer Schwester mit einem Achselzucken ab.

»Für Ihre Mutter besaß die *Mondscheinsonate* keine besondere Bedeutung?«, erkundigte sich Perillo.

»Nicht dass ich wüsste.« Adriana sah ihre Schwester Clara an, die den Kopf schüttelte.

Perillo hatte das Gefühl, nicht weiterzukommen. Dass der Schmuck gestohlen worden war, bereitete ihm Kopfzerbrechen; außerdem konnte er nicht beurteilen, ob der Diebstahl sich als Motiv für den Mord eignete. Am Abend zuvor hatte er sich trotz seiner Müdigkeit mit Ivana auf YouTube die *Mondscheinsonate* anhören wollen, war aber eingeschlafen. Morgens hatte er sie dann gefragt, wie sie das Stück finde. »Diese wunderschöne Musik entspringt einem leidenden Herzen«, hatte sie geantwortet.

»Wissen Sie, ob Ihre Mutter eine Liebesbeziehung mit irgendjemandem hatte?«, erkundigte sich Perillo nun.

Adriana schnaubte verächtlich. »Mit sich selbst.«

»Das ist unfair, Adriana«, protestierte Clara. »Mamma war so auf sich selbst bezogen, weil sie sich unglücklich fühlte. Du hast sie nicht geliebt. Ich habe sie nicht sonderlich beachtet. Und Babbo hatte jede Menge Affären.«

Adriana richtete sich kerzengerade auf und bedachte ihre Schwester mit einem wütenden Blick.

Clara sah Perillo an. »Von Liebesbeziehungen wäre mir nichts bekannt.«

Wenn er den Lamberti-Schwestern so zuhörte, fühlte Perillo sich an die Good-Cop/Bad-Cop-Konstellationen in amerikanischen Krimis erinnert. Zogen die beiden Frauen eine Show ab? Oder rührte seine Reaktion von seinen Vorurteilen gegenüber Leuten aus der Oberschicht?

Perillo nahm den Telefonhörer in die Hand, um Dino zu fragen: »Warum ist Marco Zanelli noch nicht da?« Dinos Antwort fiel kurz aus. »Ah«, meinte Perillo und legte auf. Das gute Gefühl vom Mittagessen war längst dahin. »Ich habe darum gebeten, dass Marco Zanelli kommt, und Sie, Signora Meloni, haben ihm gesagt, er soll heimgehen?«

»Ja«, antwortete Adriana. »Er gehört nicht zur Familie und hat bei diesem Gespräch nichts verloren. Ich dachte, Sie brauchen ihn nur wegen der Fingerabdrücke und einer Speichelprobe.«

Perillo schlug mit der Faust auf den Tisch. »Überlassen Sie das Denken mir!«

Adriana zuckte die Schultern. »Kein Grund zur Aufregung. Er weiß sowieso nichts. Wenn Sie unbedingt wollen, können Sie ihn ruhig noch mal herbestellen.«

»Er wartet in meinem Wagen auf mich«, verkündete Clara. »Soll ich ihn dazuholen?«

»Nein.« Perillo musste weg von dieser Familie. Zur Beruhigung brauchte er eine Zigarette oder einen Kaffee oder ein bisschen frische Luft. »Ich will ihn getrennt befragen, wie ich auch Sie drei separat befragen werde. Ihre Aussagen werden aufgenommen und abgetippt. Dann kommen Sie noch einmal hierher, überprüfen die getippte Fassung auf Ungenauigkeiten und unterschreiben sie.« Perillo stand auf. »Daniele, bitte kümmere dich darum. Buonasera. Wir sehen uns wieder.« Er nickte den beiden Frauen zu und verließ den Raum.

Draußen bedauerte Perillo seinen Wutausbruch. Was noch mehr Zorn in ihm aufsteigen ließ. Er ballte die Hand zur Faust und lockerte sie. »*Verliere bei der Arbeit nie die Beherrschung*«, hatte sein Mentor bei den Carabinieri ihm eingebläut. »*Das ist ein Zeichen der Schwäche.*« Perillo rief Nico an. »Ich könnte in einer halben Stunde bei Ihnen sein.« Dann hätte er sich hoffentlich ein wenig beruhigt.

»Wann Sie möchten.«

»Danke.« Er steckte das Handy zurück in seine Jacke.

Dino tauchte mit ängstlicher Miene an der Tür zur Polizeistation auf. Die starre Haltung des Maresciallo war Warnung genug. »Entschuldigen Sie, Maresciallo.«

»Was ist?«, herrschte Perillo ihn an und klopfte die Taschen seiner Uniform nach einem Päckchen Zigaretten ab.

»Avvocato Sbarra, der Anwalt von Signora Salviati, ist am Telefon.«

»Lass dir seine Nummer geben. Ich rufe ihn zurück.« *Wo sind die verdammten Zigaretten?*

»Ja, Maresciallo.« Erleichtert zog Dino sich in das sichere Polizeirevier zurück.

Du hast aufgehört, du Idiot, weißt du nicht mehr? Perillo stapfte zur Bar und gönnte sich einen Espresso mit Grappa. Sein Zorn verrauchte, als er sah, wie die Lamberti-Familie die Polizeistation verließ. Sobald ihre Autos verschwunden waren, überquerte er die Straße und setzte sich auf eine Bank in dem kleinen Park, wo er oft Büroarbeit verrichtete. Von dort aus rief er Dino an. »Wie lautet die Nummer?« Er notierte sie. »Danke.«

»Ah, Maresciallo. Schön, dass Sie anrufen«, sagte Sbarra, nachdem Perillo ihm seinen Namen genannt hatte. »Ich wollte gerade die Kanzlei verlassen, weil ich mich entschieden habe, nicht auf den Durchsuchungsbeschluss zu warten. Je eher Sie Informationen erhalten, desto schneller klären Sie den schrecklichen Mord an der Signora auf. Mir liegt Signora Salviatis neues Testament vor.«

»Wie neu?«

»Es wurde vor fünfzehn Tagen verfasst. Möchten Sie vorbeikommen und es sich anschauen? Meine Sekretärin kann Sie hereinlassen.«

»Nein, bitte lesen Sie es mir am Telefon vor.«

Es dauerte nicht lange.

»Wie stark unterscheidet es sich von dem alten?«, erkundigte sich Perillo.

»Sehr.« Der Anwalt erklärte ihm die Änderungen. »Da wäre noch ein anderes Dokument, über das Sie Bescheid wissen sollten.«

Diese Neuigkeit war zigarettenwürdig. »Ist die Familie informiert?«

»Ich fahre jetzt gleich zur Villa, um den Text des Testaments zu verlesen und ihnen das Dokument zu zeigen.«

Als Perillo, noch in Uniform, eintrat, musste Nico nur kurz einen Blick auf das Gesicht seines Freundes werfen, um sofort zu dem kleinen Schrank zu gehen, den er auf Nellis Rat hin erworben hatte, und die Whiskeyflasche herauszuholen.

Perillo sank in den neuen Sessel gegenüber von Nicos altem. OneWag, der Stimmungen schnell erspürte, stupste den Freund seines Herrchens sanft mit der Schnauze an. »Ciao, Rocco.« Perillo tätschelte den Kopf des Hundes und sah sich in dem Raum um, der als kleines Wohn- und Esszimmer sowie als Küche diente. »Nelli hat einiges geändert«, bemerkte er. OneWag ließ sich zu seinen Füßen nieder.

»Nicht viel. Sie verbringt jetzt drei oder vier Nächte die Woche hier.« Nico stellte die beiden Gläser neben eine Schale mit

Parmigiano-Reggiano-Stücken auf den Tisch. »Ihre Vorschläge haben mir gefallen, weswegen wir uns nicht streiten mussten. Eis?«

»Ohne, danke.«

Nico schenkte jeweils etwa zwei Fingerbreit Whiskey in die Gläser. Sie stießen an und wünschten einander Gesundheit. Nico setzte sich in seinen Sessel und schob Perillo den Teller mit dem Käse hin.

»Nein danke. Der Whiskey soll wirken.«

»Wie lief's mit der Familie?« Nico stellte die Schale auf den Boden zwischen ihnen. OneWag mochte Parmigiano nicht.

»Nicht gut. Es gibt eine weitere Komplikation. Anscheinend wurde Noras wertvoller Schmuck gestohlen. Laut Aussage der Töchter hat sie ihn im Gartenschuppen aufbewahrt. Die Spurensicherung ist schon unterwegs, um zu sehen, was sich in dem Schuppen und der unmittelbaren Umgebung finden lässt. Morgen früh gehen Dani und ich rüber und reden mit dem Gärtner und seinem Sohn. Sie brauche ich auch …«

Nico fiel ihm ins Wort. »Ich kann mir denken, warum – Sie wollen, dass ich Noras Engländerin einen Besuch abstatte.«

»Genau. Der Verdacht der Familie fiel sofort auf sie.«

»Wer soll mich begleiten, um Signorina Barrons Sachen durchzugehen?«

»Dino.«

»Haben Sie einen Durchsuchungsbeschluss?«

»Ich bin mir nicht sicher, ob ich einen kriegen kann. Aber ich denke, Sie sollten Signorina Barron mit Laura Benatis Hilfe erklären, dass es für sie von Vorteil wäre, wenn sie so schnell wie möglich von jedem Verdacht befreit wird.«

»Glauben Sie, Nora wurde ihres Schmuckes wegen ermordet?«

»Die Familie glaubt es, doch Clara hat erwähnt, dass Nora vorhatte, den Schmuck zu verkaufen, um syrischen Geflüchteten zu helfen. Vielleicht hat das jemanden in der Familie auf die Idee gebracht, ihn zu stehlen, bevor Nora ihn weggeben konnte. Adriana ist der festen Überzeugung, dass die Sache mit Syrien eine Lüge war.«

»Möglicherweise wollte sie ein Motiv für die Ermordung Noras kaschieren.«

»Die Diamanten sind sicherlich eine Menge Geld wert, aber es gibt noch andere denkbare Motive.« Perillo nahm einen Schluck Whiskey. »Noras Anwalt hat mich angerufen. Vor fünfzehn Tagen hat sie ihr Testament geändert, in dem sie nun ihren Töchtern einen beträchtlichen, hälftig aufgeteilten Geldbetrag hinterlässt. Ihr Gärtner Lapo erhält in der alten wie der neuen Fassung eine erstaunlich hohe Summe. In der neuen bekommt dessen Sohn zehntausend Euro, sobald er achtzehn ist, nicht mehr fünftausend wie zuvor. Der Erbteil von Haushälterin und Wäscherin ist gleich geblieben.«

»Was ist mit dem Anwesen und dem Schmuck?«

»Im ersten Testament hätten die Töchter beides geerbt. Im neuen ist weder von Anwesen noch von Schmuck die Rede.«

»Was passiert also damit?«

»Beim Schmuck muss das Nachlassgericht klären, wer die nächsten Verwandten sind. Am Ende werden Noras Töchter ihn erhalten, es sei denn, es existiert noch irgendwo ein bislang unbekanntes Kind. Aber das wird eine Weile dauern.« Perillo leerte sein Glas und nahm sich nun doch ein Stück Käse. Allmählich begann er sich besser zu fühlen.

»Und das Anwesen?«

»Nora hat eine Absichtserklärung unterzeichnet, es an Bel-Posto, eine Schweizer Hotelkette, zu veräußern, das Unternehmen, das, so der Anwalt, im Chianti reihenweise kleine Hotels aufkauft. Sein Ziel ist es, die Region in ein Paradies für Superreiche zu verwandeln. Ohne Rücksicht auf Verluste. Die Villa würde dann ein Fünfsterneschuppen. BelPosto hat ihr letzte Woche eine saftige Anzahlung überwiesen.« Perillo lehnte sich in den Sessel zurück. »Vor drei Wochen hat die Haushälterin Sonia ein Gespräch von Fabio Meloni mit einem Schweizer Unternehmen belauscht, nach dem er seiner Frau sagte: ›Sie haben ein Angebot gemacht.‹ Offenbar ahnte Meloni, dass sie verkaufen wollte. Die Aussicht, das Anwesen zu verlieren, wäre für das eine oder andere Mitglied der Familie ein solides Mordmotiv.«

»Warum das Risiko eingehen, drei Wochen mit dem Mord zu warten?«

»Fabio wusste lediglich von BelPostos Angebot. Ihm war zu dem Zeitpunkt nicht unbedingt klar, dass sie die Sache auch durchziehen wollte, aber vielleicht hat er etwas gehört oder gesehen, das ihre Verkaufsabsicht bestätigte.«

»Haben Sie die Leute von BelPosto nach Melonis Anruf gefragt?«

»Das stand auf meiner Liste. Jetzt, da ich über den Verkauf informiert bin, ist das nicht mehr nötig. Die Familie wird die Veräußerung vor Gericht anfechten, das steht für mich fest. Kann sein, dass sie gewinnt, doch das wird Jahre dauern. Ich kann mir gut vorstellen, wie Fabio Meloni den wichtigen Chiantihändler spielen möchte.«

»Warum nicht die Töchter?«, erkundigte sich Nico. »In der Leitung von Antinori sitzen drei Schwestern, in der von Castello di Volpaia Mutter und Tochter. Bestimmt gibt es zahllose andere Beispiele.«

»Berechtigter Einwand, Nico. Offen gestanden halte ich es durchaus für möglich, dass Adriana sich in der Rolle gefallen würde. Die Salviati-Weine galten früher offenbar als die besten der Chiantiregion.«

»Vielleicht wollen sie das Testament gar nicht anfechten. Der Verkauf des Anwesens würde eine Menge Geld bringen. Haben Sie schon einen Blick auf die Finanzen der Familie geworfen?«

»Ich habe um einen Durchsuchungsbeschluss gebeten. Daniele ist dabei herauszufinden, wie weit er ohne kommt. Er vollbringt wahre Wunder mithilfe des Internets.«

Nico stand auf, um Perillo nachzuschenken. »Ich weiß, Sie hoffen, dass jemand aus der Familie Nora umgebracht hat, doch bislang haben Sie nichts gegen sie in der Hand.«

Perillo schwenkte stirnrunzelnd den Whiskey im Glas.

Nico setzte sich wieder. »Mit wem hatte Nora sonst zu tun?«

Perillo erzählte, was die Haushälterin ihm über die Rosatis berichtet hatte. »Ich werde sie mit Daniele besuchen.« Er nahm einen Schluck, und ein zufriedenes Lächeln trat auf seine Lippen. »Sie sind mir schon einer, Nico, aber Ihr Whiskey ist das reinste Gold.«

»Der Whiskey stimmt milde. Und ich lausche.«

»Das ist mir klar. Ihnen fallen Dinge auf. Rocco auch. Schauen Sie, wie er zu meinen Füßen schlummert.«

Beim Klang seines Namens hob OneWag verschlafen ein wenig den Kopf. Als er merkte, dass alles beim Alten war, senkte er ihn wieder auf die Pfoten.

»Heute hat er das erste Mal nicht an meinen Schuhen geschnüffelt. Wie erkennen Hunde die Stimmung? Und woher wussten Sie, dass ich jemanden brauche, der mir zuhört?«

»Das war Ihrem Gesicht anzusehen.«

»Stimmt vermutlich. Wahrscheinlich sieht man es mir immer noch an. Ivana meint, ich bin sauer auf sie.« Perillo legte einen Finger auf seine Brust. »Doch ich bin sauer auf mich selbst. Nie im Leben wäre ich auf die Idee gekommen, dass sie auch ein Leben außerhalb des Haushalts will. Sie hat niemals etwas gesagt, und ich habe sie nie gefragt.« Perillo schämte sich. Er blickte auf die kleine Terrasse hinaus, auf der er und Daniele so oft Nicos köstliches Essen genossen hatten und wo er der Versuchung zu vieler Zigaretten erlegen war. Zum Glück war Dani jetzt nicht bei ihm. Und Gott sei Dank rauchte er nicht mehr. »Sind die Schwalben schon zurück?«

»Ja, seit letztem Monat. In den Dachbalken sind drei Nester.« Nico wartete in der Hoffnung, dass sein Freund ihm verraten würde, was ihn belastete. Sechs Monate zuvor, als sein fünfzigster Geburtstag bevorstand, war Perillo zu ihm gekommen, weil er Angst vor dem Altwerden hatte. Diesmal, vermutete Nico, plagten seinen Freund noch andere Sorgen als Ivana.

Perillo stand auf und stellte das leere Glas auf den Küchentisch. Dann zog er einen der Holzstühle heraus und setzte sich. Er wollte den harten Rücken spüren. »Ich kann bei den Ermittlungen im Mordfall Nora nicht neutral sein, zu dem Schluss bin ich gekommen. Und ich werde dem Stellvertretenden Staatsanwalt mitteilen, dass das Nucleo Investigativo ohne meine Hilfe weitermachen soll.«

Nico versuchte erst gar nicht, seine Überraschung zu verbergen. Dass Perillo freiwillig die Kontrolle abgab, war etwas völlig Neues und eine schlechte Nachricht. »Warum glauben Sie, nicht neutral sein zu können?«

»Weil ich seit Langem Vorurteile gegenüber Reichen, Privilegierten und Menschen hege, die meinen, ihnen gehöre die Welt. Gegenüber Leuten, die in ihren Gucci-Schuhen und mit ihren Prada-Taschen voller Geld an einem hungrigen Bettler vorbeigehen, ohne ihn zu bemerken. Gegenüber Leuten wie Adriana und Fabio Meloni. Irgendwo habe ich gelesen, dass ihr in Amerika sie das ›eine Prozent‹ nennt. Ich hasse sie.«

»Ich bin nicht auf der Straße aufgewachsen wie Sie«, erwiderte Nico, »aber ich mag dieses eine Prozent auch nicht. Bevor Sie den Staatsanwalt kontaktieren: Überlegen Sie, was Ihr Mentor jetzt zu Ihnen sagen würde.« Im Jahr zuvor hatte Perillo Nico erzählt, wie Capitano Perillo ihn beim Stehlen erwischt und ihm, statt ihn ins Gefängnis zu stecken, ein Zuhause und ein neues Leben angeboten hatte.

»Il Capitano würde mir einen Vortrag über Pflicht, Gerechtigkeit und das Carabinierimotto *Auf ewig treu* halten.«

»Und was ist mit Nora, die ihren Schmuck offenbar nicht ihren Töchtern hinterlassen, sondern spenden wollte, um syrischen Geflüchteten zu helfen? Verdient sie etwa nicht Ihre Hilfe bei der Entlarvung des Mörders?«

»Nora verdient auf jeden Fall Gerechtigkeit«, antwortete Perillo. »Sogar Schweine verdienen die – zumindest ihre Familien. Aber ich habe Angst, nicht fair zu sein. Es würde mir große Genugtuung verschaffen, Adriana und Fabio den Mord anzuhängen, nur um meine Vorurteile bestätigt zu sehen. Nun kennen Sie diese Vorurteile. Ich traue mir selbst nicht mehr über den Weg.«

»Dani und ich stehen Ihnen bei. Und die Person, die der

Staatsanwalt schickt. Letztes Mal hat Daniele den Täter aufgespürt.«

Perillos Miene entspannte sich. »Ja, das stimmt. Ich war fest davon überzeugt, dass jemand anders den Mord begangen hat. Schätze, ich bin ein aufgeblasener Wichtigtuer. Aber – mein Carabinieri-Vater möge es mir nachsehen – ich kann diese Frau und ihren Mann einfach nicht ausstehen.«

»Wer weiß?«, meinte Nico. »Einer von ihnen könnte für den Mord verantwortlich sein, vielleicht waren auch beide daran beteiligt. Welchen Eindruck haben Sie von der Schwester und ihrem Freund?«

»Den Freund habe ich nur kurz gesehen.« Perillo erklärte, warum er die Beherrschung verloren hatte. »Clara kann ich nicht recht einschätzen. Sie hat ihrer Schwester gesagt, sie soll nicht so eklig sein. Das hat mir gut gefallen.« Er setzte sich wieder in den bequemen Sessel und warf einen Blick auf seine Uhr. »Ich muss los, sonst macht Ivana sich Sorgen. Doch bevor ich gehe ...« Er streckte die Hand aus, nahm drei Stücke Parmigiano aus der Schale auf dem Boden, steckte eines in den Mund und kaute. »Mmm, der ist richtig gut. Wo haben Sie den her?«

Vielleicht ist die Krise vorüber, dachte Nico. »Aus Enricos Salumeria.«

»Er hat mir die Strafe damals nach wie vor nicht verziehen.« Perillo hielt OneWag ein Stück Parmigiano vor die Schnauze. Der Hund schnupperte und hob den Kopf. Als er sah, dass der Freund seines Herrchens ihn anschaute, nahm er artig den Käse.

»Du bist ein Glückspilz, Rocco«, bemerkte Perillo. »Und molto simpatico.« Er stand auf, steckte ein weiteres Stück Käse in den Mund, zog seine Uniformjacke glatt, zupfte die Bügelfalte seiner Hose zurecht und ging zur Tür. »Danke, amico und buonasera. Rufen Sie mich nach Ihrem Besuch bei Signorina Barron an.«

»Ich schicke Fotos von dem Versteck.«

»Fortuna stehe uns bei.«

»Tun Sie mir einen Gefallen und telefonieren Sie mit den Leuten von BelPosto. Wir sollten wissen, was genau mit ihnen besprochen wurde.«

»Stimmt. Ciao und danke.«

»Gern geschehen. Buonanotte.« Nico schloss die Tür.

OneWag machte das Maul auf und ließ das Stück Parmigiano auf den Boden fallen.

»Ah, da bist du ja«, sagte Ivana, als die Wohnungstür sich öffnete, dann drehte sie den Gasherd höher, auf dem der Topf mit der Stracciatella-Suppe stand, nahm hastig die Schürze ab und zupfte ihre Haare zurecht. Auf dem Tisch lag die neue geblümte Decke, die sie auf dem Samstagsmarkt erstanden hatte. Sie war müde und glücklich und machte sich Sorgen, eine ihr unbekannte Kombination von Gefühlen.

»Ciao, bella mia.« Perillo umarmte Ivana und drückte sie lange an sich. »Du hast mir gefehlt.«

»Nicht nur das Essen, das ich dir koche?« Von Tilde wusste sie, dass er eine üppige Mahlzeit im Sotto Il Fico zu sich genommen hatte.

»Dein schönes Gesicht hat mir gefehlt.« Das meinte Perillo ernst. Wenn er sie beim Mittagessen über den Tisch hinweg ansah, traten die hässlichen Aspekte seiner Arbeit in den Hintergrund. Sie beruhigte ihn, gab ihm das Gefühl, von Gott gesegnet zu sein. »Du bist bestimmt müde. Setz dich, Ivana. Ich trage das Essen auf.«

Ivana verbarg ihre Überraschung und tat, wie ihr geheißen. Sie war froh, nicht mehr stehen zu müssen.

Perillo hob den Deckel des einzigen Topfs auf dem Herd an. »Ah, Stracciatella-Suppe. Die mag ich besonders gern.«

Ihr gefielen seine Bemühungen. Seine Lieblingsspeisen waren Pasta und Kartoffelsuppe. »Danach gibt's Salat und Obst. Den Herd kannst du ausschalten.«

Er tat ihr den Gefallen, füllte die Suppe mit einem Schöpflöffel in flache Schalen und nahm lächelnd Ivana gegenüber Platz. »Wie war dein erster Tag?«, erkundigte er sich.

»Alba hat mich gebeten, die Zubereitung des Teigs zu überwachen. Sie hat eine riesige Knetmaschine angeschafft. Wir drei Frauen arbeiten im Team. Es macht mir Spaß, Salva, richtig Spaß, aber die Füße tun mir weh.«

»Wenn es dir Vergnügen bereitet, werden deine Füße sich daran gewöhnen.« Er füllte zwei Gläser halb mit Chianti. »Cin cin, cara. Ich freue mich für dich. Und du hast recht: Ich muss wirklich abnehmen.«

Ivana hob ihr Glas und dankte Sant'Antonio stumm dafür, dass er ihr einen so guten Ehemann geschenkt hatte.

FÜNF

Als Perillo und Daniele den Schuppen am südlichen Ende des acht Hektar großen Grundstücks erreichten, stieg ihnen starker Kaffeegeruch in die Nase. Ein muskulöser, langbeiniger Mann in Jeans, verdrecktem T-Shirt, der barfuß Hände voll dunklen Kaffeesatzes entlang eines Beets mit Kletterhortensien an der Steinmauer des Schuppens ausbrachte, schenkte ihnen keine Beachtung.

»Ist das Kaffeesatz?«, erkundigte sich Daniele, der seine Neugierde nicht zügeln konnte. Für gewöhnlich wollte der Maresciallo das erste Wort haben.

»Der gibt blaue Blüten«, erklärte der Mann, der ein kantiges, bereits von der Sonne gebräuntes Gesicht hatte. Seine großen Augen und dichten welligen Haare hatten dieselbe Farbe wie der Kaffeesatz, den er auf dem Beet verteilte. Er mochte Mitte bis Ende vierzig sein.

»Signor Angelini?«, fragte Perillo.

Der Gärtner stellte die große Dose mit dem Kaffeesatz weg, wischte die Hände an der Jeans ab und antwortete, bevor Perillo Gelegenheit hatte, sich selbst und Daniele vorzustellen. »Lapo Angelini. Ich hab sie nicht umgebracht – falls Sie deswegen hier sind –, und ich red nicht um den heißen Brei rum. Nora und ich haben uns verstanden. Da können Sie jeden fragen. Sie wollte nichts am Grundstück ändern, also mache ich, was ich für sinnvoll halte. Das Einzige, worüber wir uns je gestritten haben, waren die Gemüsebeete und die Weinstöcke, die ich da drüben pflanzen wollte.« Er deutete mit dem Daumen nach hinten. »Da fällt der Boden ein bisschen ab, und die Sonne scheint den ganzen Tag hin.

Der Wein wäre gut geworden. Der Grund hier ist ein wahrer Augenschmaus. ›Das Auge braucht Nahrung‹, hat sie gern gesagt. ›Genau wie der Magen‹, hab ich geantwortet. Egal, wie reich man ist: Das Land ist dazu da, einen zu ernähren. Sie hätte ihren eigenen Wein anbauen sollen. Aber sie hatte es satt, gedrängt zu werden, dass sie das Anwesen wieder in ein Weingut verwandelt. Damit meinte sie, glaube ich, nicht mich. Hier war früher mal ein Weinberg. Meine Idee war gut, ist aber verpufft. Darüber haben wir uns gestritten. Nur darüber. Sie war gut zu mir. Hat letztes Jahr Cecco angeheuert, damit er mir hilft. Das ist mein Sohn. Der ist grade unterwegs, Grassoden besorgen, die wir dringend brauchen. Nora hat geschwärmt, dass unsere Arbeit ihre Augen beglückt. So hat sie das ausgedrückt.« Lapo stemmte die Hände in die Hüften. »Mehr habe ich nicht zu sagen, Maresciallo.«

»Maresciallo Perillo«, stellte der sich vor und streckte den Arm in Richtung Daniele aus, »und Brigadiere Daniele Donato.« Tags zuvor hatten sie den Gärtner nicht gesehen, weil Vince sich um Fingerabdrücke und Speichelprobe kümmerte. »Ich hätte trotzdem noch ein paar Fragen. Könnten wir uns irgendwo hinsetzen?« Perillo war an diesem sonnigen, warmen Mittwoch mit einem schmerzenden Knie aufgewacht, ein Andenken von einem Fahrradsturz. Und der Fußweg zum Schuppen war mindestens einen Kilometer lang gewesen.

»Schätze, im Gras sitzt sich's grade so gut wie sonst wo«, antwortete Lapo. »Die Sonne hat's schon getrocknet.«

»Eine Bank oder ein paar Stühle wären besser«, schlug Daniele vor, dem Perillos leichtes Humpeln aufgefallen war. Außerdem mochte der Maresciallo es nicht, wenn seine Uniform schmutzig wurde oder verknitterte.

»Die Leute von der Spurensicherung waren bereits da«, erwiderte Lapo. »Sie haben hier alles auf den Kopf gestellt und den Schuppen versiegelt. Dahinter stehen zwei alte Sarkophage, auf die können Sie sich setzen.«

Perillo schauderte. Egal, wie schlimm die Schmerzen waren: Auf einen Sarg würden ihn keine zehn Pferde bringen, und wenn der noch so alt war. Er zog ein Tuch aus der Tasche, schüttelte es aus und machte sich daran, es im Gras auszubreiten, obwohl es ihm schwerfallen würde, sich niederzulassen.

»Warten Sie, Maresciallo!« Daniele brachte die Dose mit dem Kaffeesatz, schloss den Deckel mit einem Faustschlag und stellte sie auf den Boden. »So ist's vielleicht bequemer.«

Perillo nickte seinem Brigadiere dankbar zu, legte das Taschentuch über den rostigen Deckel und nahm vorsichtig darauf Platz. Erleichtert darüber, dass die Dose nicht nachgab, setzte sich Daniele im Schneidersitz ins Gras neben Perillo. Lapo beobachtete die beiden mit amüsierter Miene, von der Daniele hoffte, dass der Maresciallo sie nicht bemerken würde.

Doch der war zu beschäftigt damit, die beste Stellung für sein Bein zu finden. Sobald ihm das gelungen war, fragte er: »Sie nennen Ihre Arbeitgeberin beim Vornamen. Das ist ungewöhnlich.«

Lapo zuckte mit den Achseln. »Das wollte sie so. Am Tag, nachdem Signor Lambertis Herz zu schlagen aufhörte, hat sie mir gesagt, dass sie nicht mehr auf ›Signora Lamberti‹ reagieren würde.«

Daniele zückte, froh darüber, dass sein Chef diesmal nicht darauf bestanden hatte, den schweren Kassettenrekorder mitzuschleppen, seinen geliebten Notizblock und einen Stift.

»Bitte setzen Sie sich, Lapo«, forderte Perillo den Gärtner auf, weil er hoffte, sich dann weniger lächerlich vorzukommen.

Lapo zuckte noch einmal mit den Achseln und ließ sich im Gras nieder.

Perillo bedankte sich. »Haben die Lambertis sich nicht verstanden?«

»Sein Hosenstall saß locker. Ehefrauen mögen das nicht.«

Ah! Das war vielleicht nicht relevant, aber nichtsdestoweniger interessant. Perillo streckte sein Bein aus. »Sind Sie verheiratet?«

»Cecco hat eine Mutter. Sie lebt in Siena.«

»Und Sie und Ihr Sohn?«

»Wir wohnen in dem alten Pförtnerhaus am nördlichen Ende des Anwesens. Die Auffahrt zur Villa wurde Ewigkeiten, bevor ich bei Nora angefangen habe, verlegt.«

»Wie lange arbeiten Sie schon hier?«

»Signor Lamberti hat mich vor fünfzehn Jahren als Chef-gärtner eingestellt. Zu seinen Lebzeiten habe ich ein Team von vier Männern beaufsichtigt. Es ist ein großes Anwesen.«

»Und nach seinem Tod?«

»Hat Nora gesagt, dass wir die Leute nicht mehr brauchen. Ich habe eine ordentliche Lohnerhöhung gekriegt. Da war's mir egal, dass ich keine Hilfe mehr hatte. Die Bäume und Büsche sind seit vielen Jahren hier. Um die muss man sich nicht groß kümmern.«

Perillo sah, dass Daniele etwas sagen wollte. »Raus mit der Sprache, Brigadiere.«

Danieles Herz machte vor Freude einen Sprung. Dass Perillo freiwillig die Kontrolle abgab, geschah selten. Zu seiner großen Erleichterung wurde er nicht rot. »Wussten Sie, dass Signora Salviati ihren Schmuck im Schuppen aufbewahrte?«

»Ja. Sie hat ihn vor ungefähr einem Monat hergebracht, um ihn da drin zu verstecken. Bis dahin hatte sie ihn in einem Safe in ihrem Schlafzimmer.«

Interessant, dass er das weiß, dachte Perillo.

»Ich hab ihr gesagt, sie soll ihn in einen Sack voll Mist tun«, erzählte Lapo. »Da will keiner die Hand reinstecken. Aber sie hatte Angst, dass die Sachen stinken, und deswegen sind sie im Mulch gelandet.«

»Hat sie erklärt, warum sie den Schmuck so plötzlich verbergen wollte?«, fragte Daniele.

»Nein, und ich hab sie auch nicht gefragt. Wenn sie gewollt hätte, dass ich es weiß, hätte sie es mir gesagt.«

»Wissen Sie, ob Signora Salviati mit jemandem zerstritten war?«

»Ich weiß nichts über ihr Leben außerhalb dieser Villa.«

Perillo meldete sich zu Wort. »Was ist mit ihrer Familie? Haben Sie Feindseligkeiten zwischen den einzelnen Mitgliedern bemerkt?«

»Es stand mir nicht zu, so etwas zu bemerken.«

»Das mag Sie nichts angehen«, beharrte Perillo, »aber vielleicht haben Sie ja trotzdem Auseinandersetzungen der Töchter mit ihrer Mutter mitbekommen.«

Daniele nahm wieder Notizblock und Stift zur Hand.

Lapo hob die dichten Augenbrauen. »Sie glauben, sie hätten ihre Mutter so sehr gehasst, dass sie von einer oder beiden umgebracht wurde? Da kann ich Ihnen nicht weiterhelfen. Die Mädchen haben wie alle verwöhnten Kinder mit ihrer Mutter gestritten, aber sie ermorden? Nein.«

»Haben Sie gesehen, wie Nora Clara vor einem Monat einen Diamantring zeigte?«

»Ja. Clara will sich verloben.«

»Haben Sie gehört, worüber die beiden redeten?«

»Ich konnte gar nicht anders, weil ich direkt danebenstand. Nora hat Clara gesagt, dass sie den Schmuck spenden möchte, um syrischen Geflüchteten zu helfen.«

Perillo registrierte das kurze missbilligende Aufflackern im Blick des Gärtners. »War Claras Verlobter bei ihr?«

»Nein.«

»Glauben Sie, dass Noras Töchter sie liebten?«

Lapos Miene blieb ausdruckslos. »Ich bin bloß der Gärtner und kümmere mich um Pflanzen, nicht um Menschen.«

»Das stimmt, und soweit ich das beurteilen kann, machen Sie Ihre Arbeit gut.« Perillo fragte sich, ob Lapo die Wahrheit sagte. »Sind Sie Noras Gast, der englischen Signorina, begegnet?«

»Ja. Nora hat sie zum Schuppen mitgenommen und mich ihr vorgestellt, obwohl wir uns nicht unterhalten konnten, weil ich kein Englisch verstehe. Nora hat ihr den Sack mit Mulch gezeigt.«

»Haben Sie Schlüssel zu der Villa?«

»Ich wollte sie nicht, doch Nora hat darauf bestanden, sie mir zu geben für den Fall, dass sie Hilfe braucht. Nachts war sie da drinnen allein.«

Daniele sah, wie der Maresciallo das Gewicht auf sein gesundes Bein verlagerte und sich vorsichtig erhob. Er wusste, dass es Perillo nicht recht gewesen wäre, wenn er ihm geholfen hätte.

Perillo bedankte sich bei Lapo, während auch Daniele und Lapo hastig aufstanden. Daniele wischte seinen Hosenboden ab.

»Noch eine vorerst letzte Frage: Wo waren Sie in der Nacht von Sonntag auf Montag?«

»Ich hab Nora nicht erdrosselt, sondern meinen Rausch von den zwei Flaschen Wein ausgeschlafen, die ich mit Cecco zum Abendessen getrunken hatte. Fragen Sie Cecco. Der war auch ganz schön hinüber.«

»Wo und was haben Sie gefeiert?«

»Bei Gino in Gravigna. Den achtzehnten Geburtstag von Cecco.«

»Ich werde mit ihm reden müssen. Und wir unterhalten uns auch noch mal. Arrivederci.« Perillo wollte sich entfernen, doch sein Knie hinderte ihn daran. »Gibt es eine Möglichkeit, mit dem Wagen hierherzufahren?«

»Klar. Heißt das, Sie sind von der Villa zu Fuß gelaufen? Ich hab dem Carabiniere, der mich gestern angerufen hat, erklärt, wie man mit dem Auto zum Schuppen kommt.«

Perillo warf seinem Brigadiere einen verärgerten Blick zu. »Das war nicht ich«, wehrte sich Daniele. Der Maresciallo würde ohnehin bald herausfinden, wer den Anruf getätigt hatte, nämlich Vince.

Lapo deutete nach links. »Die Zufahrtsstraße beginnt am alten Eingang, gleich neben dem Pförtnerhaus, in dem ich wohne. Ich bringe Sie mit meinem Lieferwagen zu Ihrem Auto. Dann müssen Sie nicht mit dem schlimmen Bein zurückgehen.«

Zuerst kam Perillo sich lächerlich vor, dann gedemütigt. »Das ist kein schlimmes Bein«, korrigierte er Lapo. »Nur das Knie zickt hin und wieder.«

»Passiert mir auch manchmal«, sprang Daniele dem Maresciallo bei. Für einen Mann, der Lügen hasste, stellte er sich inzwischen gar nicht mehr so dumm an.

89

Laura Benati kam hinter dem Empfang hervor, als Nico und Dino die geräumige Lobby des Hotels Bella Vista betraten. »Buongiorno.«

»Ciao, Laura.« Sie sah sehr hübsch aus, wie sie, bekleidet mit einer braunen Hose und einer dazu passenden braunen Seidenbluse sowie einer über die Schultern geschlungenen dunkelblauen Strickjacke, die Ärmel vor der Brust verknotet, über die dunklen terrakottafarbenen Bodenfliesen auf sie zuging. Die langen blonden Haare hatte sie locker im Nacken zusammengebunden. Sie trug keinen Schmuck und nur einen Hauch Lippenstift.

»Sie bringen ...« Laura verstummte, als sie den Carabiniere in Nicos Gefolge bemerkte. »Ich wollte gerade sagen, dass Sie einen sehr schönen Tag mitbringen, aber nun frage ich mich, ob ich mich da nicht getäuscht habe.« Im vergangenen Jahr hatte sie oft genug mit den Carabinieri zu tun gehabt.

»Sie fragen sich zu Recht. Kennen Sie Dino?«

»Ich habe Sie mit dem Maresciallo gesehen.« Laura besann sich auf ihre Gastgeberqualitäten. »Buongiorno.«

Dino trat einen Schritt vor und schlug die Hacken zusammen. »Erfreut, Sie kennenzulernen, Signorina.«

Laura erwiderte die Begrüßung mit einem höflichen Lächeln. »Vermutlich sind Sie gekommen, um mit Signorina Barron zu sprechen. Sie frühstückt in ihrem Zimmer. Darf ich Ihnen einen Espresso anbieten, während Sie warten?«

»Nein danke, Laura. Welche Zimmernummer hat sie?«

»Sie können nicht zu ihr raufgehen. Wahrscheinlich ist sie noch im Nachtgewand.«

»Ich erkläre Ihnen das später. Bitte geben Sie mir ihre Zimmernummer.«

Lauras Miene verhärtete sich. »Nein.« Freunde hin oder her, es war ihre Pflicht, ihre Gäste zu schützen. »Wenn Sie mit ihr reden wollen, sage ich ihr Bescheid, dass Sie da sind.«

Nico vergewisserte sich, dass niemand sonst die Lobby betreten hatte. »Gut, dann erläutere ich Ihnen die Sachlage eben gleich.« Er erzählte ihr von dem gestohlenen Schmuck und teilte ihr mit, dass die Familie Lamberti auf einer Durchsuchung von Miss Barrons Sachen bestehe. »Wenn Perillo auf einen Durchsuchungsbeschluss warten muss, tut er das, aber Miss Barron möchte die Angelegenheit vermutlich so schnell wie möglich geregelt wissen.«

»Das wäre mir auch recht.« Sie konnte die beiden nicht einfach ohne Vorwarnung zu Signorina Barron hinaufgehen lassen. Doch wenn sie diese warnte und sie nichts fanden, würden sie glauben, dass es ihr gelungen war, den Schmuck außerhalb ihres Zimmers zu verstecken. Worauf sie das Hotel auf den Kopf stellen würden auf der Suche nach Schmuck, den sie nicht entwendet hatte. »Ich würde Folgendes vorschlagen, Nico: Ich stelle mich an die Tür zu ihrem Zimmer, damit sie nicht verschwinden kann, und Sie rufen sie über das Haustelefon an und schildern ihr, was Sie machen müssen. Falls sie auf einem Durchsuchungsbeschluss besteht, sagen Sie ihr, dass sie die Tür aufmachen und mir Bescheid geben soll. Ist das ein faires Angebot?«

»Und Sie werden sie nicht warnen?«

»Da müssen Sie mir vertrauen.«

»Das tue ich.«

»Dieses Hotel hat dreiundzwanzig Zimmer, von denen heute sieben belegt sind. Bitte stürmen Sie nicht auf der Suche nach dem von Signorina Barron in irgendeines hinein. Die hausinterne Telefonnummer für ihr Zimmer hat nichts mit der Nummer des Raumes zu tun. Ich gehe jetzt hinaus. Geben Sie mir fünf Minuten Zeit und wählen Sie dann 311. Das Telefon ist da drüben.« Laura deutete auf einen langen schweren Tisch unter einem Fenster und entfernte sich.

Miss Barron öffnete lächelnd die Tür. »Guten Morgen, Signor Doyle.« Sie war mit dem hellblauen Morgenmantel bekleidet, den sie bei ihrer ersten Begegnung getragen hatte. Die Haare waren ordentlich frisiert.

Nico freute es zu sehen, dass sie völlig ruhig wirkte. »Guten Morgen. Entschuldigen Sie die frühe Belästigung. Der Maresciallo möchte Sie so schnell wie möglich von jedem Verdacht befreien. Danke für Ihr Verständnis.« Er stellte ihr Dino vor.

Sie begrüßte Dino mit einem leichten Nicken. »Ich würde meinen, dass bei einem Diebstahl immer zuerst die Bediensteten verdächtigt werden, nicht der Gast, aber tun Sie sich keinen Zwang an und durchsuchen Sie ruhig jeden Winkel.« Sie trat einen Schritt beiseite, um sie in den Raum zu lassen. Es handelte sich um ein Eckzimmer, von dem zwei Fenster auf den Eingang des Hotels gingen und von denen aus in der Ferne Vignamaggio zu erkennen war. Vor einem anderen Fenster standen Kastanienbäume. Nico machte sich mental eine Notiz, später den Boden darunter zu begutachten. Dino streifte Latexhandschuhe über und tastete Miss Barrons auf den ersten Blick leeren Koffer ab. Anschließend zog er die Schubladen eines alten Schreibtischs heraus.

Miss Barron beobachtete ihn gelassen. »Soll ich draußen warten, während Sie meine Sachen durchgehen?«

»Nein, bitte nicht, Miss Barron«, antwortete Nico. »Ich muss Sie bitten, bei der Durchsuchung zugegen zu sein.«

»Damit ich Sie nicht beschuldigen kann, mir ein Diamantcollier in den Koffer geschmuggelt zu haben, falls Sie eines darin entdecken.«

»Werde ich das denn tun?«, erkundigte sich Nico.

»Nein. Ich finde Diamanten protzig. Und den Opalring werden Sie auch nicht aufspüren.«

»Freut mich zu hören.« Was er hier machte, tat er nicht gern, weil Miss Barron es bestimmt als erniedrigend empfand. Nico hoffte, nichts zu finden. Wenn doch, würde Miss Barron sofort auf Platz eins der Verdächtigenliste springen. Und er konnte sie sich nicht als Diebin oder Mörderin vorstellen.

Nico durchquerte das Zimmer zu dem offenen Koffer, der auf einer Gepäckablage neben einem hübschen Eichenholzschrank ruhte.

Da erschien Laura an der nach wie vor offenen Tür. »Soll ich bei Ihnen bleiben, Signorina Barron?«

»Du liebe Güte, nein, Laura. Danke. Sie müssen sich um das Hotel kümmern. Ich habe vollstes Vertrauen zu Mr Doyle und Mr Dino, die sich wie Gentlemen betragen werden. Aber bitte tasten Sie mich ab, bevor Sie gehen. Ich könnte ja ein Paar Ohrringe eingesteckt haben.«

»Das ist absurd«, widersprach Laura.

»Laura ...«, Nico hob den Blick von dem leeren Koffer, »wenn Sie es nicht tun, muss ich es machen.«

Laura lachte, als sie das Funkeln in Miss Barrons Augen bemerkte. »Ihnen gefällt das, stimmt's?«

»Sogar sehr.« Miss Barron breitete die Arme aus. »Ich bin schon Jahre nicht mehr in den Genuss von so viel männlicher Aufmerksamkeit gekommen.«

Als Laura sie abtastete, fand sie lediglich ein zerknülltes Tuch in einer Tasche des Morgenmantels. Dino nahm es in die Hand und drückte es zusammen. Nichts. Auch in den Schubladen hatte er keinen Schmuck entdeckt.

Laura blieb mit Miss Barron an der Tür stehen, während Nico und Dino weiter das Gepäck durchsuchten und sich dann dem Bett und ihrer Kleidung im Schrank sowie ihren drei Paar Schuhen widmeten. Sie schauten ins Nachtkästchen, zogen das Bett ab, hoben die Matratze hoch, klopften auf die beiden Kissen. Dino legte sich auf den Boden, um den Federkern der Matratze zu inspizieren, und stieß lediglich auf ein heruntergefallenes Lesezeichen.

Im Bad befand sich ebenfalls kein Schmuck. Nico kehrte grinsend ins Zimmer zurück. »Wir sind fertig. Freut mich sagen zu können, dass Sie keine Schmuckdiebin sind. Danke für Ihre Kooperation.« Dann wollte Nico das Bett neu machen.

»Lassen Sie das ruhig«, sagte Laura zu ihm. »Wir räumen alles wieder auf.«

Nico bedankte sich erleichtert bei Laura. Er wollte nur noch so schnell wie möglich weg, damit diese Peinlichkeit endete. Dino lächelte den beiden Frauen verlegen zu und verließ den Raum.

Mit einem spitzbübischen Blick streckte Miss Barron die

geschlossene Hand aus. »Und was ist damit?« Sie öffnete die Faust, in der eine Goldkette ruhte.

»O nein«, lautete Lauras Kommentar. »Wie konnte mir die entgehen?«

Nico nahm Miss Barron die Kette ab. Sie war schwer, und daran hing ein kleines goldenes Siegel mit dem Buchstaben »P«. Etwas Vergleichbares hatte er noch nie gesehen. »Was ist das?«

»Eine englische Uhrkette aus der viktorianischen Zeit. Noras Töchter werden Ihnen sagen, dass sie ihr gehörte, und Adriana wird mir unterstellen, sie gestohlen zu haben.« Nun wirkte ihre Miene ernst. »Aus einem mir unbekannten Grund ist sie mir nicht wohlgesinnt, aber sie mag die meisten Menschen nicht.«

»Haben Sie sie entwendet?«

»Ich habe sie bewundert, und da hat Nora sie mir geschenkt. Leider kann ich das nicht beweisen.«

»Warum haben Sie sie uns nicht gleich gezeigt?«

»Ich wollte mir den Spaß nicht verderben.«

»Die Durchsuchung hätten wir trotzdem durchgeführt.«

»Wahrscheinlich mit bedeutend weniger Eifer. Ich hoffe, Noras Geschenk behalten zu können. Es bedeutet mir viel.«

»Das hoffe ich auch.«

»Nun würde ich mich gern anziehen und den Tag beginnen.«

»Natürlich«, sagte Nico. »Auf Wiedersehen, Miss Barron.«

»Bestimmt sehen wir uns wieder. Vermutlich wird mich der Maresciallo ganz oben auf die Liste der Verdächtigen setzen.«

Sie sehnt sich nach Aufmerksamkeit, dachte Nico. »Noch einmal danke für Ihre Kooperation und bis bald.« Miss Barron sah ihm lächelnd nach.

Dino wartete vor dem Hotel, wo er sich die Hände an seiner Jeans abwischte. »Auf dem Boden vor den Fenstern habe ich lediglich Zigarettenstummel und drei Schnecken gefunden. Nichts Wertvolles.«

Nico gab Dino die Uhrkette. »Kommen Sie, Dino, ich bringe Sie zurück zur Polizeistation. Danach muss ich in die Arbeit.«

»Glauben Sie, die Signorina hat diese Kette gestohlen?«, fragte Dino, während sie zum Parkplatz gingen.

»Keine Ahnung. Sie sagt, Nora habe sie ihr gegeben.«

»Meine Tante hat Tulpenzwiebeln geklaut, die sie nie einsetzte. Sie hat sie gern in der Hand gehalten, weil sie sich gut anfühlten. Die Signorina erinnert mich an meine Tante. Menschen machen verrückte Sachen.«

Perillo erhob sich hastig, als Capitano Carlo Tarani vom Nucleo Investigativo in Florenz sein Büro betrat. Daniele, der bereits stand, salutierte und nahm Haltung an. Sie hatten keine Vorwarnung erhalten. Zum Glück trugen sie beide gerade Uniform.

»So sieht man sich wieder, Maresciallo Perillo.« Tarani nahm seine Mütze ab und schenkte ihnen ein breites Lächeln. »Brigadiere Donato.« Er war großgewachsen und gepflegt, hatte ein schmales Gesicht, kleine Augen und nach hinten geklatschte Haare, die seit ihrer letzten Begegnung, bei der sie noch staubig braun gewesen waren, einen dunkleren Farbton angenommen hatten.

»Benvenuto, Capitano.« Perillo deutete auf den Chefsessel, in dem er gerade gesessen hatte. »Nehmen Sie doch Platz.«

»Nein, nein. Ich bin nur gekommen, um zuzuhören, nicht, um den Fall zu übernehmen.«

Tarani ging zu dem Stuhl auf der anderen Seite von Perillos Schreibtisch, ließ sich darauf nieder und legte die Mütze in seinen Schoß. »Maresciallo Perillo, Brigadiere Donato, bitte setzen Sie sich. Kein Grund für Formalitäten. Wir sind Kollegen. Staatsanwalt Della Langhe hält diesen Fall für heikler als den letzten, weshalb er mich geschickt hat. Ich muss gestehen, dass ich anderer Meinung bin, aber diese Einschätzung sollte unter uns bleiben. Alle Opfer verdienen den gleichen investigativen Eifer, über den Sie, der Brigadiere und Signor Doyle verfügen. Ich vermute, er hilft Ihnen bei den Ermittlungen.«

»Mehr denn je. Die Engländerin, die die Leiche von Signora Salviati gefunden hat, eine Signorina Barron, spricht kein Italienisch.«

»Dem Himmel sei Dank, dass Sie auf Mr Doyles Beistand zählen können. Auch mein Englisch ist nur rudimentär. Klären Sie mich nun über die Ihnen bekannten Fakten auf.«

»Sollen wir Kaffee bestellen, bevor ich anfange?«, fragte Perillo.

»Wunderbare Idee. Für mich bitte mit Rohrzucker dazu.«

Perillo nahm den Telefonhörer in die Hand. »Vince, zwei Espressi, einmal Rohrzucker und einen Aprikosensaft.«

Vince legte hastig den Cracker, in den er gerade beißen wollte, weg. »Schon geschehen, Maresciallo.« Rohrzucker hatte er zwar nicht geordert, doch in seiner Schreibtischschublade befanden sich einige Tütchen.

»Bravo, Vince.«

Während Perillo telefonierte, schob Daniele den Bericht, den er am vergangenen Abend getippt hatte, auf dessen Schreibtisch.

Perillo begann zu lesen. »Um 4.15 Uhr am Montagmorgen ...«

Tarani fiel ihm ins Wort. »Nein, schildern Sie es mir. Den Bericht können Sie mir später schicken. Ist die Obduktion bereits erfolgt? Was hat sie ergeben?«

»Die Ergebnisse sind heute Morgen hereingekommen. Sie wurde mit einer einen Meter langen Vorhangschnur aus ihrem Schlafzimmer erdrosselt. Im Mageninhalt haben sich bisher keine Hinweise auf Drogen oder Medikamente gefunden, aber es stehen noch eingehendere Tests sowie eine Blutuntersuchung aus. Offenbar kannte sie den Angreifer, weil die Leiche keinerlei Abwehrverletzungen aufweist.«

»Also gibt es keine zweckdienlichen DNA-Spuren unter ihren Fingernägeln«, konstatierte Tarani. »Doch selbst von einer befreundeten Person würde man sich nicht ohne Gegenwehr erdrosseln lassen. Das lässt mich vermuten, dass man sie unter Drogen gesetzt hat. Um welchen Zeitraum handelt es sich?«

»Sechs Stunden und fünfzehn Minuten. Mordopfer und Gast sagten einander am Sonntagabend gegen zehn Uhr gute Nacht, und Signorina Barron, die in der Villa zu Besuch war, hat uns am Montagmorgen um vier Uhr fünfzehn angerufen.«

»Wie steht's um die Finanzen des Opfers? Hat die Frau hohe Summen abgehoben oder auf ihr Konto eingezahlt?«

»Auf Durchsuchungsbeschlüsse für ihre eigenen Konten sowie die ihrer Familie warten wir noch.«

»Ich werde versuchen, die Genehmigung zu beschleunigen. Wie sieht's mit Aufzeichnungen über ihre Telefonate aus? Nützen die etwas?«

Perillo sah Daniele an, der einen Schritt vortrat. »Der Festnetzanschluss der Villa wurde ausschließlich für Bestellungen beim Metzger, Bäcker und Blumenhändler genutzt.«

»Bestimmt Anrufe der Haushälterin«, sagte Tarani. »Was ist mit ihrem Handy?«

»Signora Salviati hat mit dem Handy private Anrufe erledigt. Hauptsächlich SMS an die beiden Töchter, ihre Nachbarin Signora Rosati und mehrere in den italienischen Teil der Schweiz. Die Nummer gehört dem Unternehmen BelPosto.«

»Klingt nach Rentnerquartier. Wie alt ist das Opfer?«

»Nächsten April wäre sie fünfundfünfzig geworden«, antwortete Daniele. »Das Unternehmen erwirbt Anwesen und wandelt sie in Fünfsternehotels um.«

Er wurde unterbrochen durch das Eintreffen des Kaffees und des Aprikosensaftes. Daniele hob sich den Saft für später auf, weil er Tarani weiter beobachten wollte. Der Capitano sah irgendwie anders aus, nicht nur, weil er sich die Haare gefärbt hatte. Von dem steifen Vorgesetztengehabe, das er bei ihrer letzten Begegnung zur Schau getragen hatte, keine Spur mehr. Auch seine Miene wirkte weicher.

Perillo wartete, bis Tarani die Kaffeetasse aufs Tablett zurückgestellt hatte, dann sagte er: »Signora Salviati hat vor zwei Wochen eine Absichtserklärung unterzeichnet, BelPosto das Anwesen zu verkaufen, und dafür eine beträchtliche Anzahlung erhalten.«

Tarani stieß einen langen Pfiff aus.

»Das Testament wurde gestern Abend verlesen«, erklärte Perillo. »Mit Sicherheit hat der Anwalt die Anwesenden bei der Gelegenheit gleich über die Verkaufsvereinbarung informiert. Ich werde sie heute befragen. Noch komplizierter wird die Sache, weil die Familie behauptet, es sei Schmuck entwendet worden.«

Daniele fügte hinzu: »Signor Doyle durchsucht gerade Signorina Barrons Zimmer und Sachen danach.«

»Gut«, meinte Tarani. »Der Schmuck könnte gut und gern gestohlen worden sein, wie sie behaupten, aber wir sollten nicht vergessen, dass er, wenn er wirklich so wertvoll ist wie sie sagen, die bereits sehr hohe Erbschaftssteuer noch erdrückender machen würde.«

Perillo grinste. »Man könnte ihn verschwinden lassen, bis er sich Stück für Stück veräußern lässt, ohne dass das Finanzamt Wind davon bekommt. Ich würde gern einen Durchsuchungsbeschluss für die Domizile von Adriana und Clara beantragen.«

»Den würden Sie nie bekommen, weil keine Beweise vorliegen.« Tarani sah auf seine Uhr. »Wenn Sie mich nun entschuldigen würden. Ich werde diesen Fall aus der Ferne mitverfolgen, denn ich weiß, dass er von fähigen Leuten bearbeitet wird. Allerdings benötige ich praktisch täglich Berichte, die ich an Della Langhe weiterleiten kann.« Er stand auf. Perillo und Daniele taten es ihm gleich. »Ich werde zum ersten Mal Vater. Meine Frau durchlebt eine schwierige Schwangerschaft. Sie braucht jede Hilfe, die ich ihr geben kann.«

Perillo und Daniele gratulierten ihm, und Perillo fügte einen altmodischen Segenswunsch hinzu: »*Figli maschi!*«

Tarani musste lachen. »Danke, aber ich freue mich genauso über eine Tochter. Und gehe davon aus, dass diese private Information unter uns vieren bleibt.«

»Natürlich«, versprachen Perillo und Daniele unisono, beide froh darüber, dass er auch Nico eingeschlossen hatte.

Da bemerkte Tarani den unhandlichen Kassettenrekorder

neben Danieles Schreibtisch. »Werden mit diesem Relikt aus dem Zweiten Weltkrieg Ihre Befragungen aufgenommen?«

Daniele nickte.

»Stellen Sie einen Antrag auf ein neues Gerät.«

»Das haben wir getan, Capitano. Bereits vor sechs Monaten«, erklärte Daniele. »Und bis jetzt nichts gehört.«

»Tja, die werte Bürokratie enttäuscht nie.« Die drei gaben einander die Hand.

Perillo begleitete Tarani zum Eingang. »Halten Sie uns auf dem Laufenden.« Fast bedauerte er, dass Tarani nicht bei ihnen blieb.

Zwanzig Minuten später traf Marco Zanelli, ein attraktiver junger Mann mit breiten Schultern, gewellten dunklen Haaren, die ihm in die Stirn fielen, und einem freundlichen Lächeln in der Polizeistation von Greve ein. Er trug eine dunkelblaue Anzugjacke, Jeans und ein weißes T-Shirt. Perillo beobachtete von seinem Schreibtisch aus, wie Zanelli selbstbewusst hereinmarschierte und sich entschuldigte.

»Buongiorno, Maresciallo. Ich hätte gestern nicht auf Adriana hören sollen, aber ihr zu widersprechen lohnt für gewöhnlich nicht die Mühe.« Er setzte sich auf den Stuhl, den Perillo ihm anbot, und strich sich die Haare aus dem Gesicht. »Ich heiße Marco Zanelli und bin in Lucca zur Welt gekommen, am ...«

Perillo unterbrach ihn mit einer Geste. »Wir nehmen diese Befragung auf.«

»Gehöre ich zu den Verdächtigen?«

»Momentan sind alle, die mit dem Mordopfer zu tun hatten, verdächtig. Daniele?«

Daniele drückte auf den Aufnahmeknopf des vorsintflutlichen Kassettenrekorders und sprach Datum, Uhrzeit und Namen der anwesenden Personen auf Band.

»Fahren Sie fort, Signor Zanelli«, forderte Perillo ihn auf.

»Bitte sagen Sie doch Marco zu mir. Nicht einmal meine Schüler sprechen mich mit meinem Familiennamen an. Ich heiße Marco Zanelli und wurde in Lucca geboren.« Er hob die Stimme, als hätte er Angst, dass der Rekorder das, was er sagte, nicht aufzeichnen würde. »Ich bin einunddreißig Jahre alt, habe einen Abschluss am Conservatorio di Musica Luigi Cherubini in Florenz gemacht und gebe Schulkindern Klavierunterricht. Am Wochenende verdiene ich mir ein wenig Geld dazu, indem ich auf Festen spiele. Meinen Eltern gehört eine Fahrradwerkstatt in Lucca. Ich habe Clara vor drei Jahren kennengelernt, als unsere Räder sich auf der Stadtmauer ineinander verhakten. Daraufhin habe ich ihr angeboten, das ihre in Babbos Laden zu reparieren. Ich habe mich auf den ersten Blick in sie verliebt. Bei ihr hat es ein bisschen länger gedauert. Für jemanden wie sie bin ich nicht gerade ein guter Fang. Sie ist eine Weile verschwunden, und ich dachte, das war's dann, aber am Ende habe ich sie wiedergefunden: beim Fahrradfahren auf der Stadtmauer.« Er schlug sich grinsend gegen die Brust. »Vor drei Monaten haben wir uns verlobt. Ich gestehe, dass ich Claras Mutter nicht sonderlich leiden konnte, aber ich habe sie nicht umgebracht.«

»Warum mochten Sie sie nicht?«

»Sie hat Clara klipp und klar gesagt, dass ich bloß zum Sexobjekt tauge, mit dem sie sich bald langweilen würde. Als Ehemann war ich für sie undenkbar – das hat sie mir zugezischt, nachdem Clara ihr von unserer Verlobung erzählt hatte. Ich würde nie genug Geld verdienen, um Clara den gewohnten Lebensstil bieten zu können. Ich sei hinter dem Geld her, das Clara eines Tages erben würde. Ich gehöre einer zu niedrigen Schicht an. Und sei zu jung. Clara ist drei Jahre älter als ich. Deswegen mochte ich Nora Salviati, diese wütende und unglückliche Frau, nicht, möge ihre Seele endlich Ruhe finden.«

»Wann fand dieser Besuch statt?«

Marco überlegte kurz. »Vor etwa einem Monat.«

»Haben Sie sie danach noch einmal getroffen?«

»Gott bewahre! Wahrscheinlich hätte sie mir die Tür vor der Nase zugeschlagen. Und davor hatte ich sie auch nur zweimal gesehen.«

»In der Villa?«

»Die ersten beiden Male in Lucca. Sie hat Clara dort besucht, um mit ihr auf der Stadtmauer spazieren zu gehen. Nora hielt mich nur für einen Freund. Beim zweiten Mal haben wir zu dritt zu Mittag gegessen. Da hat sie mich gefragt, wer meine Eltern sind, aber nicht, was sie machen.« Marco wirkte empört. »Wer sie sind? Fast wäre mir etwas herausgerutscht, das Clara nicht gefallen hätte. Zum Glück hat sie für mich geantwortet. ›Sie sind gute Menschen‹, hat sie gesagt, was der Wahrheit entspricht.

Das letzte Mal haben wir das Wochenende in Siena verbracht und auf dem Rückweg in der Villa Halt gemacht. Clara hoffte, dass ihre Mutter mich akzeptieren würde, weil ich Klavier unterrichte. Ihre Mutter spielte gern Klavier, also war da eine Gemeinsamkeit.«

»Man hat Ihnen das Musikzimmer gezeigt?«

»Ja. Und sie hat mich gebeten zu spielen.«

»Die *Mondscheinsonate*?«

»Schön wär's gewesen. Die bringe ich meinen Schülern bei. Nein, sie hat mir Noten gegeben und gesagt: ›Wollen doch mal sehen, wie du das hinkriegst.‹ *La Campanella* von Liszt, ein unglaublich schwieriges Stück. Ich habe mein ganzes Können in mein Spiel gelegt, doch nach etwa der Hälfte hat sie sich neben mich auf den Klavierhocker gesetzt und übernommen. Das war nicht sonderlich freundlich, aber sie konnte es einfach besser als ich.«

»Sie hat Sie beleidigt. Waren Sie nicht wütend?«

»Ich war verblüfft, und als ich sie spielen hörte, wurde ich neidisch. Sie hätte in Konzertsälen auftreten können.«

»Wussten Sie, dass sie kostbaren Schmuck besaß?«

»Das hat Clara mir erzählt.«

»Hat sie Ihnen auch verraten, wo ihre Mutter diesen Schmuck aufbewahrte?«

»Ja. In einem Beutel mit Erde im Gartenschuppen. Einen Teil davon wollte sie verkaufen, um syrischen Geflüchteten zu helfen. Wahrscheinlich hat es ihr Freude bereitet, sich einen Spaß mit ihren Töchtern zu erlauben. Für Nora Salviati war Großzügigkeit ein Fremdwort. Die Mühe, mich zu fragen, ob ich den Schmuck gestohlen habe, erspare ich Ihnen. Ich habe nie ein Stück davon gesehen und auch keines entwendet.«

Perillo öffnete die Schublade seines Schreibtisches und nahm die Uhrkette heraus, die Dino ihm gebracht hatte. »Kennen Sie die?«

Marco beugte sich ein wenig vor. »Das ist eine Uhrkette. Einer meiner Klavierlehrer hatte eine. An seiner war ebenfalls ein Siegel. Mit einem Löwenkopf. Ist die von Nora?«

»Kennen Sie sie?«, wiederholte Perillo.

»Nein. Ich dachte, es wurden nur Diamanten gestohlen.«

»Ende der Befragung von Marco Zanelli«, verkündete Perillo.

Daniele fügte Datum und Uhrzeit hinzu und schaltete den Kassettenrekorder aus.

Perillo stand auf, Marco tat es ihm gleich. »Danke, Signor Zanelli. Brigadiere Donato tippt Ihre Aussage ab. Sobald er damit fertig ist, müssen Sie noch einmal herkommen und sie unterschreiben.«

»Kein Problem. Clara ist ziemlich durcheinander wegen der Sache mit ihrer Mutter. Ich weiß, dass Sie später noch mit ihr sprechen werden. Bitte seien Sie sanft zu ihr.«

Perillo straffte die Schultern. »Mit Ihnen bin ich, denke ich, nicht grob umgegangen.«

»Sie waren bedeutend freundlicher als einige meiner Klavierlehrer am Konservatorium«, pflichtete Marco ihm mit einem kurzen Lachen bei. »Ich kann es nur nicht ertragen, Clara leiden zu sehen.«

Daniele bewegte sich in Richtung Tür und forderte ihn auf, ihm zu folgen.

Marco verließ das Büro mit ihm. Perillo ergriff den Telefonhörer.

Um zehn Uhr hatte die Sonne bereits die frühmorgendliche Kühle weggebrannt. An der einzelnen Linde auf dem Hauptplatz von Gravigna prangten leuchtend grüne Blätter. Zwei der vier Bänke waren vom Rentnerquartett, wie Perillo es nannte, besetzt. Sofern das Wetter mitspielte, verbrachten die vier alten Freunde dort die Vor- und Nachmittage diskutierend, streitend und sich beklagend. Nico stellte seinen Fiat 500 am anderen Ende der Piazza ab und überquerte diese mit OneWag. Sie wollten zu Enricos Salumeria. »Buongiorno, Signori. Schöner Tag heute, nicht?«

Gustavo hob den Blick vom Florentiner Lokalblatt *La Nazione*. »Ah, Nico, auf Sie habe ich gewartet.« Die anderen drei nickten ihm zur Begrüßung zu.

Da klingelte Nicos Handy. Er blieb stehen, um ranzugehen. OneWag hingegen lief weiter, weil er sich auf Enricos Leckerli freute.

»Ciao, Perillo. Haben Sie die Uhrkette?«

»Ja danke. Ich habe sie Claras Verlobtem gezeigt. Er kannte sie nicht.«

»Hat er irgendetwas Interessantes gesagt?«

»Ja. Er konnte Nora Salviati nicht leiden. Sie hat ihm zu verstehen gegeben, dass er Claras nicht würdig ist. Aber das ist nicht der Grund meines Anrufs. Della Langhe hat uns Tarani für die Ermittlungen zugeteilt. Er ist unangekündigt hier aufgetaucht.«

»Leider ist dies das Privileg der Ranghöheren. Doch Sie sind bestimmt erleichtert. Letztes Mal ist es Ihnen ja gelungen, Tarani aufzutauen. Er hat uns kaum behelligt.«

»Das habe ich Ihnen zu verdanken. Diesmal obliegen die Ermittlungen vollständig uns. Tarani muss seiner Frau beistehen, die eine komplizierte Schwangerschaft durchmacht. Es ist ihr erstes Kind. Er wollte sicher sein, dass Sie mir wieder helfen.«

»Hoffentlich haben Sie nichts ...?«

»Nein. Schließlich habe ich Sie bei dem Gerardi-Mord um Hilfe gebeten. Also kann ich schlecht etwas gegen Sie einwenden. Ich habe ihm versichert, dass Sie nach wie vor Teil des Teams sind. Und ich muss ihm täglich einen Bericht schicken, den er an Della Langhe weiterleiten kann, damit der Staatsanwalt nicht merkt, was wirklich los ist. Welchen Eindruck macht Signorina Barron auf Sie, Nico? Lügt sie, wenn sie behauptet, Nora habe ihr die Uhrkette gegeben?«

»Ich weiß es nicht.« Nico sah, dass Gustavo ihm ein Zeichen gab, sich zu ihnen zu gesellen. Nico hob einen Finger, das sollte heißen: *un minuto.* »Irgendwie kommt sie mir nicht ganz echt vor.«

»Ich hab's Ihnen doch gesagt: Engländer sind fantastische Schauspieler.« Perillo klang selbstzufrieden, fand Nico. Er hatte gern recht.

»Wenn sie tatsächlich spielt, bin ich mir nicht so sicher, ob sie das für uns tut. Jedenfalls habe ich vor, Laura über sie zu befragen.«

»Sie könnte den Schmuck anderswo versteckt haben. Möglicherweise müssen wir das gesamte Hotel durchsuchen.«

»Für einen Durchsuchungsbeschluss bräuchten Sie einen besseren Grund als eine alte Uhrkette. Vielleicht sollte ich Daniele bitten, mich zu ihr zu begleiten. Er ist ein profunder Frauenversteher. Schauen Sie nur, wie viel Geduld er mit Stella hat.«

»Sie glauben, er sieht, dass Stella ihn in ihrem tiefsten Innern liebt? Ich denke, er macht sich etwas vor. Ich habe Ivana gebeten, mit ihm zu reden.«

Der schmalgesichtige, langnasige Gustavo mit den fluffigen weißen Haaren schaute Nico mit vor der Brust verschränkten Armen mürrisch unter seinen zusammengezogenen dichten Augenbrauen an. Ettore, der, den Glatzkopf unter einem zerdrückten Filzhut verborgen, neben ihm saß, erhaschte einen Blick in die Zeitung seines Freundes.

»Wir reden ein andermal weiter«, meinte Perillo. »Daniele ruft gerade bei BelPosto an. Ich werde Adriana noch einmal befragen und ihren Mann gleich hinterher. Ist Nelli heute Nacht bei Ihnen?«

»Ich muss arbeiten, bin aber so gegen zehn fertig, falls Sie und Daniele sich für einen Zwischenbericht mit mir treffen wollen.«

»Ich sage Ihnen Bescheid. Ciao.«

Nico beendete das Gespräch. Gustavo schlug sich laut auf die Schenkel. Nico deutete das als *Era ora!* »Sorry. Ich habe mit Maresciallo Perillo geredet. Doch jetzt bin ich ganz Ohr.«

»Gut. Ettore, setz dich rüber zu Simone und Pippo. Ich muss Nico was erzählen.«

Ettore schenkte Nico ein freundliches Lächeln. »Für Sie mache ich Platz. Nicht für ihn.« Ettore schnappte sich Gustavos Zeitung und wechselte auf eine dritte Bank.

»Bring die Seiten nicht durcheinander«, rief Gustavo Ettore nach, während er auf den nun leeren Platz neben sich klopfte. »Setzen Sie sich. Ich möchte Ihnen etwas über die Salviati-Familie verraten, das bei den Mordermittlungen helfen könnte.«

»Kannten Sie Nora?«

»Bin ihr nie persönlich begegnet, aber die Cousine meiner Frau hat in der Villa gearbeitet, als Signor Lamberti noch lebte. Sie mochte ihn nicht. Er hat sich für Wunder was gehalten, drauf bestanden, dass sein Name mit auf das Schild am Tor kommt, wollte, dass man von der Villa Salviati-Lamberti spricht. Einigen alteingesessenen Familien der Gegend hat das nicht gefallen. Die Salviatis tauchen Anfang des achtzehnten Jahrhunderts das erste Mal in den örtlichen Aufzeichnungen auf, als der Wein aus dem Chianti dank Cosimo III. de' Medici eine geschützte Herkunftsbezeichnung wurde. Das Anwesen war bis 1972 ein angesehenes Weingut. Da starb Noras Mutter. Ihr Vater Edoardo war so betrübt über ihren Tod, dass er alle Weinstöcke rausreißen ließ. In einem Brief an die Käufer des Anwesens schrieb er: ›Aus einem Trauerhaus kann keine Freude erwachsen.‹«

»Wie schrecklich für Nora.« Nico würde das Brot verspätet abholen und zum Sotto Il Fico bringen, doch die Geschichte interessierte ihn.

»Der Mann hatte nicht alle Tassen im Schrank. Als ich jung war, haben die Leute erzählt, dass das Blut der Salviatis vergiftet ist und mehrere von ihnen im Irrenhaus endeten.«

»Kursieren oder kursierten irgendwelche Gerüchte über Nora?«, erkundigte sich Nico.

»Na ja, ein bisschen seltsam war sie schon. Am Tag nach dem Tod ihres Mannes hat Nora alle, die für ihren Mann arbeiteten, gefeuert, nur nicht den Gärtner Lapo Angelini. Man muss sich fragen, warum es ihn nicht getroffen hat, oder? Er sieht gut aus. Das gibt zu denken.«

»Ja. Danke.« Nico wollte aufstehen, doch Gustavo zog ihn wieder herunter.

»Adriana, die ältere Tochter – kennen Sie die?«

»Nein.«

»Sie wurde vor Noras Hochzeit mit Lamberti gezeugt. Nora hat ihn gehasst und das Baby auch. Das kann ich verstehen. Sie war gezwungen, ihn zu heiraten, um ihren guten Ruf nicht aufs Spiel zu setzen, und er ließ gern viele Frauen an dem teilhaben, was ihn zum Mann machte. Aber das eigene Kind zu hassen ist Wahnsinn. Nach allem, was ich höre, hat dieses Kind, jetzt eine erwachsene Frau, sie ebenfalls gehasst. Und ihr Zahnarztmann Fabio Meloni soll gar nicht so reich sein, wie er tut.«

»Sie hören ganz schön viel«, sagte Nico, nicht sicher, wie viel von dem, was Gustavo ihm erzählte, der Wahrheit entsprach.

»Immer schon. Ich bin mit großen Ohren zur Welt gekommen, denen inzwischen ein gutes Hörgerät auf die Sprünge hilft. Das Zuhören hat mich stets weitergebracht. Weiter ist manchmal besser als in der Nähe. Das wäre alles, was ich über die Salviati-Lambertis weiß. Richten Sie Salvatore Perillo aus, dass er sich nicht nach Gravigna bemühen muss, damit wir uns sicher fühlen. Diesmal haben wir keine Angst. Unsere Frauen schlafen tief und fest. Der Mord an Nora Salviati hat nichts mit Gravigna zu tun. Nun habe ich Sie lange genug aufgehalten. Rocco wartet auf Sie.«

Erst jetzt bemerkte auch Nico das Bellen. Es kam aus La Salita della Chiesa, der Straße, die zu Enrico, dem Restaurant und der Kirche führte. »Er will mir sagen, dass ich spät dran bin.« Nico schüttelte Gustavo die Hand. »Danke für die Information.«

»Nutzen Sie sie gut, und bringen Sie das Schwein hinter Gitter.«

Als Nico sich entfernte, hörte er Gustavo rufen: »Ettore, gib mir meine Zeitung zurück!«

Im Büro ließ Daniele den Telefonhörer auf die Gabel sinken.

Perillo hob den Blick von dem Sudoku, an dem er gerade rätselte. Die Leidenschaft für Sudokus hatte Vince in Perillo geweckt, der erfreut feststellte, dass er gut im Lösen war. »Vielleicht hätte ich Mathematiker werden sollen, Dani. Dann könnte ich mir einen Alfa Romeo leisten.« Er legte den Stift weg. »Haben die Leute von BelPosto etwas gesagt, das wir noch nicht wissen?«

Daniele trat an den Schreibtisch des Maresciallo und nahm auf dem Stuhl Platz, auf dem sonst die Befragten saßen. »Der Mann, mit dem Fabio Meloni geredet hat, ist zuständig für Erwerbungen in der Toskana. Er sagt, Meloni habe sich nicht erkundigt, ob Nora das Anwesen verkaufen wolle, sondern ob BelPosto Interesse daran habe.«

Perillo brauchte einen Moment, um diese Neuigkeit zu verarbeiten. Dann fragte er: »Wann versucht ein Mensch ein Anwesen zu verkaufen, das ihm nicht gehört?«

»Wenn er weiß, dass der Eigentümer bald stirbt?«

»Genau.«

SECHS

Adriana marschierte mit ihrem Mann im Schlepptau in Perillos Büro. Sie wirkte genauso hochmütig wie bei ihrem letzten Treffen, doch heute war sie legerer bekleidet mit einem marineblauen T-Shirt, einer leuchtend gelben Bikerjacke, Jeans mit einem großen, unten an einem Hosenbein aufgenähten Gucci-Emblem und schwarzen Stiefeletten. Fabio trug ebenfalls Jeans, dazu ein lila-weiß gestreiftes Hemd und einen lilafarbenen, über die Schultern geschlungenen Pullover.

Perillo war zu begeistert über die Neuigkeit, die er von Daniele erfahren hatte, um wütend zu werden. »Bitte warten Sie vor der Tür, Signor Meloni. Ich werde Sie nach Ihrer Frau befragen. Sie haben dieser Vorgehensweise zugestimmt.«

»Ich möchte nicht, dass meine Frau dem allein ausgesetzt ist.«

Adriana nahm auf dem Stuhl vor Perillos Schreibtisch Platz, schlug die Beine übereinander und schenkte dem Maresciallo ein geduldiges Lächeln. Daniele, der das Ganze von seinem Posten beim Kassettenrekorder aus mitverfolgte, fühlte sich an eine schnurrende Katze erinnert.

»Ohne ihn werde ich keine Fragen beantworten, Maresciallo.«

»Warum nicht, Signora? Haben Sie beide die Geschichte noch nicht endgültig ausgearbeitet?«

»Wir haben keine Geschichte«, erwiderte Fabio, nach wie vor von der Tür aus. »Wir gehören nicht zum Kreis der Verdächtigen.«

»Signor Meloni, gehen Sie hinaus. Wenn Sie es nicht tun, muss ich Sie wegen Behinderung der Ermittlungen belangen.«

»Ja, warte draußen, Fabio«, wies Adriana ihn an, ohne sich zu ihm umzudrehen. »Ich schaffe das allein.«

Fabio entfernte sich türenschlagend.

Daniele schaltete den Kassettenrekorder ein und sprach die üblichen Informationen auf Band.

Perillo wollte mit der Uhrkette beginnen. Er holte sie aus der Schreibtischschublade und legte sie auf den Tisch. »Das ist das einzige Schmuckstück, das wir bei Signorina Barron gefunden haben. Sie behauptet, Ihre Mutter hätte es ihr geschenkt.«

Adriana streckte die Hand aus.

Wer hat Nora umgebracht?, fragte sich Perillo. *Einer von ihnen oder beide zusammen?* Er nahm die Uhrkette und ließ sie in ihre Hand gleiten. *Vielleicht ist das eine Familienangelegenheit, bei der Marco die Drecksarbeit erledigt.*

Adriana betrachtete die Kette kurz. »Sie haben nur die bei ihr entdeckt?«

»Ja. Hat sie Ihrer Mutter gehört?«

»Ich kann mich nicht erinnern, sie je gesehen zu haben. Obwohl sie wertvollen Schmuck von meiner Großmutter geerbt hatte, steckte immer nur dieser hässliche Opalring an ihrem Finger.«

»Den hatte Signorina Barron nicht.«

»Wahrscheinlich hat Mamma ihn weggeworfen.« Adrianas Miene wurde sanfter. »Als Clara und ich klein waren, hat Mamma hin und wieder Sachen aus dem Safe geholt und uns damit spielen lassen. Manchmal hat sie sich dazugesellt und uns Geschichten über unsere Oma erzählt. Mamma war neun oder zehn, als ihre Mutter gestorben ist. Früher habe ich ihre Gemeinheit diesem Verlust zugeschrieben. Laut Aussage der Bediensteten war es mehr als nur ein Verlust. Ihr Vater ist völlig in seinem Kummer aufgegangen.« Sie sah Perillo an. »Ich versuche nicht, Sie abzulenken, Maresciallo. Bisweilen entschlüpfen einem Details unbeabsichtigt.«

Sie warf die Uhrkette auf Perillos Schreibtisch. »So viel kann das Ding nicht wert sein. Wenn es meiner Mutter gehört hat, wollte sie es wahrscheinlich loswerden. Gestohlen oder nicht: Meinetwegen kann Signorina Barron es behalten.«

»Von BelPosto wissen wir, dass Ihr Mann das Unternehmen

des Anwesens wegen angerufen hat. Waren Sie bei diesem Telefonat zugegen?«

Adriana zupfte an ihrer Bikerjacke. »Wann soll das gewesen sein?«

»Drei Wochen vor dem Tod Ihrer Mutter.«

»Keine Ahnung. Fabio telefoniert viel. Wenn ich dabei bin, höre ich für gewöhnlich nicht zu. Sie werden ihn fragen müssen.«

Ihre ausweichende Antwort enttäuschte Perillo. Allerdings wusste er auch nicht so genau, was für eine Reaktion er erwartet hatte.

Adriana sah auf die schmale Golduhr an ihrem Handgelenk. »Haben Sie noch Fragen an mich?«

»Fällt Ihnen irgendjemand ein, der Grund gehabt hätte, Ihre Mutter zu hassen?«

»Ich war selbst manchmal nahe dran. Marco geht es vermutlich genauso. Laut Aussage von Clara hat Mamma ihren Verlobten in dessen Anwesenheit heruntergemacht.«

»Das muss Ihre Schwester ziemlich aus der Fassung gebracht haben.«

»Was die Leute sagen, interessiert meine Schwester nicht. Sie tut, was sie will. Das war immer schon so.«

»Jemand anders fällt Ihnen nicht ein?«

»Maresciallo, Hass ist nicht der Grund für den Mord an Mamma. Wer Nora Salviati umgebracht hat, wollte ihren Schmuck. Wenn Sie den Dieb finden, haben Sie den Mörder.«

»Haben Sie den Schmuck gestohlen?«

Adriana beugte sich ein wenig vor. »Nein. Ich besitze selbst genug, und außerdem habe ich ihr keine Sekunde abgekauft, dass sie ihn weggeben wollte, um Geflüchteten zu helfen. Haben Sie die Wohnung der Haushälterin Sonia durchsucht? Oder die von Lapo oder der Wäscherin?« Sie winkte ab. »Zu spät. Mittlerweile ist der Schmuck sicher an einen Komplizen weitergegeben.«

Perillo stößelte die Papiere auf seinem Schreibtisch. »Sie und Ihr Mann waren davon überzeugt, dass Signorina Barron den Schmuck entwendet hat, daran darf ich Sie erinnern. Wir haben die Juweliere und Leihhäuser in der gesamten Toskana informiert.« Perillo lehnte sich auf seinem Chefsessel zurück und schaute sie an. Sie erwiderte seinen Blick. »Signora Meloni, wussten Sie, dass Ihre Mutter das Anwesen verkaufen wollte?«

Adriana begutachtete ihre roten Fingernägel.

»Signora Meloni, bitte beantworten Sie die Frage.«

Adriana sah ihn an. »Ob ich das wusste? In einem seltenen Moment der Rücksichtnahme hat Mamma uns gefragt, ob es uns etwas ausmachen würde. Ich war nicht glücklich darüber, aber Fabio hielt es für eine ausgezeichnete Idee. Die Steuern für das Anwesen haben bereits beträchtliche Löcher in unser Erbe gefressen. Was sollten wir nach ihrem Tod damit anfangen? Wir leben in Florenz. Die Villa an Fremde zu vermieten war undenkbar. Wir haben ihr gesagt, sie soll ruhig machen.«

»Wann hat sie Sie gefragt?«

»Vor über einem Monat. An das genaue Datum erinnere ich mich nicht.«

Daniele hatte Adriana im Auge behalten, um zu beurteilen, ob sie log. Sein Instinkt sagte ihm, dass er ihr nicht glauben konnte, doch ihre Körpersprache verriet nichts. Sie saß aufrecht da, die Hände ruhig im Schoß, die Beine an den Knöcheln gekreuzt. Warum misstraute er ihr? Weil er sie unangenehm fand? Eignete er sich schon Perillos Vorurteile an? Hoffentlich nicht.

Perillo stützte die Unterarme auf den Schreibtisch. »Sie sagten, Ihre Mutter habe Sie gefragt. Schließt dieses ›Sie‹ auch Ihre Schwester ein?«

»So wie sie gestern auf die Nachricht reagiert hat, glaube ich das nicht.«

»Wie hat sie denn reagiert?«

»Das soll sie Ihnen selbst sagen. Ich werde meine Schwester nicht verpfeifen.«

Genau das tat Adriana gerade, dachte Perillo. »Waren Sie zufrieden mit dem Inhalt des Testaments Ihrer Mutter?«

Adrianas Lächeln war echt. »Mich hat es erstaunt, wie viel noch vom Vermögen meines Vaters übrig ist. Sie hat ihn des Geldes wegen geheiratet, das ist allgemein bekannt. Die Villa war baufällig. Mein Vater hat Unsummen für die Sanierung ausgegeben.«

Ihre Äußerung veranlasste Daniele dazu, einen Schritt vorzutreten. »Warum hat Ihr Vater sie geheiratet?«

Perillo sah Daniele überrascht an. Daniele wich hastig zurück und versuchte, die Röte, die ihm in die Wangen stieg, niederzukämpfen.

Adrianas Hände verkrampften sich. »Alle glauben, er sei scharf auf das Anwesen gewesen. Das stimmt nicht. Er hat mir unzählige Male gesagt, wie sehr er sie liebte. Und er wollte, dass ich auch Zuneigung für sie empfinde. Ihm zuliebe habe ich so getan. Kann ich jetzt gehen?«

»Gleich. Wo waren Sie Montagnacht zwischen Mitternacht und vier Uhr früh?«

»Daheim in Florenz, im Bett mit meinem Mann.«

»Haben Sie eine Haushälterin, die bei Ihnen wohnt?«

»Nein. Falls Sie eine Bestätigung brauchen, können Sie meinen zweijährigen Sohn Luca fragen. Allerdings hoffe ich, dass er schlief.«

Perillo nickte Daniele zu, der die Uhrzeit auf Band sprach und den alten Kassettenrekorder ausschaltete.

»Danke. Daniele, bitte begleite Signora Meloni hinaus und ihren Mann herein. Und sorg dafür, dass sie nicht miteinander reden.«

»Nicht nötig.« Adriana stand auf und zog ihr Handy aus der Jackentasche. »Von ihm werden Sie das Gleiche hören wie von mir.« Sie folgte Daniele aus dem Raum. Dabei klapperten die Absätze ihrer Stiefeletten laut auf dem Boden.

Perillo wartete, bis Daniele wieder in seinem Büro war. »Was hat dich zu dieser Frage motiviert?«

»Entschuldigung, Maresciallo. Ich sollte mich besser im Griff haben.«

»Nein, das war eine völlig legitime Frage, die mich auch interessierte. Und ich würde gern erfahren, was dich dazu veranlasst hat, sie zu stellen. Du klangst ein bisschen aggressiv, was untypisch für dich ist. Du hast noch nicht mit Stella geredet?«

Daniele lief erneut rot an. »Nein.«

»Dani, schieb's nicht länger auf. Sag ihr, was du für sie empfindest, und zwar mit der gleichen Intensität, die ich in dieser Frage an Adriana gehört habe.«

Daniele schüttelte den Kopf. »Maresciallo, diese Frage war aus der Wut geboren.«

»Die Liebe hat ihre ganz eigene Intensität. Du bist wütend geworden, weil du Adriana abscheulich findest, stimmt's?«

»Sie hat die ganze Zeit über ihre Mutter beleidigt. Das hat mich zornig gemacht.«

»Verstehe.«

Daniele liebte seine Mutter sehr.

»Vielleicht hat Adriana gute Gründe, ihre Mutter nicht zu mögen.«

»Dann sollte sie die für sich behalten.«

»Zum Glück hat sie das nicht getan. Bei Mordermittlungen hilft Ehrlichkeit ungemein. Und nun sieh nach, wo ihr Mann steckt.«

»Ich habe das Gemüse besorgt, das du wolltest«, sagte Enzo, als er Nico die Brottasche abnahm. »Karotten, Frühlingszwiebeln, Artischocken, Zucchini, Paprika. Sellerie war schon da. Es ist alles in der Küche.«

»Danke, Enzo.«

Vom anderen Ende rief Elvira aus ihrem goldverzierten Sessel herüber: »Mein Sohn ist nicht dein Lakai.«

»Mamma, ich hab es ihm angeboten!«, schnaubte Enzo.

»Buongiorno, Elvira.« Nico ging an den wenigen Tischen in dem Raum vorbei. »Enzo hat mir einen Gefallen getan. Ich kann gutes Gemüse nicht von schlechtem unterscheiden.« Doch er lernte mithilfe seines momentan vernachlässigten Gärtleins dazu.

Elvira, die ein neues zartgrünes Hauskleid trug, hielt ihm die Wange für einen Kuss hin. »Das schlechte ist weich, das solltest du immerhin wissen, und ich werde nicht zulassen, dass du oder meine Schwiegertochter mein Restaurant in einen Vegetarierschuppen verwandelt. Ich hoffe, das ist klar.«

Er küsste sie auf beide Wangen. »Vollkommen. Dein neues Kleid gefällt mir.«

Elvira tat das Kompliment mit einem Achselzucken ab.

»Wie wäre es, wenn ich Hühnchenschenkel in Mehl wälze, knusprig anbrate, den Satz in der Pfanne mit Wein auffülle, das Gemüse vor sich hin köcheln lasse, bis es weich ist, das Ganze über das Hühnchen gebe und im Ofen fertiggare? Würde dir das gefallen?«

»Das müsste ich zuerst probieren.« Elvira musterte ihn mit einem intensiven Blick. »Endlich siehst du glücklich aus, Nico. Nelli ist bei dir, und du kriegst Geld dafür, dass du in Tildes Küche mit Töpfen und Pfannen hantierst. Wird's nicht allmählich Zeit, Salvatore seine Mordfälle allein aufklären zu lassen?«

»Würdest du nicht nach der fehlenden Zutat suchen, wenn du glaubst, dass sie ein Essen besonders macht?«

»Das ist jetzt Tildes und deine Aufgabe.«

»Genau das versuche ich für Tilde und Salvatore zu tun. Ich suche nach der fehlenden Zutat. Auch für die Gerechtigkeit.«

»Pah!« Elvira holte mit der Hand nach Nico aus. »Mach dich an die Arbeit. Du redest Unsinn.«

In der Küche empfing Tilde ihn mit folgenden Worten: »An meiner Schwiegermutter vorbeizugehen ist, wie durchs Feuer zu laufen.«

Nico musste lachen. »Mir gefällt das. Ich wette, ihr auch.«

»Sie liebt es. Das Gemüse liegt auf der hinteren Arbeitsfläche. Dein Gericht, dein Job.« Tilde band die Schleife ihrer langen weißen Schürze über dem burgunderrot-grau gestreiften Kleid neu. Um die langen Haare hatte sie ein leuchtend orangefarbenes Tuch geschlungen. Sie wirkte angespannt.

Nico trat an die Spüle und wusch sich die Hände. »Was bereitest du gerade zu?« Um herauszufinden, was Tilde beschäftigte, musste er behutsam vorgehen, das wusste er.

»Eine Spaghettisauce mit Lauch, Butter und Parmigiano.«

»Klingt köstlich. Soll ich dir helfen?«

»Mein Gericht, mein Job«, herrschte sie ihn an.

»Okay.« Nico trocknete seine Hände und zog sich zur hinteren Arbeitsfläche zurück, wo er begann, Karotten, Zucchini, Sellerie und Paprika in Streifen zu schneiden. Sie schnipselten schweigend. Tilde war als Erste fertig. Sie wusch den Lauch in einem Sieb und stellte alles zum Abtropfen in die Spüle. Ohne zu fragen, putzte sie auch Nicos Gemüse.

»Was ist nun mit ›Mein Gericht, mein Job‹?«, scherzte Nico.

»Ein kleines Geschenk, weil ich dich zuvor angeschnauzt habe. Aber glaub ja nicht, dass das zur Gewohnheit wird.«

»Keine Sorge.« Nun musste er die Hühnchenschenkel in Mehl wälzen. Wenn er nicht herausfand, was mit Tilde los war, würde er das neue Gericht verderben, denn Ritas Cousine war für ihn mittlerweile so etwas wie eine Schwester. »Egal, was es ist, Tilde: Ich helfe dir gern.«

Tilde schüttelte den Kopf. »Nicht jetzt. Zuerst muss ich meine schlechte Laune loswerden.«

Nico gab ihr gerade einen Kuss auf die Wange, als Alba mit ihrem üblichen breiten Lächeln in die Küche hüpfte. »Ciao! Draußen ist schönstes Wetter.« Sie warf ihnen zwei Kusshände zu und griff nach der kurzen weißen Schürze hinter der Tür. Alba trug einen Jeansrock, unter dem wohlgeformte Beine zum Vorschein kamen, sowie eine lockere, halb von einer traditionellen rot-orangefarbenen albanischen Männerweste verdeckte weiße Bluse. Ihr Blick fiel auf Tildes Kopftuch und Kleid. »Wir passen zusammen! Das bringt uns beiden Glück.«

Tilde schenkte Alba ein mattes Lächeln. »Das wäre schön.«

Alba zupfte Nico am Hemdsärmel. »Du hättest gestern Abend hier sein sollen. Ein Paar an Tisch sieben hat sich über Nora Salviati unterhalten. Ich habe gehört, wie der Mann deinen Namen erwähnte. Und seine Frau hat mich nach dir gefragt.

Ich habe ihr geantwortet, dass du heute hier sein würdest, und anschließend im Reservierungsbuch nachgeschaut, wie die beiden heißen: Signora und Signor Rosati. Kennst du die?«

»Nein, aber der Name sagt mir was.«

Alba griff in die Gesäßtasche ihres Rocks und zog ein Stück Papier hervor. »Das ist ihre Telefonnummer.«

»Danke.« Nico steckte den Zettel in seine Jeans. Er würde die Information an Perillo weitergeben.

Tilde klopfte das Sieb mit mehr Wucht an der Spüle ab, als zum Trocknen nötig gewesen wäre. »Die Tische decken sich nicht von allein, Alba.«

»Dazu brauchen sie mich.« Alba huschte mit einem kurzen Winken hinaus.

Tilde nahm eine große Kupferpfanne von der Wand über der Spüle und wischte sie sauber. »Laut Aussage von Enzo haben sämtliche Gäste im Lokal darüber geredet, was mit der armen Frau passiert ist. Der Mord ist zur Touristenattraktion geworden. Wie schrecklich.«

»Ist meine Zusammenarbeit mit Perillo ein Problem für das Restaurant? Die Leute aus der Gegend wissen alle, dass ich bei den Ermittlungen helfe.«

Tilde gab etwas Pflanzenöl in die Pfanne und stellte sie auf den Gasherd. »Die Touristen fangen auch schon an, sich für dich zu interessieren. Zu wissen, dass die Speisen hier möglicherweise von einem ehemaligen New Yorker Beamten der Mordkommission, der bei örtlichen Ermittlungen hilft, zubereitet werden, macht das Essen wahrscheinlich noch schmackhafter. Seit wir mittags und abends geöffnet haben, kommen mehr und mehr Gäste.« Tilde hielt die Hand über die Pfanne, um zu prüfen, wann sie den Lauch hineingeben konnte. Dabei beobachtete sie, wie Nico die Hühnchenschenkel mit einem sauberen Geschirrtuch abtupfte. Papiertücher galten mittlerweile als Baumkiller. »Du möchtest doch weiter bei uns arbeiten, oder?«

Nico hob überrascht den Blick. »Natürlich. Ich arbeite sehr gern für dich. Immer schon.«

»Gut. Dann hör nicht auf meine Schwiegermutter, sondern such weiter nach der fehlenden Zutat für mich und Salvatore.«

Nico schüttete Mehl auf einen Teller, gab großzügig Salz und Pfeffer auf die Hühnchenschenkel und sah zu, wie Tilde den Lauch in der Pfanne umrührte. »Ist deine schlechte Laune verflogen?«, erkundigte er sich.

»Meine Laune hat sich deutlich gebessert, aber wir haben zu viel Arbeit, um über unsere Probleme zu reden.«

»Stimmt. Ich möchte, dass Elvira das Wasser im Mund zusammenläuft, wenn sie mein Gericht kostet.«

Fabio Meloni lehnte sich mit dem Blick eines Mannes, der weiß, dass er den Test hervorragend bestanden hat, auf dem Befragungsstuhl zurück.

Dieser Blick gefiel Perillo, denn er konnte es gar nicht erwarten, ihn Meloni auszutreiben.

»Ich höre, Maresciallo.«

Perillo spreizte die Finger auf der Oberfläche des Schreibtisches. »Hat Ihre Schwiegermutter Ihnen gesagt, dass sie das Anwesen verkaufen wollte?«

»Ich hatte ihr das mehrmals vorgeschlagen, weil sie enorme Summen für die laufenden Kosten und die Pflege des Anwesens ausgab. Sie brauchte ja all die feudalen Räume nicht. Meiner Ansicht nach wäre Nora glücklicher und weniger gestresst gewesen, wenn sie in einem kleineren Haus gewohnt hätte. Außerdem musste sie an ihre Töchter denken. Bei ihrem Tod wäre kein nennenswertes Erbe mehr übrig gewesen.«

»Abgesehen von dem Anwesen, das nun einen sehr guten Kauferlös erbringt.«

»Ich hätte mehr verlangt.«

Perillo betrachtete seine Hände. Er lauschte einem Mann, der nicht ahnte, welch hässlichen Eindruck seine Worte auf ihn machten. »Und der Schmuck ist sehr viel wert.«

»Aber der ist ja nun aufgrund Ihrer Unfähigkeit verloren.«

»Haben Sie ihn gestohlen?«

Daniele, der den alten Kassettenrekorder im Auge behielt,

damit es keinen Bandsalat gab, sah, wie Fabios Gesicht einen ungläubigen Ausdruck annahm.

»Also wirklich, Maresciallo, das ist eine Luftnummer. Warum sollte ich Nora um ihren Schmuck bringen, der von Rechts wegen ohnehin meiner Frau und Clara gehört?«

»Ein Nein hätte als Antwort gereicht«, erwiderte Perillo. »Ich möchte mich noch einmal der Frage zuwenden, auf die Sie letztlich keine Antwort gegeben haben. Hat Nora Ihnen erzählt, dass sie vorhatte, das Anwesen zu verkaufen?«

»Ja, natürlich.«

»Und wann hat sie Ihnen das mitgeteilt?«

»Vor mindestens einem Monat. Ich habe ihr geantwortet, das sei die beste Entscheidung, die sie treffen könne.«

Perillo hielt den Blick auf Melonis Gesicht gerichtet, damit ihm nicht der geringste Hinweis auf eine Lüge entging. »Warum haben Sie vor einigen Wochen bei BelPosto angerufen?«

Meloni zuckte nicht mit der Wimper. »Ich wollte überprüfen, ob es Nora ernst ist.«

»Sie haben ihr nicht geglaubt?«

»Meine Schwiegermutter nahm es mit der Wahrheit nicht so genau.«

Perillo straffte die Schultern wie die Boxer im Fernsehen, bevor sie in den Ring klettern. »Sie haben mit dem Leiter der Akquiseabteilung für die Toskana gesprochen.«

Meloni begann, auf dem Stuhl herumzurutschen. »Keine Ahnung mehr, mit wem ich geredet habe.«

»Aber Ihr Gesprächspartner erinnert sich an Sie. Ihr Anruf hat ihn erstaunt. Er hat Ihnen erklärt, er stehe bereits in Kontakt mit der Eigentümerin des Anwesens und habe ihr ein Angebot unterbreitet. Da war Ihnen klar, dass Nora verkaufen würde. Nora hat es Ihnen nie gesagt. Wie kann man ein Anwesen veräußern wollen, das einem nicht gehört?«

»Ganz einfach: Man gibt vor, der Eigentümer zu sein, um herauszufinden, ob Nora wirklich verkauft.«

»Warum haben Sie nicht einfach direkt gefragt?«

»Dann hätte der Mann von BelPosto es mir nicht verraten.«

»Er hat Sie über das Angebot des Unternehmens informiert.«
Meloni stieß einen Seufzer aus, der wohl Geduld signalisieren sollte. »Über das Angebot für ein ähnliches Anwesen. Daraus habe ich geschlossen, dass Nora die Wahrheit sagte. Sie verkaufte tatsächlich.«

»Interessant, dass Sie sich unbedingt der Pläne Ihrer Schwiegermutter vergewissern wollten«, meinte Perillo. »Warum?«

Meloni ließ sich einen Moment Zeit mit der Antwort. »Adriana war durcheinander. Sie wollte das Anwesen in der Familie halten. Und ich wollte sicher sein, dass Nora keine Spielchen mit meiner Frau treibt.«

»Vielleicht sollte der Mord an Nora nicht umsonst gewesen sein.«

»Maresciallo, nun kommen Sie bitte wieder auf den Boden der Tatsachen. Sie versuchen, wenn auch eher ungeschickt, aufzuklären, wer meine Schwiegermutter ermordet hat. Ich weiß zu würdigen, wie schwierig das ist. Wie bereits erwähnt, war ich für den Verkauf. Nach Noras Tod hätte die Verpflichtung, sich um das Anwesen zu kümmern, auf meinen Schultern gelastet, und davor hatte ich große Angst.

Auf die Frage, wo ich mich Sonntagnacht und Montagmorgen aufgehalten habe, kann ich Ihnen eine eindeutige Antwort geben: Adriana und ich sind am Sonntag gegen zehn Uhr ins Bett gegangen. Wir hatten Sex und sind dann eingeschlafen. Am Montagmorgen um sieben hat mich der Wecker aus einem Traum gerissen. Wir sind beide aufgestanden. Und nun stellen Sie mir bitte die Abschlussfrage.«

Perillo hätte Meloni gern gesagt, die könne er sich sonst wohin stecken, doch der Kassettenrekorder lief, und an der Frage führte kein Weg vorbei. »Haben Sie Nora Salviati ermordet?«

»Nein.« Meloni stand auf. »Ich finde allein hinaus.«

Sobald die Bürotür sich hinter Meloni geschlossen hatte, sank Perillo in seinen Chefsessel zurück.

Daniele ging zu seinem resigniert wirkenden Chef. »Möchten Sie einen Kaffee, Maresciallo?«

Perillo sah seinen jungen Brigadiere an. »Der Mann ist aalglatt.«

»Er ist ein ausgezeichneter Lügner, kann sich gut herausreden. Ich glaube nicht, dass er den Verkauf befürwortete.«

»Warum nicht?«

»Er hat es mehrfach wiederholt, damit Sie denken, dass er darüber Bescheid wusste und dafür war, weswegen er keinen Grund hatte, Nora zu töten.«

»Ich weiß«, sagte Perillo. *Wieder hatte Meloni ihn gedemütigt. Warum hatte er sich nicht gewehrt? Wo war der Mumm, den er auf den Straßen von Neapel erworben hatte und der ihm bisher so gute Dienste leistete?*

»Soll ich in der Bar einen Kaffee bestellen?« Ein Espresso mit Grappa würde für bessere Laune des Maresciallo sorgen.

»Nein. Ich bin schon aufgeregt genug. Setz dich.«

Daniele nahm auf dem Stuhl Platz, von dem Meloni gerade aufgestanden war. Jetzt hätte er gern einen Aprikosensaft gehabt.

»Wie geht's Stella?«, erkundigte sich Perillo. Den Gedanken an junge Liebe fand er beruhigend.

»Stella will versuchen, dieses Wochenende herzukommen, und ich hoffe, dass wir ein bisschen Zeit miteinander verbringen können.«

»Noch ein Grund mehr, diesen Mordfall bis dahin aufzuklären.« Perillo betrachtete das Sudoku, an dem er gerade tüftelte, und zückte den Stift.

»Maresciallo, der Durchsuchungsbeschluss für die Konten der Familie ist genehmigt, was bedeutet, dass der Bericht bald eintreffen müsste.«

»Wenn wir Glück haben, brauchen die Melonis dringend Geld.«

Alba streifte dicke Topfhandschuhe über, öffnete die Ofenklappe in Enricos Bäckerei und zog ein großes, langes Tablett voll mit doppelt gebackenen Cantuccini heraus.

Ivana saß auf einem Hocker neben einem offenen Fenster

und half Carletta, deren Haare die Farbe von Lavendel hatten, die morgendliche Cantuccini-Ausbeute in Zellophantüten zu verstauen. Ihre eigenen kurzen dunklen Haare steckten unter einem Netz, und über ihrem ärmellosen Sommerkleid trug sie eine geblümte Schürze, die sie von zu Hause mitgebracht hatte.

Alba schob das Tablett auf einen Tisch. Ivana beobachtete, wie Alba auf ein Cantuccino blies, um es abzukühlen, ein Stück abbrach und in den Mund steckte. Vor Aufregung klopfte Ivanas Herz wie wild. Dies war erst ihr zweiter Tag in der Bäckerei. Alba hatte Ivana die Aufsicht über die Teigmischung übertragen, während sie selbst im Sotto Il Fico arbeitete. Die Cantuccini vom Vorabend waren gut gelungen. Nun hielt Ivana den Atem an.

Alba kaute, schluckte, biss ein weiteres Stück und noch eines ab. Dann war das Cantuccino verschwunden. »*I madh!*«, rief sie aus und warf Ivana eine Kusshand zu.

Die Kusshand sagte Ivana, was *i madh* bedeutete. Ihr wurde warm ums Herz.

»Das bedeutet *toll* auf Albanisch«, erklärte Carletta, die eine am Knie zerrissene Jeans und ein rotes Trattoria-Da-Gino-T-Shirt trug.

»Sehr gut«, lobte Alba sie.

Carletta schmunzelte über das Kompliment. Dann wurde sie auf einmal ernst. »Ich weiß noch was anderes. Über die ermordete Frau.«

Ivana betete, dass es nichts Hässliches war.

»Ich habe Nora Salviati oft in Babbos Lokal bedient«, erzählte Carletta. Ihrem Vater gehörte das Da Gino an Gravignas Hauptplatz. »Sie kam immer mit einem Mann und einem kleinen Jungen zum Abendessen und saß mit ihnen auch bei der größten Hitze drinnen. Babbo hat gesagt, ich soll sie an den Tisch in der hinteren Ecke setzen. Wahrscheinlich hat sie sich jedes Mal telefonisch angemeldet und wollte nicht von den Leuten gesehen werden, weil der Mann in ihrer Begleitung nicht so elegant war wie sie. Ich mochte sie, sie ging so nett mit dem Jungen um. Er schien irgendein Problem zu haben. Vielleicht war er ihr Sohn. Sie hat mir bei jedem Besuch Trinkgeld gegeben, wie eine Touristin. Letztes Jahr ist sie dann plötzlich nicht mehr gekommen. Keine Ahnung, warum.«

Es klopfte an der Tür, kurz darauf streckte Vince den Kopf herein, um Clara Lamberti anzukündigen. Perillo stand auf, klappte sein Notizbuch zu und zog seine Uniformjacke straff. »Schick sie rein.«

Daniele huschte zu seinem Posten hinten im Raum.

Clara trat lächelnd ein. »Buongiorno, Maresciallo, Brigadiere. Marco hat mir versichert, dass Sie nicht beißen.« Sie durchquerte den Raum, ihre langen Beine steckten in lockeren roten Shorts. Darüber trug sie ein schräg geschnittenes schwarzes Oversize-Jerseytop. Sie war ungeschminkt. »Aber es besteht ja auch kein Grund, ihn zu beißen. Er ist ein lieber, ehrenwerter Mensch.«

»Und Sie sind das nicht?« Perillo deutete auf den Stuhl vor seinem Schreibtisch.

Clara setzte sich. »Lieb bestimmt nicht. Von Marco weiß ich, dass Signorina Barron die Uhrkette meiner Mutter an sich genommen hat. Darf ich sie sehen?«

Perillo wandte sich Daniele zu, der mit geschlossenen Augen überlegte, was er zu Stella sagen würde.

»Brigadiere Donato, den Kassettenrekorder, bitte.«

Daniele schlug die Augen auf, drückte rasch den Aufnahmeknopf und schaffte es, die erforderlichen Informationen ohne zu murmeln auf Band zu sprechen. Gegen die Röte in seinem Gesicht war er allerdings machtlos.

Perillo zeigte Clara die Uhrkette. »Kennen Sie die?«

»Ja. Ich erinnere mich, wie Mamma damit nach Hause kam. Irgendwann nach Babbos Tod ist sie nach England gereist und mit dieser Kette um den Hals zurückgekehrt. Als sie sie dann eines Tages nicht mehr trug, fragte ich sie, ob ich sie haben kann. Sie hat Nein gesagt, weil sie früher jemandem gehörte, der sie glücklich gemacht hatte.«

»Können Sie sich einen Grund vorstellen, warum sie sie Signorina Barron gab?«

»Ich glaube, sie haben sich während dieser Reise kennengelernt. Das könnte ein Grund sein.« Clara zuckte mit den Achseln, als wäre ihr das egal. Doch ihre Miene sagte etwas anderes. »Vermutlich kann man nicht feststellen, ob sie sie gestohlen hat, oder?«

»Leider nein. Mit wem war Ihre Mutter abgesehen von den Rosatis noch befreundet?«

»Sie hatte keine Freunde, und ich bezweifle, dass Gianna Rosati und Mamma wirklich Freundinnen waren, jedenfalls nicht in dem Sinne, dass sie einander Dinge anvertrauten. Mamma konnte das nicht, und Gianna Rosati redet ausschließlich über Bridge oder ihre beiden fantastischen Söhne.«

»Leben die hier?«

»Nein. Tommaso leitet laut Aussage von Gianna ein *sehr erfolgreiches* Tech-Unternehmen in San Francisco. Und der tolle Stefano ...«, Clara lachte, »... für den schwärmte ich, bis er versucht hat, mich zu küssen. Damals war ich gerade mal zehn und fand es eklig. Danach habe ich ihn nicht mehr in meine Nähe gelassen. Er ist zu einer Safari nach Südafrika geflogen und nicht zurückgekehrt. Nach allem, was Gianna meiner Mutter erzählt hat, besitzt er dort unten ein großes Weingut. Ein Mann aus der Toskana, der nach Südafrika geht, um dort Wein zu produzieren, ist etwas Ungewöhnliches. Wahrscheinlich wollte er einfach weg von seiner Mutter. Sie schafft es, einem die Luft aus der Lunge zu saugen, wenn man ihr zu nahekommt.«

»Was können Sie mir über Signor Rosati sagen?«

»Federico ist langweilig – das sind die Worte von Mamma. Offenbar findet auch Gianna ihn langweilig. Sie hat sich mehr als einmal an Lapo rangemacht und versucht, ihn dazu zu bringen, dass er bei Mamma aufhört und für sie arbeitet. Lapo und Mamma haben sich köstlich darüber amüsiert. Schätze, Lapo ist der einzige richtige Freund, den meine Mutter je hatte.«

»Waren sie möglicherweise mehr als befreundet?«

Claras Miene hellte sich auf. »Das hoffe ich. Sie hatte Zärtlichkeit bitter nötig. Mamma war eine unglückliche Frau.«

»Wieso?«

»Sie hat ihre Mutter früh verloren, und der Verlust der Ehefrau hat ihren Vater in einen aggressiven, gemeinen Menschen verwandelt. Das hat Babbo mir erzählt.« Als sie ihren Vater erwähnte, trat ein Lächeln auf Claras Gesicht. »Babbo war das genaue Gegenteil, witzig und charmant. Genau das hat Mamma gebraucht. Eigentlich hätte es eine gute Ehe sein müssen.« Das Lächeln verschwand.

»Warum war sie das nicht?« Perillo dachte an seine eigene Ehe. Auch für ihn gab es an dieser Front etwas zu tun.

Daniele lauschte aufmerksam. Clara Lamberti hatte etwas Faszinierendes. Daniele wusste, dass der Maresciallo es ebenfalls spürte, denn er saß entspannt in seinem Sessel. Seine Stimme klang sanft, nicht wie der Bariton, dessen er sich bediente, wenn der Kassettenrekorder lief. Daniele hingegen traute Clara nicht.

Claras Lächeln kehrte zurück, diesmal wirkte es ein wenig reumütig. »Mein Vater hat Frauen sehr gemocht und kein Hehl daraus gemacht.«

»Verstehe.« Perillo war in dieser Hinsicht lediglich einmal in Versuchung geraten, in dem Monat, als Ivana nach Neapel fuhr, um ihre Mutter zu pflegen. Und er war schnell wieder zur Besinnung gekommen.

Perillo beugte sich ein wenig vor. »Signorina Lamberti, haben Sie eine Ahnung, wer Ihre Mutter ermordet hat?«

Clara sah Perillo mit festem Blick an. »Ich bin mir nicht sicher, ob ich es Ihnen sagen würde, wenn ich es wüsste.«

»Warum nicht?«

»Egal, wer der Mörder sein mag: Er hat meiner Mutter einen Gefallen getan. Jetzt ist sie nicht mehr unglücklich.«

»Finden Sie nicht, dass ihr Gerechtigkeit widerfahren sollte?«

»Gerechtigkeit ändert nichts. Mamma verdient ihren Frieden. Genau wie wir.« Falls Perillo noch eine Frage gehabt haben sollte, machte Claras Äußerung sie hinfällig.

»Sind wir fertig?«

Perillo sah seinen verblüfften Brigadiere an. Daniele sprach die Uhrzeit auf Band und dass die Befragung beendet sei, bevor er den Stoppknopf betätigte.

Perillo stand auf. »Es könnte sein, dass ich noch einmal mit Ihnen reden muss.«

Clara löste die übereinandergeschlagenen Beine voneinander und erhob sich ebenfalls. »Sie finden mich in der Villa. Bis der Fall gelöst ist, kann ich meine Yogakurse von dort aus per Zoom leiten. Marco hatte recht. Sie beißen nicht. Ciao.« Clara schenkte Daniele ein strahlendes Lächeln. »Auch Ihnen ciao.«

Daniele hob die Hand zum Gruß. Er war zu überrascht, um zu erröten.

Nachdem sich die Bürotür hinter Clara geschlossen hatte, fragte Perillo Daniele: »Was hältst du von ihr?«

»Der Mörder hat ihr und ihrer Schwester einen großen Gefallen getan, nicht ihrer Mutter.«

Perillo hob eine Augenbraue. »Es wundert mich, dass sie dich nicht überzeugt hat. Für gewöhnlich hast du ja eine Schwäche für attraktive Frauen.«

»Nicht für sie.«

»Warum nicht?«

»Ich weiß es nicht.« Er wusste es sehr wohl. Claras Sexappeal hatte Begierde in ihm geweckt. Und die machte ihm Angst.

Nun wurde Daniele doch rot, und das fiel Perillo auf. »Die Kontoauszüge der Familie werden uns wohl mehr verraten. Aber jetzt müssen wir uns erst einmal stärken. Komm mit nach oben. Ivana hatte Mitleid. Sie hat uns ein Mittagessen in die Mikrowelle gestellt.«

SIEBEN

Fünfzehn Uhr. Zeit für die Nachmittagspause. Nico entdeckte OneWag dösend auf den sonnenbeschienenen Kirchenstufen gleich oberhalb des Lokals. Die Beine des Hundes zuckten im Schlaf.

»Komm, Kumpel. Wir haben was zu erledigen.«

Der Hund reagierte mit einem halben Schwanzwedeln. Im Traum war er gerade kurz davor, das Kaninchen zu erwischen.

Nico wartete. Wieder fingen OneWags Beine zu zucken an. »Na schön, träum weiter. Wir sehen uns später.« Nico ging zu seinem Fiat 500, der nicht weit von der Kirche abgestellt war. Eigentlich gehörte der Parkplatz Don Alfonso. Doch gegen eine kleine Spende für die Kirche überließ der für mehrere Gemeinden zuständige Pfarrer ihn an Wochentagen Nico. Nico steckte den Zündschlüssel ins Schloss und öffnete die Beifahrertür, für den Fall, dass OneWag es sich anders überlegte. Normalerweise war der Hund immer zu Abenteuern aufgelegt.

Aber OneWag rührte sich nicht von der Stelle. Also schloss Nico die Beifahrertür wieder, setzte zurück, wendete und lenkte den Wagen halb die Straße hinunter. Da bemerkte er im Rückspiegel eine Bewegung. Er sah genauer hin. »*Cazzo!*« Nico stieg auf die Bremse. Auf Italienisch zu fluchen fiel ihm leichter als auf Englisch, merkte er gerade. Und es vermittelte ihm das Gefühl, fast schon ein Einheimischer zu sein.

Er machte die Beifahrertür noch einmal auf. OneWag sprang schwer atmend und mit hängender Zunge auf den Sitz und schaute Nico mit seinem *Wo-soll's-hingehen?*-Blick an.

»OneWag, mach das nie wieder, kapiert?«

Der Hund rollte sich auf dem Beifahrersitz zusammen, auf den er sonst nicht durfte.

Als sie das Hotel Bella Vista erreichten, hatte sich OneWags

Atmung normalisiert. Während Nico auf die Suche nach Wasser ging, legte sich der Hund auf einen grasbewachsenen Fleck und wartete.

»Guter Junge. Bleib, wo du bist. Ich bringe dir was zu trinken.« In der Lobby sah Nico sich nach Laura um. Er fand sie an der Hotelbar, wo sie sich einen Espresso machte.

»Hallo, Nico. Wollen Sie auch einen?«, fragte sie in fast akzentfreiem Englisch.

»Nein danke. Aber mein Hund braucht Wasser. Hätten Sie eine Schüssel für ihn? Er ist draußen.«

Laura blickte an Nico vorbei nach draußen. »Hallo, One-Wag. Gleich kriegst du was.«

Der Hund wedelte kurz mit dem Schwanz, setzte sich vor die Tür und vermied es tunlichst, sein Herrchen anzuschauen. Nico verkniff sich ein Schmunzeln. Den Schlawiner auszuschimpfen wäre Zeitverschwendung gewesen, denn OneWag glaubte fest an Eigenständigkeit und Unabhängigkeit.

Laura füllte einen kleinen Getränkekühler mit Wasser. Nico streckte die Hand danach aus.

»Nein, ich mach das schon.« Laura trat hinter der Theke hervor. Sie war mit einer dunkelgrünen Hose und einem türkisfarbenen Strickoberteil bekleidet. Die gewellten, schulterlangen blonden Haare trug sie offen. *Sie sieht gut aus*, dachte Nico. *Die Traurigkeit des letzten Jahres scheint verschwunden zu sein, zumindest aus ihrem Gesicht. Was in ihrem Inneren vorgeht, weiß der Himmel allein.*

OneWag kam Laura entgegen, die den Kühler vor ihm auf dem Boden abstellte. »Er ist hier immer willkommen. Wollen Sie mit Miss Barron sprechen?«, erkundigte sie sich, während sie beobachtete, wie OneWag durstig trank.

»Nein. Wenn Sie kurz Zeit hätten, würde ich Ihnen gern ein paar Fragen über sie stellen.«

»Sie gehört zum Kreis der Verdächtigen, stimmt's?« Lauras Tonfall war nicht gerade freundlich.

Nico ließ sich auf einem Barhocker nieder. »Sie hat die Leiche gefunden, und wir wissen nichts über sie.«

OneWag hörte auf zu trinken, schnupperte kurz an Lauras Schuhen und trollte sich nach draußen.

»Dann fragen Sie sie doch. Sie sitzt auf der Terrasse und liest ein Buch.«

»Bitte helfen Sie mir, Laura. Wie lange kommt sie schon hierher?«

Laura nahm mit ihrem Espresso auf einem Barhocker neben Nico Platz. »Ich rede ungern über Menschen, wenn sie nicht dabei sind, aber weil der Gedanke, dass sie diese Frau umgebracht haben könnte, so absurd ist, sage ich Ihnen das Wenige, was ich weiß. Sie war im Sommer vor vier Jahren das erste Mal hier, bleibt für sich, liest oder geht in ungeeigneten Schuhen spazieren. Offenbar ist ihr gutes Aussehen wichtiger als Bequemlichkeit. Sie isst nur selten außerhalb, und danach geht sie an die Bar, bestellt einen Pimm's und beobachtet schweigend die anderen Gäste. Nora Salviati hat sich jeden Sommer etwa zwei- oder dreimal zum Abendessen zu ihr gesellt.«

»Sie kannten Nora Salviati?«

»Nur, weil Miss Barron sie mir vorgestellt hat. Ich dachte, Miss Barron sei verwitwet. Sie wirkte – wirkt – irgendwie traurig, das hat mich auf den Gedanken gebracht. Ich habe sie stets mit Mrs Barron angesprochen. Gestern hat sie mich gebeten, sie Miss Barron zu nennen, und mir erklärt, dass sie fast eine Mrs geworden wäre, ihr Verlobter jedoch wenige Wochen vor der Hochzeit bei einem Autounfall gestorben sei.«

Merkwürdig, dachte Nico. *Sie schien ziemlich stolz auf ihr Singleleben zu sein.* »Mich hat sie gleich korrigiert«, erklärte er. »Haben Sie sie gefragt, warum sie Sie nicht früher darauf aufmerksam gemacht hat?«

»Ja. Sie gestand mir, dass sie sich gern der Illusion hingab, einen Ehemann zu haben, der Mord an Nora diese Illusion aber zerstört habe.«

Nico überlegte, welche anderen Illusionen Miss Barron in jener Nacht wohl noch hatte begraben müssen. »Trauen Sie ihr einen Diebstahl zu?«

»Warum sollte sie etwas stehlen? Sie ist wohlhabend. Zweieinhalb Monate in diesem Hotel kosten eine Menge Geld, und während ihres Aufenthalts hier füllt sie ihre Koffer mit Designerkleidung aus dem Einkaufszentrum.«

»Dort ist die aber heruntergesetzt.«

»Und trotzdem noch ziemlich teuer. Außerdem habe ich sie niemals Schmuck tragen sehen. Keine Ahnung, wie Sie und Perillo diesen Job ertragen, bei dem Sie immerzu das Schlimmste über die Menschen denken müssen.«

»Das ist nicht fair, Laura. Wir versuchen, einen Mörder zu fassen.«

»Natürlich.«

»Guten Tag«, begrüßte Miss Barron, deren Gesicht halb von einer großen Sonnenbrille verdeckt wurde, sie plötzlich vom Eingang zur Bar aus. »Wie schön, Sie zu treffen, Mr Doyle.« OneWag folgte ihr hinein.

»Wie geht es Ihnen?«, erkundigte sich Nico lächelnd.

»Die Sonne hat mich angenehm erwärmt, während dieser freundliche Hund mir Gesellschaft leistete. Er scheint von Schuhen fasziniert zu sein. Gehört er Ihnen?«

»Ja. Ich nenne ihn OneWag.«

»Mir gefallen ungewöhnliche Tiernamen. Sie weisen auf einen interessanten Charakter des Besitzers hin.«

Laura glitt von dem Barhocker herunter und trat hinter die Theke. »Was darf ich Ihnen anbieten, Miss Barron?«

»Ein Glas Wasser und einen Cappuccino, danke.« Miss Barron setzte sich auf den Hocker, den Laura freigemacht hatte. Sie trug ein perlgraues leichtes, knapp über die Knie reichendes Wollkleid mit kleinem rundem Kragen und winzigen Perlmuttknöpfen vom Hals bis zur Taille. »Wussten Sie, dass Italiener niemals nach elf Uhr vormittags Cappuccino trinken, Mr Doyle? Eine dumme Regel, finden Sie nicht? Ich mag eher Tee, doch am Nachmittag brauche ich einfach einen Cappuccino zum Wachbleiben.«

OneWag hielt die Schnauze schnuppernd in die Luft. Nichts zu futtern. Er wandte sich ab, um zu erkunden, was sich außer fein riechenden Schuhen noch entdecken ließ.

129

»Nico hat mir Fragen über Sie gestellt«, teilte Laura Miss Barron mit, während sie Milch in ein Metallkännchen füllte.

Nico bedachte sie mit einem verärgerten Blick, den sie ignorierte.

Aber Miss Barron sah ihn. »Bitte seien Sie Laura nicht böse. Vermutlich müssen Sie allen, die mit Nora zu tun hatten, jede Menge Fragen stellen. Wie sonst sollen Sie und der Maresciallo den Schuldigen aufspüren? Laura hat keine Veranlassung, sich Geschichten über mich auszudenken, also können Sie ihr glauben, was sie über mich sagt.« Miss Barron hob die Augenbrauen. »Allerdings würde ich auch gern etwas von Ihnen wissen.«

»Schießen Sie los.«

»Lassen Noras Töchter mich die Uhrkette behalten?«

»Das hoffe ich. Aber ich muss den Maresciallo fragen.«

»Sie wäre eine schöne Erinnerung an Nora. Ich war ziemlich überrascht, als sie sie mir schenkte, und habe mich erkundigt, warum. Sie hat geantwortet, sie würde ihr nichts mehr bedeuten.« Miss Barron legte den Kopf ein wenig schief und sah Nico mit ihren strahlend blauen Augen an. »Ich denke, sie gehörte einem Liebhaber. Wollen Sie mich denn nichts weiter fragen?« Das klang erwartungsvoll.

Nico entspannte sich. Allmählich fing er an, diese seltsame Frau zu mögen. »Doch. Hat Nora Ihnen irgendetwas über ihre Freunde, die Rosatis, erzählt?«

»Oh!« Miss Barron runzelte missbilligend die Stirn. »Gianna Rosati hat gestern die Dreistigkeit besessen, mich hier im Hotel zu belästigen. Zuvor bin ich ihr ein einziges Mal vergangenen Sommer begegnet. Sie wollte sämtliche Einzelheiten wissen und behauptete, sie sei überwältigt vor Kummer. ›Die liebe, liebe Nora, sie war meine beste Freundin. Ich bin am Boden zerstört. Stimmt es, dass sie über dem Flügel zusammengesunken war?‹ Es fällt mir schwer, ihr den Mangel an Sensibilität zu verzeihen. Ihr war völlig egal, was ich empfand, als ich Nora entdeckte.«

Laura schob den Cappuccino auf den Tresen. Miss Barron

trank einen Schluck. »Danke, meine Liebe.« Sie stellte die Tasse auf die Untertasse zurück und wischte sich den Schaum mit einer Serviette von den Lippen.

Nico wartete, bis Laura sich diskret aus dem Raum entfernt hatte, dann fragte er: »Haben Sie Gianna Rosati während Ihres diesjährigen Besuchs gesehen?«

»Die Rosatis waren gerade im Begriff zu gehen, als ich eintraf. Sie hatten Bridge gespielt, und Nora war ein wenig verstimmt, weil sie verloren hatte. Als sie weg waren, hat sie mir anvertraut, dass Signor Rosati schrecklich schlecht Bridge spiele und sie ihn nur mitmachen lasse, weil Gianna darauf bestehe. Mit Gianna hingegen messe sie sich gern, weil diese eine hervorragende Spielerin sei, aber offenbar verlor Nora nicht gern.« Miss Barron nahm die Tasse wieder in die Hand und leerte sie. »Wissen Sie, warum man diesen Kaffee Cappuccino nennt?«

»Nein.«

»Weil er die Farbe der Kutten von Kapuzinermönchen hat. Ich hoffe, sie dürfen sich einen Cappuccino gönnen, wann immer sie wollen.« Sie glitt von dem Barhocker. »Ich glaube, ich möchte mich vor dem Abendessen noch ein bisschen ausruhen.«

Nico warf einen Blick auf seine Uhr und stand auf. »Und ich muss zurück an die Arbeit.«

»Ja. Schließlich sind Sie sowohl Ermittler als auch Koch in einem Restaurant. Wie ungewöhnlich!«

»Ex-Ermittler und Souschef.«

»Das Restaurant muss ich einmal besuchen. Laura sagt, von dort habe man einen wunderschönen Blick, und das Essen sei köstlich. Auf Wiedersehen, Mr Doyle.«

»Sagen Sie doch Nico zu mir.«

»Dann müssten Sie mich Laetitia nennen. Aber als mutmaßliche Verdächtige in dem Mordfall wäre mir dabei nicht wohl. Wenn Sie mehr über Nora erfahren wollen, sollten Sie den Gärtner fragen. Sie hat mir einmal gestanden, er sei der einzige Mensch, dem sie vertraue. Ich finde es ausgesprochen schade, dass eine Mutter von zwei Kindern so fühlte, doch es war ihr Ernst. Wir sehen uns sicher bald wieder.«

»Gern«, sagte Nico. Auch er meinte es ernst.

Die Straße zu den Rosatis zweigte kurz vor der Villa Salviati ab, und das zweistöckige Steinhaus befand sich am Ende einer kurzen, von blühenden Lorbeersträuchern flankierten Auffahrt.

»Ein erstaunlich schlichtes Haus«, bemerkte Perillo, als Daniele den Alfa neben einem roten Smart parkte. »Ich hätte etwas Pompöseres wie die Villa Salviati erwartet.«

Daniele schaltete den Motor aus. »Wenn ich die Wahl hätte, würde ich dieses Haus nehmen. Es versucht nicht, großartiger zu wirken, als es ist.«

»Dann wollen wir mal sehen, ob das bei den Rosatis genauso ist.«

Gianna Rosati erwartete sie bereits an der Tür. Sie war eine kleingewachsene, rundliche Frau mit hübschem Gesicht, blasser Haut und schmalen haselnussbraunen Augen, die ihr etwas Katzenhaftes verliehen. Die kurzen, nach hinten gekämmten Haare hatte sie mit Henna gefärbt. Sie war einundsechzig und somit sieben Jahre älter als Nora, das hatte Daniele online über sie herausgefunden.

Perillo stellte sich und Daniele vor. »Verzeihen Sie meinen Aufzug, Maresciallo.« Sie trug eine Jeans und eine weite blau-weiß gestreifte Bluse, am Kragen ausgefranst. »Ich war gerade dabei, die Blumenbeete hinter dem Haus zu jäten; das beruhigt mich. Dabei habe ich jegliches Zeitgefühl verloren. Das Geräusch Ihres Wagens hat mich in die Gegenwart zurückgeholt. Bitte kommen Sie doch herein. Ich rufe Federico.«

Daniele und Perillo folgten ihr in den kleinen Eingangsbereich. An den in sommerlichem Himmelblau gehaltenen Wänden hingen Majolikateller mit Blumenmuster, und an einer Wand stand ein langer Tisch mit zahlreichen gerahmten Fotos und zwei Messingkerzenständern, in denen blaue Kerzen steckten.

»Was für eine Tragödie«, bemerkte Gianna, als sie sie in einen großen quadratischen Wohnraum führte, in dem sich ein breiter, mit dunkelgrünen Fliesen geschmückter Kamin befand. »Möchten Sie einen Kaffee?«

Daniele und Perillo lehnten dankend ab.

»Nehmen Sie Platz.« Sie deutete auf ein hellgrünes Cordsofa vor dem Kamin. Zu beiden Seiten der Couch standen Sessel in ausgeblichenen Kontrastfarben. Die hohen Fenster am anderen Ende gingen auf den Garten. »Noras Tod ist ein unglaublicher Verlust für die ganze Familie. Meine Söhne sind sehr traurig. Nora hat sie auf ihrem Anwesen spielen lassen, wann immer sie wollten.«

»Sind das Ihre Söhne?«, fragte Daniele und zeigte auf die gerahmten Fotos auf einem Beistelltischchen.

»Ja. Tommaso gehört ein Tech-Unternehmen in San Francisco, Stefano ein Weingut in Südafrika. Sie sind beide so weit weg und fehlen mir schrecklich, aber ich kann voller Stolz behaupten, dass sie sehr erfolgreich sind. Tommaso ...«

»Würden Sie bitte Ihren Mann rufen, Signora Rosati?«, fiel Perillo ihr ins Wort.

Gianna zog das Kinn ein und murmelte: »Natürlich.«

»Wir wissen, wie erfolgreich Ihre Söhne sind«, bemerkte Perillo beschwichtigend. »Kommen sie oft zu Besuch?«

Gianna strich sich mit der Hand über die kurzen Haare. »Ja, ja. Setzen Sie sich doch. Ich hole Federico.« Sie eilte aus dem Raum. Ihre Gummistiefel quietschten auf dem Fliesenboden.

»Die Frage hat sie nervös gemacht«, stellte Daniele fest.

»Wohl eher die Tatsache, dass ich sie unterbrochen habe.«

Daniele holte Notizblock und Stift hervor, dankbar dafür, dass der Kassettenrekorder in der Polizeistation geblieben war, weil sein Chef diesen Termin bei den Rosatis als Vorgespräch betrachtete. Da genügten schriftliche Notizen.

Als Gianna zurückkam, trug sie flache Schuhe und ein olivgrünes Oberteil über der Jeans. Ihr Mann, der ihr folgte, war mit einer braunen Hose und einer blauen Steppjacke über einem weißen Hemd bekleidet.

»Entschuldigen Sie, dass ich Sie habe warten lassen«, begrüßte Federico Rosati die Carabinieri. »Ich war gerade dabei, einige Gedanken über Nora niederzuschreiben, falls ihre Töchter mich bitten sollten, bei der Trauerfeier etwas zu sagen.« Rosati war sehr groß, weswegen er ein wenig gebeugt ging, hatte ein schmales, unauffälliges Gesicht mit kleinen blauen Augen, eine lange Nase und erstaunlich volle Lippen. Er gab Perillo die Hand und nickte Daniele zu. Federico Rosati, hatte Daniele recherchiert, war fünfundfünfzig Jahre alt und Kundenbetreuer bei Vigneto Tre Cipressi, einem mittelgroßen Weingut ein wenig südlich von Radda in Chianti.

»Bitte machen Sie es sich doch bequem. Wir helfen Ihnen gern.« Er nahm in dem Sessel direkt am Kamin Platz, Perillo setzte sich ans eine Ende des Sofas, Daniele ans andere.

Gianna war ob der Optionen, die ihr verblieben, sichtlich nervös.

»Setz dich, meine Liebe«, forderte Federico sie auf und zog den zweiten Sessel näher zu dem seinen heran. »Hier, neben mich.«

»Ja, aber zuerst koche ich uns einen Kaffee.«

»Meiner Frau hat Noras Tod sehr zugesetzt. Mir auch, jedoch nicht ganz so schlimm.« Er straffte die Schultern mit einem Blick, den Daniele als stolz deutete.

»Sie waren beide eng mit Signora Salviati befreundet?«, erkundigte sich Perillo.

»Ich bin mit Nora aufgewachsen«, antwortete Federico.

Perillo beugte sich vor. »Wie das?«

»Mein Vater hat das Weingut der Salviatis für Noras Vater Edoardo Salviati verwaltet. Wir wohnten seinerzeit in Panzano; an den Wochenenden nahm mein Vater mich zum Spielen in die Villa mit. Nora und ich waren nur etwas mehr als ein Jahr auseinander. Sie hat lange gebraucht, sich für mich zu erwärmen, weil sie damals sehr schüchtern war. Am Ende wurden wir dennoch gute Freunde.«

»Da wären wir.« Gianna kam mit einem Tablett herein, auf dem sich vier Espressotassen mit Blümchenmuster sowie eine dazu passende Kaffeekanne befanden. Sie stellte das Tablett auf einem Couchtischchen ab. »Bestimmt haben Sie nur aus Höflichkeit Nein gesagt.«

Im Hinblick auf Perillo hatte Gianna recht, doch Daniele trank nach dem Frühstück niemals Kaffee, weil er dann nachts nicht schlafen konnte. Nicht dass er in den letzten Nächten sonderlich viel geschlafen hätte – vielmehr hatte er sie sich mit Gedanken über das bevorstehende Gespräch mit Stella um die Ohren geschlagen. Perillo und Daniele dankten Gianna und führten die Tassen zum Mund.

Perillo leerte die seine mit zwei Schlucken. »Wurde das Weingut der Salviatis nicht zerstört?« Nico hatte ihm am Telefon erzählt, was er von Gustavo wusste.

Federico trank seinen Espresso, bevor er antwortete. Dann reichte er seiner Frau die leere Tasse samt Untertasse. »Das musste sein. Die Wurzeln der Weinstöcke waren von einem höchst aggressiven Schädling, der Reblaus, befallen. Wenn mein Vater den von Nora nicht überzeugt hätte, sämtliche Stöcke herauszureißen, wären die Läuse auf die anderen Weingüter übergesprungen.«

»Das muss sehr hart gewesen sein für Ihren Vater.« Perillo deponierte seine leere Tasse mit der Untertasse auf dem Boden, weil sich das Couchtischchen am anderen Ende des Sofas auf Danieles Seite befand. Bevor Gianna herbeieilen konnte, hob Daniele sie auf und stellte alles auf das Tablett. »Ist er trotzdem geblieben?«

Federicos Schultern begannen zu beben, seine Miene wirkte wie eingefroren. Sekunden vergingen. Dann stützte er den Kopf auf die Rückenlehne des Sessels. »Nein. Mein Vater hat sich Vorwürfe gemacht, dass er die Schädlinge nicht früh genug bemerkte, und sich an einer Eiche auf dem Anwesen aufgehängt.«

»Der arme Federico war damals noch ein Junge«, erklärte Gianna, eine Hand auf dem Herzen. »Für seine Mutter, Gott hab sie selig, war es noch schlimmer.«

»Noras Vater war ein sehr freundlicher Mensch.« Federico

sprach ziemlich laut, als könnte er so seine Gefühle übertönen. »Er hat meiner Mutter dieses Haus und den Garten geschenkt, die ihr viel Freude bereiteten.« Federico sah seine Frau mit einem Blick an, der Daniele zärtlich erschien. »Und jetzt meine Frau erfreuen.«

Gianna begann zu strahlen. »O ja, ich kümmere mich gern um Blumen. Man könnte behaupten, ich bin besessen davon. Ich habe Nora immer gesagt, sie soll Lapo dazu bringen, mehr Blumen zu pflanzen.« Sie umklammerte die Tasse, die sie auf dem Schoß hielt, und schloss kurz die Augen. »Bei unserem letzten Bridgespiel war Nora unkonzentriert und nervös. Deshalb konnte ich leicht gewinnen. Das bedauere ich sehr, denn Nora hat es gehasst zu verlieren.«

»Schon als kleines Mädchen«, bestätigte Federico. »Sie hat dann richtige Tobsuchtsanfälle bekommen. Also habe ich irgendwann angefangen, sie gewinnen zu lassen.«

Gianna schüttelte den Kopf. »Mich hat sie bei dem Versuch erwischt. Nora hat uns nur deswegen nicht fallen gelassen wie die Freunde ihres Mannes, weil ich ziemlich gut Bridge spiele. Die Herausforderung hat sie zu Höchstform auflaufen lassen.«

Perillo fand Gianna verwirrend. Eine ausgezeichnete Bridgespielerin hätte er sich anders vorgestellt. Kartenspiele erfordern starke Konzentration. »Sie waren mit ihrem Mann befreundet?«

»Nicht eng«, antwortete Federico. »Alberto hat uns alle paar Monate zu einem seiner Abendessen eingeladen.«

»Wegen Federicos Vater«, erklärte Gianna.

Perillo sah Federico an. »Waren Sie denn nicht mehr mit Nora befreundet?«

»Bei diesen Abendeinladungen hat sie kaum mit uns geredet«, antwortete Gianna für ihn. »Manchmal ist sie gar nicht erschienen.«

Federicos Hände schlossen sich fester um die Armlehnen seines Sessels. »Alberto war ein attraktiver, charmanter Mann, der andere gern nach seiner Pfeife tanzen ließ. Und Nora eine schöne, willensstarke Frau. Keine gute Kombination.«

Als Daniele kurz den Kopf hob, sah er, wie Gianna den ihren ein wenig schief legte. Dabei ähnelte sie einem Sperling, der einen Brotkrümel beäugt. Daniele war zu beschäftigt gewesen mit seinen Aufzeichnungen, um die Körpersprache der Rosatis zu beobachten, hatte aber genau zugehört. Giannas Tonhöhe änderte sich ständig. Sie fühlte sich nicht wohl, das war deutlich zu spüren.

»Sie war gezwungen, Alberto zu heiraten«, erklärte Gianna.

Das notierte Daniele nicht, weil es keine neue Information für ihn war.

»Gianna ...« Federico schlug die Beine übereinander, sodass ein behaartes Stück Wade über einer Socke zum Vorschein kam. »Über Dinge, die so weit zurückliegen, müssen wir nicht reden.«

Gianna verzog das Gesicht.

»Nein, bitte«, ermunterte Perillo sie. »Jede noch so kleine Information hilft.« Ihn interessierte, was die beiden über Nora zu sagen hatten. Möglicherweise besaßen sie einen Grund, sie zu ermorden.

Gianna dankte Perillo mit einem Nicken. »Die arme Nora. Zwei Monate nach der Hochzeit mit Alberto hat sie das Baby verloren. Sie war außer sich vor Wut.«

Daniele fing wieder an, sich Notizen zu machen.

Federico ließ ein Bein mit einem dumpfen Knall auf dem Boden aufkommen. »Gianna, das kannst du nicht wissen!«

»O doch, Federico. Die Wut war ihr seitdem ins Gesicht geschrieben. Sie wirken überrascht, Maresciallo.«

»Ich dachte, Adriana sei das Resultat dieser Schwangerschaft.«

Gianna reckte stolz die Brust vor. »Adriana wurde ein paar Monate später adoptiert. Offenbar war Alberto der Fehlgeburt wegen am Boden zerstört. Ich hätte gedacht, dass ein Mann wie er sich einen Sohn wünscht, damit sein Familienname weiterlebt, aber er hatte eben einfach eine Schwäche für Frauen.«

»Es wäre ein Mädchen gewesen«, bemerkte Federico, sichtlich unglücklich über die Enthüllungen seiner Frau.

Das sind ja interessante Neuigkeiten, dachte Perillo. »Weiß Adriana, dass sie adoptiert ist?«

Gianna fuchtelte mit den Händen. »Und ob. Clara kam zwei Jahre später zur Welt. Seitdem dürfte kein Tag vergangen sein, an dem Adriana sich nicht darüber ärgert. Ich kann verstehen, warum. Sie muss sich fehl am Platz fühlen, weil sie als Adoptivtochter der leiblichen nicht das Wasser reichen kann.«

Federico legte die Stirn in Falten. »Maresciallo, meine Frau hat eine lebhafte Fantasie.«

»Die kann sehr nützlich sein«, erwiderte Perillo mit einem beschwichtigenden Lächeln. »Adriana bringt die negativen Gefühle ihrer Mutter gegenüber sehr deutlich zum Ausdruck. Und Signora Rosati liefert mir einen möglichen Grund dafür.«

Gianna strahlte. »Danke, Maresciallo. Ich habe Psychologie an der Universität in Siena studiert und mir immer schon gedacht, dass Adriana mit ihrer wütenden Behauptung, Nora habe ihren Mann nicht geliebt, lediglich das Gefühl kaschiert, selbst nicht von Nora geliebt zu werden.«

Federico hob eine Augenbraue. »Willst du als profunde Kennerin der Psychologie behaupten, dass Nora ihren Mann liebte?«

»Das hätte durchaus sein können, wenn ihre Liebe von Alberto erwidert worden wäre«, herrschte Gianna ihn an. Ihr Blick blieb auf Perillo gerichtet. »Liebe ist das Allerwichtigste, finden Sie nicht auch?«

Daniele ertappte sich dabei, wie er nickte.

»Ja, sicher, Signora Rosati«, pflichtete Perillo ihr bei, darauf bedacht, das Thema zu wechseln. »Ich würde mich gern noch einmal Ihrem letzten Bridgespiel mit Nora Salviati zuwenden. Wann fand das statt?«

»Vor einer Woche. Sie wollte keine Revanche, weil sie die Engländerin einige Stunden später erwartete. Nora hat gesagt, sie seien alte Freundinnen, aber ich spiele seit dem Tod ihres Mannes mit Nora Bridge, und in all der Zeit hat sie nie etwas von dieser angeblich guten Freundin erwähnt. Das finde ich ziemlich merkwürdig, Sie nicht auch?«

Federico mischte sich ein. »Nora war eine Geheimniskrämerin. Weißt du noch, wie sie sich wochenlang abgesetzt hat, ohne ihren Töchtern Bescheid zu sagen? Das letzte Mal hat sie dir ein Tuch mit Blumenmuster aus dem Londoner Victoria and Albert Museum mitgebracht.«

»Das war, glaube ich, vor fünf oder sechs Jahren. Dieses Liberty-Tuch liebe ich«, erklärte Gianna. »Adriana war sehr wütend auf ihre Mutter, weil sie einfach so verschwunden ist.«

»Adriana ist immer wütend«, bemerkte Federico.

»Clara ist lockerer als ihre Schwester«, meinte Gianna. »Ich glaube, sie hat nur mit den Achseln gezuckt, wenn ihre Mutter abgetaucht ist.«

»Wann hat sie damit angefangen?«

»Ein paar Monate nach Albertos Tod.« Gianna reckte den Hals in Richtung Perillo. Diesmal erinnerte sie Daniele an einen Vogel, der etwas aufpicken wollte. »Stimmt es, dass Noras Schmuck gestohlen wurde?«

»Ja. Hat sie Ihnen den je gezeigt?«

Gianna zog den Kopf ein. »Bei den Abendeinladungen ihres Mannes hat sie für gewöhnlich einen Diamant-Saphirring getragen. Nach Albertos Tod habe ich den nie wieder gesehen. Ich weiß, dass es noch andere Schmuckstücke gibt, aber die kenne ich nur von einem Porträt. Im großen Eingangsbereich der Villa hängt ein hübsches Gemälde von Noras Mutter im Abendkleid, über und über mit Juwelen behängt. Als Nora es mir einmal zeigte, hat sie gesagt: ›Ich frage mich, wie die arme Mamma sich mit dem ganzen Gewicht auf den Beinen halten konnte.‹ Nora hat mir erzählt, dass sie manchmal ein paar Stücke aus dem Safe nahm und sich vorstellte, wie ihre Mutter sie trug.« Gianna runzelte die Stirn. »Wie traurig. Scheußlich, wenn das der Grund für den Mord war.«

Federico schnaubte vernehmlich. »Scheußlich, egal, welchen Grund er hatte.«

Gianna reagierte auf die Rüge ihres Mannes mit einem kurzen Nicken.

»Vielleicht haben der Juwelendiebstahl und der Mord nichts

miteinander zu tun«, wandte Perillo ein. »Das sollten wir im Hinterkopf behalten.«

Gianna schnappte nach Luft. »Du gütiger Himmel! Soll das heißen, jemand könnte sie genug gehasst haben, um sie zu töten?«

»Das ist denkbar. Danke für den Kaffee und Ihre Geduld, Signora.« Perillo wollte aufstehen.

»Der Opalring«, erinnerte Daniele ihn leise.

»Ach ja.« Perillo setzte sich wieder. »Den hätte ich fast vergessen. Signorina Barron sagt, Nora habe einen kleinen Opalring getragen, den sie von Ihnen gewonnen hat. Stimmt das, Signora Rosati?«

»Nora hat ihn nicht gewonnen. Ich habe den Ring vor Jahren in einem Antiquitätengeschäft in Florenz gekauft. Er hat nicht viel gekostet, aber als Nora ihn sah, hat sie sich genau wie ich in ihn verliebt.«

»Sonderlich subtil war es nicht, wie sie gezeigt hat, dass sie ihn möchte«, fügte Federico hinzu.

»Nora war sowieso alles andere als subtil«, stellte Gianna fest. »Sie hat ihn immer wieder angeschaut, geschwärmt, wie hübsch er ist, und gebeten, ihn an den Finger stecken zu dürfen. Irgendwann sind mir ihre Andeutungen auf die Nerven gegangen, und letztes Jahr habe ich ihn ihr zum Geburtstag geschenkt.«

»Haben Sie ein Foto davon?«, fragte Perillo.

»Federico hat eins.«

»Auf meinem Smartphone.« Federico griff in die Tasche seiner Jacke und holte das Handy heraus. Als er das Bild gefunden hatte, gab er Perillo das Telefon. »Ist der Ring wichtig für Ihre Ermittlungen?«, erkundigte er sich.

Perillo vergrößerte das Foto von dem Schmuckstück und betrachtete es genauer. Er konnte nicht verstehen, warum eine Frau, der Diamanten gehörten, solch einen Plunder wollte. Daniele hingegen, der Perillo über die Schulter sah, fand den Ring hübsch. Er war genau das, was einer jungen Frau gefallen würde, dachte er.

»Wichtig ist vielleicht zu viel gesagt«, meinte Perillo, »aber sie hat ihn nicht getragen, als sie starb, und wir wissen noch nichts über seinen Verbleib.«

»Oh.« Gianna bedeckte ihren Mund mit einer zitternden Hand.

Federico beugte sich auf seinem Sessel vor. »Könnten Sie ihn meiner Frau zurückbringen, wenn Sie ihn finden? Natürlich nur, wenn Noras Töchter nichts dagegen haben. Gianna bedauert es, ihn weggegeben zu haben.«

»Federico, jetzt glaubt der Maresciallo bestimmt, ich hätte ihn an mich genommen.« Gianna umfasste ihre Hand, um das Zittern zu stoppen. »Doch das habe ich nicht. Das würde ich niemals tun. Geschenkt ist geschenkt.«

»Reiß dich zusammen, Gianna«, sagte Federico sanft. »Maresciallo, bitte beruhigen Sie sie.«

»Signora Rosati, zerbrechen Sie sich darüber nicht den Kopf. Das glaube ich nicht.« Perillo stand auf. Dass Gianna Nora ermordet und den Ring eingesteckt hatte, war durchaus möglich, überlegte er, doch er hielt es für wahrscheinlicher, dass Signorina Barron Nora getötet und den Ring genommen hatte, um Verwirrung zu stiften. »Ich würde Sie beide bitten, ins Polizeirevier von Greve zu kommen, wo man Ihre Fingerabdrücke und eine Speichelprobe nehmen wird.«

Federico entfaltete seinen langen Körper, um sich aus dem Sessel zu erheben. »Natürlich. Wir tun alles in unserer Macht Stehende, damit Noras Mörder gefasst wird, und finden uns gleich morgen ein.«

»Ja, morgen.« Gianna stand auf. »Wenn ich in Greve bin, darf ich nicht vergessen, ein bestelltes Buch abzuholen.« Sie machte einen Schritt in Richtung Tür. »Ich bringe Sie hinaus.«

Perillo hielt sie auf. »Eins noch.« Diese Frage stellte er gern am Ende eines Gesprächs, weil er hoffte, durch die Reaktion darauf etwas Nützliches zu erfahren.

Gianna wirkte überrascht. »Oh, Entschuldigung.«

»Wo waren Sie Sonntagnacht zwischen zehn Uhr abends und vier Uhr früh?«

Federico legte den Arm um seine Frau. »Um die Zeit hatten wir uns bereits ins Schlafzimmer zurückgezogen. Sie werden doch wohl nicht glauben ...?«

Gianna fiel ihm ins Wort. »Nein, nein, das tut er nicht. Der Maresciallo muss das jeden fragen, der Nora kannte. Federico hat das Nachtlicht so gegen halb elf ausgeschaltet und wie üblich sofort zu schnarchen angefangen. Er hat einen gesegneten Schlaf. Ich habe noch eine Weile in meinen Samenkatalogen geblättert, weswegen ich Ihnen leider nicht sagen kann, wann ich das Licht löschte.«

Perillo bedankte sich. »Es könnte gut sein, dass im Verlauf der Ermittlungen weitere Fragen auftauchen. Bitte bleiben Sie in der Gegend. Arrivederci.«

Federico nickte. »Wir sind hier.«

»Ich bringe Sie hinaus«, wiederholte Gianna, sichtlich erleichtert. Perillo und Daniele folgten ihr.

Auf dem Weg zum Wagen fragte Perillo Daniele: »Was hältst du von den beiden?«

»Er scheint mir ehrlich zu sein. Sie verwirrt mich.«

Perillo schlüpfte auf den Beifahrersitz. »Mich auch. Fahr die Straße runter zu Lapos Haus. Wird Zeit, dass wir seinen Sohn kennenlernen. Er ist achtzehn. Ich überlasse ihn dir.«

»Danke.« Danieles Wangen röteten sich nur ein klein wenig.

Nico betrat das Sotto Il Fico um fünf, begrüßte Enzo, der hinter der Theke Flaschen abstaubte, und blieb stehen, um Elviras runzlige Wangen zu küssen. Als er sich aufrichtete, packte sie ihn am Hemdsärmel. »Ich muss dir was sagen.«

»Dass dir mein Hühnchen mit Gemüse geschmeckt hat?«

»Nein. Alberto Lamberti ist mit seinen Geliebten immer in das Haus zwei Türen weiter von dem meinen gegangen. Wahrscheinlich hat er gedacht, dass er im alten Teil von Gravigna keinem seiner schnieken Freunde begegnen würde.«

»Du kanntest ihn?«

»Ich habe ihn auf dem Foto erkannt, das nach seinem Tod in der Zeitung war. Früher habe ich gern vor dem Haus gesessen und die Leute beobachtet. Alberto ist mir aufgefallen, weil er mich an Cary Grant erinnerte.«

»Nico!«, rief Tilde aus der Küche, stets bemüht, ihn aus den Fängen Elviras zu retten. »Hier wartet Arbeit auf dich.«

Das stimmte, doch er wollte hören, was Elvira zu erzählen hatte, die ihn nach wie vor am Ärmel festhielt. »Ich komme gleich.«

Elvira sah ihn mit ihren dunklen, intensiven Augen an. »Er hat seinen Wagen gern unter der Kastanie fünfzehn Meter von meinem Haus entfernt abgestellt und ist direkt an mir vorbei, ohne mir auch nur zuzunicken. Einmal habe ich ihn mit einem ›Buonasera, Cary‹ überrascht und zum Lachen gebracht.« Elvira schloss seufzend die Augen.

Kurz darauf schlug sie sie wieder auf. »Seine Kinder wussten von seinem Liebesnest. Ein paar Mal habe ich einen Jungen beobachtet, der ein Mädchen dorthin mitnahm. Die beiden waren bestimmt nicht älter als fünfzehn. Fast hätte ich ihn verraten, aber sobald junge Leute den Trieb spüren, hält auch eine verschlossene Tür sie nicht zurück. Seine Frauen hat Alberto nie lange gehabt – bis auf die Letzte. Mit der war er nicht verheiratet. Ich habe ihr Foto gestern in *La Nazione* gesehen. Diese Frau hatte er bis zu seinem Tod.«

»Erinnerst du dich, wie sie ausschaute?«, fragte Nico, obwohl er bezweifelte, dass Elviras Information irgendeine Bedeutung für den Fall besaß.

»Natürlich erinnere ich mich. Meine grauen Zellen funktionieren noch ganz gut.« Die grauen Haare hingegen hatte sie pechschwarz gefärbt. »Unauffälliges Gesicht. Blümchenkleider, die ihr nicht standen. Die hübschen langen kastanienbraunen Haare zusammengebunden. Wer sie auch sein mag: Sie hat seine Lenden *und* sein Herz gewonnen. Ich glaube, ich habe sie beneidet. Und es tat mir leid, dass er starb. Was nur beweist, was für eine törichte Frau ich bin.« Sie ließ Nicos Ärmel los. »Und jetzt ab in die Küche. Sieh zu, dass du heute Abend wieder ein gutes Gericht zustande bringst.«

»Danke!«

In der Küche umarmte Nico Tilde. »Ich habe gerade einen Oscar gewonnen.«

Tilde schob ihn weg. »Für Essen gibt's keine Oscars.«

»Sollte es aber geben.«

Tilde betätigte einen Knopf der riesigen Küchenmaschine. Die Klingen begannen laut zu surren.

»Sind das die Reste von meinem Gericht?«, fragte Nico mit lauter Stimme, um den Lärm zu übertönen. Mittags waren nicht viele Leute da gewesen. Mit dem, was von seinem Hühnchen mit Gemüse übrig war, wollte er eine herzhafte Suppe kochen und bei Raumtemperatur servieren.

»Nein, das ist meine Kalbfleisch-Pilzfüllung für die Cannelloni. Deine Reste solltest du lieber selber klein schneiden. Der Mixer würde bloß Brei draus machen.«

»Ich soll also meine Muskelkraft nutzen?« Tildes Stimmung hatte sich nicht gebessert. Nico wollte wissen, warum.

»Genau.«

Sie arbeiteten beim rhythmischen Hacken und beim Lärm des Mixers, der Spinat, Eier und Käse zu einer homogenen Masse vermischte. Als diese fertig war, schaltete Tilde das Gerät ab. Nico zerkleinerte weiter, bis sein Handy klingelte.

»Ciao, Nico«, begrüßte Nelli ihn. »Hast du eine Minute Zeit für mich?«

»Für dich immer. Ciao!« Nicos Schultern lockerten sich. »Allerdings wirklich nur eine Minute.«

»Ich würde heute Abend gern zu dir kommen und die Nacht bei dir verbringen. Wenn du mit der Arbeit fertig bist, bin ich im Atelier.«

»Es würde mich sehr freuen, wenn du bei mir übernachtest, aber vorhin hat Perillo angerufen. Wir setzen uns zusammen, um zu besprechen, was wir bis jetzt haben. Ich weiß nicht, wie lang das dauert.«

»Bei dir zu Hause?«

»Da treffen wir uns normalerweise. Tut mir leid.« Verdammt. Er wäre so viel lieber mit Nelli zusammen gewesen. »Morgen Abend?«

»Wahrscheinlich kann die interessante Neuigkeit, die ich heute erfahren habe, warten.«

»Nelli, du willst mir den Mund wässrig machen.«

»Vielleicht, vielleicht auch nicht. Viel Spaß mit deinen Männerfreunden. Umarme Dani für mich. Das kann er gebrauchen. Morgen frühstücke ich mit Gogol. Du kannst dich gern zu uns gesellen.«

»Du bist sauer auf mich. Sorry.«

Da hörte er ihr wunderbares Lachen. »Nicht so schlimm, dass du dir Sorgen machen müsstest. Ciao, amore. Bis morgen früh.«

Schweigen. Nico hackte weiter mit voller Wucht auf das Hühnchen ein.

Tilde nahm quadratisch geschnittene Nudelteigblätter aus dem Kühlschrank. »Alles in Ordnung mit Nelli?«

»Das sage ich dir, wenn du mit der Sprache rausrückst. Du zuerst.«

»Wahrscheinlich hörst du's sowieso von Stella.« Sie gab einen Teelöffel Füllung auf die Pasta, schlug die Enden ein und rollte das Ganze zusammen.

Nico wandte sich zu ihr um. »Was werde ich hören?«

»Dass sie ihren Job aufgeben will. Sie sagt, sie hat es satt, Menschen große Kunst zu zeigen, die lieber Fotos davon machen, statt sie sich anzuschauen. Enzo meint, er unterstützt sie, egal, was sie macht. Das sollte ich auch tun, aber mir geht nicht aus dem Kopf, wie viel Mühe sie in ihr Kunststudium gesteckt hat. Die Museumsleitung hat ihr Talent erkannt und sie sofort zur Führerin befördert. Jetzt möchte sie das alles einfach so hinschmeißen. Das ertrage ich nicht.«

»Weißt du, was sie stattdessen machen will?«

»Pah! Wieso sollte eine Mutter so etwas wissen? Genug, sonst verderbe ich noch dieses Gericht. Und jetzt erzähl mir von dir und Nelli.«

»Ich fasse mich kurz. Wir sind glücklich miteinander. Nur leider hält dieser neuerliche Mord uns voneinander fern, bis der Täter oder die Täterin gefasst ist.«

»Du kannst hier freinehmen, wenn das hilft, den Mörder aufzuspüren, doch wenn du im Lokal bist, brauche ich deine volle Konzentration.«

»Die hast du. Ein Mörder ist automatisch ein Mann?«

»Frauen erstechen, erschießen, ersticken oder ertränken sogar. Sie erdrosseln nicht.«

Nico hob eine Hand. »Das Orakel hat gesprochen.«

»Beweis mir das Gegenteil. Aber jetzt arbeite weiter. Deine Suppe steht auf der Speisekarte für heute Abend.«

Nico machte sich wieder ans Werk, und Tilde wandte sich den Cannelloni zu.

Lapos Sohn kickte einen Fußball auf dem Rasen neben dem Pförtnerhäuschen herum. Daniele hielt den Wagen am Ende der kurzen Auffahrt an und stieg aus. »Ciao.«

»Er ist nicht da.« Cecco zielte auf das Auto und holte aus. Als er einen Vorderreifen traf, rief Daniele: »Tor!«

Cecco grinste. Er hatte die langen Beine seines Vaters, nicht jedoch dessen Muskeln, das gleiche kantige Kinn und die gleichen dichten welligen Haare, nur dass die seinen an den Seiten abrasiert waren, was ihn aussehen ließ, als hätte er einen dunklen Mopp auf dem Kopf. Er trug weite Jeans, neue Adidas-Turnschuhe und ein lilafarbenes T-Shirt der Fiorentina, der florentinischen Fußballmannschaft.

Daniele kickte den Ball zu Cecco zurück. »Ich bin Daniele Donato, und das ist mein Chef, Maresciallo Perillo. Wir möchten mit dir, nicht mit deinem Vater sprechen.«

»Wegen dem Mord?«

»Ja. Ist das okay für dich?«

»Klar.«

Perillo gesellte sich zu Daniele. »Buonasera. Soweit ich weiß, hattest du gerade einen wichtigen Geburtstag.«

Cecco lachte. »Da hab ich die Schuhe geschenkt gekriegt.« Er hob einen Fuß, um sie ihnen zu zeigen.

»Gratuliere«, sagte Perillo. »Jetzt bist du also offiziell erwachsen.«

Cecco nickte. »Mein Abschlusszeugnis vom Liceo bekomme ich im Juni.« Er hob den Ball vom Boden auf und schlang die Arme darum.

»Bestimmt bist du im Fußballteam der Schule«, mutmaßte Daniele.

»Da wär ich gern, aber Babbo lässt mich nicht. Mit meinem Herz stimmt was nicht.«

»Tut mir leid, das zu hören.«

Cecco zuckte mit den Achseln. »Bin ich gewohnt. Finden Sie den Mörder von Nora?«

»Ja, doch dazu brauchen wir deine Hilfe.«

»Ich weiß nichts, versuche aber gern zu helfen. Sie war nett zu mir, hat mir dreihundert Euro zum Geburtstag geschenkt.«

»Wann?«, fragte Daniele.

»Am Sonntagmorgen. Sie ist mit dem Geld in einem Umschlag runter zum westlichen Rasen gekommen, wo ich das Bewässerungssystem überprüft hab. Wahrscheinlich hat sie mich von einem Fenster aus gesehen. Wegen der Engländerin konnte sie nicht mit uns zum Abendessen gehen, und sie war böse auf Babbo, weil er mich an meinem Geburtstag hat arbeiten lassen. Ich hab ihr gesagt, dass ich das selber wollte.« Er zuckte noch einmal mit den Achseln. »Aber das war gelogen.«

»Warum?«

»Können wir uns irgendwo hinsetzen?«, fragte Perillo, bevor Cecco Gelegenheit zu einer Antwort hatte.

»Das Gras ist ganz weich«, meinte Cecco. Daniele fiel es schwer, sein Schmunzeln zu verbergen.

»Ich warte lieber im Wagen«, erwiderte Perillo ein wenig verärgert. »Sprecht laut.«

Cecco schaute Perillo nach, wie er die kurze Strecke zum Auto ging. »Hat er auch ein schwaches Herz?«

»Ein schlimmes Knie. Ist früher viel Rad gefahren.«

»Hat er bei L'Eroica mitgemacht? Babbo war oft dabei. Über zweihundert Kilometer auf historischen Rennrädern. Muss toll sein. Das würd ich auch gern mal probieren.«

Vom Wagen aus, dessen Fahrertür offen stand, rief Perillo:

»Ein Maresciallo der Carabinieri hat keine Zeit, an L'Eroica teilzunehmen.«

»Und Sie?«, fragte Cecco Daniele.

»Mir fällt das Fahren auf diesen steilen Hügeln schon schwer genug.«

Cecco runzelte die Stirn. »Sie reden komisch. Wo kommen Sie her?«

»Aus Venedig.«

»Ah. Flach und feucht.«

»Und keine Autos.«

Cecco plumpste im Schneidersitz ins Gras, ohne den Fußball loszulassen.

Daniele tat es ihm gleich. Zum Teufel mit den Grasflecken auf seiner weißen Hose … »Warum hast du Nora darüber angelogen, wessen Idee es war, dass du an deinem Geburtstag arbeitest?«

»Ich mag's nicht, wenn Leute aufeinander wütend sind.«

»War Nora oft auf deinen Vater wütend?«

Cecco schüttelte den Kopf. »Nein! Sie hat uns gemocht.«

Daniele fiel ein, dass Cecco keine Mutter mehr hatte. »Man kann jemanden mögen und trotzdem einen Grund haben, auf ihn zornig zu sein.«

»Ja, einmal ist sie tatsächlich wütend geworden. Babbo wollte Weinstöcke pflanzen und einen Gemüsegarten für mich anlegen, um den ich mich kümmern sollte.« Er schüttelte ein weiteres Mal den Kopf. »Mamma mia, die Idee hat ihr überhaupt nicht gefallen. Sie hat ihm gesagt, dass er nie wieder davon anfangen soll.«

»Hat sie erklärt, warum ihr das nicht recht war?«, ertönte Perillos Stimme aus dem Wagen.

Perillos Zwischenruf ärgerte Daniele, der gerade die gleiche Frage hatte stellen wollen.

»Nein«, rief Cecco, als befinde Perillo sich ziemlich weit weg.

»Schade«, meinte Perillo. »Mach weiter, Dani.«

Daniele rollte die Schultern und veränderte die Position seiner Beine. »Bist du nach dem Geburtstagsessen am Sonntagabend mit deinem Vater nach Hause gegangen?«

»Wo sollte ich denn sonst hin? Ich kann die Villa von meinem Zimmer aus sehen. Das ist hoch oben, über der Küche. Da waren keine Lichter an.« Cecco betrachtete den Ball. »Babbo hat so laut geschnarcht, dass ich die halbe Nacht nicht schlafen konnte.«

Er gibt seinem Vater ein Alibi, dachte Daniele, der allmählich lernte, zynisch zu sein, worauf er nicht stolz war. »Bestimmt waren die Vorhänge zugezogen.«

»Ich hab da droben oft Licht gesehen, weil ich in der Nacht gern Spiele auf dem iPhone mache. Nora hat mir ihr altes geschenkt.«

»Du weißt, dass ihr Schmuck gestohlen wurde?«

Cecco warf den Ball in die Luft und fing ihn. »Mm. Sie hat ihn an einem dummen Ort versteckt, das haben Babbo und ich ihr gesagt.« Er warf den Ball noch einmal hoch und fing ihn wieder. »Aber sie war stur. Mit einer großen Zange konnte man das Schloss am Schuppen leicht knacken.«

»Doch man musste wissen, dass sich der Schmuck darin befand.«

»Clara hat's gewusst und Fabio auch, würde ich wetten.«

»Warum?«

Cecco legte den Ball weg und richtete sich auf. »Vor ein paar Wochen sollte ich Säcke mit Erde für Babbo aus dem Schuppen holen. Da ist Fabio reingekommen und hat rumgeschnüffelt. Ich hab im hinteren Teil mit dem Handy gespielt. Deshalb hat er mich nicht gleich bemerkt.« Seine Augen begannen zu leuchten. »Ich hab ein Rascheln vom anderen Ende gehört, wo wir die Säcke mit dem Mulch lagern. ›Suchen Sie nach etwas, Signor Meloni?‹, hab ich ihn gefragt. Nein, das stimmt nicht. Aber das hätte ich gern gesagt. Ich hab bloß ›Ciao‹ rausgebracht.

›Ich überprüfe nur die Vorräte, die dein Vater kauft‹, hat er gemurmelt und ist rausgegangen. Ich hab Babbo davon erzählt. Der hat bloß genickt, als wüsste er es schon.«

»Was ist mit den Rosatis, den Nachbarn von Nora? Hast du die jemals im oder am Schuppen gesehen?«

»Signora Rosati war immer in der Nähe von Babbo. Allerdings bin ich ihr eine Weile nicht mehr begegnet. Und jedes Mal, wenn ich Signor Rosati treffe, fragt er mich, wie ich mich fühle. Wahrscheinlich ist es nett gemeint, aber ich mag's nicht. Das erinnert mich dran, dass ich nicht hundert Prozent in Ordnung bin.«

»Ich glaube, mir würde es genauso gehen«, sagte Daniele. Ein schwaches Herz zu haben machte einem sicher Angst. »Begegnest du ihnen oft?«

»Nein.«

»Und ihm allein?«

»Ja, außer letzte Woche. Da war Nora auf dem vorderen Rasen bei ihm. Schaute aus, als würde er ihr einen Vortrag halten. Er hat endlos über traditionelle Werte oder so was palavert. Sie haben mich nicht bemerkt.«

»Hat er wütend geklungen?«

»Schon irgendwie. Wie ein Lehrer, wenn er weiß, dass dein Kopf leer ist.«

Daniele musste lachen. »Passiert dir auch hin und wieder, was?«

Cecco verdrehte die Augen. »Die ganze Zeit.«

Perillo schwang die Beine aus dem Wagen und fragte: »Dein Vater und Nora waren richtig gut befreundet, was?«

»Ja.«

Daniele rappelte sich hoch. Er fürchtete die nächste Frage des Maresciallo.

Perillo hob beruhigend die Hand. »Keine Sorge, Dani.« Er trat zu ihnen. »Ich denke, wir haben diesem jungen Mann genug Fragen gestellt. Danke für deine Hilfe und Geduld.«

Cecco stand auf, lachte kurz. »In meinem Zustand muss ich Geduld haben.«

Perillo überlegte, was er mit »Zustand« meinte, denn Cecco verhielt sich jünger als jeder andere Achtzehnjährige, den er kannte. »Danke, dass du mit uns geredet hast.«

»Ich habe mit Daniele geredet.«

»Das stimmt.« Der Sonnenstand und sein leerer Magen sagten Perillo, dass es spät war. Er und Dani brauchten etwas Ordentliches zu essen, bevor sie den täglichen Bericht für Tarani verfassten und sich später mit Nico trafen. »Wir benötigen deine Fingerabdrücke und eine Speichelprobe, um abgleichen zu können, welche nicht zur Villa gehören.«

»Ich muss in die Schule.«

»Dann hast du jetzt eine Ausrede fürs Zuspätkommen. Einer von meinen Männern schreibt dir eine Entschuldigung.«

»Sie werden meine Fingerabdrücke überall auf dem Flügel finden. Nora wollte mir das Spielen beibringen.«

Perillo spürte ein Zucken in seiner Brust. »Und, wie lief's?«

Cecco blähte die Backen. »Mit dem Ball tu ich mich wesentlich leichter.«

»Gut«, meinte Perillo. Das Zucken in seiner Brust hörte auf, wich Erleichterung. Cecco schien ein netter junger Mann zu sein. Er hätte ihn nur ungern auf die Liste der Verdächtigen gesetzt.

An der Tür begrüßte OneWag Daniele mit einem dreifachen Ganzkörperwedeln.

»Mach Platz, Rocco.« Perillo schob sich mit einer Flasche Limoncello an Daniele vorbei. Er war mit einer legeren Hose und einem leichten Baumwollhemd bekleidet und hatte die Wildlederjacke, die allmählich Abnutzungserscheinungen aufzuweisen begann, über eine Schulter geschlungen. »Den hat Ivana gemacht, als sie noch Zeit hatte, ihren fleißigen Ehemann zu verwöhnen.«

Daniele kraulte den Hund am Rücken. »Tut mir leid, Rocco, diesmal hab ich nichts für dich dabei.« OneWag senkte sein Hinterteil auf den Boden, ohne den Blick von ihm zu wenden.

Nico nahm die Flasche. Er trug seine Freizeituniform, ein New-York-Yankees-T-Shirt und Jeans. »Hören Sie auf zu jammern, Perillo. Wer hat denn das Hemd und die Hose gebügelt, die Sie tragen?«

Perillo deutete mit dem Finger auf sich. »Ich.«

Nico verkniff sich ein lautes Lachen. Die Vorstellung von Perillo am Bügelbrett war urkomisch. »Sollen wir mit dem Limoncello anfangen?«

»Und zum Nachspülen einen guten Whiskey? Ich habe interessante Neuigkeiten.«

»Drinnen oder draußen?« Nicos Balkontür stand offen. Die mittlerweile an Gäste gewöhnten Schwalben hatten sich bereits zwischen Decke und Holzbalken zur Ruhe begeben.

»Der Wind frischt auf.«

»Dann also drinnen.« Auf dem Tisch befanden sich Gläser, kleine Teller und Gabeln, dazu eine Flasche Weißwein für Daniele, falls er beschloss, etwas anderes als Wasser zu trinken, und eine geöffnete Flasche Johnnie Walker Black Label, die Nelli Nico an dem Abend mitgebracht hatte, an dem sie ihre Zahnbürste dauerhaft neben der seinen ins Glas stellte.

»Du glaubst mir wohl nicht, was, Rocco?« Daniele klopfte auf seine leeren Taschen. Er hatte sich umgezogen, trug nun Jeans und ein schwarzes langärmeliges Poloshirt. »Siehst du? Leer.«

OneWag schaute ihn trotzdem weiter unverwandt an.

»Lassen Sie mal, Dani«, sagte Nico. »Er wird es Ihnen nachsehen. Setzen wir uns und gehen wir durch, was wir haben.« Er nahm zuerst Platz, dann Perillo.

Daniele holte ein verpacktes Beef Jerky aus seiner Gesäßtasche, schob es hinters Sofa und gesellte sich zu ihnen.

»Bitte schenken Sie sich selber ein. Ich bin zu müde, um Gastgeber zu spielen. Nelli hat uns eine kleine Zitronen-Ricotta-Torte in den Kühlschrank gestellt und wünscht uns viel Glück. Greifen Sie zu.«

»Aaah!«, seufzte Perillo. »Ein Geschenk für den Magen ist ein Geschenk echter Liebe.«

Daniele musste an das erste Mal denken, dass Stella sich von ihm hatte einladen lassen. Ein Vertrauensbeweis.

Perillo hob an: »Tarani hat angerufen, gleich nachdem wir von dem Gespräch mit Lapos Sohn zurück waren. Er hatte gerade die Ergebnisse der Tests an Nora erhalten. Sie erklären, warum ihr Körper keinerlei Abwehrverletzungen aufwies. Man hatte sie mit über fünfzig Milligramm Diazepam außer Gefecht gesetzt, wahrscheinlich in flüssiger Form.«

Perillos Kommentar erinnerte Nico daran, sich ein Glas Weißwein einzuschenken. Den Whiskey würde er lieber mit Nelli trinken. »Wer auch immer es ihr verabreicht hat, muss mit ihr befreundet gewesen sein, jemand, von dem sie bereit war, im Musikzimmer etwas zu essen oder zu trinken anzunehmen.«

»Die Vorhangschnur, mit der sie erdrosselt wurde, stammt aus ihrem Schlafzimmer«, stellte Daniele fest. »Vielleicht hat man ihr das Diazepam dort verabreicht.«

Perillo schüttelte den Kopf. »Nein. Dann hätte man sie die Treppe hinuntertragen müssen.«

»Nicht unbedingt«, widersprach Nico. »Selbst eine so starke Dosis hätte ihre Wirkung nicht sofort entfaltet. Wie nahe ist Noras Schlafzimmer an dem Raum, in dem Signorina Barron untergebracht war?«

»Es befindet sich am anderen Ende eines langen Ganges«, antwortete Daniele. »Von dort aus hätte sie nur sehr laute Geräusche hören können.«

»Haben Sie Noras Arzt gefragt, ob er ihr das Mittel verschrieben hat?«

»Ja.« Dani bekam mit halbem Ohr mit, wie unter dem Sofa Zellophan zerfetzt wurde. »Von ihm stammte lediglich ein Rezept gegen Sodbrennen.«

Nico ertappte Perillo dabei, wie er die Whiskeyflasche beäugte. Also nahm er ein Glas und gab etwa zwei Fingerbreit Whiskey hinein. »Wurden in Noras Schlafraum oder dem Musikzimmer irgendwelche Gläser gefunden?«

»Nein, und in der Küche auch nicht«, antwortete Perillo. »Das Mittel könnte injiziert worden sein, doch man hat keinerlei Einstichwunden entdeckt.«

»Die sind leicht zu übersehen«, meinte Nico nach einem großen Schluck Wein. »Haben Sie irgendetwas über die Finanzen der Familie herausgefunden?«

»Ja.« Daniele wollte seinen Bericht so schnell wie möglich vorbringen, damit er um ein Stück von der Ricotta-Torte bitten konnte. »Fabio Melonis Zahnarztpraxis läuft nicht gut. Seine Kontoauszüge dokumentieren fast vierzig Prozent Einkommensverlust in den letzten achtzehn Monaten.«

»Erklär Nico, warum«, forderte Perillo ihn auf und schnupperte an dem Whiskeyglas, als befände sich ein guter Jahrgangswein darin.

»Ich habe im Internet recherchiert. Vor zwanzig Monaten hat eine Patientin bei der Polizei Klage gegen Dr. Fabio Meloni eingereicht, der sich ihr gegenüber ›unschicklich‹ verhalten habe. Weil die Polizei nichts unternahm, hat die Frau auf ihrem Twitter-Account wütende Kommentare über die Polizei und Fabio gepostet. Sie hatte damals schon ziemlich viele Follower, und jetzt sind es noch mehr. Ihre #MeToo-Kampagne hat ihn eine Menge Patientinnen gekostet, und sein privates Bankkonto weist nur einen geringen Habenstand auf. Sein gesamtes Geld steckt in der Praxis. Adriana Meloni hat ihr eigenes Konto. Als ihr Vater starb, haben sie und Clara nach Steuern jeweils knapp über fünfhunderttausend Euro geerbt. Adriana hat davon nur noch achtzigtausend und Clara zweiundzwanzigtausend. Vor zwei Monaten hat Clara ein Darlehen bei der Bank beantragt, weil sie für sechshundertfünfzigtausend Euro eine Wohnung im In-Viertel von Lucca erwerben wollte. Als Sicherheit hat sie, abgesegnet von ihrer Mutter, das Salviati-Anwesen angegeben. Auf dem Konto von Claras Verlobtem Marco Zanelli ist nur sehr wenig Geld.«

»Danke. Ich bin beeindruckt«, lobte Nico ihn. »Wie konnten Sie sich das alles merken?«

Nach diesem Kompliment von Nico blieb Daniele fast nichts anderes übrig, als zu erröten. »Bevor wir hergekommen sind, habe ich in meine Notizen geschaut.«

»Nora hatte also nicht genug Bares, das sie Clara leihen konnte?«

»Doch. Aber vermutlich wollte sie das nicht.« Danieles Stimme klang ungewöhnlich hart. Eine schlechte Mutter war etwas Unvorstellbares für ihn.

»Wein? Wasser? Ricotta-Torte?«

»Gern ein Stück, danke.«

Während Nico den Kuchen aus dem Kühlschrank holte und drei Stücke abschnitt, begann Perillo, ihm von ihrem Besuch bei den Rosatis zu erzählen.

Nico gab die Stücke auf die Teller und setzte sich, um zu lauschen. »Ein florierendes Weingut eines Schädlingsbefalls wegen zu vernichten, ergibt mehr Sinn als der Grund, den Gustavo mir genannt hat.«

Perillo beäugte die Ricotta-Torte. »Gustavo ist ein Romantiker.« Perillos voller Löffel verschwand in seinem Mund. Kurz darauf begann er zu strahlen.

»Gut?«, erkundigte sich Nico.

Perillo schluckte. »Himmlisch. Das ist Migliaccio, ein traditioneller neapolitanischer Kuchen. Fragen Sie sie, wo sie den gekauft hat.«

»Den hat Nelli selbst gemacht.«

»Eine Toskanerin und Migliaccio? Unglaublich. Sie sind wirklich ein Glückspilz, Nico.«

»Das finde ich auch.« Nico nahm einen kleinen Bissen von seinem Stück. Und kam sich vor, als hätte er in eine zitronige Zuckerwolke gebissen. »Könnte einer der Rosatis – vielleicht sogar beide – einen Grund gehabt haben, Nora zu ermorden?«

Daniele nutzte die Gelegenheit, dass Perillo den Mund voll hatte, um zu antworten. »Wenn Federico über Noras Absicht, das Anwesen zu verkaufen, Bescheid wusste, hatte er möglicherweise etwas dagegen. Vielleicht wollte er Nora sogar davon überzeugen, wieder ein Weingut anzulegen.«

»Nora hat diesen Vorschlag von Lapo eindeutig abgelehnt«, widersprach Perillo mit vollem Mund.

»Nach allem, was Cecco gehört hat, glaubt Federico fest an Traditionen, und sein Vater hat auf dem Anwesen Selbstmord begangen.«

Perillo legte den Löffel weg und lehnte sich zurück. »Jetzt bist du der Romantiker, Dani. Federicos Vater hat sich schon vor Jahren umgebracht. Aber da ich deinem Instinkt vertraue, schließe ich das nicht als Motiv aus. Was meinen Sie, Nico?«

»Ich würde es ebenfalls nicht ausschließen.« Nico schenkte Dani ein Lächeln, froh darüber, dass Perillo die Gedanken seines Brigadiere nicht einfach abgetan hatte.

Daniele konzentrierte sich auf sein Stück Migliaccio.

»Ich würde die Rosatis gern kennenlernen«, sagte Nico. »Sie haben neulich Abend im Lokal nach mir gefragt und Alba ihre Telefonnummer gegeben.«

Perillo schlug mit der flachen Hand auf den Tisch. »Wunderbar. Statten Sie ihnen einen Besuch ab.«

»Das tue ich.« Nico schob seinen leeren Teller weg, damit er nicht in Versuchung kam, ein weiteres Stück zu essen. »Was ist mit Federicos Frau?«

»Ich glaube nicht, dass der Wunsch, den Opalring zurückzubekommen, als Motiv ausreicht«, antwortete Perillo, nachdem er sich die Lippen geleckt hatte. »Sie waren befreundet, haben miteinander Karten gespielt. Gianna schien wirklich aus der Fassung zu sein über Noras Tod. Und sie fand es merkwürdig, dass Nora Signorina Barron vor deren Besuch niemals erwähnt hatte. Ich glaube, sie wollte nicht allzu subtil auf Signorina Barron hinweisen. Haben Sie, als Sie mit Dino Signorina Barrons Sachen durchgingen, Schlaftabletten gefunden?«

»Da müssen Sie Dino fragen. Er hat sich im Bad umgesehen.«

»Gut, das mache ich.«

»Sie hat keine Antwort gegeben, als Sie wissen wollten, ob ihre Söhne nach wie vor im Ausland sind«, erinnerte sich Daniele. »Ich hatte den Eindruck, dass diese Frage sie nervös macht.«

Perillo schüttelte den Kopf. »Ich bin ihr ins Wort gefallen. Sie behauptet, Nora habe ihr den Schmuck nie gezeigt, er sei im Safe aufbewahrt worden. Und noch eines: Sehr zum Missvergnügen ihres Ehemannes hat Gianna uns erzählt, dass Nora eine Fehlgeburt mit dem Kind erlitt, das sie zu der Heirat gezwungen hatte. Adriana wurde als Ersatz für dieses Baby adoptiert. Interessante Neuigkeiten, nicht wahr?«

»Dass Adriana adoptiert ist, überrascht mich allerdings«, bemerkte Nico.

Wieder nutzte Daniele die Tatsache, dass Perillo den Mund voll hatte, um zu sagen: »Nora hat Clara zwei Jahre später zur Welt gebracht. Laut Aussage von Gianna gab Claras Geburt Adriana das Gefühl, ungeliebt zu sein. Eine Adoptivtochter war nicht so gut wie eine leibliche.«

Nico trank einen großen Schluck Wein. »Ich denke mal laut nach. Adrianas Zorn auf ihre Mutter lässt sich eindeutig durch das erklären, was Sie mir gerade mitgeteilt haben. Das Gefühl, nicht geliebt zu werden, hat sie wütend gemacht, zur Weißglut gebracht. War sie so verletzt, dass sie beschloss, ihre Mutter umzubringen? Denkbar, aber warum jetzt?«

»Weil Nora das Anwesen verkaufen wollte?«, schlug Perillo vor.

»Wusste Adriana das? Fabio hat nur die Sache mit dem Angebot von BelPosto herausgefunden. Das bedeutete ja noch nicht, dass Nora es auch angenommen hatte.«

»Sie behauptet, ihre Mutter habe sie über ihre Verkaufsabsicht informiert. Das sagt auch ihr Mann.« Perillo drehte das leere Whiskeyglas in der Hand. Er war müde; das half ihm, sich zu konzentrieren. »Egal, ob sie es von Nora oder BelPosto erfahren haben: Sie wussten, dass Nora verkaufen wollte.«

Daniele spürte etwas an seinem Bein. »Wäre denn das Geld, das sie erben würden, Verkauf hin oder her, kein ausreichendes Motiv?«, fragte er und kraulte OneWag am Kopf. Worauf der Hund auf der Suche nach mehr Beef Jerky an seinen Taschen schnüffelte.

Nico merkte, dass Daniele schief dasaß. »OneWag, lass Dani in Ruhe.«

»Nein, bitte. Wir sind Freunde.«

»Keine Sorge, er hört sowieso nicht auf mich.«

Perillo schaute unter den Tisch. »Ehi, Rocco, ich bin auch dein Freund.«

»Ein Freund mit leeren Händen«, sagte Nico, den Blick nach wie vor auf Daniele gerichtet. »Haben Sie bei der Überprüfung von Fabios Finanzen gesehen, ob auf seinem Privat- oder Praxiskonto irgendwelche Gelder von Adriana eingegangen sind?«

»Einmal, vor zwei Monaten. Siebentausendfünfhundert Euro auf sein Praxiskonto. Seine Fixkosten.«

»Die Miete?«

»Ja.«

»Adriana ist eine geizige Ehefrau. Fabio sieht möglicherweise keinen Cent von dem Erbe. Das macht ihn eher zum Juwelendieb als zum Mörder. Stimmen Sie mir da zu?« Perillo war froh über seine Mithilfe, das wusste Nico, reagierte jedoch schon mal mürrisch, wenn er die Zügel in die Hand nahm.

»Klingt logisch.« Daniele saß immer noch schief da, weil er den Hund hinter den Ohren kraulte. OneWag seufzte vor Wohlbehagen.

Perillo nickte. »Für Clara war es wichtig, dass das Anwesen Eigentum ihrer Mutter blieb. Kein Anwesen, keine Sicherheit für die sechshundertfünfzigtausend-Euro-Wohnung.«

Daniele legte die Hand, mit der er OneWag gekrault hatte, auf den Tisch. Irgendetwas stimmte nicht. »Warum sollte Nora das Anwesen als Sicherheit zur Verfügung stellen, wenn sie wusste, dass sie es verkaufen würde?«

»Vielleicht wollte sie ihrer verwöhnten Tochter eine Lektion in puncto Luxusleben erteilen.« Der Gedanke gefiel Perillo. Er fand Clara sympathisch, aber Himmel noch mal, so viel Geld für eine Wohnung auszugeben war unmoralisch. Als ihm eine weitere Möglichkeit einfiel, hörte er auf, das Glas zu drehen. »Am Ende hat Nora das Anwesen gar nicht als Sicherheit angeboten.«

»Sie glauben, Clara habe die Unterschrift ihrer Mutter gefälscht?«, fragte Nico.

»Könnte sein. Wie Dani ganz richtig sagt: Warum sollte sie eine Sicherheit zur Verfügung stellen, wenn sie das Anwesen verkaufen wollte?«

Daniele mischte sich ein. »Die Vereinbarung wurde vor zwei

Monaten unterzeichnet. Wir wissen nicht, ob Nora zu dem Zeitpunkt schon klar war, dass sie verkaufen würde.«

Perillo ließ resigniert die Arme sinken. »Mutmaßungen, Möglichkeiten. Wir stochern im Trüben. Wurde Nora des Anwesens wegen umgebracht? Hat Fabio des Schmucks wegen gemordet? Hat Adriana – oder Clara – sie des Anwesens wegen getötet? Oder beider Dinge wegen? Und Signorina Barron? Sie steht nach wie vor ganz oben auf der Liste meiner Verdächtigen. Und dann wären da noch Lapo und Marco.«

»Und die Rosatis«, fügte Daniele hinzu.

Perillo hob die Arme wieder. »Ja, warum nicht die Rosatis? Und Cecco. Werfen wir einfach alle in den großen Verdächtigentopf. Auf jeden Fall müssen wir ziemlich viel umrühren, um den Mörder zu fassen.«

Nico gab Perillo einen freundlichen Klaps auf die Schulter. »Wir werden langsam und gründlich rühren, dann schaffen wir das schon.« Er stand auf. »Es ist spät, und wir sind müde.«

Perillo und Daniele erhoben sich ebenfalls. Perillo bedankte sich für Nicos Gastfreundschaft. »Und sagen Sie Nelli, ihr Migliaccio beweist, dass in ihren Adern neapolitanisches Blut fließt.«

OneWag eilte zur Tür. Die Männer folgten ihm.

»Wir hören morgen voneinander«, meinte Nico.

»Gern«, erwiderte Perillo.

Daniele tätschelte OneWag ein letztes Mal. »Ciao, Rocco. Buonanotte, Nico.«

»Notte.« Nico schloss die Tür hinter ihnen und machte sich ans Aufräumen. OneWag sprang aufs Bett.

ACHT

»Da bist du ja«, begrüßte Nelli OneWag, als dieser durch die offene Tür der Bar All'Angolo auf sie zulief, und hob ihn hoch. »Du hast mir gefehlt, Rocco.« Der Hund leckte ihre Wange. Obwohl sie für die Arbeit eine frisch gebügelte burgunderfarbene Hose und ein dazu passendes Stricktop trug, auf dem sich jetzt helle Hundehaare befanden, störte sie das nicht.

Gogol nickte anerkennend. »›So wenig das Geschöpf als wie der Schöpfer war je ohne Liebe.‹«

Nico trat mit einer Jeans, einem roten Poloshirt und einer dünnen Daunenjacke bekleidet ein, die er eigentlich nicht brauchte, denn um acht Uhr morgens setzte sich die Sonne bereits gegen die nächtliche Frische durch. »Buongiorno euch allen.«

Nelli schenkte Nico ein Lächeln. Sandro, der an der Kasse einem Gast Geld herausgab, schaute zu ihnen hinüber.

»Ciao, Nico«, rief Jimmy vom anderen Ende der Theke, wo die riesige glänzende Espressomaschine stand. »Meinen Vorrat an Vollkorncornetti haben leider die Schulkinder geplündert. Sorry.«

Nico presste theatralisch stöhnend die Hand auf die Brust.

Gogol hob den Blick von seiner Ciambella. »Sergio der Metzger hat keine Crostini gemacht.« Er betrachtete seinen halbleeren Teller. »Deswegen rette ich mich mit der Ciambella, die Nelli mir großzügigerweise überlässt.«

»Ich dachte, du würdest auf Salami und Lardo-Crostini verzichten, um deine Sünden abzubüßen.« Nico drückte Nelli einen Kuss auf die Stirn und nahm neben ihr Platz. Nelli gab ihm ein Wangenküsschen.

»Ja. Ich erlaube traurigen Dingen wie meinen Sünden Zugang zu meinen Gedanken, lasse sie aber auch wieder heraus. Das hilft mir, Ruhe zu bewahren.«

»Keine schlechte Idee«, meinte Nico. »Deine Ricotta-Torte war ein voller Erfolg, Nelli. Wusstest du, dass es sich dabei um eine neapolitanische Spezialität handelt?«

»Das habe ich mir fast gedacht, weil Ivana sie gemacht hat, als sie von eurer Zusammenkunft hörte.«

»Ach, und ich lobe dich über den grünen Klee für deine Backkünste.«

Nelli setzte OneWag lachend auf den Boden. »Mehr als Panna cotta geben meine Kochkünste nicht her.« Der Hund begann seine übliche Runduminspektion der Umgebung. »Bitte verrat mich nicht.«

»Keine Sorge, aber leg dir mal lieber für die nächste Begegnung mit Perillo einen Neapolitaner in deinem Familienstammbaum zu.«

»Ich frage Ivana nach einem geeigneten. Wie ist das Treffen der Drei Musketiere gelaufen?«

»Es waren vier«, korrigierte Gogol sie. »Athos, Portos, Aramis und D'Artagnan.«

Nelli drückte Gogols Hand. Sie machte sich Sorgen um ihn, weil sein Gesicht blass wirkte und seine Hände zitterten. »D'Artagnan stößt doch erst später zu den anderen, oder?«

»Genau.« Gogol sah Nelli mit seinen blauen Augen müde an. »Und dann sind es vier.«

Nelli begriff, was er ihr sagen wollte. »Nein, Gogol, ich will keine Rolle bei ihren Ermittlungen spielen, sondern nur ihre Freundschaft.«

»Was höre ich da von Freundschaft?« Perillo näherte sich ihrem Tisch und hob die Hand zum Gruß in Richtung Sandro und Jimmy. Mehrere Männer, die an der Theke frühstückten, würdigten die Anwesenheit des Maresciallo mit einem Nicken oder riefen mit vollem Mund »Ciao«. Perillo trug Uniform. »Ciao, Nelli, Signor Gogol. Darf ich mich auf einen doppelten Espresso zu Ihnen gesellen?« Perillo fühlte sich in Gogols Gegenwart nie sonderlich wohl.

»›Nun aber bleibe hier und speis' und stärke den müden Geist mit Hoffnung und Vertrauen‹«, zitierte Gogol.

»Schätze, das ist ein Ja.«

»Ist es wohl«, erwiderte Nelli ein wenig verärgert über die Störung.

»Gratuliere, Nelli. Ihr Miglioaccio war großartig.« Perillo nahm Platz. »Würden Sie mir das Rezept verraten? Dann könnte ich Ivana damit überraschen.«

Nico sah Perillo erstaunt an. »Sie kochen?«

Perillo warf sich in die Brust. »Alle italienischen Männer können kochen.«

»Ich mache gute Omeletts«, brüstete sich Gogol. »Die allerbesten in der Porcinisaison.«

»Ja, deine Omeletts sind köstlich, Gogol«, bestätigte Nelli. »Letztes Jahr hat er mir eines zum Geburtstag zubereitet.«

»Warum kocht nur Ivana, wenn Sie es auch können?«, fragte Nico Perillo verwundert.

»Ich arbeite hart.«

»Ivana ebenfalls«, meinte Nelli. »Ich kann Ihnen jede Menge Rezepte von meiner Mutter geben. Die sind narrensicher«, fügte sie grinsend hinzu.

Perillo schaute Nico und Nelli an. »Soll das eine Verschwörung gegen mich werden?«

»Aber nein«, erwiderte Nelli. »Sie sagen, Sie arbeiten hart. Wir wenden lediglich ein, dass Ivana das auch tut.«

»Okay, ich habe verstanden. Doch jetzt muss ich etwas loswerden. An Nico.« Perillo beugte sich über den Tisch. »Dino ...« Als er Sandro mit Nicos Frühstück und einem doppelten Espresso herannahen sah, hielt er inne. »Danke, Sandro, das ging schnell.«

»Wie immer.« Sandro stellte einfache Cornetti und Kaffee auf den Tisch. »Guten Appetit.«

»Was hat Dino gesagt?«, erkundigte sich Nico, sobald Sandro weg war.

Perillo trank hastig einen Schluck Kaffee. »Ihm ist ein Fläschchen mit dem gleichen Inhalt aufgefallen wie eines im Arzneischrank seiner Mutter.«

»Der gleiche Inhalt wie der, der in Florenz gefunden wurde?«

»Ja.«

»In meinem ist eine kleine Flasche Gin«, verkündete Gogol. »In vernünftiger Menge genossen, regt er das müde Herz an.«

»Dann vergiss nicht, vernünftig zu sein«, ermahnte Nelli ihn. »Ich möchte nicht, dass du stürzt.«

»Ich würde schweben, meine liebe Nelli, nicht stürzen.«

Nelli lachte und drückte einen Kuss auf Gogols runzlige Wange. »Ja, wahrscheinlich würdest du das.«

Nico dachte über das nach, was Perillo soeben angedeutet hatte. Miss Barron besaß ein Fläschchen Diazepam. Verdächtig. Trotzdem konnte Nico sich Miss Barron nicht als Mörderin vorstellen. »Ich überprüfe das.«

»Ja bitte.« Perillo leerte die Espressotasse und stand auf. »Danke, dass ich mich zu Ihnen gesellen durfte. Ich habe Ihre Gesellschaft genossen. Gogol, bleiben Sie gesund. War mir ein Vergnügen. Nelli, ich freue mich schon auf das Rezept.«

»Ich gebe es Nico«, versprach Nelli. »Bitte grüßen Sie Daniele von mir.«

»Wird gemacht. Wir sind nicht weit von hier mit einer Frau namens Marta verabredet.«

»Ah, das erklärt die Uniform«, stellte Nelli fest.

»Nico, wir hören voneinander.«

»Ja.«

Perillo zahlte an der Kasse und verließ die Bar.

»Er hat euer Frühstück bezahlt«, verkündete Sandro erstaunt.

»Das ist ja mal was Neues«, sagte Nico, dem das nicht gefiel. Normalerweise zahlte er für seinen Freund, der seine Schulden dann am Ende des Monats beglich. Dass Perillo ihrer aller Rechnung übernahm, hieß, dass er wegen irgendetwas ein schlechtes Gewissen hatte.

Nico zog sein Smartphone aus der Tasche und schickte Daniele eine SMS:

BITTE FINDEN SIE HERAUS, OB SIGNORINA BARRONS FINGERABDRÜCKE IN NORAS SCHLAFZIMMER GEFUNDEN WURDEN. DANKE

Er legte das Handy weg und machte sich über das erste Cornetto her.

Nelli hatte ihn beobachtet. Nico wirkte geistesabwesend, und sie wünschte sich seine Aufmerksamkeit. »Bist du nicht neugierig, was ich dir gestern Abend erzählen wollte?«

Nico schluckte den Bissen, den er im Mund hatte, herunter. »Ich dachte, du veräppelst mich.«

»Ich habe das nur gesagt, weil du kein Interesse zu haben schienst. Könnte durchaus sein, dass es für den Fall gar nicht wichtig ist.«

»Raus mit der Sprache.« Den Blick auf sie gerichtet, biss er ein weiteres Stück von dem Cornetto ab.

»Gestern Vormittag war ich allein im Laden in Querciabella. Da kam ein tiefbraungebrannter junger Mann, ziemlich attraktiv, herein und wollte mit dem Inhaber sprechen. Ich habe ihm erklärt, der sei bei einem Kunden, was nicht stimmte, aber das soll ich sagen, wenn mich jemand fragt, den wir nicht kennen.« Aus Gogols Richtung erklang leises Schnarchen.

»Der Mann hat mir erzählt, er sei vor zehn Tagen hergekommen und suche die Weinhändler der Gegend auf, um sie für die südafrikanische Rebsorte Pinotage zu begeistern.«

»Und?« Nico begann, sich dem zweiten Cornetto zu widmen. Worauf wollte Nelli mit ihrer Geschichte hinaus? Ihn hinzuhalten schien ihr Spaß zu machen.

»Weil er mit leicht toskanischem Tonfall redete, habe ich ihn gefragt, ob er aus der Toskana kommt. Es hat sich herausgestellt, dass ich ihn kannte, als er in Adrianas Alter war. Er war ein paar Mal da, während ich sie und Clara malte. Ist das nicht unglaublich?«

»Allerdings. Er ist ja braungebrannt, attraktiv und obendrein jung.«

Nelli lachte. »Keine Sorge, ich mag ältere Männer.«

Nellis Lachen weckte Gogol. »Brava! Die Alten besitzen Wissen, das die Jugend belanglos findet. Gogol, nicht Dante.« Gogols Kinn sank auf seine Brust, und er schlief wieder ein.

»Warum erzählst du mir von dem jungen Mann, wenn du mich nicht eifersüchtig machen willst?«

»Stefano ist der Sohn von Noras Freunden, den Rosatis.« Nico küsste sie auf die Stirn. »Danke. Das ist tatsächlich interessant.«

Gogols Brust hob und senkte sich schwer mit jedem lauten Atemzug.

»Ich glaube, ihm geht's nicht gut«, formte Nelli mit den Lippen und fühlte Gogols Stirn. Sie war warm, kein Wunder bei dem gut geheizten Raum. »Sonst schläft er nie einfach so ein.«

»Hast du ihn gefragt?«, formte Nico ebenfalls mit den Lippen. Nelli nahm einen Stift aus der Handtasche und schrieb auf ihre Serviette: *Ich habe ihm gesagt, dass er nicht so miesepetrig aussieht wie sonst. Und mich erkundigt, ob er in Ordnung ist. Das »miesepetrig« fand er lustig. Er hat gelacht und geantwortet, über das Schicksal besitze er keine Macht. Das Rad der Fortuna drehe sich nach ihrem Willen.*

»Ich bringe ihn nach Hause«, sagte Nico in normaler Lautstärke.

»Ich komme mit.« Nelli strich über Gogols Wange und rüttelte ihn sanft. »Das Frühstück ist zu Ende. Wir begleiten dich heim.«

Gogol hob den Kopf und rieb sich die Augen, dann kicherte er in sich hinein. »›Kam ich, ist's nicht, um zu bleiben.‹« Er erhob sich bedächtig. »So ist das bei Gogol und bei uns allen.« Er ließ den Rest seiner Ciambella für OneWag auf den Boden fallen, dessen Rundumblick nur karge Beute gezeitigt hatte.

OneWag bedankte sich mit einem Schwanzwedeln und machte sich über die Ciambella her.

Gogol verabschiedete sich mit seinem üblichen Gruß: »Bis morgen, so ich lebe.« Und trottete zur Tür.

Auch Nico antwortete wie üblich: »Du wirst leben.«

Nelli hakte sich bei Gogol unter. Nico und OneWag folgten ihnen.

Sandro und Jimmy blickten den dreien nach. Die beiden servierten Nico und Gogol seit zwei Jahren sechsmal die Woche Frühstück, weswegen diese zu einer Institution geworden waren.

»Gogol dürfte bald neunzig sein«, bemerkte Sandro.

»Er behauptet, er ist neunundsiebzig«, erwiderte Jimmy. »Ihm fehlt nichts.«

Noras Wäscherin wohnte im neuen Teil von Gravigna im obersten Stockwerk eines Dreifamilienhauses. Als Daniele Perillo langsam die Treppe hinauf vorausging, bemerkte er eine junge Frau, die, ein Baby mit einem rosafarbenen Mützchen vor den Bauch geschnallt, auf einer langen, schmalen Terrasse Laken aufhängte.

»Ich glaube, das ist sie«, sagte Daniele.

Perillo blieb stehen, um auf die Terrasse hinauszuschauen. Er musste rasten, weil sein Knie vor Schmerz pochte. »Marta Macchi?«, rief er.

Die Frau beugte sich über das Geländer. Dabei hielt sie schützend eine Hand über den Kopf des kleinen Kindes. »Hier draußen. Ich mache Ihnen die Tür auf.«

Daniele bedankte sich. Er hatte den Termin mit ihr vereinbart. Nun wartete er, bis Perillo an ihm vorbei war, denn natürlich stand es dem Maresciallo zu, als Erster einzutreten.

Perillo stieg vorsichtig die verbliebenen sieben Stufen hinauf.

Marta, die jeansfarbene Leggings sowie eine weite weiße Bluse trug und ein kleines Handtuch über die Schulter geworfen hatte, stand barfuß an der offenen Tür. Sie war kleingewachsen und schmal und entsprach überhaupt nicht Danieles Vorstellung von einer Wäscherin. Er hatte mit einer bedeutend älteren, kräftigeren Frau gerechnet. Marta hatte ein volles, freundliches Gesicht und müde haselnussbraune Augen. Die langen blonden Haare waren zu einem Pferdeschwanz gebunden, der ihr zwischen den Schulterblättern herabhing.

Perillo stellte sich und Daniele vor.

»Kommen Sie herein.« Marta klang nervös.

Sie folgten ihr in einen Raum, der als Wohn-Esszimmer und Küche diente. An einer Wand stand ein zweisitziges Sofa, in der Mitte ein kleiner rechteckiger Tisch mit vier Korbstühlen und einer Babywiege obenauf. Auf der einen Seite führte ein kurzer Flur vermutlich zu Schlafzimmer und Bad. *Eine hübsche, gemütliche Wohnung*, dachte Daniele, der sich seit Kurzem für Häusliches interessierte.

»Möchten Sie einen Kaffee oder ein Glas Wasser?«

»Nein danke.« Beide schlugen ihr Angebot aus.

»Wie heißt denn das Kleine?«, erkundigte sich Daniele.

»Celestina. Das ist der zweite Vorname meiner Mutter. Hier drin ist es warm«, stellte sie fest. »Sie könnten sich draußen unter die Markise setzen.«

»Gute Idee«, meinte Perillo, denn inzwischen war es ziemlich heiß geworden. Kein Wölkchen und kein bisschen Wind.

Über den Treppenabsatz und durch ein Tor gelangten sie auf die Terrasse. Draußen befanden sich zwei Bambuskorbstühle unter einer kleinen dunkelgrünen Markise. »Ich bleibe stehen«, erbot sich Daniele.

»Nein, bitte setzen Sie sich doch«, erwiderte Marta. Perillo, der bereits auf den ihm nächstgelegenen Stuhl gesunken war, streckte ein Bein aus, um sein Knie zu entlasten. »Ich muss die Wäsche fertig aufhängen. Mit dem Kind ...« Ohne den Satz zu Ende zu führen, nahm sie ein feuchtes Handtuch aus einem Weidenkorb und klammerte es an einer der zahlreichen über die halbe Länge der Terrasse gespannten Leinen fest. »Wie kann ich Ihnen helfen?«

»Mich würde etwas interessieren, das nichts mit unseren Ermittlungen zu tun hat«, sagte Perillo, der sich im Sitzen bedeutend besser fühlte als zuvor. »Nora Salviati lebte allein. Da hätte doch eine Haushälterin genügt. Wozu noch eine Wäscherin?«

»Tradition«, antwortete Marta. »Sie stammte aus einer alten Familie. Danke.« Statt sich hinzusetzen, bückte Daniele sich, nahm ein Wäschestück in die Hand und reichte es ihr. Dabei fiel ihm auf, dass Marta keinen Ehering trug. Das musste nichts bedeuten. Ehen waren heutzutage nicht mehr modern. Er hoffte nur des Kindes wegen, dass Marta wenigstens einen Partner hatte.

Perillo nahm eine bequemere Position ein, indem er den Kopf gegen die Rückenlehne des Sessels stützte. »Doch eine Köchin hatte sie nicht.«

»Essen interessierte Signora Salviati nicht«, erklärte Marta. »Sie war mit den einfachen Gerichten, die Sonia für sie zubereitete, völlig zufrieden. Ihre spitzenbesetzten Leinenlaken und Handtücher hingegen waren ihr ausgesprochen wichtig.« Nach einem Blick in den Korb wandte sie sich Daniele zu. »Es ist wirklich sehr nett, dass Sie mir helfen, aber Sie können ruhig Platz nehmen.«

Als Daniele sich setzte, errötete er, denn als Nächstes wären Martas Slips dran gewesen.

»Die Dinge, die von ihrer Seite der Familie weitervererbt worden waren, lagen ihr am Herzen.« Marta holte einen Babypyjama aus dem Korb.

»Auch der Schmuck?«, erkundigte sich Perillo.

»Ich denke schon. Wenn sie all die Sachen noch hatte, die ihre Mutter auf dem Porträt trägt, wären die sehr viel wert gewesen.«

»Haben Sie je etwas davon gesehen?«

»Nein, und ich habe den Schmuck auch nicht gestohlen. Sie brauchen keinen Durchsuchungsbeschluss. Sehen Sie sich einfach um, wenn Sie wollen.« Nun war der Korb bis auf ihre Unterwäsche leer.

»Wissen Sie, wo sie ihn aufbewahrte?«

»Vermutlich in einem Safe.«

»Wo haben Sie die Wäsche gewaschen?«

»In der Villa gibt es hinter dem Vorratsraum einen großen fensterlosen Bereich mit Waschmaschine, Trockner und Bügelbrett. La Signora hat mich auch meine eigenen Sachen dort waschen lassen. Und sie hatte nichts dagegen, dass ich die Kleine mitbrachte.« Marta betrachtete die tropfnasse Wäsche an den Leinen und schüttelte den Kopf. »Jetzt müssen wir uns eine Waschmaschine kaufen. Ich habe keine Ahnung, wo ich die hinstellen soll.«

»Sie werden nicht mehr in der Villa arbeiten?«, fragte Daniele.

»Nein. Signora Adriana hat mir mitgeteilt, dass ich nicht mehr gebraucht werde.«

»Haben Sie schon eine andere Stelle gefunden?«, erkundigte sich Daniele.

»Mein Partner sagt, er will das nicht, wir kommen schon zurecht. Er ist im Haushaltswarengeschäft von Panzano beschäftigt. Ich arbeite wieder, wenn Celestina größer ist.« Sie lächelte verlegen. »Es sei denn ...« Sie beendete den Satz nicht.

Daniele erwiderte ihr Lächeln.

Weil sie einen Partner erwähnt hatte, meinte Perillo: »Sie haben sicher einen Schlüssel zu der Villa gehabt.«

»Nein. Sonia hat mich hereingelassen.«

»Und wie heißt Ihr Partner?«

Marta runzelte die Stirn. »Max Vitale.« Daniele notierte den Namen. Marta begann, das schlafende Baby zu wiegen. Ihr Stirnrunzeln verstärkte sich. »Sie glauben doch wohl hoffentlich nicht, dass Max irgendetwas mit der Sache zu tun hat, oder? Er hat die Villa nie betreten.«

»Reine Routine«, versicherte Daniele ihr.

Perillo richtete sich in dem Sessel auf. Allmählich wurde er müde. »Wie lange arbeiten Sie schon für die Signora?«

Marta hörte auf, das Baby zu wiegen. »Seit meinem sechzehnten Lebensjahr. Das war vor zwölf Jahren.«

Interessant, dachte Perillo. »Nach dem Tod ihres Mannes hat sie der Haushälterin gekündigt, Sie jedoch behalten.«

»Ich habe ihn nicht in mein Bett gelassen.«

»Sie sind hübsch. Er muss es versucht haben.«

»Mein Vater ist Sergio, der Metzger. Ich habe Signor Alberto zu verstehen gegeben, was mein Vater mit ihm machen würde, wenn er mich anrührt. Und der Signora habe ich das auch gesagt.«

»Gut für Sie«, rutschte es Daniele heraus.

Perillo bedachte seinen Brigadiere mit einem strengen Blick, den Daniele nicht beachtete, weil er zu beschäftigt war, Martas Mut zu bewundern.

»Erzählen Sie mir von den Laken, die Sie gewaschen und gebügelt haben«, fuhr Perillo fort. »Waren darauf Hinweise auf amouröse Aktivitäten zu erkennen?«

Die Kleine wurde allmählich unruhig und drückte sich an Martas Brust. »Sch, sch.« Marta begann erneut, sie zu wiegen. »Müssen Sie das wirklich wissen?«

»Wir versuchen herauszufinden, wer sie umgebracht hat. Falls sie einen Liebhaber hatte, müssen wir uns den genauer ansehen.«

»Das gibt mir das Gefühl, ihr gegenüber nicht loyal zu sein.«

»Das heißt also ja?«

Marta nickte und verlagerte ihr Gewicht von einem Fuß auf den anderen, während sie Celestinas Rücken tätschelte.

»Jede Woche?«

»Kurz nach dem Tod ihres Mannes: ja. Das ging eine Weile so. Dann war lange Zeit nichts. Vor etwa zwei Jahren hat es wieder angefangen.«

»Wissen Sie, wer der Mann war?«

Daniele hätte sich gewünscht, dass der Maresciallo mit diesen Fragen aufhörte, weil Marta sich sichtlich unwohl fühlte.

»Maresciallo, woher soll ich das wissen? Er hat seinen Namen nicht auf die Laken geschrieben.«

»Könnte es Lapo gewesen sein?«

»Keine Ahnung, wer es war.« Celestina fing zu wimmern an. »Celestina hat Hunger, und Max mag es nicht, wenn ich sie vor anderen Männern stille. Ich hoffe, Sie haben Verständnis.«

Perillo und Daniele standen auf. »Natürlich«, sagte Perillo. »Wir gehen schon.« In der Öffentlichkeit stillende Frauen verunsicherten ihn. »Falls noch weitere Fragen auftauchen sollten, rufe ich Sie an. Danke.«

Daniele bedankte sich ebenfalls.

Celestinas Jammern wurde lauter.

Die Männer eilten zum Tor.

Das Hungergeschrei begleitete sie die Treppe hinunter bis zum Wagen.

»Heute hatten wir ziemlich viele Gäste«, stellte Tilde fest, die dabei war, Käse-, Pilz- und Rigatonireste aus einer großen Auflaufform zu kratzen. Die Mittagszeit war vorbei. »Das gute Wetter lockt sie her.«

»Und das gute Essen«, fügte Nico hinzu. »Ich habe das Gericht gekocht, also sollte ich auch den Abwasch machen.«

»Du hast sicher was Besseres zu tun.«

»Ich habe tatsächlich einen Termin. Danke.« Nico nahm die Schürze ab. Signora Rosati hatte aufgeregt geklungen, als sie ihn zu sich bat. Ihm war schleierhaft, warum, es sei denn, sie wollte ihm Informationen entlocken. Dass er bei den Ermittlungen in dem Mordfall mitwirkte, hatte sich in der Gegend herumgesprochen. »Könnte sein, dass ich mich heute Abend ein bisschen verspäte.«

»Nimm dir den Abend frei. Wir brauchen dich nicht. Gegen sechs soll's zu schütten anfangen, was bedeutet, dass wir nicht auf der Terrasse aufdecken. Mit ein bisschen Glück kriegen wir die fünf Tische drinnen voll, aber mehr wird nicht gehen.«

Da kam Alba mit einem Tablett voll schmutziger Teller herein. »Bis auf eine Ausländerin, die nach Nico gefragt hat, sind alle weg.«

»Miss Barron?« Er musste mit ihr sprechen, doch dies war nicht der richtige Zeitpunkt.

»Ja, so ähnlich«, antwortete Alba. »Red mit ihr, damit sie endlich geht und ich draußen klar Schiff machen kann.«

»Zu Befehl«, sagte Nico.

Miss Barron blickte von einem Tisch bei der Brüstung auf die in Sonnenlicht getauchten Hügel. Sie trug ein fließendes geblümtes Gewand und hohe Absätze.

»Was für eine Überraschung, Miss Barron«, begrüßte Nico sie. »Was führt Sie hierher?«

»Hallo, Mr Doyle. Heute Morgen beim Aufwachen hatte ich

das Gefühl, ein Abenteuer erleben zu wollen. Laura hat dieses Restaurant in den höchsten Tönen gelobt, und ich war neugierig, wo Sie arbeiten. Den Mozzarella im Teigmantel, den die junge Kellnerin mir empfohlen hat, nachdem sie die Speisekarte für mich übersetzt hatte, fand ich köstlich. Ein fantastisches Gericht mit einem fantastischen Namen. Ein Teigmantel, fast wie eine Kutsche, gemacht aus Brot, Eiern und Semmelbröseln.«

»Genau. Hat Laura Sie hergebracht?«

»Nein, sie hatte zu viel zu tun. Das Hotel füllt sich allmählich. Der junge Mann, der ihr die Zeitungen liefert, hat sich erboten, mich im Wagen seiner Mutter herzuchauffieren.«

Nico stöhnte innerlich auf. »Beppe.«

»Ja. Er ist sehr aufgeweckt, wollte alles über den Mord erfahren. Ich habe ihn für seine Insensibilität gerügt, worauf er mir erzählte, er sei bei der Aufklärung des Mordes im letzten Jahr behilflich gewesen. Stimmt das?«

»Ja, er hat geholfen«, gab Nico zu, »doch die Einzelheiten des jetzigen Mordes würden wir gern für uns behalten.«

»Ich habe nichts verraten.«

»Freut mich zu hören. Ich müsste mich noch einmal mit Ihnen unterhalten, Miss Barron, habe nun aber einen Termin. Könnten wir heute Abend zusammen essen?«

Miss Barrons Wangen rundeten sich vor Freude, als sie lächelte. Plötzlich wirkte sie Jahre jünger. »Gern. Hier?«

»Angeblich wird es regnen.«

Alba fing an, lautstark Stühle zu rücken. Alle Tische außer dem von Miss Barron waren bereits abgeräumt und sauber gemacht.

»Gut, dann in meinem Hotel.« Während sie sich anmutig erhob, schlang sie ihre braune Prada-Tasche über die Schulter. »Um halb acht.«

»Ich fahre Sie gern zum Hotel zurück. Das liegt für mich auf dem Weg.«

»Danke, aber Beppe wartet draußen auf mich. Ich werde versuchen, ihn mit einer Beschreibung der Villa zufriedenzustellen. Wie sie aussieht, kann man in Reiseführern nachlesen. Ich glaube nicht, dass ich damit Schaden anrichte.«

»Vermutlich nicht.« Beppe würde die Villa der Salviatis mit seinem Hang zur Übertreibung ohnehin bis zur Unkenntlichkeit verzerren. Nico und Miss Barron verließen das Lokal gemeinsam.

Bevor Nico den Wagen in die kurze Einfahrt der Rosatis lenkte, rief er Perillo an. »Ich bin vor dem Haus der Rosatis. Ihr Sohn Stefano hält sich in der Gegend auf. Nelli ist ihm im Querciabella begegnet.«

»Wissen seine Eltern das? Als ich Gianna gefragt habe, ob ihre Söhne nach wie vor im Ausland sind, hat sie mir keine Antwort gegeben.«

»Das werde ich herausfinden. Wie ist's mit Marta gelaufen?«

»Nette Frau. Sie hat Hinweise auf sexuelle Aktivitäten an den Laken festgestellt. Nora hatte nach dem Tod ihres Mannes eine Weile einen Liebhaber und dann bis vor etwa zwei Jahren niemanden mehr in ihrem Bett. Marta behauptet, sie weiß nicht, wer dieser Liebhaber sein könnte.«

»Behauptet?«

»Auf mich wirkt sie ehrlich, aber ich besitze kein großes Geschick mehr im Verstehen von Frauen. Sie sind mir zu schlau geworden.«

»Sind sie immer schon gewesen. Dani ist ein scharfer Beobachter. Was meint er?«

»Marta hat ein kleines Kind, also ist sie für ihn die Reinheit in Person. Wir unterhalten uns später. Lapo kommt gerade herein.« Perillo beendete das Gespräch, und Nico fuhr das letzte Stück zu den Rosatis.

Sobald Lapo auf dem Stuhl Platz genommen hatte, fragte Perillo: »Waren Sie der Liebhaber von Nora?«

Lapo lachte. Daniele hüstelte, um Perillo darauf aufmerksam zu machen, dass der Kassettenrekorder noch nicht eingeschaltet war.

»Ihnen auch ein herzliches Buonasera, Maresciallo.« Lapo schlug die Beine übereinander und verschränkte die Arme. »Woher wissen Sie, dass sie einen Liebhaber hatte?«

Perillo wartete, bis Daniele wie üblich die Daten der Befragung auf Band gesprochen und den Aufnahmeknopf gedrückt hatte. »Es gibt Hinweise darauf, dass sie einen Geliebten hatte, der allwöchentlich zu ihr kam.«

»Schön für sie.«

Perillo hörte die Verbitterung in seiner Stimme. »Das wussten Sie nicht?«

»Sie hat mich nicht über ihr Sexualleben unterrichtet.«

»Aber Sie standen einander sehr nahe.«

»Bevor wir uns meiner Beziehung zu meiner Arbeitgeberin zuwenden, möchte ich Ihnen sagen, dass ich es nicht schätze, wenn Sie meinen Sohn befragen.«

»Hoffentlich habe ich ihn nicht aus der Fassung gebracht«, meinte Daniele.

»Bei Cecco weiß man das nie so genau.«

»Er hat erwähnt, dass er Fabio im Gartenschuppen dabei ertappte, wie er sich die Mulchsäcke anschaute. Und er hat gesagt, er habe Ihnen das erzählt. Was halten Sie davon?«

»Fabio schnüffelt gern herum. Er hat versucht, die Leitung des Anwesens von Nora zu übernehmen, und sich beklagt, dass sie zu viel Geld dafür ausgibt. Und er wollte mich auf seine Seite ziehen. Ich sollte ihm helfen, Nora zu überzeugen, dass sie ihm die Führung des Anwesens überträgt. Da habe ich ihn einfach stehen gelassen.«

»Wann war das?«

»Vor vier oder fünf Monaten.«

»Zurück zu Ihrer Beziehung zu Nora. Sie standen sich sehr nahe?«

»Früher einmal, ja.«

»So nahe wie ein Liebespaar?«

Lapo löste die Beine voneinander und zupfte an seiner Nase. »Ich möchte nicht, dass mein Sohn davon erfährt.«

»Ich sehe keinen Grund, ihm davon zu erzählen«, meinte Perillo.

»Dann machen Sie's auch nicht. Nora hat ihm sehr viel bedeutet.« Lapo lehnte sich auf dem Stuhl zurück. »Solange ihr Mann noch am Leben war, hat sie mit mir geflirtet, und nach einer Weile habe ich zurückgeflirtet. Das war nicht gefährlich, weil wir beide wussten, dass daraus nicht mehr werden würde. Damals war Ceccos Mutter noch bei mir.« Lapos Blick und seine Gedanken schweiften ab.

»Dann ist Alberto gestorben«, half Perillo ihm auf die Sprünge.

»Er ist gestorben, und Ceccos Mutter hat sich einen anderen Mann gesucht. Nun hat uns nichts mehr zurückgehalten.«

»War es Liebe?«, fragte Perillo. Liebe konnte sich schnell in Hass verwandeln.

»Nein, es war rein körperlich, nichts weiter.«

»Wann haben Sie das letzte Mal miteinander geschlafen?«

Lapo lachte auf. »Vor ungefähr fünf Jahren, würde ich sagen. Sie war gerade von einer Reise nach England zurückgekommen. Das genaue Datum habe ich mir nicht gemerkt. Sie hat die Sache beendet.«

»Hat sie einen Grund genannt?«

»Warum sollte sie? Sie war meine Chefin, ich habe nur für sie gearbeitet.«

»Sie waren doch bestimmt wütend.«

»Ja, sogar ziemlich sauer, aber nicht sauer genug, sie umzubringen.«

»Haben Sie eine Ahnung, wer Ihr Nachfolger wurde?«

»Mir war klar, dass sie einen anderen Lover hatte; das war ihr anzusehen. Sie ist ein paar Tage weggefahren und mit einem zufriedenen Lächeln zurückgekommen, wie eine Katze, die eine Maus gefangen hat. Durch Rumschnüffeln hätte ich es rausfinden können, aber warum sollte ich mir die Mühe machen? Ich glaube nicht, dass er aus der Gegend war.«

»Das hat Sie doch sicher interessiert, Lapo.«

»Vielleicht wollte ich es gar nicht so genau wissen. Sonst wäre ich am Ende noch versucht gewesen, ihm die Fresse zu polieren.«

Ah, hab ich dich! Perillo beugte sich mit dem gesamten Oberkörper über den Schreibtisch. »Sie sind also doch wütend darüber, dass Nora Ihnen den Laufpass gegeben hat! Möglicherweise wütend genug, um ihr ein Mittel zu verabreichen, die Vorhangschnur in ihrem Schlafzimmer abzuschneiden und sie zu erdrosseln.«

Lapo spitzte die Ohren. »Ihr wurde ein Mittel verabreicht?«

»Nun tun Sie nicht so, als wüssten Sie das nicht. In der Villa hielt sich ein Gast auf. Da konnten Sie nicht riskieren, dass Nora sich bemerkbar macht.« Perillo lehnte sich auf seinem Chefsessel zurück. »Ich frage Sie: Lapo Angelini, haben Sie Nora Salviati umgebracht?«

»Nein. Ich war wütend, weil Nora mich ohne Angabe von Gründen aus ihrem Bett geworfen hat. Das wäre jedem so gegangen. Klar, dem anderen Typen in die Fresse zu hauen hätte mir Befriedigung verschafft. Aber inzwischen sind fünf Jahre vergangen. Wäre ich entschlossen gewesen, sie zu ermorden, hätte ich das gleich gemacht.«

»Können Sie beweisen, dass das fünf Jahre her ist?«

»Nein. Nun hören Sie mir mal zu, Maresciallo Perillo.« Lapo, auf dessen Gesicht sich der nur mühsam gezügelte Zorn abzeichnete, rückte mit seinem Stuhl näher heran und beugte sich wie zuvor Perillo über den Schreibtisch, sodass er nicht mehr weit von diesem entfernt war. »Selbst wenn sie mich erst letzte Woche aus ihrem Bett verbannt hätte, wäre ich niemals auf die Idee gekommen, Nora etwas anzutun. Sie war ein Fels in der Brandung für meinen Sohn und hat ihm die Liebe geschenkt, die seine eigene Mutter ihm nicht geben kann.«

Perillo ballte die Hände zu Fäusten. »Sie hat Ihnen und Ihrem Sohn ziemlich viel Geld hinterlassen.«

Lapo lehnte sich zurück, seine Miene wurde sanfter. »Ja. Gott segne sie. Sie hat mir gesagt, dass sie das tun würde, aber ich habe sie nicht ermordet. Sonst noch Fragen?«

»Wussten Sie, dass sie das Anwesen verkaufen wollte? Dann hätten Sie den Job verloren.«

Kein Blinzeln, nicht das geringste Flackern der Augen. »Nein. Das war eine Überraschung.«

Perillo, dessen Anspannung sich legte, lockerte die Fäuste. »Keine weiteren Fragen.«

Daniele war froh über das Ende der Sitzung. Einen schrecklichen Moment lang hatte er befürchtet, Lapo würde Perillo ins Gesicht schlagen.

Lapo stand auf. »Lassen Sie mich wissen, wann ich meine Aussage unterschreiben soll. Ich bleibe in der Gegend. Arrivederci.« Er verließ den Raum, die Hände in den Taschen seiner Jeans.

Perillo drehte sich auf seinem Chefsessel herum und sah Daniele an. »Was meinst du?«

»Hinsichtlich der Affäre hat er die Wahrheit gesagt. Ob er nicht doch informiert war, dass sie verkaufen wollte, kann ich nicht abschätzen.«

»Falls er es wusste, hatte er ein zweifaches Motiv, sie umzubringen. Ist irgendetwas über seine Finanzen bekannt?«

»Nora hat über seinen Monatslohn Buch geführt. Er verdiente sechzigtausend Euro im Jahr plus dreitausend Euro Weihnachtsgeld im Dezember.«

Perillo stieß einen Pfiff aus. »Ganz schön viel Geld. Auf einen solchen Betrag verzichtet man wahrscheinlich nur ungern.«

»Lapo erbt eine Menge.«

»Ja. Und er sagt, er habe Bescheid gewusst. Der Täter würde das vermutlich nicht an die große Glocke hängen.«

»Wenn er schlau ist, vielleicht schon«, erwiderte Daniele.

Perillo sank in seinen Chefsessel zurück. Die Befragung war unbefriedigend verlaufen. Er kam sich vor wie ein Idiot, denn er war zu versessen darauf, den Mörder zu fassen und sich wieder dem Alltag zuzuwenden. Lapo hatte die ganze Zeit über die Oberhand behalten.

NEUN

»Sie haben einen sehr schönen Garten«, bemerkte Nico. Er saß, OneWag zu seinen Füßen, mit den Rosatis auf der großen, mit Steinfliesen bedeckten Terrasse hinter ihrem Haus inmitten von Terrakottablumenkästen mit Pfingstrosen, Rosen und anderen Pflanzen, deren Namen Nico nicht kannte.

Gianna, die einen fließenden Blümchenrock und eine weiße Rüschenbluse trug, legte die Hand auf ihre Brust. »Danke.« Eine Wolkenbank näherte sich von Norden. Sie milderte die Hitze der Sonne. Gianna hatte Nico einen Kaffee angeboten, den er dankend ablehnte, und eine Schale mit Wasser herausgebracht, der der Hund keine Beachtung schenkte.

»Er hat gerade etwas getrunken«, fühlte Nico sich bemüßigt zu sagen.

»Nur für den Fall, dass er doch noch etwas möchte«, meinte Gianna fröhlich. »Wir wissen es zu würdigen, dass Sie sich die Zeit für einen Besuch bei uns nehmen.« Ihr Mann saß nicht weit von ihr entfernt, mit einem Gesichtsausdruck, den Nico als geduldig interpretierte.

»Meine Frau ist ziemlich verstört über den Tod von Nora, was ich verstehen kann, weil die beiden gut befreundet waren, und sie macht sich Sorgen, dass Maresciallo Perillo den Mörder nicht aufspürt.«

Nico sah Federico an. »Teilen Sie diese Sorge?«

»Ich habe vollstes Vertrauen in die Fähigkeiten des Maresciallo, aber soweit wir wissen, haben Sie ihm schon früher geholfen, und Gianna ...«

Gianna tätschelte sein Knie. »Bitte lass mich für mich selbst reden.« Sie wandte sich Nico mit eifriger Miene zu. »Ein New Yorker Kriminalbeamter hat ganz offensichtlich mehr Erfahrung bei der Aufklärung von Morden als ein Maresciallo der Carabinieri in einer ländlichen Gegend. Ihre Versicherung, dass

Sie bei den Ermittlungen behilflich sind, würde mich beruhigen.«

»Ich besitze keinerlei juristische Handhabe und kann lediglich Ratschläge geben. Allerdings hätte ich, wenn Sie erlauben, eine Frage an Sie, Signor Rosati.«

»Fragen Sie ruhig«, antwortete Federico. »Wir helfen Ihnen gern.«

»Danke. Letzte Woche wurde jemand zufällig Zeuge, wie Sie auf dem Grund und Boden der Villa Nora so etwas wie einen Vortrag hielten. Ging es darin um Tradition?«

»Ja. Ich war ziemlich verärgert über Nora, und es handelte sich eher um so etwas wie eine Predigt als um einen Vortrag. Sie hatte mir gerade mitgeteilt, dass sie das Anwesen verkaufen würde. Zuerst war ich entsetzt, dann habe ich versucht, sie zur Vernunft zu bringen. Ja, ich habe über den Wert von Traditionen gesprochen, über die Freude, die das Anwesen Generationen ihrer Familie geschenkt hat, und dass es sie ernährt. Sie musste es nicht verkaufen, sie hatte genug Geld. Weil ich so aus der Fassung war, habe ich sie mit selbstgerechten Worten bombardiert. Nora hätte sich einfach entfernen können, doch sie hörte mir geduldig zu. Als ich sie schließlich bat, mir einen Grund für den Verkauf zu nennen, hat sie mir geantwortet, was sie mit dem Anwesen mache, gehe mich nichts an.«

»Wie unhöflich.« Nico war verblüfft über Federicos emotionslose Schilderung dessen, was für ihn eine hochemotionale Situation gewesen sein musste.

»Nora war nicht weichherzig, Signor Doyle, und sie hatte recht. Es ging mich nichts an.«

Gianna begann, das Knie ihres Mannes zu streicheln. »Du warst deines Vaters wegen aus der Fassung. Er ist dort gestorben; sein Geist baumelt nach wie vor an diesem Baum.«

Federico lächelte und wollte sein Knie wegziehen. Gianna ließ ihre Hand, wo sie war. »Meine Frau besitzt eine lebhafte Fantasie. Ich glaube nicht an Geister, die noch irgendwo herumhängen. Egal, ob das Anwesen in den Händen der Salviati-Lambertis bleibt oder an den Meistbietenden verkauft wird:

Am Tod meines Vaters ändert das nichts. Ich bin ein altmodischer Mensch und hasse Veränderungen.«

»Das kann ich verstehen«, meinte Nico.

Gianna legte ihre Hand in den Schoß. »Bestimmt tun Sie das. Schließlich sind Sie den weiten Weg von Amerika hierhergekommen.« Sie reckte den Hals in Richtung Nico. »Sind Sie dem Mörder schon auf der Spur?«

»Das darf ich nicht sagen. Vielleicht sind Sie uns ja behilflich. Wer könnte sie Ihrer Ansicht nach ermordet haben?«

Gianna lehnte sich auf ihrem Stuhl zurück. »Ich weiß es nicht. Die Beziehung der Mädchen zu ihrer Mutter hat sich schwierig gestaltet, doch sie würden ihr nichts antun. Adrianas Mann kann sehr unfreundlich, arrogant und grob sein. Er mag seine Schwiegermutter nicht und verabscheut mich.«

»Nun übertreib mal nicht«, ermahnte Federico sie. »Ich pflichte dir bei, dass er kein angenehmer Mensch ist. Er hat Gianna erzählt ...«

Gianna hob die Hand, um ihn zum Verstummen zu bringen. »Das ist privat. Allerdings finde ich das plötzliche Auftauchen von Signorina Barron tatsächlich ein bisschen mysteriös. Nora hat nie etwas von ihr erwähnt, und dann bleibt sie eine ganze Woche bei ihr. Niemand außer den Mädchen hat seit Albertos Tod je eine Nacht in der Villa verbracht.«

»Gianna, hör auf, um den heißen Brei herumzureden. Wenn du zur Aufklärung des Mordfalles beitragen möchtest, kann nichts privat bleiben.« Federico sah Nico an. »Oder?«

Nico nickte. »Jede Kleinigkeit hilft.«

»Also gut«, sagte Gianna. »Es war vor etwa einem Jahr. Als ich die Villa verlassen wollte, hat Fabio mich aufgehalten, um mir zu raten, dass ich, statt mit Nora Bridge zu spielen, lieber darauf achten solle, mit wem mein Ehemann spielt.« Gianna fuhr sich mit beiden Händen durch die mit Henna gefärbten Haare; sie wirkte wütend. »Ich habe ihn ziemlich lange verständnislos angeschaut. Irgendwann hat er spöttisch das Gesicht verzogen, und da habe ich ihm mit aller Kraft eine Ohrfeige verpasst.«

Federico wirkte weiter ungerührt. »Als Gianna mir davon erzählt hat, wäre ich geneigt gewesen, ihm das Gesicht blutig zu schlagen, doch Gianna hat mich angefleht, es nicht zu tun.«

»Das stimmt«, bestätigte sie. »Ich habe die Ohrfeige bereut. Sie verlieh Fabios Lüge zu viel Gewicht.«

»Was Fabio angedeutet hat, ist nie geschehen«, versicherte Federico, nun ein wenig entrüstet.

»Es gibt Hinweise darauf, dass sie viele Jahre lang einen Geliebten hatte.«

Federico blickte seine Frau fragend an. »Lapo?«

Gianna lachte so laut, dass ihre Brust erbebte. »Warum nicht? Die Trägerin des großen alten Namens Salviati hüpft mit ihrem Gärtner ins Bett. Bestimmt hätte allein der Gedanke Nora Vergnügen bereitet. Ihr Vater und ihr Mann drehen sich im Grab um. Was ist mit Claudio Nardi?«

»Der Name sagt mir nichts«, meinte Federico.

»Das habe ich mir schon gedacht. Nora hat viel von ihm geredet, sobald wir allein waren. Wenn Alberto wieder einmal eine seiner pompösen Einladungen gab, haben wir uns ein ruhiges Zimmer gesucht und uns unterhalten. Claudio war im Liceo ihr Schatz. Sie wollte ihn heiraten, aber Alberto hat sie mit seinem Charme zu einer Nacht mit ihm verführt, und die arme Nora wurde prompt schwanger. Sie war zu ehrlich, um Claudio das Kind unterzuschieben.«

Nico nahm ein kleines Notizbuch mit einem darin steckenden Stift aus der Tasche und schrieb den Namen Claudio Nardi hinein. »Können Sie mir seine Adresse nennen?«

»Nora hat einmal erwähnt, dass er ein Restaurant in Gaiole besitzt. Il Cestino, heißt es, glaube ich.«

»Wann hat sie das gesagt?«

»Vor mindestens einem Jahr.«

Federico schlug die langen Beine übereinander. »Wieso erinnerst du dich an eine solche Nebensächlichkeit?«

»Ich erinnere mich daran, weil ich mit dir zum Abendessen hingehen wollte, um ihn mir anzusehen, doch du hast dich beklagt, dass dir eine Dreißig-Kilometer-Fahrt zu weit ist für ein mittelmäßiges Essen. Also haben wir das mittelmäßige Essen zu Hause zu uns genommen.«

Nico schaute zum Himmel hinauf. OneWag tat es Nico gleich und hielt die Schnauze schnuppernd in die Luft. Die Wolken hatten eine dunkelgraue Färbung angenommen. Nico war klar, dass er sich beeilen musste, wenn er nicht in einen Regenguss hineingeraten wollte.

»Danke. Sie haben mir sehr geholfen. Bestimmt freuen Sie sich darüber, dass Ihr Sohn Stefano aus Afrika da ist.«

Nico meinte, Gianna schlucken zu sehen, bevor sie fragte: »Woher wissen Sie, dass er hier ist?«

»Er hat sich einer Freundin von mir im Weingut Querciabella vorgestellt.«

»Stefano will eine neue Rebsorte in dieser Gegend einführen. Eine, die in Südafrika gut funktioniert«, erklärte Federico. »Ich habe ihm gesagt, dass es ihm schwerfallen dürfte, irgendjemanden von seinem Plan zu überzeugen. Im Tre Cipressi, wo ich arbeite, besteht nicht das geringste Interesse.«

»Das werden sie sicher noch bereuen.« Gianna wandte sich stolz Nico zu. »Stefano hat mit dieser Rebsorte in Südafrika großen Erfolg.«

»Wohnt er bei Ihnen?«

Gianna legte die Hände wie zum Gebet aneinander. »Ich wünschte, er würde hier wohnen, aber er ist lieber bei Freunden in Florenz. Haben Sie Kinder, Nico?«

»Nein.«

»Sie können einem viel Kummer bereiten.«

»Unsere Söhne lieben uns sehr«, mischte sich Federico nach einem tadelnden Blick auf seine Frau ein. »Aber sie sind erwachsen, sie können tun, was sie wollen. Und das ist auch richtig so.«

»Wie lange ist Ihr Sohn bereits in dieser Gegend?«

Nico bemerkte, wie Gianna die Hand um den Stoff ihres Rocks ballte.

Federico erstarrte. »Sie glauben hoffentlich nicht, dass mein Sohn etwas mit Noras Tod zu tun hat?«

»Nein, nein, aber Maresciallo Perillo würde gern die Familiendynamik der Salviatis und Lambertis begreifen. Da Sie so nahe beieinander wohnen, müssen Ihre Söhne und Noras Töchter doch eigentlich zusammen aufgewachsen sein.«

»Tja.« Federico veränderte seine Position in dem Korbstuhl, als täten ihm die Knochen weh. Da wurde Nico klar, dass er nicht länger willkommen war. »Als kleine Kinder haben sie einige Zeit miteinander verbracht, doch im Teenageralter wollten unsere Jungs dann lieber mit ihren Schulfreunden spielen.«

Es wurde finster. Nico blickte gen Himmel. Über ihm erstreckte sich eine dunkle Wolkendecke. OneWag hielt die Schnauze noch einmal schnuppernd in die Luft. Er hasste es, nass zu werden.

»Clara war verliebt in Tommaso«, erzählte Gianna. »Sie waren ziemlich oft zusammen, sind ja auch ungefähr gleich alt. Ich dachte, sie würden vielleicht ...« Sie schüttelte den Kopf, führte den Satz nicht zu Ende.

»Gleich regnet's.« Nico stand auf, und OneWag flitzte durchs Tor hinaus. »Ich will Ihnen nicht länger zur Last fallen.«

Gianna entschlüpfte ein hohes »Oh«. Sie sprang auf. »Sie fallen uns nicht zur Last. Wir haben gern Besuch, auch wenn der Anlass ein trauriger ist, nicht wahr, Federico?«

»Natürlich.«

»Danke für Ihre Hilfe.«

»Keine Ursache.« Federico streckte Nico die Hand hin, ohne von seinem Stuhl aufzustehen.

Nico ergriff sie. Als er sich seinem Fiat näherte, begannen dicke Regentropfen auf das Wagendach zu prasseln. OneWag beklagte sich mit einem Bellen, das Nico nicht bemerkte, weil er über die Rosatis nachdachte. Er hatte das deutliche Gefühl, dass sie ihn anlogen, obwohl er nicht festmachen konnte, welcher Moment oder welcher Satz ihm diesen Eindruck verschaffte. Immerhin hatte er nun eine neue Spur: Claudio Nardi.

Als Nico endlich die Autotür öffnete, waren er und OneWag bis auf die Knochen nass. Der Hund schüttelte sich so heftig, dass Nico eine zweite Dusche abbekam.

Nelli zeichnete über einen Tisch gebeugt mit dem Bleistift einander überschneidende Kringel auf eine Rolle Reispapier, als OneWag, nasse Spuren hinterlassend, ins Atelier rannte.

»Du Armer.« Sie rubbelte den Hund mit dem großen Hemd, das sie beim Malen trug, trocken. OneWag leckte ihre Hand.

»Und was ist mit mir?« Nico betrat den kleinen Raum und schloss die Tür hinter sich.

»Du bist ein großer Junge.« Nelli warf ihm einen der Lappen zu, mit denen sie ihre Pinsel reinigte.

»Danke.« Nico fing ihn auf, setzte sich auf den einzigen Stuhl und schnupperte an dem Tuch, ob es nach Terpentin roch.

»Das ist sauber.« Hinter Nelli strömte Wasser an der Fensterscheibe herunter und ließ die Aussicht auf den Hof draußen verschwimmen. Sie nahm den Stift wieder in die Hand. One-Wag rollte sich neben ihren Füßen zusammen. »Wo kommt ihr beide denn bei diesem Wetter her?«

Nico wischte Gesicht und Haare mit dem Lappen trocken. »Von den Rosatis. Seltsames Pärchen.«

Nelli zeichnete weitere Kringel auf das Reispapier. »Gianna spielt gern die hingebungsvolle und ein wenig dümmliche Mamma, hat Nora gesagt.«

»Nora hat mit dir über die Rosatis gesprochen?«

»Ja, während ich die Mädchen malte. Das ist mindestens achtzehn Jahre her. Gianna hat mir beim Malen zugeschaut, was ich nicht mag, weil ich mich dann nicht richtig konzentrieren kann. Ich musste Nora dazubitten, damit sie nicht mehr kam. Nach den Malsitzungen hat Nora mich zum Mittagessen eingeladen. Da waren wir zwei dann allein.«

»Die Mädchen kriegten nichts?«

»Die Haushälterin hat ihnen in der Küche was gegeben. Nora meinte, sie würde gern Erwachsenengespräche mit mir führen. Ich vermute, dass sie eine schreckliche Mutter war und nach allem, was sie über Gianna gesagt hat, auch keine sonderlich gute Freundin.«

»Hat sie sich zu Federico Rosati geäußert?«

»Ich erinnere mich lediglich an ein Mal. Da ist er mit einer

Kiste Wein von dem Gut, in dem er arbeitet, vorbeigekommen. Als er weg war, bemerkte sie, er sei ein bedauernswerter, langweiliger, verblendeter Mann. Sie ließ ihn nur aus Mitleid mit ihr und Gianna Bridge spielen.«

»Das ist achtzehn Jahre her, und du erinnerst dich noch an den Wortlaut?«

Nelli legte den Stift weg. »Ich habe mir große Mühe gegeben, mich zu erinnern. Du wolltest mich nicht in die Sache hineinziehen, aber ich spielte und spiele nun mal eine Rolle in dem Fall, weil ich Kontakt zu dieser Familie habe. Und ich hatte gehofft, dir irgendwie helfen zu können.«

»Du bist gerade dabei, mir zu helfen, und ich entschuldige mich dafür, dass ich versucht habe, dich rauszuhalten.«

»Frauen rauszuhalten ist ein genetischer Defekt der Männer. Aber das macht nichts, weil ich nicht zuhöre.«

Nico schmunzelte. »Woran arbeitest du?«

»Das erzähle ich dir später. Was haben sie über Stefano gesagt?«

»Als ich sie fragte, wie lange er schon hier ist, hat Federico ausnahmsweise die Contenance verloren. ›Sie glauben hoffentlich nicht, dass mein Sohn etwas mit Noras Tod zu tun hat‹ et cetera.«

»Meinst du denn, er könnte tatsächlich etwas damit zu tun haben?«

»Ich versuche gerade, alle Fäden zusammenzuführen. Eins verwirrt mich allerdings. Federico hat darauf bestanden, dass Gianna mir erzählt, Fabio habe angedeutet, ihr Mann mache mit anderen Frauen herum.«

»Wie nett von Fabio. Dieser Mann hält sich wirklich für Gottes Geschenk an die Welt. Adriana ist diejenige, die sich Gedanken machen sollte. Fabio hat mich angegrapscht, als ich seinen Sohn malte. Ich habe ihm Kadmiumrot aufs weiße Hemd gespritzt und ihm gesagt, wenn er das noch mal versucht, sage ich es Adriana. Daraufhin hat er den Schwanz eingezogen.«

»Gut für dich.«

»Finde ich auch. Ich vermute, Federico wollte Fabio anschwärzen und vielleicht sogar als Mörder von Nora ins Gespräch bringen. Es würde mich nicht wundern, wenn er es tatsächlich wäre, doch da ich seine Hände auf meinem Körper gespürt habe, bin ich ihm gegenüber natürlich nicht mehr ohne Vorurteile.« Nelli trat einen Schritt zurück, um ihre Zeichnung zu begutachten.

Nico stand auf und warf ebenfalls einen Blick darauf. Er sah ein Wirrwarr aus dunklen, sich in unterschiedliche Richtungen schlängelnden Linien. »Was ist das?«

»Die Umrisse von Weinblättern. Heute Morgen hat mein Chef bei Querciabella mich beauftragt, ein Wandbild für den Weinladen zu malen.«

»Gratuliere.« Nico beugte sich über den Tisch, um Nelli auf die Stirn zu küssen. OneWag stellte sich auf die Hinterbeine, stützte sich an ihrem Oberschenkel ab und stupste sie mit der Schnauze am Ellbogen an.

Nelli betrachtete beide mit einem stolzen Lächeln. »Danke euch. Ich feiere heute Abend.«

»Sorry.« Nico seufzte laut. »Heute Abend führe ich unsere Hauptzeugin und potenzielle Verdächtige zum Essen aus.«

»Ich weiß. Die elegante Signorina Barron. Laura hat's mir erzählt. Sie und ich wollen in Radda Pizza essen. Du und ich, wir feiern ein andermal. Aber jetzt muss ich mich konzentrieren.« Sie wandte sich wieder ihrer Skizze zu.

Nico küsste sie noch einmal auf die Stirn. »Du wirst mir fehlen.« Nelli reagierte nicht, war gedanklich bei ihrer Zeichnung. Nico sah OneWag an. »Komm, Kumpel.«

Der Hund rollte sich zu Nellis Füßen zusammen.

»Lass uns gehen. Der Regen hat aufgehört.«

OneWag rollte sich noch enger zusammen.

»Geh allein.« Nelli hob den Blick nicht von ihrem Werk. »Rocco bleibt bei mir. Er liebt Pizza.«

»Na schön, dann also ciao.«

Nelli war zu sehr in ihre Arbeit vertieft, um zu antworten. Nico fühlte sich zurückgewiesen, was ihn bei näherer Betrachtung nervte. Was er nun brauchte, waren eine heiße Dusche und trockene Sachen zum Anziehen.

Nico erreichte das Hotel zehn Minuten zu früh, parkte seinen kleinen Fiat und rief Perillo an, um ihm von seinem Gespräch mit den Rosatis zu berichten. »Sie wussten, dass Stefano hier ist.«

»Hm. Gianna wollte nicht, dass ich das erfahre. Vielleicht sollte ich mich mit ihm unterhalten. Und sonst?«

Nico erzählte ihm von Fabios boshafter Äußerung Gianna gegenüber.

»Federico und eine Affäre?« Perillo klang skeptisch.

»Das hat Fabio offenbar angedeutet.«

»Mit wem denn? Mit seiner alten Freundin und Nachbarin?«

»Möglich.« Nico sah auf seine Uhr. Vermutlich legte Miss Barron Wert auf Pünktlichkeit, und an diesem Abend musste er sie bei Laune halten. Fünf Minuten blieben ihm noch.

»Lapo ist vor fünf Jahren aus Noras Bett geworfen worden«, sagte Perillo. »Danach waren die Laken ziemlich lange sauber.«

»Sie könnte auch in das Bett von jemand anders geschlüpft sein.«

»Stimmt. Lapo hat erwähnt, dass sie viel reise. Doch vor zwei Jahren hat sie ihren Liebhaber ins Bett zurückgeholt. Falls es Federico war, hätte Gianna möglicherweise ein Motiv gehabt.«

»Fabio könnte lügen, das sollten wir im Gedächtnis behalten. Dank Gianna haben wir eine neue Spur – Noras alten Schatz Claudio Nardi. Ihm gehört ein Lokal in Gaiole.«

»Dann essen wir da morgen zu Mittag.«

»Keine Chance. Das Sotto Il Fico ist morgen Mittag ausgebucht. Ich muss helfen.«

»Und heute Abend?«

»Heute Abend gehe ich mit Miss Barron aus. Wir könnten in meiner Nachmittagspause nach Gaiole fahren.«

»Das ist zu weit weg.« Perillos Seufzen war deutlich zu vernehmen. »Tilde muss begreifen, dass Sie Teil des Ermittlungsteams sind. Sie bezahlt Sie, klar. Wenn ich könnte, würde ich das übernehmen, aber es geht nicht. Bitte hängen Sie die Schürze eine Weile an den Nagel. Ich weiß nicht, wo mir der Kopf steht.«

»Ich rede mit Tilde. Gibt's Neuigkeiten in puncto Schmuck?«

»Nein. Wer den auch immer gestohlen hat, behält ihn. Tarani spricht mit den Leuten von Claras Bank über die Sicherheit, die Nora Clara anscheinend geben wollte.«

»Gut. Ich muss los.«

»Ich auch. Ivana ist gerade von der Arbeit heimgekommen. Lassen Sie sich Ihr Urteilsvermögen nicht vom Charme der Signorina vernebeln. Sie steht nach wie vor ganz oben auf der Liste der Verdächtigen.«

»Auf Ihrer Liste, nicht meiner.«

»Ihre Fingerabdrücke wurden in Noras Schlafzimmer gefunden.«

»Auf der Vorhangschnur?«

»Leider ist das Material zu rau, als dass man davon brauchbare Fingerabdrücke nehmen könnte. Ciao.«

Nico beendete das Gespräch. Selbst wenn sich Miss Barrons Fingerabdrücke auf der Schnur befunden hätten, wäre es ihm schwergefallen zu glauben, dass sie Nora ermordet hatte. Welches Motiv sollte sie gehabt haben?

Miss Barron begrüßte ihn vor der Terrasse im hinteren Teil des Hotels. »Guten Abend, Mr Doyle.«

»Buonasera, Miss Barron.« In ihrer sorgfältig gebügelten beigefarbenen Leinenhose mit dem weiten Schlag und dem kaffeebraunen Leinentop war sie sehr attraktiv. Weiche ergrauende Locken umrahmten ihr dezent geschminktes Gesicht; sie wirkte um Jahre jünger als zweiundfünfzig. Um die Schultern hatte sie ein dunkelgrünes Tuch geschlungen. Eigentlich hätte Nico ihr gern ein Kompliment gemacht, doch er hielt sich zurück. Schließlich traf er sich als Ermittler mit ihr, nicht zu einer romantischen Verabredung.

»Ich hoffe, es macht Ihnen nichts aus, unter freiem Himmel zu essen. Gott sei Dank hat es zu regnen aufgehört, und die Sonne ist wieder herausgekommen. Die Angestellten haben die Tische und Stühle trockengewischt. Hier draußen ist es viel schöner.« Sie deutete auf die leuchtend pinkfarbenen Azaleen um die Terrasse herum.

»Ich bin ganz Ihrer Meinung.« Nico bekam ein schlechtes Gewissen. Nun, da das Wetter schöner geworden war, hatten Tilde und Alba im Sotto Il Fico sicher alle Hände voll zu tun.

Miss Barron hakte sich bei Nico unter. »Sie haben doch nichts dagegen, oder? Es ist Jahre her, dass ich die Wärme eines Männerarms gespürt habe. Keine Sorge. Mir ist vollkommen klar, warum Sie hier sind. Sie wollen Informationen, die helfen, den Mörder von Nora aufzuspüren, und ich werde Ihnen das wenige, was ich weiß, so gut wie möglich mitteilen.«

»Ich muss meinen Job machen«, entschuldigte sich Nico.

»Und Nora verdient Gerechtigkeit, auch wenn sie im Leben selbst nicht gerecht war.« Miss Barron blieb an einem Tisch neben einer riesigen Azalee stehen, der sich besonders weit von denen der anderen Gäste entfernt befand. Nico rückte einen Stuhl heraus. Miss Barron setzte sich.

Ein Kellner eilte herbei, stellte zwei Gläser Prosecco auf den Tisch und begrüßte Miss Barron mit einem breiten Lächeln.

»Bona sehra, Leo«, erwiderte sie. »Grahzije.«

Leo reichte ihnen Speisekarten, füllte Wasser in ihre Gläser und wandte sich einem anderen Tisch zu.

Miss Barron nahm eine Speisekarte in die Hand. »Der Koch hier bereitet einen ausgezeichneten Kalbfleischeintopf mit Knoblauch, Tomaten und Rotwein zu. Den kann ich sehr empfehlen. Darauf habe ich heute Abend Lust.«

»Dann nehme ich den auch.«

»Sollen wir uns einen Antipasti-Teller teilen?«

»Gute Idee. Was für einen Wein hätten Sie gern?«

Miss Barron legte die Finger um den Stiel ihrer Sektflöte. »Der Prosecco reicht mir. Ich muss ja einen klaren Kopf bewahren.« Sie lachte verschämt. »Eine falsche Antwort, und ich laufe Gefahr, verhaftet zu werden.«

»Nur wenn Sie ein Geständnis ablegen.«

»Ich kann lediglich gestehen, dass ich das Unkraut in meinem Garten beseitige – und gelegentlich eine lästige Fliege.« Sie hob ihr Glas. »Cin cin?«

Nico stieß mit ihr an. Was für eine ungewohnte Art, eine Befragung zu beginnen. Wollte sie ihn weichklopfen? Das musste sie nicht. Er war ihr bereits zugeneigt.

»Schießen Sie los, Mr Doyle.«

»Schildern Sie mir genauer, wie Ihre Freundschaft mit Nora begann. Sie sagten, Sie hätten sich in einem Zug von Bath nach London kennengelernt?«

»Ja. Wie ich Ihnen, glaube ich, bereits erzählt habe, saß sie mir gegenüber. Ich war in die Lektüre meines Kriminalromans vertieft, als sie mich fragte, was ich lese. Ich fand das ein wenig unhöflich, aber da ich ihren leichten Akzent hörte, gab ich ihr eine Antwort. Menschen aus anderen Ländern haben ihre eigenen Benimmregeln.«

»Wann war das?«

»Vor vier Jahren, im Februar. Ich war nach London unterwegs, um mir eine neue Oper, *A Winter's Tale*, anzuschauen. Ich habe ihr den Umschlag meines Buches gezeigt, Nora hat sich mir vorgestellt und erklärt, sie sei der römischen Ruinen wegen nach Bath gekommen. Dann wollte sie wissen, ob ich arbeite, verheiratet bin, schon immer in Bath lebe und warum ich nach London fahre.«

Leo kehrte an ihren Tisch zurück. »*Cosa desiderate mangia re stasera?*«

Nico sagte ihm, was sie essen wollten, und orderte ein Glas Panzanello Riserva für sich.

Miss Barron wartete, bis Leo außer Hörweite war, bevor sie fortfuhr: »Dass eine mir völlig unbekannte Person sich für mich interessierte, fand ich seltsam, doch sie hatte ein so trauriges und bedürftiges Gesicht, dass ich ihre Fragen beantwortete. Sie bedankte sich und fing an, mir von sich zu erzählen. Witwe, Mutter wider Willen, Eigentümerin einer alten Villa. Dann zückte sie ihr Smartphone und zeigte mir ein Foto von ihrem Zuhause und den Hügeln voller Weinstöcke. Mir erschien das wie ein Traumland. ›Kommen Sie im Sommer‹, sagte sie. ›Das Chianti wird Ihr Herz erwärmen.‹ Wie recht sie hatte.«

»Kamen Sie im folgenden Sommer her?«

»Ja, und seitdem bin ich jeden Sommer gerne wieder da.«

»Halten Sie die Gegend nach allem, was Sie hier erlebt haben, immer noch für ein Traumland?«

»Ja. Ich habe schwierige Zeiten hinter mir, genau wie Sie, wenn ich Beppes Aussage Glauben schenken darf. Und Lauras. Es stimmt doch, was er sagt, oder?«

»Ja. Ich habe meine Frau verloren. Im Hinblick auf das, was Beppe Ihnen über Laura erzählt hat, müssen Sie sie fragen.«

»Das habe ich bereits. Ich war da, als es passiert ist.«

»Darf ich Sie nach Ihren schwierigen Zeiten fragen?«

»Sie dürfen. Mit vierzig lernte ich endlich einen Mann kennen, in den ich mich wirklich verliebt habe. Wir waren sieben wundervolle Jahre miteinander glücklich, aber dann habe ich ihn verloren.«

»Er ist gestorben?«, erkundigte sich Nico.

»Ja, und ich habe mich mit teurer Kleidung getröstet, eine Gewohnheit, die ich nicht loszuwerden scheine.«

»Sie steht Ihnen gut.«

»Danke. Zum Glück besitze ich das Geld dafür.« Sie wandte sich Leo zu, der ein großes Holzbrett mit Mortadella, Prosciutto und Salami unterschiedlicher Sorten sowie Crostini, gegrillter roter Paprika und Auberginenscheiben servierte. »Sie kommen genau richtig, Leo.«

Der Kellner sah Nico fragend an und stellte ihm das Weinglas hin. Nico übersetzte, was Miss Barron gesagt hatte.

Leo verneigte sich leicht. »Grazie.«

»Das reicht für sechs«, konstatierte Nico.

»Wahrscheinlich haben wir das Laura zu verdanken. Sie findet mich viel zu dünn.«

Sie nahmen sich von dem Brett.

»Was halten Sie von Noras Töchtern?«, wollte Nico wissen, nachdem sie ein paar Scheiben gegessen hatten.

»Ich bin ihnen nur wenige Male begegnet. Sie sind nie lange geblieben, und ich hatte das Gefühl, dass sie meine Anwesenheit nicht schätzten. Letzten Sommer fragte Clara mich, ob ihre Mutter mir ihren Schmuck gezeigt habe. Doch der einzige Schmuck, den ich von ihr kannte, war auf Leinwand gemalt.« Miss Barron spießte eine halbe gegrillte, glänzend rote Paprika auf und gab sie auf ihren Teller. »Vermutlich fürchtete sie, dass ich mich damit auf und davon mache.« Sie blickte Nico an. »Bei diesem letzten Besuch hat Nora mir verraten, wo sie ihn aufbewahrte. Ich habe ihn nicht entwendet, falls Sie mich das noch einmal fragen wollten.«

»Nein, das wollte ich nicht.«

»Gut.« Sie zerteilte die Hälfte in Viertel und verspeiste sie mit einem zufriedenen Lächeln.

Nico kaute schweigend. Er wartete, dass sie fortfuhr.

Miss Barron legte die Gabel auf ihren Teller. »Schwierige Mütter haben für gewöhnlich schwierige Kinder, könnte ich mir vorstellen. Ich glaube, Noras Töchter mochten sie beide nicht. Adriana zeigt ihre Abneigung offen. Clara ist verschlagener. In Adrianas Gegenwart ging sie sehr liebevoll mit Nora um, aber ohne ihre Schwester war sie kühl und gereizt zu Nora und behandelte sie geringschätzig. Von den beiden wäre sie diejenige, der ich nicht über den Weg trauen würde.«

Miss Barron hält mit ihrer Meinung nicht hinterm Berg, dachte Nico. *Spiegelt diese Meinung die Wahrheit, oder versucht sie, den Verdacht von sich selbst abzulenken?* Er hoffte, dass die erste Alternative zutraf. »Glauben Sie, Clara wäre fähig, ihre eigene Mutter umzubringen?«, fragte er.

»Warum nicht? In dieser Familie gab es keinerlei Liebe. Ich denke, beide Töchter wären dazu fähig. Wahrscheinlich wären wir das alle, wenn wir nur einen ausreichenden Grund hätten.« Sie trank einen Schluck Prosecco. »Angetrieben durch Gier, eine in der Vergangenheit liegende Verletzung oder eine Liebe, die sich in Hass verwandelt hat.« Sie klang nonchalant, ungerührt. »Die Straße zum Mord kann viele Kilometer oder nur ein paar Schritte lang sein.«

»Sie haben das Rachemotiv vergessen.«

»Ja. Die Rache sollte vielleicht sogar ganz oben auf der Liste stehen.« Sie leerte ihr Glas. »Es muss sich befriedigend anfühlen, eine Ungerechtigkeit zu rächen, sei sie nun eingebildet oder nicht, stimmt's?«

»Keine Ahnung. Dieses Gefühl habe ich, glaube ich, noch nie empfunden.« Als er endlich seinen gewalttätigen Trunkenbold von Vater für das jahrelange Prügeln von Frau und Sohn geschlagen hatte, waren es lediglich Trauer und Scham gewesen, die er verspürte. Kurz darauf hatte sein Vater sie verlassen.

»*Eccomi.*« Leo trat mit der Hauptspeise an ihren Tisch. Nico schob die Gedanken an seinen Vater beiseite, als ein Hilfskellner blitzschnell die Antipasti-Teller abräumte. Sobald Leo ihnen den Kalbfleischeintopf serviert, »Buon appetito« gewünscht und sich entfernt hatte, fragte Nico: »Hat Nora mit Ihnen über ihre Töchter geredet?«

Miss Barron atmete den verlockenden Duft des Kalbfleisch-Spezzatino ein, das auf einer dicken, mit Knoblauch eingeriebenen Scheibe getoasteten Brotes kredenzt wurde. »Mit Ihren Fragen kennen Sie wirklich kein Erbarmen, Mr Doyle. Genießen Sie doch erst einmal das köstliche Essen.«

Nico betrachtete den mit Basilikumblättern verzierten Eintopf. Daneben hatte Leo einen Teller mit der Beilage, angebratenem Spargel, gestellt. »Entschuldigung. Dieses Gericht verdient tatsächlich die volle Aufmerksamkeit.«

»Es freut mich, dass Sie mir beipflichten.«

Sie aßen schweigend, Nico trank hin und wieder einen Schluck Wein.

Als Miss Barrons Teller halbleer war, tupfte sie ihren Mund mit der Serviette ab und beantwortete Nicos Frage. »Sie hat sich über die Männer beklagt, die sie gewählt hatten, und war der Ansicht, dass sowohl Fabio als auch Claras Freund nur hinter dem Geld der Lambertis und dem Salviati-Prestige her seien. Ich fand Marco ziemlich nett; er scheint Clara aufrichtig zu lieben.« Sie wandte sich wieder ihrem Spezzatino zu. Als sie fertig gegessen hatte, legte sie Messer und Gabel in Fünf-Uhr-Position auf den Teller und lehnte sich zurück.

Nico war ebenfalls fertig. Seine beiden Teller sahen so sauber aus, als hätte sich niemals etwas darauf befunden. Am folgenden Morgen würde er zwanzig Minuten länger joggen müssen.

»Das war herrlich, nicht wahr, Mr Doyle?«

Der Hilfskellner räumte die Teller ab und reichte ihnen die Dessertkarte. Miss Barron schob sie zur Seite. »Nächste Frage?«

Nico musste lachen. »Ich kenne Ihrer Ansicht nach ja kein Erbarmen.«

»Das Ende der Fragen feiern wir mit einer köstlichen Nachspeise.«

»Sie haben mir bereits gesagt, dass Sie den Rosatis bei Ihrer Ankunft kurz begegnet sind. Hat Nora irgendetwas über sie bemerkt, nachdem sie weg waren?«

»Ich habe sie gefragt. Sie erzählte mir, sie kenne Federico seit Kindertagen. Seine Geschichte ist höchst interessant. Wissen Sie darüber Bescheid?«

»Ich kenne zwei unterschiedliche Versionen. Schildern Sie mir die von Nora.«

»Federicos Vater arbeitete als Verwalter des Weinguts für Noras Vater. Als Noras Mutter starb, scheint ihr Vater vor Kummer den Verstand verloren und seinen Verwalter beschuldigt zu haben, der Liebhaber seiner toten Frau gewesen zu sein. Er hat ihn gefeuert und die Weinstöcke zerstören lassen. Daraufhin hat Federicos Vater sich an einer der Eichen auf dem Anwesen aufgehängt.«

»Das ist eine dritte Version der Geschichte«, sagte Nico.

»Welche ist Ihrer Ansicht nach die wahre? Oder ist die Wahrheit in diesem Fall überhaupt von Belang?«

»Das hängt davon ab, welche Wirkung die jeweilige Version auf die Hinterbliebenen hat.«

»Bestimmt keine gute auf die Rosatis. Nora hielt Gianna für eine dumme Frau, die zufällig gut Bridge spielt, und ihren Gatten für einen Mann, der sich selbst viel zu wichtig nimmt.«

»Das hört sich nicht gerade nach einer sympathischen Frau an, und zu Beginn des Essens sagten Sie, sie sei nicht gerecht gewesen.«

»Nein, das war sie nicht.«

Nico ertappte Miss Barron dabei, wie sie die Dessertkarte beäugte, ohne den Kopf zu bewegen, doch er hatte noch eine allerletzte Frage. »Warum waren Sie mit ihr befreundet, wenn Sie sie nicht sympathisch fanden?«

»Ich glaube, das habe ich schon einmal erwähnt: Sie war faszinierend. Jemand wie sie war mir noch nie begegnet. Einige Male nahm sie sich mir gegenüber eine Frechheit heraus. Als ich mich dann wehrte, sah sie mich erstaunt an und fragte mich, warum ich so aus der Fassung sei. Sie hatte keine Ahnung, wie verletzend sie sein konnte, hat immer einfach gesagt und getan, wonach ihr war, ohne zu ahnen, welche Folgen das zeitigen konnte.«

»Könnte das nicht einfach nur Schauspielerei gewesen sein?«

Und sagt Miss Barron die Wahrheit über ihre Freundschaft mit Nora?, überlegte Nico.

»Um das beurteilen zu können, hätte ich vermutlich jahrelang Psychologie studieren müssen. Das ist lediglich meine Meinung.«

»Und genau die wollte ich hören. Danke. Ende der Fragestunde.«

»Gut.« Miss Barron trank einen Schluck Wasser und nahm die Dessertkarte in die Hand. »Was wollen wir bestellen?«

Nico war zum Platzen voll. »Für mich nichts.«

»Sie schulden mir eine Uhrkette. Wir teilen uns eine Nachspeise. Bratapfel mit Vanilleeis. Bekomme ich sie zurück?«

»Ja, morgen. Die Familie überlässt sie Ihnen.«

Miss Barron klatschte in die Hände. »Dann eine doppelte Portion Gelato.«

Nico antwortete mit einem Lächeln, obwohl er sich fragte, was sie ihm verschwiegen hatte.

Als Ivana schwer beladen mit zwei Taschen voller Lebensmittel nach Hause kam, lockte der Geruch von karamellisierenden Zwiebeln sie in die Küche. Was sie dort sah, ließ sie an der Tür innehalten. Der Tisch war fürs Abendessen gedeckt, und die kleine Vase, die sie sonst im Schlafzimmer aufbewahrte, stand mit einem kleinen Strauß Anemonen in der Mitte. Und Perillo schlug mit ihrer karierten Schürze bekleidet Eier. Auf dem Herd brutzelten in einer Pfanne Zwiebelscheiben auf kleiner Flamme.

»Was ist passiert, Salva?«, fragte sie ihn.

Perillo hörte auf, die Eier zu schlagen, und wandte sich seiner Gattin zu, die das anhatte, was sie als ihre Arbeitskleidung bezeichnete. Die Frau, die stets gebügelte Röcke, maßgeschneiderte Oberteile und Pumps mit niedrigen Absätzen getragen hatte, präsentierte sich nun in Turnschuhen, Hose, einem alten Strickoberteil und einer Jeansjacke vom Samstagsmarkt. Auf Jacke und Schuhen lag eine dünne Mehlschicht. Perillo hatte erwartet, seine Ehefrau erschöpft zu sehen, doch sie platzte schier vor Energie. Im Lauf der Zeit hatte ihre Figur eine geringfügig ausladendere Form angenommen, und ihr Gesicht war nicht mehr so glatt wie ein Stück Seife, aber er fand sie noch genauso schön wie damals, als er sie kennenlernte.

»Was ist passiert?«, wiederholte sie.

Perillo schmunzelte. »Nichts. Wie war's in der Arbeit?«

»Versuch nicht abzulenken. Sonst kommst du nur in die Nähe dieses Herdes, um morgens die Espressomaschine anzuwerfen oder zu kosten, was ich koche.« Ivana stellte die Einkaufstaschen auf der Arbeitsfläche ab, zog einen Stuhl heran und setzte sich. »Also raus mit der Sprache. Du hast den Mordfall aufgeklärt?«

»Nein. Ich wollte dich überraschen. Du arbeitest ja jetzt hart.«

Ivana schüttelte den Kopf. »Soweit ich mich erinnere, habe ich auch früher hart gearbeitet.«

»Ich weiß, ich weiß. Entschuldige.« Er lehnte die vom Ei feuchte Gabel an den Rand der Schale, wendete die Zwiebeln mit einem Holzlöffel und nahm neben seiner Frau Platz. »Ich höre dir doch zu, oder?«

»Die meiste Zeit schon. Warum fragst du?«

»Bin ich dir ein guter Ehemann?«

Ivana tätschelte Perillos Hand. Er wirkte niedergeschlagen. »Noch bin ich nicht weggelaufen.« Sie schnupperte. »Ich glaube, die Zwiebeln sind gar. Im Coop habe ich Spinat gekauft. Möchtest du den in die Frittata geben?«

»Danke.« Perillo stellte den Herd aus. »Was würde ich nur ohne dich tun? Ich wäre verloren.«

Seine Ehrlichkeit erschütterte und verunsicherte sie. »Du würdest sehr gut auch ohne mich zurechtkommen, Salva. Was ist los? Meinst du, ich habe zu arbeiten angefangen, weil ich mit dir unglücklich bin? Nein. Mir ist einfach die Hausarbeit langweilig geworden.«

»Es hat nichts mit deinem Job zu tun. Die in diesen Mordfall verwickelten Leute haben mich ins Grübeln gebracht, was für ein Ehemann ich bin.«

Erleichtert darüber, dass ihre Arbeit nicht die Hauptschuldige war, nahm Ivana den Spinat aus der Einkaufstasche und trat an die Spüle. »Erzähl mir mehr von diesen Leuten.«

»Ich soll doch zu Hause nicht über Mordfälle sprechen.«

»Das stimmt. Mamma hat mir beigebracht, dass das Zuhause eine von der Außenwelt abgeschirmte Oase sein muss. Die hässlichen Dinge, die draußen geschehen, haben darin nichts zu suchen.« Ivana füllte die Spüle mit Wasser und tauchte den Spinat hinein. Während sie ihn schwenkte, wandte sie sich Perillo zu. »Doch jetzt habe ich das Gefühl, all die Jahre ungerecht gewesen zu sein. Ich hätte mir deine Sorgen anhören sollen. Wer weiß?« Sie hob schmunzelnd die Schultern. »Die weibliche Sicht der Dinge hätte dir vielleicht helfen können.« Sie ließ das Wasser aus und füllte die Spüle neu. »Also erzähl mir von Nora Salviati und den anderen.« In der Bäckerei redete Carletta die ganze Zeit über die Tote und ihren gestohlenen Schmuck. Ihr permanentes Geplapper erinnerte Ivana an die Vögel im Park, die sie im Morgengrauen weckten.

»Lass mich das machen«, sagte Perillo, stand auf und löste seine Frau an der Spüle ab. Sie räumte die Einkäufe auf und setzte sich wieder.

Während Perillo den trockengeschüttelten Spinat zu den heißen Zwiebeln gab und alles vermischte, bis der Spinat in sich zusammenfiel, erzählte er Ivana von Noras feudaler Villa und dem Anwesen, das sie mit einer Menge Geld und wertvollem, nun gestohlenem Schmuck geerbt hatte. Dass sie geplant hatte, den Schmuck zu verkaufen, um syrischen Geflüchteten zu helfen, und Villa und Anwesen ihren Töchtern sozusagen unter der Nase weg veräußern wollte. »In dieser Familie waren und sind nur schlechte Gefühle. Keinerlei Liebe, die ich gespürt hätte.«

»Machst du dir deshalb unseretwegen Sorgen?«, fragte Ivana. Bis zu diesem Zeitpunkt hatte er noch nie ein Omelett zubereitet.

»Es hat mich ins Grübeln gebracht, was für ein Mensch ich bin.«

»Der beste überhaupt.« Sie ergriff die Hand ihres Mannes. »Du bist frustriert, weil du den Täter noch nicht gefasst hast. Und ich bin müde von der Arbeit. Lass uns ein bisschen ausruhen. Das Omelett kann warten.«

Perillo drückte Ivana an sich. »Nein, du bist die Beste.«

Daniele hatte die Pizza Margherita halb gegessen, als das Handy klingelte. Er schluckte den Bissen, an dem er gerade kaute, hastig hinunter und ging ran. »Ciao, Stella. Ich wollte dich später anrufen.«

»Ich gehe gleich mit einem Freund was essen.«

Was für ein Freund? Danieles Puls beschleunigte sich. »Du kommst doch nach wie vor am Samstag, oder?«

»Ja. Ich muss mit meinen Eltern über etwas reden.«

Dani schluckte. »Ich muss auch mit dir reden.«

»Gut. Wollen wir ins Oltre il Giardino in Panzano? Ich lade dich ein.«

»Stella, ich gehe mit dir zum Essen, wo immer du möchtest,

aber ich zahle.« Er würde ihr endlich sein Herz ausschütten. Falls ihn nicht der Mut verließ. Nein, er musste. Selbst wenn er damit riskierte, ihre Freundschaft zu verlieren. Sie zu lieben und nicht zu wissen, welche Gefühle sie für ihn hegte, war ihm unerträglich geworden.

»Da ich dir ebenfalls etwas mitteilen muss«, meinte Stella, »können wir uns immer noch darüber streiten, wer zahlt, wenn die Rechnung gebracht wird.«

Daniele bekam ein flaues Gefühl im Magen. »Warum sagst du's mir nicht jetzt oder später, wenn du wieder zu Hause bist? Ich bin wach.«

»Das ist nichts fürs Telefon. Ich reserviere einen Tisch für uns. Um acht?«

»Gut, um acht.« Nachdem Daniele das Gespräch beendet hatte, warf er den Rest der Pizza in den Mülleimer. Ihm war der Appetit vergangen.

Als Nico die Haustür öffnete, freute er sich, das Radio zu hören und Licht im Schlafzimmer zu sehen. Nelli war also gekommen, um die Nacht bei ihm zu verbringen. »Ciao, Nelli. Wie schön, dass du da bist.« OneWag, der auf dem Sofa ausgestreckt lag, wedelte zur Begrüßung einmal kurz mit dem Schwanz. »Hallo, Kumpel.« Nico ließ die Schlüssel auf den Tisch fallen und ging in Richtung Schlafzimmer. Nelli war nicht im Bett. *Natürlich nicht. Es ist ja erst halb zehn. Sie ist im Bad.*

Er setzte sich auf einen der Stühle am Tisch, um aus den unbequemen Schnürschuhen zu schlüpfen, die er Miss Barron zuliebe angezogen hatte. Als er sich bückte, berührte sein Ellbogen einen Zettel, der auf den Boden flatterte. Er hob ihn auf.

Hoffentlich bist du mir nicht böse, dass ich deine Stromrechnung in die Höhe treibe, aber ich wollte Rocco nicht in Dunkelheit und Stille allein lassen. Das war mir zu unheimlich. Ich hoffe, du hattest einen schönen Abend mit Miss Barron. Morgen muss ich früh in die Arbeit, also bist du mit Gogol beim Frühstück allein. Bitte kümmere dich um ihn, und ent-

*schuldige die altmodische Form der Nachricht. Habe mein
Handy im Atelier vergessen. Buonanotte. Baci.*

Nico ließ die Schultern hängen. Der Zettel flatterte wieder
auf den Boden.

OneWag, der seine veränderte Stimmung spürte, sprang vom
Sofa, tappte zu Nicos strumpfsockigen Füßen und sah sein
Herrchen an.

Nico verwuschelte die seidenweichen Haare auf OneWags
Kopf. Dabei krampfte sich ihm die Brust zusammen. »Heute
Abend sind wir allein, Kumpel.« Er hob den Hund hoch und
setzte ihn auf seinen Schoß. »Was hältst du davon, sie zu fragen, ob sie immer bei uns bleiben mag? Tag und Nacht?«

OneWag leckte Nicos Kinn. Nico interpretierte das als Ja.
Nellis Ja war da bedeutend unsicherer.

ZEHN

»Buongiorno!«, rief Aldo Ferri, als Nico bei seiner täglichen Joggingrunde am Ferriello-Weingut vorbeilief. Das kleine Farmhaus aus Stein, das Nico von Aldo gemietet hatte, lag nur zwei Kilometer westlich davon.

Nico blieb stehen und hob eine Hand, um zu signalisieren, dass er Luft holen müsse. Sobald sich sein Atem normalisiert hatte, gesellte er sich zu Aldo, der neben einem großen Metallgerät stand. »Ciao, Aldo, wieso bist du schon so früh am Morgen auf den Beinen?« Die Sonne lugte über die fernen Hügel und hüllte sie in fahlen Glanz.

Aldo, der eine Jeans und wie üblich ein burgunderfarbenes Ferriello-T-Shirt trug, das kaum über seinen dicken Bauch reichte, tippte grinsend gegen das Gerät. »Ich musste unsere neue Abfüllmaschine begrüßen. Sie ist ein Luxusgeschöpf, wird sich aber bezahlt machen. Die alte ist nach zweiundzwanzig Jahren kaputtgegangen. Komm doch heute Abend zum Essen zu uns, dann feiern wir den Neuzugang. Natürlich mit Nelli und Rocco.«

Nico wischte sich die Stirn mit dem Handrücken ab. »Danke, aber heute Abend hab ich zu tun.« Er musste mit Perillo und Dani nach Gaiole. Nach deutlichen Unmutsäußerungen hatte Tilde sich breitschlagen lassen, ihm freizugeben.

»Nelli und der Hund sind auch ohne dich willkommen. Ich habe ein paar Würste vom gestrigen Grillabend übrig, über die sich Rocco bestimmt freut. Wie geht es mit den Ermittlungen in dem Mordfall voran?«

»Wir sind dran. Kanntest du Nora Salviati?«

»Nicht persönlich. Meine Mutter kannte ihren Vater Edoardo. Der hatte ein ausgesprochen erfolgreiches Weingut. Ich weiß noch, wie sie weinte, als sie hörte, dass er kurz nach dem Tod seiner Frau sämtliche Weinstöcke zerstören hat lassen. Das war vor ungefähr vierzig Jahren. Ich war damals noch ein Kind und konnte die Tränen auch nicht zurückhalten. Zuvor hatte ich Mamma noch nie weinen gesehen.«

»Kennst du Federico Rosati?«

»Ja. Das ist der Kundenbetreuer des Tre-Cipressi-Weinguts. Ein mürrischer, eingebildeter Mann, wenn ich so offen sein darf.«

Auf Nico hatte Rosati eher steif und traurig gewirkt. »Sein Vater war Verwalter des Salviati-Weinguts. Federico hat mir erzählt, das Weingut sei dem Erdboden gleichgemacht worden, um die Ausbreitung der Reblaus zu verhindern.«

Aldo schüttelte den Kopf. »Das kann nicht stimmen. Davon hätten wir gewusst. Die Reblaus ist hochgefährlich und breitet sich rasant aus. Im neunzehnten Jahrhundert hätte sie fast die gesamte Weinwirtschaft in Europa zunichtegemacht. Ich kenne mich gut aus mit der Geschichte des Chianti-Weinbaus in den letzten hundert Jahren. Dort steht nichts davon, dass die Reblaus sich über irgendeines unserer Weingüter hergemacht hätte.«

Nico begann, auf der Stelle zu laufen, um keinen Krampf in den Beinen zu bekommen. »Merkwürdig, dass er darüber gelogen hat.«

»Hat sein Vater nicht Selbstmord begangen?«

»Ja. Laut Aussage von Rosati, weil er sich Vorwürfe machte, dass er das Weingut zerstören musste.«

Aldo strich mit zufriedenem Blick über seinen Bauch. »Da haben wir schon den Grund für die Lüge. Ein Vater, der sich aus Furcht vor einem Schädlingsbefall der Weinstöcke umbringt, den er nicht rechtzeitig bekämpfte, ist doch besser als einer, der sich aus Gründen umgebracht hat, die man, so jung, wie man war, nicht verstehen konnte.«

»Da könntest du recht haben. Rosatis Sohn ist aus Südafrika hergekommen, wo er ein Weingut besitzt. Er versucht, die Winzer der Gegend für eine südafrikanische Rebsorte zu interessieren. Hat er dich schon kontaktiert?«

»Ja, es geht um einen Pinotage. Ich erwarte Stefano um

drei. Schau doch auch vorbei, dann kannst du ihn kennenlernen.«

»Vielleicht tut Perillo das.«

Aldos Kopf zuckte zurück. »Gehört Stefano etwa zum Kreis der Verdächtigen?«

»Nein, aber er ist mit Nora Salviatis Töchtern aufgewachsen und könnte nützliche Informationen haben.«

Aldo entspannte sich. »Tja, dann mal viel Glück. Ich muss an die Arbeit. Sag Nelli, sie soll Cinzia Bescheid geben, ob sie kommt. Acht Uhr. Du auch. Tilde kann dich schon mal einen Abend entbehren.« Aldo setzte sich in Richtung Weinzentrum in Bewegung und winkte Nico zum Abschied zu.

»Warte, Aldo«, rief Nico ihm nach. »Hast du schon mal im Il Cestino in Gaiole gegessen?«

Aldo drehte sich zu Nico um. »Mehr als einmal. Kleines Lokal, ausgezeichnetes Essen und ein sehr freundlicher Besitzer. Dort solltest du das Risotto dell'orto, serviert in einer leeren Parmigiano-Rinde, bestellen.«

»Danke für den Tipp, Aldo. Ich sage Nelli wegen heute Abend Bescheid. Ciao.« Dann joggte Nico nach Hause, um zu duschen und sich umzuziehen.

»Nichts Neues über den Schmuck«, bemerkte Daniele, als der uniformierte Perillo das Büro mit einem ungewöhnlichen Morgenlächeln betrat.

Perillo blieb abrupt stehen. »Was ist los? Hast du dein ›Buongiorno, Maresciallo‹ beim Frühstück verschluckt? Wenn du sofort Bericht erstatten willst, dann bitte über das heutige Wetter.«

Daniele schlug die Hacken zusammen. »Entschuldigung, Maresciallo. Buongiorno, Maresciallo.«

»Dir auch ein Buongiorno, Dani. Jetzt kannst du den Maresciallo weglassen. Mein Knie sagt mir, dass heute ein sehr schöner Tag wird.« Perillo setzte sich. »Was wolltest du mir mitteilen?«

»Die Juweliere und Pfandleiher haben keinerlei Objekte angeboten bekommen, die denen auf unserer Liste ähneln.«

»Kaum zu glauben, dass es keine Fotos von dem Schmuck gibt, findest du nicht auch?«

»Ja. Das erschwert die Suche sehr. Ich frage mich …« Daniele zögerte, da er die Reaktion des Maresciallo nicht abschätzen konnte.

Perillo wünschte Daniele den Mut zurück, den ihm die Freundschaft mit Stella im vergangenen Jahr verliehen hatte. In letzter Zeit spielte er wieder die Rolle des artigen Brigadiere. »Sprich weiter, Dani.«

»Ich frage mich, ob der Dieb überhaupt die Absicht hat, den Schmuck zu verkaufen.«

»Weil er entwendet wurde, um das eigentliche Motiv für den Mord zu kaschieren? Das habe ich mir anfangs auch gedacht, als Fabio Meloni sofort davon ausgegangen ist, dass etwas gestohlen wurde.«

»Und inzwischen haben Sie es sich anders überlegt?«

»Sagen wir, ich bin nicht überzeugt. Nora hat den Schmuck vor ungefähr einem Monat aus dem Safe in ihrem Schlafzimmer in den Schuppen gebracht. Warum hat sie das getan?«

»Damit er leicht zu stehlen ist?«

»Sie hat ihre Familie darüber informiert. Sogar Lapo und Cecco wussten Bescheid.«

»Sie hat ihnen vertraut, Maresciallo.«

»Ob sie jemanden in Versuchung führen wollte?«

»Wen?«

»Marco Zanelli. Vor einem Monat hat Nora von seiner Verlobung mit Clara erfahren, gegen die sie war. In ihrem Snobismus hat sie ihn als gesellschaftlich unpassend für Clara erachtet.«

»Sie meinen, sie hoffte, dass Marco den Schmuck stehlen würde, damit Clara die Verlobung lösen konnte?«

»Möglich.«

Daniele wurde blass. »Das wäre ja schrecklich.«

»Ja. Ich frage Nico, was er denkt. Und jetzt fahren wir nach Panzano zum Haushaltswarengeschäft.«

Daniele hatte sich über Massimo Vitale, bekannt als Max, informiert. Er war zweiundfünfzig und somit siebzehn Jahre älter als Marta. *Zu alt*, dachte Daniele sofort. Max hatte sich niemals etwas zuschulden kommen lassen, nicht einmal einen Strafzettel kassiert, führte den Laden allein und war seit fünfzehn Jahren dort. Ein mustergültiger Bürger. Daniele fand, man solle dem Mann einen ungebetenen Besuch der Carabinieri ersparen.

»Was sollte Max Vitale schon wissen?«, wagte Daniele zu fragen. Wie Marta mit Celestina umgegangen war, hatte ihn gerührt.

»Genau das müssen wir herausfinden, Dani. Wenn wir zu dem Schluss gelangen, dass er nichts weiß, streiche ich ihn von der Liste. Gehen wir.«

Als sie die Polizeistation verließen, erklang ein gedämpftes »O sole mio«. Perillo griff in seine Tasche und ging ran. »Drei Uhr. Danke. Wir werden da sein.«

Nico musterte Gogols Gesicht, das ein wenig Farbe angenommen hatte. Auch seine Augen glänzten wieder. »Ich freue mich, dass es dir bessergeht. Nelli und ich haben uns Sorgen gemacht.« Nico ergriff Gogols freie Hand. In der anderen hielt er das, was von seiner zweiten Ciambella übrig war. Die Crostini hatte er bereits verdrückt, bevor Nico im Café eingetroffen war. »Du bedeutest uns beiden viel.«

Gogol neigte leicht das Haupt. »Die Fürsorge, die ihr an den Tag legt, nährt meine Zuversicht wie die Sonne, die die Knospe der Rose öffnet. Meine Dante-Adaption zu diesem aufrichtig empfundenen Moment.«

»Dann blüh mal weiter, Gogol.« Nico nahm sein Handy heraus und schickte Nelli eine SMS. Privatgespräche waren im Querciabella nicht gern gesehen.

GOGOL WIRKT GESUND. RUF MICH IN DEINER MITTAGSPAUSE AN. ALDO LÄDT DICH UND ONEWAG FÜR HEUTE ABEND UM 8 ZUM ESSEN EIN. CINZIA MÖCHTE BESCHEID WISSEN, OB IHR KOMMT. ICH BIN MIT PERILLO UND DANI UNTER-

Nico schob das Handy zurück in seine Tasche und trat an den Tresen, um für das kurze Frühstück zu zahlen. »Bist du einer Lösung schon näher gekommen?«, fragte Sandro leise, weil nicht weit von ihnen entfernt vier Leute aus der Gegend sich beim Espresso über die anstehenden Fußballspiele unterhielten. Nico antwortete Sandro mit einem Kopfschütteln und legte das Geld auf den Tresen.

Sobald Nico sich entfernt hatte, stupste OneWag Gogols Knie mit dem Kopf an, den Blick auf den Rest Ciambella in der Hand des alten Mannes gerichtet.

Gogols Brust begann sich vor stummem Lachen zu heben und zu senken. »›Das, was dich bewältigt, ist eine Kraft, der niemand widerstehn kann.‹ Das Schicksal will es so, dass dieses letzte süße Teil mir gehört.« Er steckte die Ciambella in den Mund.

Nico kehrte an den Tisch zurück. »Komm, Kumpel, wir gehen. Bis morgen, Gogol.«

»Bis morgen.«

Nico hielt den Blick abgewandt, als er zur Tür ging, weil er sich die Überraschung nicht anmerken lassen wollte. Zum ersten Mal in den zwei Jahren, die sie gemeinsam frühstückten, hatte Gogol auf sein »Bis morgen« nicht mit »Bis morgen, so ich lebe« geantwortet. Nico wusste nicht, ob das gut oder schlecht war.

Daniele war froh, dass sich keine Kunden in dem Haushaltswarengeschäft aufhielten, als er es mit Perillo betrat. Ein kräftiger Mann mit rundem Gesicht, schmalen Lippen, tiefliegenden Augen und einer breiten kahlen Stelle auf dem Kopf, der hinter der Verkaufstheke stand, begrüßte sie zu Danieles Erstaunen mit einem Lächeln und einem »Buongiorno«. Wenn Daniele Uniform trug, begegnete er für gewöhnlich fragenden Blicken oder einem leichten Stirnrunzeln.

»Buongiorno«, erwiderte Perillo. »Sind Sie Max Vitale?«

»Ja, der bin ich. Marta hat mir schon gesagt, dass Sie wahrscheinlich vorbeischauen würden.« Sein Lächeln war Danieles Ansicht nach das einzig Attraktive an ihm. »Ich bin mir nicht sicher, ob ich Ihnen helfen kann. Tut mir leid, dass Signora Nora auf so grässliche Weise ums Leben gekommen ist, aber nun bleibt Marta Gott sei Dank zu Hause. Ich habe sie so oft gebeten, nicht mehr hinzugehen, doch sie hat gern in der schönen Villa gearbeitet. Glücklich hat mich das nicht gerade gemacht. Ich werde mir nie mehr leisten können als das, was wir jetzt haben.«

»Sie haben ein sehr schönes Zuhause«, bemerkte Daniele, der mit Stella nur zu gern in einem ähnlichen Haus gewohnt hätte. Und den Laden, in den durch das große Fenster viel Licht fiel, fand er ebenfalls hübsch. Die Ware war ordentlich in Regale eingeräumt oder in kleinen Schubladen mit handgeschriebenen Etiketten verstaut. Hinter Max befand sich ein zweiter Raum, der Daniele bereits von draußen aufgefallen war. Darin wurden Schalen aus Olivenbaumholz, Salatbestecke und bemalte Teller für die Touristen präsentiert.

Perillo stützte sich mit den Unterarmen auf der Theke ab. »Hat Marta Sie jemals in die Villa mitgenommen?«

Max lachte. »Nein. Ich habe sie oft darum gebeten, weil ich neugierig war. Aber sie hat Nein gesagt. Angeblich würde das Signora Nora wütend machen. Ich glaube eher, Marta wollte die Villa sozusagen als ihr privates Schloss für sich. Sie kann manchmal recht kindisch sein und ist sehr stur.«

Als Daniele die Zuneigung in Max' Stimme vernahm, überdachte er seine schlechte Meinung von dem Mann.

»Das heißt, Sie haben das Innere der Villa niemals gesehen?«, wiederholte Perillo im Tonfall eines Mannes, der aus reiner Neugierde fragt.

»Doch. Nur ein einziges Mal, allerdings werde ich das nie vergessen.«

Perillo nahm die Arme von der Theke, Daniele zückte hastig Notizbuch und Stift.

»Die Villa ist unglaublich, finden Sie nicht, Maresciallo?«, meinte Max. »Ich kam mir vor wie zweihundert Jahre in die Vergangenheit versetzt.«

»Wie sind Sie hineingelangt?«

»Vor Jahren ist ein Mann zu mir gekommen, der ein komplettes Geschirr und einige Töpfe und Pfannen kaufen wollte. Normalerweise sind Frauen für so etwas zuständig. Das fand ich interessant, und so habe ich ihm beim Aussuchen geholfen. Dabei sind wir ins Gespräch gekommen. Er hat mir erzählt, dass er der Gärtner der Villa ist. Seitdem kauft Lapo Nägel und Dichtungsringe und andere Sachen, die er benötigt, immer bei mir. Hin und wieder trinken wir ein Glas Wein miteinander. Als ich wusste, wo er arbeitet, habe ich ihn gefragt, ob er mich herumführen könnte, und das hat er gemacht.«

»Wann war das?«

Max überlegte eine Weile mit geschürzten Lippen. »Etwa vor vier Jahren. Da war Signora Nora gerade wieder in England.«

»Was meinen Sie mit *wieder*?«

»So hat Lapo es ausgedrückt. Er meinte, sie würde ziemlich viel reisen. Fragen Sie ihn.«

»Musste Lapo beim Eintreten die Alarmanlage ausschalten?« *Dabei konnte Max die Zahlenkombination gesehen haben.*

»Nein, der Haupteingang war offen. Wahrscheinlich hat die Haushälterin geputzt. Ich habe das Geräusch eines Staubsaugers gehört. Lapo hat mir nur das Erdgeschoss gezeigt. Er wirkte die ganze Zeit über, die wir in der Villa waren, wütend. Ich dachte, er bereut, dass er mich mitgenommen hat, aber er sagte, er würde sich über etwas anderes ärgern.«

»Sie waren also nur einmal in der Villa?«

»Ich musste da nicht mehr hin, wollte ja nur wissen, warum Marta sich so gegen eine Kündigung gewehrt hat. Als ich das Haus sah, war mir alles klar, und ich habe sie nie wieder darum gebeten.«

Ein Mann in abgeschnittener Jeans und ärmellosem T-Shirt

öffnete die Tür, beäugte die beiden Carabinieri und erkundigte sich mit gerunzelter Stirn: »Soll ich ein andermal wiederkommen, Max? Ich brauche eine neue Handsäge.«

Max sah Perillo an.

Perillo winkte den Mann herein. »Wir wollten gerade gehen. Danke, dass Sie uns Ihre Zeit geopfert haben, Signor Vitale. Ich muss Sie bitten, in die Polizeistation zu kommen, um eine offizielle Aussage zu machen und diese zu unterschreiben.« Vor dem Kunden erwähnte er nichts von Fingerabdrücken und Speichelproben.

Als Daniele die Ladentür hinter sich schloss, hörte er den Kunden fragen: »Steckst du in Schwierigkeiten, Max?« Zu Danieles Erleichterung reagierte Max mit einem Lachen.

Nico und Tilde hatten gerade die Küche aufgeräumt, als Nicos Handy klingelte. Während er unter seiner Schürze herumfummelte, um es herauszuholen, meinte Tilde: »Ich sage Enzo, dass er warten soll.«

»Ich komme gleich.«

Sobald die Mittagsgäste weg waren, tranken sie immer zu dritt einen Kaffee auf der Terrasse, das war ihr Ritual. Während Elvira sich ein Nickerchen in ihrem Sessel gönnte, ließen sich die anderen auf die Stühle plumpsen, die mit Blick auf die Hügel standen, legten die Beine auf die Balustrade und genossen nach getaner Arbeit einen wohlverdienten Espresso.

»Ciao«, sagte Nico in den Apparat. »Bist du sauer auf mich?«

»Nein«, antwortete Nelli. »Sollte ich?«

Nico hielt das Handy näher ans Ohr. Er liebte ihre leise, sanfte Stimme. »Als du mittags nicht angerufen hast, dachte ich, du bist verstimmt, weil ich mir heute Abend wieder für Perillo und nicht für dich freinehme.«

»Sorry. Ich hätte auf deine SMS antworten sollen, hatte aber keine Sekunde Zeit. Eine große Lieferung nach Amerika musste beschriftet und verpackt werden. Zwei von unseren Männern sind krank, also musste ich mithelfen. Nico, ich neige weder zum Schmollen noch zum Klammern. Im Augenblick sind die Ermittlungen in dem Mordfall wichtiger, als dass wir zwei miteinander zu Abend essen. Mach dir unseretwegen nicht so viele Gedanken.«

»Übernachtest du heute bei mir?«

»Wahrscheinlich bist du vor mir daheim. Die Essen bei Aldo und Cinzia dauern immer lange. Ich melde mich jetzt bei Cinzia und nehme die Einladung an. Viel Vergnügen bei deinem Abendessen in Gaiole. Du musst nicht wachbleiben, bis ich komme.«

»Nein«, log er. »Viel Spaß.«

»Ciao, amore.« Nelli beendete das Gespräch.

Nico blieb ein paar Minuten in der Küche.

»Ehi, Nico«, rief Tilde irgendwann. »Kommst du?«

»Ja.« Nico löste die Schürze und trat mit einem zufriedenen Lächeln hinaus.

Das Enzo als Erstem auffiel. »Warum grinst du so? Habt ihr euren Mörder gefasst?«

Tilde hob den Blick von ihrer leeren Kaffeetasse, sah Nico an und drückte lachend die Hand ihres Mannes. »Ach, liebster Enzo, du hast vergessen, wie das ist.«

Nicos Lächeln wurde breiter.

Perillo traf Aldo auf der großen überdachten Terrasse des Ferriello-Weinguts an, wo er mit einem Mann, wohl Stefano Rosati, saß. Stefano trug ein orangefarbenes T-Shirt mit ziemlich wildem Muster. Auf dem Tisch standen drei Weingläser und drei offene Flaschen.

Aldo winkte Perillo herbei. »Stefano, darf ich Ihnen Salvatore Perillo, unseren bewundernswerten Maresciallo, vorstellen? Lassen Sie sich von seiner Zivilkleidung nicht täuschen. Er ist immer im Dienst.« Aldo hatte Perillo die Zumutungen des vergangenen Jahres noch nicht ganz verziehen.

Perillo trug nun Jeans und ein weißes Hemd. »Das stimmt nicht. Allerdings bin ich stets neugierig.« Er streckte die Hand aus.

Stefano stand auf und schüttelte sie. »Stefano Rosati.«

Kein unattraktiver Mann, dachte Perillo. Stefano hatte das Gesicht und die schmalen haselnussbraunen Augen seiner Mutter geerbt, die durch seine tiefe Bräune richtiggehend strahlten. Dazu lange kastanienbraune Haare, mit einem Lederband zusammengebunden. Und dieses grelle T-Shirt. Er sei fünfunddreißig Jahre alt, hatte Daniele Perillo informiert. So nahe bei ihm konnte Perillo die schwarze Stickerei an einer Schulter lesen: *MVEMVE VEINI*. »Störe ich?«

»Nein, ich habe mein Sprüchlein aufgesagt und verkoste gerade Aldos ausgezeichnete Weine.«

»Und ich versuche ihn zu überreden, dass er da unten den Zwischenhändler für mich macht«, erklärte Aldo. »Er könnte meinen Wein mit dem seinen verkaufen. Ohne zusätzlichen Aufwand.«

Stefano lachte. »Und riskieren, dass meine Kunden Ihren statt meinen kaufen? Nein danke. Maresciallo, leisten Sie mir doch Gesellschaft. Ich habe hier drei Weine zum Probieren.«

Aldo erhob sich schwerfällig. »Nur probieren, nicht trinken. Ich hole frische Gläser.«

»Ich weiß, dass Sie am Mittwoch mit meinen Eltern geredet haben«, bemerkte Stefano. »Mir ist klar, dass Sie sich über alle informieren müssen, die mit Nora zu tun hatten, denn das ist Ihr Job, aber bitte gehen Sie sanft mit ihnen um.« Stefano lehnte sich zurück, als Aldo Perillo ein Glas hinstellte und zwei Fingerbreit seines Chianti Classico eingoss.

»Ich lasse euch allein. Bin drinnen, falls ihr mich braucht«, meinte Aldo.

Stefano schenkte sich die gleiche Menge Wein ein. »Meine Eltern wären völlig unfähig, etwas zu stehlen, geschweige denn jemanden zu töten. Das sage ich übrigens nicht als treuergebener Sohn, denn das bin ich nicht. Ich empfinde nicht sonderlich viel Liebe für sie. Meine Mutter hat so stark geklammert, dass wir fast keine Luft bekamen. Und mein Vater ist der Ansicht, dass man das Leben nur nach seinen Regeln führen kann.«

»Sein Vater hat Selbstmord begangen.«

»Ja, und hat uns dafür bezahlen lassen. Deshalb baue ich Wein in Südafrika an, und deshalb leitet mein Bruder ein Tech-Unternehmen in San Francisco.«

»Trotzdem nehmen Sie die beiden in Schutz.«

Stefano trank einen großen Schluck Wein. »Sie brauchen keinen Schutz. Sie sind unfähig, sich zu ändern, weswegen sie nichts gestohlen und niemanden umgebracht haben können.«

Beim Zuhören schoss Perillo der Merksatz »Beurteile ein Buch nicht nach seinem Umschlag« in den Kopf, denn Stefanos sachlicher Tonfall widersprach Perillos erstem Eindruck von ihm.

»Als wir weg waren, hat meine Mutter sich voll und ganz auf zwei Dinge konzentriert: auf ihre Blumen und aufs Bridge-spielen. Nora war die einzige Partnerin, mit der sie spielen wollte. Warum sollte sie sie umbringen oder ihren Schmuck stehlen? Meine Eltern brauchen kein Geld. Ich schicke ihnen genug.« Stefano zuckte mit den Achseln.

Perillo hatte den Wein im Glas geschwenkt und gelauscht. Stefano klang überzeugend. »Und Ihr Vater?«

»Er führt sein Leben nach unverbrüchlichen Regeln, die weder Mord noch Diebstahl vorsehen.«

Perillo fiel ein, was Clara über Stefano gesagt hatte. »Als Kinder haben Sie und Ihr Bruder bestimmt oft mit Clara und Adriana gespielt. Sie wohnten doch sehr nahe beieinander.«

»O ja. Jeden Sonntag nach der Kirche und im Sommer fast jeden Tag. Ich habe mich in Clara verliebt, die hübscher und unterhaltsamer war als ihre trübsinnige Schwester. Einmal habe ich sie geküsst. Das hat ihr nicht gefallen. Leider hat mein Vater das gesehen, und das war das Ende unserer Spiel-nachmittage mit den Lamberti-Schwestern.«

»Auch für Ihren Bruder?«

»Er ist zwei Jahre älter als ich. Wer weiß, welch schrecklicher Sünde er sich schuldig gemacht hätte, wären wir weiter hingegangen.«

»Wie alt waren Sie zwei damals?«

»Elf und dreizehn. Die Hormone begannen sich zu regen, die Eltern waren entsetzt.« Stefano warf einen Blick auf sein Handy und runzelte die Stirn. »Tut mir leid, ich muss los. Für den Fall, dass Sie Fragen haben, von denen Sie glauben, ich könnte sie beantworten: hier, meine Nummer.« Er riss ein Stück von einem Papieruntersetzer ab und notierte sie.

»Als ich Ihre Mutter gefragt habe, ob ihre Söhne hier sind, hat sie mir keine Antwort gegeben.«

»Wahrscheinlich war sie sauer auf mich, weil ich nicht den treuergebenen Sohn spiele und sie in ihrem Kummer tröste. Ich hoffe, Sie finden den Mörder von Nora. Sie war Mammas einzige Freundin. Arrivederci.«

Interessanter Mann, dachte Perillo und trank einen Schluck von Aldos Wein. Was er über seine Eltern gesagt hatte, war traurig, doch er machte sich etwas aus ihnen. Wie er sie verteidigte, klang glaubhaft. Von der Liste der Verdächtigen konnte Perillo sie trotzdem nicht streichen. Perillo schickte Daniele eine SMS.

SCHAU, WAS DU ÜBER STEFANO ROSATIS WEINHANDEL HE-RAUSFINDEN KANNST.

Stefano hatte ihm zu verstehen gegeben, dass er genug Geld besaß, um seinen Eltern unter die Arme zu greifen. Vielleicht sagte er die Wahrheit, aber junge Männer prahlten gern.

Während der Fahrt nach Gaiole zückte Daniele sein Notizbuch und teilte Nico mit, was er über Claudio Nardi herausgefunden hatte. »Fünfundfünfzig Jahre alt, geboren in Panzano, Abschluss in Altphilologie an der Universität in Floreee …« Daniele wurde so heftig gegen die hintere Tür geschleudert, dass der Sicherheitsgurt ihm fast die Luft abschnitt, als Perillo eine der zahlreichen Haarnadelkurven zu schnell nahm.

»Fahren Sie langsamer«, ermahnte Nico, der sozusagen auf dem Schleudersitz saß, Perillo. »Dani und ich wollen lebend dort ankommen.«

Perillo verlangsamte unwesentlich.

Daniele wandte sich wieder seinen Notizen zu. »Seine Frau ist vor acht Jahren gestorben. Er hat keine Kinder. Hat bis vor viereinhalb Jahren, als er mit dem Unterrichten aufhörte, in Florenz gelebt. Ist anschließend nach Bologna gezogen, um in der Osteria Barolini zu lernen. Dann vor zwei Jahren nach Gaiole. Il Cestino wurde letztes Jahr im April eröffnet. Gambero Rosso gibt ihm eine gute Kritik.«

»Tripadvisor auch.« Nico begriff den Grund dieses Besuchs nicht so ganz. Daniele hatte für sieben Uhr reserviert, wenn das Restaurant aufmachte. Trotzdem würde Nardi vermutlich weder Zeit noch Lust haben, Fragen zu beantworten, während er Essen servierte. »Hat Ivana heute Abend zu tun?«

»Sie ist beim Kirchenbingo mit Pizza.«

Das erklärte alles. »Wie wollen wir auf Nardi zugehen? Sie haben mich in Zivil abgeholt, mit Ihrem eigenen Auto, und gesagt, Sie wollen nicht auffallen.«

»Genau«, bestätigte Perillo, während er den Wagen in den Ort lenkte. »Die Leute verkrampfen sich in Gegenwart von Carabinieri und denken sofort, dass etwas nicht stimmt. Wir werden improvisieren.«

Vorbei an dem riesigen schwarzen Metallhahn, dem Emblem der Chianti-Classico-Weine, gelangten sie ins Zentrum, auf eine lange, rechteckige, baumlose Piazza, den früheren Marktplatz. Sie war umgeben von Cafés mit vergammelten Außentischen. Große Terrakottapflanzkübel voller Rosen ließen den Platz trotzdem festlich erscheinen. Obwohl sie sich im Schatten hielten – es war ein heißer Tag gewesen –, tauchte die allmählich untergehende Sonne die Hälfte des Platzes nach wie vor in mittlerweile nicht mehr ganz so grelles Licht.

Das Lokal befand sich am schmaleren anderen Ende.

»Elegant«, lautete Perillos Kommentar, als sie es erreichten. Die freien Außentische waren mit Platzsets aus Leinen und langstieligen Gläsern eingedeckt.

Ein muskulöser Mann mit kantigem Gesicht und einem dichten Schopf gelockter grauer Haare, der ein weißes Leinenhemd über einer verknitterten grauen Hose und schwarze Crocs trug, tauchte am Eingang auf. »Buonasera und willkommen.«

»Buonasera«, erwiderte Perillo. »Wir haben reserviert. Der Name ist Donato.« Vorsichtshalber hatte er den von Daniele verwendet.

Der Mann deutete auf die Tische unmittelbar dies- und jenseits des Eingangs. »Sie können zwischen draußen und drinnen wählen. Die nächsten Reservierungen sind erst für sieben Uhr fünfundvierzig.« Er trat einen Schritt beiseite, um die drei Männer ins Il Cestino – Vino e Cucina zu lassen.

Es handelte sich um einen kleinen L-förmigen Raum mit einer hohen Theke, hinter der Regale voller Weinflaschen aufragten. Ganz rechts befand sich der Durchgang zur Küche. Nico sah den Rücken zweier Frauen, um deren Haare Kopftücher geschlungen waren.

»Ich würde sagen, wir gehen hinein«, meinte Perillo, wählte einen Ecktisch beim Fenster und nahm Platz. Daniele und Nico setzten sich mit Blickrichtung in den Raum rechts und links von ihm. »Sind Sie der Inhaber?«, erkundigte sich Perillo.

»Claudio Nardi, Maresciallo. Ich habe Sie schon erwartet.«

Perillo hob erstaunt die Augenbrauen. Daniele senkte den Kopf ein wenig, um sein Schmunzeln zu verbergen. Nico genoss den Moment, ohne eine Miene zu verziehen.

»Ich wollte eigentlich ins Polizeirevier kommen, hatte jedoch keine Zeit.«

Perillo warf sich, wieder ganz Herr der Situation, in die Brust. »Sie haben mir also etwas zu sagen?«

»Nein, aber bestimmt haben Sie Fragen. Bevor Sie anfangen ...«, Nardi holte drei Speisekarten und eine Weinliste hinter dem Tresen hervor, »... wählen Sie bitte Speisen und Getränke.« Er legte sie auf den Tisch und entfernte sich.

Die Speisekarten waren auf dickem Papier gedruckt und die drei Seiten darin mittels eines Seidenbändchens zusammengehalten. *Richtig elegant*, dachte Nico, erstaunt über die moderaten Preise. Er wusste gleich, was er wollte.

Einige Minuten später kehrte Nardi mit drei vollen Sektflöten zurück. »Ein Gruß des Hauses für alle meine Gäste, Maresciallo. Glauben Sie bitte nicht, ich möchte Sie freundlich stimmen.«

»Dazu wäre bedeutend mehr nötig als Prosecco.« Perillo verzog das Gesicht zu einem Lächeln, um seine Verärgerung darüber zu kaschieren, dass er erkannt und durchschaut worden war.

Nardi erwiderte sein Lächeln. »Wofür haben Sie sich entschieden?«

Als Vorspeise bestellten Perillo und Daniele das Zitronenrisotto, während Nico den Farro-Salat nahm, den er mit seinem eigenen vergleichen wollte. Anschließend wählten Nico und Perillo Lammkoteletts scottadito, »kleines Lamm à la brennende Finger«, weil man sie mit den Fingern essen sollte. Daniele wollte Löwenzahnblätter in Filoteig mit geschmolzenem Pecorino.

Nico hätte sich Nelli bei sich gewünscht, als er eine Flasche 2016er Querciabella Riserva orderte.

»Sie haben gut gewählt«, lobte Nardi.

»Das sagen sie immer«, brummte Perillo, während Nardi ihre Bestellung an die Küche weiterleitete.

Zwei Minuten später war er wieder da und setzte sich auf den leeren Stuhl gegenüber von Perillo, füllte ein Glas mit Prosecco, trank einen Schluck und lehnte sich zurück. »Bitte stellen Sie mich doch Ihrem Team vor.«

»Brigadiere Daniele Donato und Detective Nico Doyle von der New Yorker Mordkommission.«

»Ex-Detective«, korrigierte Nico. »Ich bin heute hier, um ein gutes Essen zu genießen.«

»Und um sich einen Eindruck zu verschaffen.« Nardi sah Perillo an. »Was möchten Sie wissen?«

Daniele holte sein Handy hervor.

»Mein Brigadiere zeichnet unser Gespräch mit seinem iPhone auf.«

Daniele überprüfte den Akkustand – zu 86 Prozent geladen –

und sprach Uhrzeit, Ort und Namen der anwesenden Personen auf das Smartphone.

Perillo begann die Befragung. »Welcher Natur war Ihre Beziehung zu Nora Salviati?«

»In jungen Jahren waren Nora und ich sehr verliebt ineinander. Wir wollten zusammen durchbrennen, aber Alberto Lamberti hat sie umgarnt und geschwängert. Ich hätte sie trotzdem geheiratet und ihr Kind als das meine aufgezogen, doch sie weigerte sich, weil sie glaubte, dass ich irgendwann anfangen würde, sie und ihr Kind zu hassen und sie als beschädigte Ware zu betrachten. Mir waren solche Gedanken fremd. Sie hat geheiratet, und ich bin weggegangen.«

»Wann haben Sie sich wiedergetroffen?«

»Sie hat mich vor zwei Jahren auf Facebook gefunden.«

Perillo sah Daniele fragend an.

»Ich habe das überprüft, Maresciallo. Auf ihrem Computer keinerlei Spur von sozialen Medien.«

»Sie hat ihr Profil unmittelbar danach gelöscht«, erklärte Nardi. »Und behauptet, sie wäre nur auf Facebook gegangen, um nach mir zu suchen. Zu dem Zeitpunkt war ich in Bologna, um das Gastronomiegewerbe zu lernen. Sie wollte auf meine Freundesliste. Damals hatte sich schon eine dicke Narbenschicht um mein Herz gebildet, aber weil ich neugierig war, habe ich zugestimmt. Sie hat mir geschrieben. Ich habe geantwortet. Als ich nach Gaiole zurückkam, um dieses Restaurant zu eröffnen, haben wir uns zum Kaffee getroffen, zum Aperitivo, zum Abendessen, und irgendwann sind wir in ihrem Bett gelandet. Von da an bin ich regelmäßig ein- oder zweimal die Woche spätabends zu ihr in die Villa gekommen. Mit Liebe hatte das nichts mehr zu tun. Es ging nur noch um Sex.«

Wie traurig, dachte Daniele, dessen Gesichtsausdruck seine Gedanken verriet.

Nardi interpretierte seine Miene richtig. »Die Zeit ändert manches. Nora liebte jemand anders und war nicht mehr der Mensch, den ich seinerzeit geliebt hatte.«

»Wann haben Sie sie das letzte Mal gesehen?«, wollte Perillo wissen.

»Vor zehn Tagen.«

Daniele rechnete hastig zurück. »Dienstag.« Der Maresciallo sollte nicht fragen müssen, welcher Tag das gewesen war.

»Dienstag, natürlich«, wiederholte Perillo.

»Am nächsten Tag würde eine englische Freundin zu einem längeren Aufenthalt kommen, und ich sollte mich nicht mehr blicken lassen, bis die Engländerin abgereist wäre.«

Perillo befeuchtete seinen Mund mit einem Schluck Prosecco, bevor er sich erkundigte: »Wie sind Sie in die Villa gelangt?«

Nardi griff in sein Hemd, holte eine schwarze Kordel mit einem Schlüssel hervor, zog das Band über den Kopf und reichte alles Perillo.

Da erklang aus der Küche eine Glocke.

Nardi stand auf. »Ihr Essen ist fertig.«

Als Nardi in die Küche ging, wandte Perillo sich Daniele zu. »Ich wusste selbst, dass es der Dienstag war, Dani.«

»Natürlich, Maresciallo.« Er beendete die Aufnahme.

Perillo seufzte laut, um seinem Unmut über Danieles Sturheit Ausdruck zu verleihen. »Salvatore, Dani. Salvatore, wenn wir allein sind. Maresciallo in Anwesenheit anderer.«

Daniele schwieg. Er wurde nicht rot – ein kleiner Sieg über sich selbst.

»Was halten Sie von dem, was Nardi gesagt hat, Nico?«, erkundigte sich Perillo.

»Es klingt alles sehr glatt.«

»Habe ich etwas nicht mitbekommen?«

»Später«, antwortete Nico, weil Nardi sich mit ihren Vorspeisen näherte.

Nardi servierte und entfernte sich gleich wieder, um ein junges, schick gekleidetes asiatisches Paar, das gerade eingetreten war, zu begrüßen.

Perillo beobachtete, wie Nardi es zu einem Tisch am anderen Ende geleitete. »Jetzt machen wir erst mal Pause.«

»Sie klingen erfreut.« Nico machte seinen bunten Salat an.

In italienischen Restaurants ging man davon aus, dass jeder wusste, wie das funktionierte. Früher hatte Rita das für ihn erledigt. Nun hatte er Ivana gefragt, um sich vor Nelli nicht seiner Unwissenheit wegen schämen zu müssen. Ivanas Formel lautete: ein Teil Essig, drei Teile Öl und Salz »so viel man will«.

Perillo klopfte leicht gegen die Parmigiano-Reggiano-Rinde, in der das Risotto ruhte. »Ich bin voller Vorfreude. Schauen Sie sich dieses Kunstwerk an, Nico. Bewundern Sie die einzelnen Körner, die von der schmelzenden Butter und dem Käse umschmeichelt werden, riechen Sie den Duft der Zitrone.«

»Es sieht wirklich köstlich aus. Buon appetito.«

Das Essen verdiente das Schweigen, in das sie nun verfielen. Beide Gänge waren einer Vier-Sterne-Bewertung würdig. Der Wein war ordentlich, nicht der beste, dachte Nico, doch das würde er Nelli nicht verraten. Weitere Gäste trafen ein, sodass Nardi beschäftigt war.

Perillo aß gerade den letzten Bissen seines Lammkoteletts, als die Melodie von »O sole mio« erklang. »Madonna!« Er ließ das Kotelett auf den Teller fallen, erhob sich ein wenig, um das Handy aus der engen Hosentasche herauszubekommen, und schaltete es aus.

Daniele wischte sich den Mund ab und überlegte, ob Stella die in Filoteig gehüllten Löwenzahnblätter genauso gut geschmeckt hätten wie ihm. Wahrscheinlich nicht. Sie aß gern Fleisch.

Nico hörte die Musik. »Vivaldi klopft an, Dani.«

»Oh, Entschuldigung.« Da Daniele schlank war, konnte er das Handy problemlos aus der Hosentasche ziehen, ohne sich zu erheben. Er hielt es ans Ohr.

»Ja, er ist hier.« Daniele reichte Perillo den Apparat. »Dino.«

»Ja, Dino? Wir sind mitten beim Essen.«

Daniele und Nico schauten einander an. Es musste etwas Wichtiges sein.

»Gib ihn mir.«

»Maresciallo, Sie brau–«

»Wir sind in Gaiole, eine Stunde weg vom Polizeirevier. Okay,

okay. Wir kommen.« Wenig später fügte er hinzu: »Frag den Jungen, ob er irgendetwas möchte. Etwas zu trinken, Eis, egal was. Und Lapo auch. Wir fahren jetzt los.« Perillo beendete das Gespräch und winkte Nardi herbei.

»Was ist passiert?«, erkundigte sich Nico.

Daniele betete insgeheim, dass keine weitere Leiche entdeckt worden war.

Nardi trat zu ihnen. »Wollen Sie einen Blick in die Dessertkarte werfen?«

»Bitte die Rechnung«, antwortete Perillo. »Wir müssen gehen.«

»Beim nächsten Mal probieren Sie unsere köstlichen Nachspeisen aber hoffentlich.«

»Leider werden wir unser Gespräch auf dem Polizeirevier fortsetzen müssen. Ich erwarte Sie morgen früh um halb zehn dort. Und nun bitte die Rechnung.«

»Da Sie in Eile sind ...« Nardi zog den Tisch ein wenig zurück, damit sie mehr Platz zum Aufstehen hatten, »... bringe ich Ihnen die Rechnung morgen mit. So können Sie sicher sein, dass ich auftauche.«

Nico schlüpfte als Erster hinaus. »Rufen Sie an, bevor Sie kommen. Der Maresciallo ist nicht immer da.« Dass Lapo seinen Sohn zur Polizeistation gebracht hatte, klang ernst.

»Ist mit Cecco alles in Ordnung?«, erkundigte sich Daniele, sobald sie draußen waren.

»Cecco klang stolz und aufgeregt«, antwortete Perillo, als sie die Piazza überquerten. »Er hat gerade ein Diamantarmband gefunden.«

Cecco saß mit seinem Vater auf der Bank neben dem Eingang des Polizeireviers. Zwischen seinen Beinen baumelte eine Plastiktüte. Dino war an der Empfangstheke. Alle drei standen auf, als Perillo, gefolgt von Daniele und Nico, eintrat.

»Bravo, Cecco«, lobte Perillo den Jungen, sobald er in seinem Chefsessel Platz genommen hatte. Lapo und Cecco setzten sich ihm gegenüber an den Schreibtisch. Daniele hielt sich an seinem Tisch im hinteren Teil des Raumes auf, den Kassettenrekorder neben sich. Nico befand sich seitlich von Perillo. Er würde nur zuhören.

Perillo deutete auf die Plastiktüte, die Cecco fest an die Brust drückte. »Ist es da drin?«

Cecco nickte eifrig. »Obwohl's voller Dreck war, hab ich's nicht abgewaschen. Die Tüte war auch schmutzig, also hab ich eins von Babbos Taschentüchern drumgewickelt. Ein sauberes. Ich hab, glaube ich, nur den Verschluss angefasst.«

»Gut gemacht, Cecco.«

»Danke. Ich mag amerikanische Krimis.« Er schaute verstohlen zu Nico hinüber.

Nico schmunzelte. Dass Menschen, die er nicht kannte, über ihn Bescheid wussten, überraschte ihn jedes Mal wieder.

»Daniele«, rief Perillo aus, ohne sich umzudrehen.

Daniele betätigte den Aufnahmeknopf des alten Kassettenrekorders und sprach die üblichen Daten darauf.

»Ehi, Moment.« Lapo erhob sich, das Gesicht vor Zorn gerötet, halb von seinem Stuhl. »Kassettenrekorder laufen nur bei Vernehmungen von Verdächtigen. Mein Sohn hat nichts Unrechtes getan. Schalten Sie das Ding aus!«

»Ihr Sohn möchte uns doch eine Geschichte erzählen, oder?«, meinte Perillo.

»Ja«, bestätigte Cecco, den Blick auf Daniele gerichtet. »Das ist schon in Ordnung, Babbo.«

Er vertraut Daniele, dachte Nico, als Daniele sich zu Wort meldete. »Signor Lapo, es ist wesentlich, dass das, was Cecco uns mitteilt, ordnungsgemäß dokumentiert wird. Er hat eine sehr wichtige Entdeckung gemacht.«

Cecco nickte strahlend. »Ja! Vielleicht muss ich sogar vor Gericht aussagen.«

»Cecco!«, warnte Lapo ihn.

»Könnte doch sein. Es geht ja nicht nur um das, was ich gefunden habe, Babbo.«

Lapos Augen verengten sich. »Sag die Wahrheit, Cecco. Nora zuliebe.«

»Ich lüge jetzt nicht mehr. Ich bin achtzehn.«

Sehr junge Achtzehn, dachte Nico. Perillo hatte ein gesundheitliches Problem des Jungen erwähnt.

Cecco setzte sich so hin, dass er Perillo direkt ins Gesicht sah. »Wollen Sie zuerst das Armband anschauen oder hören, wie ich es gefunden habe?«

»Fangen wir mit dem Armband an.« Perillo ließ sich die Tüte von Cecco geben. Dann nahm er das Taschentuch vorsichtig heraus, entknotete es, wobei er nur die Enden anfasste, und zog es auseinander. Nun lag ein schmaler, schmutzverkrusteter Strang Diamanten in einer Wellenlinie auf dem Tuch. Perillo griff in die Schublade seines Schreibtisches und holte die Liste des Salviati-Schmucks von der Versicherung heraus.

Nico beugte sich ein wenig vor, um besser zu sehen, doch eine Falte des Taschentuchs verbarg das Armband. Daniele trat näher an den Schreibtisch heran und reckte den Hals. Ihm verstellte der Rücken des Maresciallo die Sicht.

Das Platinarmband mit den sechs Diamanten im Kissenschliff stand ganz unten auf der Liste und war mit fünfundzwanzigtausend Euro versichert. Perillo verschränkte die Arme. Das übertraf jedes Dessert. »Wo hast du es gefunden?«

Cecco hörte auf, unruhig auf seinem Stuhl herumzurutschen. »Es war in dem großen Erdhaufen von dem Loch, das Babbo gegraben hat, um einen Baum zu pflanzen. Ich wollte sehen, wie weit ich den Ball kicken kann.«

Lapo schüttelte den Kopf. »Wie oft habe ich dir schon ...«

»Ich bin nicht gerannt«, fiel Cecco ihm ins Wort. »Hab nur gekickt. Das kann mir doch nicht schaden.«

»Du hast den Ball also in den Erdhaufen gekickt«, sagte Perillo, seine Ungeduld kaum verhehlend. »Wann war das?«

Ceccos Augen leuchteten. »Der Haufen war mein Tor, Maresciallo.«

»Wann?«

»Heute Abend, vor dem Essen. Ich war ungefähr dreißig Meter davon weg und hab alles, meine Seele, mein Herz und meinen Körper in diesen Schuss gelegt.« Er warf den Kopf in den

Nacken. »Der war perfekt! Der Ball ist wie ein Torpedo mitten in dem Haufen gelandet. Vor Freude hab ich mich im Gras gewälzt. Als ich den Ball aus dem Haufen rausnehmen wollte, ist mein Daumen gegen was Hartes gestoßen. Ich hab den Dreck weggemacht und das Armband gesehen. Meinen Sie, ich kriege eine Belohnung?«

Lapo schüttelte den Kopf über seinen Sohn.

»Die sollten sie dir eigentlich geben«, antwortete Perillo, nicht so sicher, wen er mit diesem »Sie« meinte. Wer hatte das Armband in dem Erdhaufen versteckt, und warum? Dabei handelte es sich um das am wenigsten wertvolle Stück des Diebesgutes.

Nico stellte sich die gleichen Fragen, und Daniele betete, dass vor dem Montag keine weiteren Überraschungen auftauchen würden.

Perillo verknotete das Taschentuch wieder um das Armband und legte es mit der Liste der Versicherung in seine Schublade. Ceccos Fund verwirrte ihn. Er schaute Nico an.

Der erwiderte seinen Blick und verstand, was er damit sagen wollte. »Cecco, wo genau auf dem Anwesen war der Erdhaufen?«

»Hinter dem Schuppen.«

»Hast du in den letzten Tagen irgendjemanden in der Nähe des Schuppens beobachtet?«

Cecco sah seinen Vater an.

»Ist schon in Ordnung.«

»Manchmal bekomme ich im Bett Krämpfe in den Beinen. Dann wache ich auf und muss einen Spaziergang machen, damit sie verschwinden. Draußen, damit ich Babbo nicht aufwecke. Mir gefällt's, dass die Grillen zu zirpen aufhören, wenn ich vorbeigehe. Als ob sie Respekt vor mir hätten. Heute Morgen war's noch dunkel. Ich bin in Richtung Schuppen, weil ich vergessen hatte, das Licht auszumachen, und es ausschalten wollte, bevor Babbo es merkte. Er mag's nicht, wenn ich solche Sachen vergesse. Zum Schuppen ist es nicht weit. Da hab ich ihn gesehen.«

»Wen?«, fragte Perillo.

»Signor Rosati. Er ist vor den Fenstern rumgelaufen.«

»Der Schuppen hat drei lange, schmale Fenster«, erklärte Lapo.

»Ist er vor einem davon stehen geblieben?«, wollte Perillo wissen.

»Nein, er ist bloß dran vorbeigegangen.«

»Wie weit warst du von ihm weg?«

»Ich war auf halber Höhe des Hügels. Eine schöne Schussentfernung.«

»Ungefähr fünfundzwanzig Meter«, ergänzte Lapo. »Cecco hat es mir gezeigt.«

Perillo konzentrierte sich wieder auf Lapos Sohn. »Du hast junge, gute Augen, doch das ist eine ganz schöne Distanz. Wie kannst du dir sicher sein, dass das Signor Rosati war?«

»Das ist leicht. Signor Rosati ist ziemlich groß und geht ein bisschen gebückt. Er war schnell unterwegs, aber ich hab ihn trotzdem erkannt.«

»Haben Sie beide noch irgendjemanden sonst auf dem Anwesen beobachtet?«

Cecco schüttelte den Kopf. »Da waren nur wir.«

»Gestern Morgen ist Signorina Clara nach Lucca zurückgefahren«, sagte Lapo. »Nur für ein paar Tage. Sie hat mich gebeten, die Villa besonders gut im Auge zu behalten, und der Haushälterin freigegeben. Also sind momentan nur Cecco und ich da.«

Cecco zog eine Grimasse. »Das ist viel Arbeit.«

»Nicht mehr lange«, erinnerte Lapo ihn. In seiner Stimme schwang Bedauern mit. Er wandte sich wieder Perillo zu, veränderte seine Sitzposition. »Maresciallo, es ist spät. Cecco muss morgen in die Schule. Er hat Ihnen gesagt, was er weiß.«

»Erst mal, ja«, meinte Cecco. »Morgen fange ich ernsthaft zu suchen an. Ich wette, da sind überall Sachen versteckt.«

»Das überlass mal lieber einem Profiteam.« Perillo stand auf und streckte ihm die Hand hin. »Danke, dass du mir das Armband gebracht und mir alles beantwortet hast.«

Cecco stand ebenfalls auf und schüttelte die Hand des Maresciallo eine ganze Weile, während er zu Daniele hinüberschaute, der das Ende der Befragung auf Band dokumentierte.

Perillo löste sich von Cecco. »Was du uns erzählt hast, bleibt unter uns, ja?«

Cecco machte mit den Fingern eine Reißverschlussgeste vor seinem Mund. »Für Nora.«

»Sie können ihm vertrauen.« Lapo legte einen Arm um die Schultern seines Sohnes. »Buonanotte.«

»Morgen viel Spaß in der Schule«, wünschte Daniele dem Jungen.

Cecco verzog das Gesicht noch einmal.

Als Cecco an Nico vorbeiging, sagte dieser zu ihm: »Vielleicht wartet ja dort eine Überraschung auf dich.«

Cecco zielte grinsend mit einem Finger auf Nico. »Hände hoch oder ich schieße!«

»Genug«, sagte Lapo. »Wir gehen.«

Die Tür des Büros fiel hinter ihnen ins Schloss. Nico und Daniele traten zu Perillo, der das Taschentuch mit dem Armband aus der Schublade holte. Nico entknotete das Tuch und breitete es aus. Daniele machte große Augen. »Wie schön!«

Wie viele hungrige Geflüchtete würden sich von dem Gegenwert wohl satt essen können?, fragte sich Nico.

»Mach ein Foto, Dani«, meinte Perillo, der mit ihnen das Schmuckstück bewunderte, »und leg es dann in den Safe.«

Daniele eilte aus dem Raum. Nico sank auf den Stuhl, auf dem gerade noch Cecco gesessen hatte. »Warum entledigt sich der Dieb des Schmucks Stück für Stück?«

»Etwas oder jemand hat ihm Angst eingejagt, aber ich bin zu müde, um weiter darüber nachzudenken. Tarani muss dafür sorgen, dass jeder Stein auf dem Salviati-Anwesen umgedreht wird. Ohne die Zustimmung des Stellvertretenden Staatsanwalts dürfen meine Männer nur nach Drogen und Waffen suchen. Allerdings kann ich Rosati vernehmen.«

Daniele kam mit der Digitalkamera der Polizeistation zurück, hob das Armband mit behandschuhten Fingern an und fotografierte es von allen Seiten, bevor er es wieder in Lapos Taschentuch wickelte.

»Liegt Miss Barrons Uhrkette im Safe?«, erkundigte sich Nico. »Die müssen wir ihr zurückgeben.«

Daniele blickte Perillo fragend an.

»Nimm sie raus, Dani.«

Während Nico auf Danieles Rückkehr wartete, schweiften seine Gedanken ab. *Vielleicht ist Nelli schon da, wenn ich heimkomme. Falls nicht, warte ich auf sie. So schnell werde ich sowieso nicht einschlafen können.*

Perillo sah auf seine Uhr, ein Geburtstagsgeschenk seines Mentors: 10.37 Uhr. Sein Handy gab dieselbe Zeit an. *Meine alte Bulova geht immer noch auf die Minute genau. Ivana ist jetzt wahrscheinlich zu Hause und nimmt ihr abendliches Bad. Ich habe ihr nie gesagt, dass der Geruch der parfümierten Seife, die sie so liebt, meine Nase reizt.*

»Erledigt«, verkündete Daniele, als er das Büro wieder betrat, und reichte Nico die Uhrkette in einem Umschlag.

Nico bedankte sich und steckte sie mitsamt Kuvert in die Hosentasche. »Ich gebe sie ihr morgen. Wollen Sie am Vormittag mit Nardi reden?«

»Nein. Die Rosatis sind wichtiger.«

»Etwas sollten Sie Nardi fragen.«

»Was?«

»Ob er weiß, wen Nora liebte.«

»Dani, schreib das auf, sonst vergesse ich es.«

»Ich denke schon daran.«

»Ja, du bist jung. Morgen ...« Perillo legte die Hände flach auf den Schreibtisch und schloss die Augen.

Daniele hielt den Atem an. Der Bericht für Tarani würde heute lang ausfallen, und außerdem musste er sich mit Stefanos Weinhandel beschäftigen. Dabei wollte er so gern in seinem Zimmer die zahlreichen Notizen durchgehen, die er sich für das Gespräch mit Stella gemacht hatte.

»Ja, morgen«, wiederholte Perillo bedächtig, nahm auf seinem Chefsessel eine bequemere Haltung für seine steifen Knochen ein und öffnete die Augen wieder. »Ich reiche den Antrag ein. Dani, der Bericht für Tarani kann bis zum Morgen warten.«

Daniele atmete leise aus.

»Vormittags schauen wir bei den Rosatis vorbei.«

»Warum bestellen wir sie nicht ein?«, erkundigte sich Daniele, dem davor graute, den schweren Kassettenrekorder mitschleppen zu müssen.

»Weil ich mich lieber in ihrem Garten aufhalte als hier.«

Nico lachte. »Das kann nicht Ihr Ernst sein.«

»Doch. Dani hat mit seinem iPhone das letzte Mal wesentlich dazu beigetragen, den Mörder zu schnappen. Das schafft er wieder.« Perillo deutete mit dem Zeigefinger auf seinen Brigadiere. »Sorgen Sie dafür, dass das Ding voll aufgeladen ist.«

»Selbstverständlich, Salvatore«, versprach Daniele, der seine Erleichterung nicht verbarg. Er würde sogar die Powerbank mitnehmen, die er eigens gekauft hatte, um sicher zu sein, dass er hinterher keinen Anruf von Stella verpasste. Nicht, dass sie ihn oft anrief, aber er wollte vorbereitet sein.

»Bei dem Besuch hätte ich Sie gern dabei, Nico«, bat Perillo.

»Tilde braucht mich, Sie brauchen mich nicht. Erzählen Sie mir später davon.«

»Nein, bitte kommen Sie. Die beiden sollen es mit der Angst zu tun kriegen und die Wahrheit sagen. Ihre Anwesenheit hilft. Zehn Uhr. Wir treffen uns dort.« Perillo stand auf. »Buonanotte euch beiden.«

ELF

Perillo und Daniele saßen mit geöffneten Fenstern im Alfa. Daniele hatte den Wagen mit etwas Abstand vom Eingang zum Haus der Rosatis abgestellt. Die von Zypressen flankierte Straße, die den Hügel hinauf zur Villa Salviati führte, lag direkt vor ihnen, und die Luft roch nach frischen Blättern und blühenden Blumen.

»Es wird ein guter Tag«, verkündete Perillo. Als er am Vorabend endlich nach Hause gekommen war, hatte er dort Ivana angetroffen, die entzückt war über ihren Zwanzig-Euro-Gewinn beim Bingo. Sie hatte ihn sofort Don Alfonso, dem Geistlichen der örtlichen Gemeinde, gespendet. Perillo war, ihre Hand haltend und mit juckender Nase, eingeschlummert. Tief und fest und traumlos. Nun fühlte er sich gestärkt und voller Optimismus.

Daniele hingegen hatte schlecht geschlafen. Nach dem Verfassen des Berichts war er lediglich noch dazu in der Lage gewesen, Nichtssagendes aufs Papier zu kritzeln. »Dank Ceccos Fund haben die Ermittlungen eine überraschende Wendung genommen.« Er hoffte, dass alles bis zum Mittag erledigt wäre. Als er im Rückspiegel eine Bewegung wahrnahm, hob er den Blick. Nicos roter Fiat hielt neben ihnen.

Perillo schwang die Beine aus dem Auto. Daniele folgte seinem Beispiel.

»Sorry für die Verspätung«, entschuldigte sich Nico. Da er gewusst hatte, dass Perillo und Daniele Uniform tragen würden, hatte er Nelli gebeten, ihm die Kleidung für diesen Tag auszusuchen: eine braune Hose aus leichtem Wollstoff und ein weißes Hemd, dessen Ärmel sie ordentlich für ihn hochkrempelte.

Daniele musterte Nicos Gesicht, während sie auf ihn zugingen. »Nico, alles in Ordnung?«

»Ja«, meinte Perillo. »Was ist los?«

»Gogol ist beim Frühstück bewusstlos geworden. Ich habe ihn in sein Zimmer zurückgetragen, und Nelli hat den Notarzt gerufen. Sie ist bei ihm. Bringen wir's hinter uns.«

Das Holztor war geschlossen. Perillo drückte auf den Knopf der Gegensprechanlage. Kurz darauf erkundigte sich Gianna Rosati, wer da sei. Er sagte es ihr. Dann warteten sie. Nico blieb mit Daniele im Wagen. Nach etwa einer Minute verlor Perillo die Geduld, betätigte den Knopf noch einmal und ließ den Finger darauf. Endlich öffnete sich das Tor sehr langsam. Perillo marschierte den Pfad mit schwingenden Armen entlang. Daniele lenkte den Alfa hinein.

Gianna erwartete sie mit einem unsicheren Lächeln an der halb offenen Haustür. »Was für eine Überraschung, Maresciallo. Ich war gerade dabei, mich umzuziehen.«

Perillo betrachtete ihre Kleidung, eine geblümte Bluse, die in einer alten Hose mit frischem Schmutz am Knie steckte. Als er ihr ins Gesicht schaute, merkte er, dass sie über seine Schulter blickte.

»Brigadiere Donato und Detective Doyle begleiten mich.«

Sie reckte den Hals, straffte die Schultern und bedachte ihn mit einem sichtlich gezwungenen Lächeln. »Das heißt, Sie haben Neuigkeiten für uns. Ich hole Federico. Machen Sie es sich inzwischen auf der Terrasse gemütlich. Heute ist so ein schöner Tag. Ich bringe Ihnen Kaffee.« Sie eilte davon.

»Keinen Kaffee«, rief Perillo ihr nach.

»Seit wann das?«, fragte Nico, der sich mit Daniele zu ihm gesellte.

»Sonst nutzt sie die Zeit, um sich mit ihrem Mann abzusprechen.«

»Er kommt«, bemerkte Daniele, und tatsächlich: Rosati näherte sich der Tür.

»Buongiorno, Maresciallo.« Federico nickte Nico und Daniele zu und schritt mit seinen langen Beinen an ihnen vorbei über den Rasen zu halbkreisförmig angeordneten sechs Stühlen, die auf den blühenden Garten ausgerichtet waren. »Setzen

wir uns hier hin. Die Sonne hat noch nicht ihre volle Kraft.«
Er nahm auf demselben Stuhl Platz, auf dem er schon beim
ersten Gespräch gesessen hatte und der etwas höher war als
die anderen Sitzgelegenheiten. »Diesen sonntagmorgendlichen
Besuch verdanken wir bestimmt der Tatsache, dass es wichtige Neuigkeiten gibt.«

Perillo rückte einen der Stühle so zurecht, dass er Rosati gegenüber war. »Ja.« Nico und Dani ließen sich neben ihm nieder.

»Lassen Sie hören«, forderte Federico ihn auf.

Perillo streckte sein schmerzendes Knie. »Ich würde lieber
auf Ihre Frau warten.«

Nico beugte sich vor. »Die Signora hat sich freundlicherweise erboten, uns Kaffee zu kochen.«

Über Federicos Gesicht huschte ein Ausdruck der Verärgerung.

Er weiß nicht, dass das Armband gefunden wurde, dachte
Daniele und zückte sein iPhone.

»Da wären wir. Kaffee für alle.« Gianna stellte das Tablett
auf dem Tisch neben ihrem Mann ab. »Wer möchte Zucker?«

»Gianna, setz dich«, herrschte Rosati sie an. »Der Maresciallo hat Neuigkeiten über den Mord an Nora.«

»Vorerst nicht über den Mord.« Perillo stand auf, nahm eine
der Kaffeetassen und sah die anderen an. »Noch jemand?«

Nico und Daniele schüttelten den Kopf. Gianna ließ sich
neben ihrem Mann nieder und murmelte: »Nein danke.«

Perillo leerte die Espressotasse in einem Zug und stellte sie
zurück auf das Tablett. Die Augen aller waren auf ihn gerichtet. Das gefiel ihm nicht schlecht. »Mein Brigadiere nimmt unser Gespräch auf.«

»Wozu das denn?«, erkundigte sich Federico.

»Um Ihnen den ersten Besuch im Polizeirevier zu ersparen.
Sie finden es doch bestimmt auch hier angenehmer.«

»Wie nett von Ihnen«, bemerkte Gianna, deren Wangen vor
Freude rot leuchteten.

Federico blickte Perillo verwirrt an. »Was meinen Sie mit
›erstem Besuch‹?«

Perillo blieb ihm die Antwort schuldig.

Daniele drückte die Aufnahmetaste und sprach Uhrzeit, Ort und Namen der Anwesenden ins Handy.

»Ich habe Neuigkeiten über Noras Schmuck.« Perillo setzte sich und informierte die Rosatis über das Diamantarmband, das in einem Erdhaufen auf dem Salviati-Anwesen gefunden worden war.

»Wer hat es entdeckt?« Nun tat sich etwas in Federicos ungerührter Miene. Ein Ausdruck tauchte auf, den Nico nicht so recht deuten konnte. Obwohl er sich zu konzentrieren versuchte, beschäftigten ihn hauptsächlich Gedanken an Gogol. Das Handy lag griffbereit auf seinem Knie.

»Man wird das Anwesen durchsuchen für den Fall, dass noch mehr Schmuckstücke dort versteckt sind«, erklärte Perillo. »Es würde uns viel Zeit und Geld sparen, wenn Sie uns verraten, wo sie sind.«

»Ich habe nichts versteckt!«, rief Federico wütend aus. »Nichts!«

»Sie wurden beobachtet, wie Sie gestern am frühen Abend vor dem erhellten Fenster des Schuppens vorbeigingen.«

»Der Junge ist nicht ganz richtig im Kopf. Er lügt.«

»Ich habe nicht erwähnt, dass ich es von ihm weiß.«

»Sein Vater ist auch nicht besser. Erzählt den Leuten, dass er ein krankes Herz hat, dabei ist es sein Hirn, das nicht richtig funktioniert.«

»Nein, Federico.« Gianna erhob sich halb von ihrem Stuhl. »Das ist grausam.«

»Halt den Mund, Gianna.«

»Nein. Bitte hör auf, mir den Mund zu verbieten. Leugnen hilft nicht.« Sie wandte sich Perillo zu. »Es ist alles meine Schuld, Maresciallo. Federico wollte Sie sofort anrufen, aber ich habe Panik bekommen und ihn angefleht, es nicht zu tun. Denn dann hätten Sie bestimmt gedacht, dass ich oder Federico den Schmuck gestohlen und möglicherweise sogar die arme Nora umgebracht hat. Stimmt's?«

Perillo wartete schweigend auf ihre Geschichte.

Gianna wandte sich Nico mit einem vor Angst durchfurchten Gesicht zu. »Das stimmt doch, oder?«, wiederholte sie. »Wir haben nichts gestohlen. Wir könnten sie niemals umbringen. Sie war mit uns befreundet. Das müssen Sie uns glauben.«

»Das Armband ist also einfach so aufgetaucht?«, fragte Nico, auf dem Giannas Blick nach wie vor ruhte.

»Ja. Als ich gestern Nachmittag vom Einkaufen nach Hause gekommen bin, ist mir aufgefallen, dass einer der Lorbeerbüsche an der Auffahrt schief dastand.«

»Wenn du nur einmal daran denken würdest, aus dem Wagen auszusteigen und das Tor zu schließen.« Federico trommelte mit den Fingern auf der Armlehne seines Stuhls und blickte gen Himmel.

»Wenn du mir nur einmal zuhören würdest«, herrschte sie ihn an. »Ich habe Federico gebeten, es weit weg von hier zu vergraben. Dann hätte irgendein armer Mensch es finden und eine Belohnung dafür bekommen können. Aber jetzt halten sie uns für Diebe, vielleicht sogar Mörder.«

»Signora«, ermahnte Daniele sie, weil er solche Streitereien hasste, die seiner Ansicht nach hässlich und obendrein Zeitverschwendung waren. »Sie haben also einen schiefen Lorbeerstrauch bemerkt.«

»Ja.« Sie wandte sich Daniele zu. »Kommen Sie mit, ich zeige Ihnen den Busch.«

»Begleite du sie.« Perillo tippte auf sein Knie.

Nico rührte sich nicht von der Stelle. Er hätte bei Gogol bleiben und Nelli in die Arbeit gehen lassen sollen, dachte er verärgert. Hier konnte er nicht helfen.

Daniele gab Nico sein Handy für den Fall, dass Perillo Federico in seiner Abwesenheit weitere Fragen stellte, und folgte Gianna die Auffahrt hinunter. Sie blieb vor einem Strauch stehen, der in Danieles Augen genauso gerade wirkte wie die anderen. »Ich habe es gern, wenn sie wie Soldaten strammstehen.« Sie berührte den unteren Teil der Pflanze mit dem Fuß. »Als ich auf den Boden geschaut habe, ist mir aufgefallen, dass die Erde rund um den Stamm aufgewühlt war.« Sie trat einen Schritt beiseite, um ihm die Stelle zu zeigen.

Als Daniele sich bückte, entdeckte er ordentliche Rechenspuren.

»Das Armband lag hier?«

»Drunter. Ich fürchtete, dass irgendein Tier etwas Hässliches verbuddelt hatte, also habe ich die Erde ein wenig mit dem Handspaten gelockert, und schon tauchte es auf. Jetzt ist nichts mehr davon zu sehen, weil ich Ordnung geschaffen habe. Aber ich dachte mir, Sie sollten es sich anschauen.«

Daniele richtete sich auf. »Ja, natürlich.«

Sie gingen zurück zu den anderen.

»Wer auch immer das Armband dort versteckte, hat sich nicht die Mühe gemacht, sehr tief zu graben«, bemerkte Gianna. »Vielleicht wollte der Betreffende, dass es gefunden wird, oder er war in Eile. Was meinen Sie?«

»Ich weiß es nicht.« Am Haus sah Daniele, dass der Maresciallo aufgestanden war und sich einen weiteren Kaffee genehmigt hatte.

»Signora Rosati«, hob Perillo an und stellte die leere Tasse zurück aufs Tablett, »Sie behaupten, Sie hätten das Armband unter einem Lorbeerbusch entdeckt.«

Gianna antwortete mit einem heftigen Nicken.

»Vielleicht verbergen sich noch Ohrringe unter einem Rosenstrauch oder eine Halskette zwischen den Geranien.«

»Tun Sie sich keinen Zwang an«, forderte Federico ihn auf. »Schicken Sie Ihr Team her. Es soll unseren Garten und unser Haus durchsuchen.«

Gianna rang die Hände vor der Brust. »Bitte vergeben Sie uns, Maresciallo. Als ich das Armband sah, war mir sofort klar, dass es Nora gehört. Da hat mein Verstand ausgesetzt.«

»Wie bei einem Vogel, der in Panik gerät«, bemerkte Federico in sanfterem Tonfall. »Der Mut meiner Frau funktioniert am besten bei Blumen oder einem Kartenspiel. In diesem Fall war ihr Schmerz so unerträglich, dass ich ihr ihren Willen gelassen habe. Leider war das ein Fehler, doch es ist die Pflicht eines Ehemannes, seine hysterische Frau zu beruhigen, da stimmen Sie mir sicher zu.«

Gianna richtete den Blick flehend auf Perillo. »Bitte verzeihen Sie uns, Maresciallo.«

»Als Mensch steht es mir frei, Ihnen zu verzeihen, als Polizeibeamter kann ich es jedoch nicht. Selbst wenn ich Ihre Geschichte glauben sollte, haben Sie, indem Sie das Armband versteckten, die Ermittlungen behindert.«

»Ich habe Ihnen die Wahrheit gesagt«, protestierte Gianna. Das Wörtchen »Wahrheit« sprach sie in sehr hohem Tonfall aus.

»Behinderung der Justiz ist ein Verbrechen. Das werde ich der Staatsanwaltschaft melden müssen. Man wird Ermittlungen in die Wege leiten.«

Gianna schnappte nach Luft, Federico zuckte eine Schulter. »Unsinn.«

Perillo erhob sich bedächtig, zog seine Uniformjacke glatt und sah Gianna an. »Gianna Rosati, haben Sie das Diamantarmband gestohlen, das gestern Abend auf dem Salviati-Anwesen gefunden wurde?«

»Natürlich nicht.«

»Sagen Sie bitte einfach nur Nein.«

»Nein.«

»Haben Sie Nora Salviati umgebracht?«

»Nein!«

Perillo wandte sich Federico zu und stellte ihm die gleichen Fragen. Und erhielt die gleichen Antworten. »Brigadiere Donato.«

Daniele ließ sich das Handy von Nico geben, sprach die Uhrzeit darauf und beendete die Aufzeichnung.

»Ich muss Sie bitten, heute Nachmittag ins Polizeirevier zu kommen, um Ihre Aussagen zu unterschreiben. Bitte halten Sie sich zu unserer Verfügung. Man wird Sie nicht aus den Augen lassen.«

Federico schaute Perillo an. »Den Aufwand können Sie sich sparen. Wir haben nicht die Absicht, die Gegend zu verlassen.«

»Wo sollten wir auch hin?«, jammerte Gianna.

»Dann also arrivederla«, sagte Perillo.

Daniele und Nico verabschiedeten sich ebenfalls und folgten Perillo zu den Autos.

Dort lehnte Perillo sich an die Motorhaube des Alfa und fragte Nico: »Glauben Sie ihnen?«

»Ja.« Nico warf einen Blick auf sein Handy.

»Irgendwas Neues?«, erkundigte sich Dani.

»Noch nicht.«

»Ich kaufe ihnen ihre Geschichte ab«, meinte Perillo, »obwohl ich nicht so genau weiß, warum.«

Nico umklammerte sein Handy. Dass Nelli sich nicht meldete, machte ihm Angst. »Ihre Geschichte ist dämlich genug, um zu stimmen. Warum sollten sie sich lediglich eines Stückes entledigen, wenn sie Noras Schmuck gestohlen haben?«

»Vielleicht hat Federico Rosati die Stücke hier und da versteckt«, mutmaßte Daniele.

»Was hätte er davon, sie einzeln loszuwerden? Ich glaube, sie ...« Da hörte Nico das erlösende Ping seines Smartphones.

WIR SIND IM CAREGGI. GOGOLS BLUTDRUCK IST ZU NIEDRIG. SIE UNTERSUCHEN SEIN HERZ. ER HAT MICH GEBETEN, DIR FOLGENDES MITZUTEILEN: ›LASS NIMMER DICH VON FURCHT BEIRREN.‹ HÖLLE, 7. GESANG, ZEILE 4. WEIL SEIN TOD NOCH NICHT UNMITTELBAR BEVORSTEHT. ER WEISS, WIE SEHR DU DICH UM IHN SORGST. KOMM NICHT. ICH GLAUBE, DAS WÜRDE IHN VERSCHRECKEN.

Daniele merkte, dass Nico blinzelte. »Wie geht's ihm?«

»Er ist in Florenz im Krankenhaus. Sein Blutdruck war zu niedrig. Lassen Sie mich auf diese Nachricht antworten.«

SAG IHM, ICH TREFFE MICH MORGEN FRÜH MIT IHM ZUM FRÜHSTÜCK UND BESORGE DIE CROSTINI. ICH LIEBE DICH.

Nico steckte sein Handy weg.

Perillo fiel auf, wie bedrückt Nico wirkte. »Sie pumpen ihn mit Medikamenten voll, dann kommt er schon wieder auf die Beine.«

»Das hoffe ich.«

»Er bedeutet Ihnen viel, stimmt's?«

»Ja. Abgesehen von Ritas Familie ist er mein erster Freund in Gravigna.«

»Und ich bin der zweite.« Perillo knuffte Nico leicht gegen den Arm.

»Nein, das ist OneWag.«

Perillo breitete erstaunt die Arme aus. »Ein Köter ist Ihnen wichtiger als ich? Skandal!« Er senkte die Arme. »Wo steckt Rocco eigentlich?«

»Sandro und Jimmy haben sich erboten, auf ihn aufzupassen, bis Luciana ihr Blumengeschäft aufmacht. OneWag und Luciana kennen sich ewig. Ich denke, wer auch immer das Armband dort versteckt hat, möchte, dass wir glauben, wir hätten den Dieb und Mörder gefunden. Und die Rosatis missbraucht er als Sündenböcke.«

Perillo nickte bedächtig. »Ja, möglich.«

Nico lehnte sich an den Wagen. Er war müde, und es fiel ihm schwer, sich zu konzentrieren. Lieber wäre er bei Nelli im Krankenhaus gewesen und hätte zugesehen, wie sich Gogols Brust hob und senkte.

»Ich hab's.« Perillo grinste zufrieden. »Heute Nachmittag werde ich die Rosatis wegen Behinderung der Justiz melden und es den Medien durchstechen. Dann lassen wir verlauten, dass wir einen Verdächtigen haben. Mit Sicherheit wird man einen oder sogar beide Rosatis dafür halten.«

Wie unfair ihnen gegenüber, dachte Daniele. »Vielleicht wäre es besser, beim Mörder Zweifel daran zu säen, dass wir auf seinen Trick reingefallen sind. Dann wird er nervös und macht einen Fehler.«

»Sollen wir darüber beim Mittagessen spekulieren?«, schlug Perillo vor. Zum Nachdenken brauchte das Gehirn Nahrung.

»Wer behält unterdessen die Rosatis im Auge?« Daniele ging davon aus, dass ihm diese Aufgabe zufallen würde, und fand das auch in Ordnung. Solange er zum Abendessen mit Stella frei hatte.

»Zerbrechen Sie sich darüber nicht den Kopf«, sagte Nico. »Die gehen nirgendwohin.« Er sah auf seine Uhr: 11.45 Uhr. In fünfzehn Minuten würde im Sotto Il Fico das Mittagsgeschäft beginnen. Weswegen er dorthin musste. Dann würde es ihm bessergehen. »Ich muss los.«

»Aber wir haben noch nichts beschlossen«, protestierte Perillo.

»Kontaktieren Sie Tarani.«

Perillo nickte. »Er muss die beiden melden.« Ausnahmsweise hatte er nichts dagegen, die Kontrolle abzugeben. »Es ist seine Aufgabe, sich mit dem Staatsanwalt in Verbindung zu setzen.«

»Daniele hat recht. Erwähnen Sie der Presse und auch sonst niemandem gegenüber etwas davon oder von dem Armband«, meinte Nico. »Und halten Sie mich auf dem Laufenden.«

Perillo sah dem Fiat 500 hinterher, wie er sich entfernte. »Gogol hat das Bewusstsein verloren und brauchte Hilfe, und Nico ist trotzdem hierhergekommen. Das sollte mich freuen, doch das tut es nicht. Er wäre lieber bei Gogol geblieben.«

»Sie sind auch ein guter Freund von ihm.«

»Zum Glück hat Rocco ihn nicht gebraucht. Gehen wir. Mein Knie signalisiert mir sehr deutlich, dass ich mich hinsetzen soll.«

Sobald Daniele den Alfa auf die Straße zurück nach Greve gelenkt hatte, teilte er Perillo mit, dass er sich über Stefano Rosatis Weinhandel informiert habe.

Perillo sah seinen Brigadiere von der Seite an. »Konntest wohl nicht schlafen, was?«

»Ich habe wunderbar geschlafen.« Daniele umklammerte das Lenkrad fester, um nicht rot zu werden. »Bin nur früh wach geworden.«

»Ich wette, du hast auch den Bericht für Tarani geschrieben.«

Wie zum Teufel sollte Dani je wieder auf die Beine kommen, falls Stella diesen wunderbaren jungen Mann verschmähte?

»Fehlt nur noch Ihre Unterschrift.«

»Bravo. Erzähl mir von Stefano.«

»Seine südafrikanischen Weine verkaufen sich sehr gut. Da ich schon mal auf war, habe ich gleich noch versucht, etwas über seinen Bruder Tommaso herauszufinden. Ich habe ihn auf LinkedIn gefunden. Ihm gehört ein Start-up, das anfangs hohe Summen von Investoren erhalten hat, sich jetzt jedoch im Sinkflug befindet.«

»Das beweist nur, dass man sich an Essen und Trinken halten soll. Und keine Sorge wegen heute Abend. Der Wind wird deine Segel blähen.«

Diesmal wehrte Daniele sich nicht gegen das Erröten.

Nico und OneWag verbrachten Nicos zweistündige Nachmittagspause im Gemüsegarten. Er war stolz auf den kleinen Garten und hielt sich gern darin auf, wenn ihm etwas Sorgen bereitete. Zwischen Nutzpflanzen zu sitzen beruhigte ihn. Nelli hatte keine neuen Nachrichten über Gogol geschickt. Nico wünschte sich, dass die beiden nach Hause kamen.

Da klingelte sein Handy. Perillo. Nico ärgerte sich über die Störung, fühlte sich jedoch verpflichtet ranzugehen. »Gibt's Neuigkeiten?«

»Ihnen auch ein herzliches Ciao. Haben Sie sich ausgeruht?«

»Rocco und ich bewundern in meinem Gemüsegarten die herrlichen Auberginen. Noch eine Woche Sonne, dann lässt sich daraus die weltbeste Auberginen-Parmigiana zaubern. Ich weiß nichts Neues über Gogol. Was hat sich bei Ihnen getan?«

»Die Rosatis sind artig wie die Lämmer ins Polizeirevier gekommen, um ihre Aussagen zu unterschreiben. Tarani hat ihr Vergehen offiziell gemeldet, aber ich habe ihn überredet, kein Team zur Durchsuchung ihres Hauses oder der Villa loszuschicken. Lapo hat sich bereit erklärt, die Suche mit Cecco durchzuführen. Die wissen über jeden Quadratzentimeter des Anwesens Bescheid. Wie finden Sie das?«

»Ich kenne weder den Mann noch seinen Sohn.« Nico musste Perillos Instinkt vertrauen, der in letzter Zeit ein wenig wackelig gewesen war. Daniele fand er zuverlässiger. »Trauen Sie Lapo?«

»Ich traue beiden. Sie hätten das Armband ja einfach behalten können.«

»Und Daniele?«

»Es war seine Idee, sie zu bitten.«

»Sie sparen den Carabinieri Geld. Hat Gianna angeboten, ihren Garten durchsuchen zu lassen?«

»Woher wissen Sie das?«

»Ich darf Sie daran erinnern, dass Sie es mit einem Ex-Detective der Mordkommission in der Bronx zu tun haben.« Seine Albernheit war ein sicherer Hinweis darauf, dass er sich Sorgen machte. »Sonst noch etwas?«

»Nein, genießen Sie Ihre Pause. Wir reden morgen.«

»Ciao.« Als Nico das Handy in die Gesäßtasche seiner Shorts steckte, fiel ihm auf, dass OneWag ihn mit seinem *Was ist los?*-Blick ansah.

Nico tippte zweimal kurz auf seinen Oberschenkel, und schon sprang der Hund auf seinen Schoß. »Sie fehlt uns. Das ist los.«

Ivana hörte kurz zu essen auf, um ihrem Mann zuzusehen, wie er seine Gabel in einen Berg Spaghetti mit Croutons, Knoblauch, Rucola und Cocktailtomaten, darüber eine großzügige Portion geriebener Pecorino, stieß. Sie war spät von der Arbeit nach Hause zurückgekehrt und hatte erneut den fürs Abendessen gedeckten Tisch sowie Salva an der Spüle vorgefunden, der die Pasta abtropfen ließ. Diesmal kein leichtes Essen. Ihrer Ansicht nach bekam man von schweren Mahlzeiten am Abend Verdauungsprobleme und schlechte Träume, doch dieses Gericht war einfach zu appetitlich. Auch sie rollte begeistert Spaghetti zu einem dicken Bündel auf und schob es in den Mund. Das wirkte fast ein wenig sexy.

»Danke, Salva.« Sie warf ihm eine Kusshand zu.

Perillo schluckte. »Hinterher gibt's Salat und Obst, damit du mir nicht vorwerfen kannst, ich würde dir schlechte Träume bescheren.«

»Ich weiß es zu schätzen, aber trotzdem werden wir mindestens zwei Stunden warten müssen, bevor wir ins Bett können.«

»Nein, zwei Stunden bis zum Einschlafen.«

Da klingelte der Festnetzanschluss an der Wand. Zweimal. Stille. Dreißig Sekunden später klingelte es wieder. Das bedeutete, dass der Anruf von dem diensthabenden Carabiniere unten kam. Perillo formte mit den Lippen das Wort *vaffa*. »Ich geh nicht ran. Egal, was es ist: Das schaffen sie ohne mich.«

»Du bist der Maresciallo dieser Polizeistation, kein Kind. Geh ran.«

»Beim Essen bin ich kein Maresciallo.«

»Ich decke die Pasta zu, dann bleibt sie warm.«

»Später ist sie nicht mehr so gut wie jetzt.«

Ivana rückte mit dem Stuhl zurück, griff nach hinten, hob den Hörer von der Gabel und legte ihn neben Perillos Teller.

»Maresciallo?« Dinos Stimme klang hektisch.

Perillo presste den Hörer ans Ohr. »Uh-huh«, brummte er mit vollem Mund.

Ivana aß weiter. Solche Störungen war sie gewohnt. Eine zu laute Party, eine gestohlene Brieftasche, ein Einbruch, ein Streit auf der Straße oder in einer Wohnung. Immer musste sich der Maresciallo, der Chef, höchstpersönlich um die Angelegenheit kümmern. Sie hoffte nur, dass es diesmal etwas war, das bis zum Morgen warten konnte. Salva war müde und erschöpft von diesem neuerlichen Mord und wirkte in letzter Zeit älter, während sie sich jünger fühlte. Sie hatte ein schlechtes Gewissen deswegen.

Perillo zog seine Serviette herunter und schluckte. »Wo?« Er stand auf. »Ruf die 118 und die Stradale. Sag der Frau, sie soll bleiben, wo sie ist. Ich komme.« Er legte auf, wählte die Nummer von Daniele und betete, dass sein Brigadiere das Telefon nicht ausgeschaltet hatte.

Ivana sah ihn fragend an.

»Fahrerflucht. Komm schon, Dani, heb ab.«

»Kannst du nicht Dino oder Vince bitten, dich zu begleiten?«

»Nein.« Er wusste, das war unfair, aber er betrachtete Dani als seine rechte Hand. Ohne ihn oder Nico konnte er nicht klar denken.

Nach zehnmal Klingeln legte er auf und wandte sich Ivana zu.

Ivana hielt die Luft an. *Bitte frag nicht.*

»Hat Dani dir erzählt, wo er heute Abend mit Stella zum Essen hin wollte?«

Dani, vergib mir. Ich kann meinen Mann nicht anlügen. »Nach Panzano.«

»Hat er erwähnt, in welches Lokal?«

Sie strich über das Blumenmuster der Tischdecke. »Ins Oltre Il Giardino, glaube ich.«

Perillo küsste sie auf die Stirn. »Danke. Ich weiß, wie viel Überwindung dich das gekostet hat.«

Ivana stand auf und nahm die beiden noch vollen Teller in die Hand. Salva musste gehen, und sie hatte keinen Hunger mehr. Sie deckte die Teller mit Plastikfolie zu und stellte sie auf die Arbeitsfläche.

Perillo rief Nico an. »Eine Frau hat wegen eines Falls von Fahrerflucht ungefähr drei Kilometer vom Haus der Rosatis entfernt angerufen. Das Unfallopfer, ein Mann, bewegt sich nicht. … Nein, sie wollte ihn nicht anfassen. Ich hole Daniele. Wir sehen uns dort.«

»Vergiss nicht, die Schürze auszuziehen«, bemerkte Ivana.

»Du musst nicht wach bleiben, bis ich komme.«

»Tu ich nicht. Sei vorsichtig.« Ivana verließ die Küche. Wie konnte sie das nur Dani gegenüber wiedergutmachen?

Daniele und Stella genossen den Ausblick auf den kleinen Park unter ihnen und die ausgedehnten Weingüter dahinter. Am Horizont war nur noch eine orangefarbene Sonnenlinie zu sehen, die fast die gleiche Farbe hatte wie ihr Aperol Spritz.

Als die Kellnerin an ihren Tisch trat, überließ Daniele es Stella gern, für ihn zu bestellen: Bruschetta, Grillgemüse, kurz gebratene Zucchini und eine Flasche Vermentino.

»Wie ist das Gespräch mit deinen Eltern gelaufen?« Daniele war nicht mehr nervös. Nachdem er zahllose Sätze notiert, ausgestrichen und erneut aufgeschrieben hatte, war er dazu übergegangen, einfach nur darüber nachzudenken, was sie ihm bedeutete. Und genau das würde er ihr sagen, wenn der richtige Moment kam. Nach ein paar Gläsern Wein.

»Darüber wollte ich mit dir reden. In meinem Leben steht eine große Veränderung bevor. Im September ...« Sie winkte. »Buonasera.«

Daniele drehte sich um. Der Maresciallo marschierte mit grimmiger Miene auf sie zu.

Nein. Bitte nicht.

»Buonasera, Stella und Daniele. Tut mir leid, aber ich brauche Daniele. Er muss mich begleiten.«

Stella drückte Danieles Knie unter dem Tisch. »Verstehe.«

»Ich nicht«, protestierte Daniele.

»Ich erkläre alles im Auto. Wir müssen uns beeilen.«

»Ist schon okay, Dani. Ruf mich an, wenn du zu Hause bist. Auch mitten in der Nacht. Pass auf dich auf.«

Nein. Daniele rührte sich nicht von der Stelle. Er hatte zu lange auf diesen Abend gewartet.

Perillo bemerkte Danieles stocksteife Haltung und seinen entschlossenen Gesichtsausdruck. »Der Wagen steht auf der Piazza. Buonasera, Stella. Ich bitte nochmals um Entschuldigung.« Mit diesen Worten entfernte er sich.

Stella ergriff Danieles Hand. »Was ist los, Dani?«

Er holte tief Luft, und da entschlüpften ihm die Worte. »Ich liebe dich. Das wollte ich dir heute Abend gestehen. Ich liebe dich sehr.«

Stella fing zu lachen an. »Dani, ich warte seit Ewigkeiten darauf, dass du mir das endlich sagst. Ich liebe dich auch. Sehr.«

Daniele wurde tiefrot.

»Und jetzt geh, bevor du deinen Job verlierst.«

Daniele stand auf, beugte sich zu ihr herunter, gab ihr hastig einen Kuss und rannte dem Maresciallo hinterher.

»Wie haben Sie mich gefunden?«, fragte er, als er den Sicherheitsgurt anlegte.

»Ich habe Tilde gefragt«, log Perillo. »Stell das Handy nie wieder aus. Du bist Polizeibeamter und musst permanent erreichbar sein. Warum ich gestört habe ...«

Daniele lehnte den Kopf gegen die Stütze, schloss die Augen und hörte kein Wort von dem, was Perillo von sich gab.

Nico trat auf den Wagen am Straßenrand zu. »Buonasera. Sind Sie die Erica, die bei den Carabinieri angerufen hat?«, fragte er die Frau hinterm Steuer.

Sie streckte den Kopf zum Fenster heraus. »Ja. Kann ich jetzt nach Hause?«

»Tut mir leid, Sie müssen auf den Maresciallo warten. Bin gleich wieder da.« Obwohl es allmählich dunkel wurde, erkannte er nicht weit weg etwas Helles neben der Straße. Nico schaltete sein Handylicht ein und die junge Frau die Autoscheinwerfer. Nico hob zum Dank eine Hand und eilte zu dem hellen Fleck. Er bemühte sich, am äußersten Rand der Straße zu bleiben, um eventuelle Reifenspuren nicht zu verunreinigen. Wenig später bückte er sich und fühlte den Puls des Mannes, der dort lag. Nichts.

Nico richtete sich auf und ließ den Lichtkegel seines Handys über den Körper wandern. Die Hüfte des Mannes, der ein weißes Hemd trug, wurde vom Vorderrad eines schwarzen Motorrades niedergedrückt. Seine Beine ruhten gespreizt auf der Straße, von der Taille aufwärts befand sich sein Körper daneben. Ein Arm lag auf seiner Brust, der andere war grotesk verdreht. Sein Kopf war auf einem blutüberströmten Stein zu liegen gekommen, das Gesicht zeigte mit offenen Augen himmelwärts.

Erica war gerade dabei, eine SMS zu schreiben, als Nico zu ihr zurückkehrte. Sie streckte den Kopf noch einmal zum Fenster heraus. Nun sah er, dass sie eigentlich noch ein Mädchen war, kaum achtzehn. Sie hatte ein unauffälliges, von dichten blonden Locken umrahmtes Gesicht. Nico stellte sich vor. »Der Maresciallo wird bald hier sein.«

Sie verzog den Mund. »Schrecklich, nicht? Der arme Mann.«

»Sind Sie in Ordnung?«

»Ich hatte echt Glück. Der Laster hätte mich erwischen können. Vor ungefähr zwei Kilometern, gleich vor der scharfen Kurve, ist er knapp an mir vorbeigerast und hat fast meinen Seitenspiegel erwischt. Ich hab richtig Angst gekriegt und musste eine Weile anhalten, um mich zu beruhigen. Hab das Radio eingeschaltet und zu singen angefangen. Das hat geholfen.«

»Wissen Sie, welche Farbe der Lastwagen hatte?«

»Ich war so durcheinander, dass ich, glaube ich, kurz die Augen zugemacht habe. Er ist so schnell um die Kurve gewesen.«

»Wie viel Zeit ist vergangen zwischen dem Punkt, als der Laster an Ihnen vorbeigebraust ist, und dem, als Sie den Mann gefunden haben?«

Sie schüttelte den Kopf, sodass die Locken ihr ins Gesicht fielen. »Keine Ahnung. Ich hab bei der Musik im Radio mitgesungen – welches Lied, weiß ich nicht mehr – und dann meine Freundin Gemma angerufen und ihr erzählt, dass mich fast ein Lastwagen gerammt hätte. Mamma habe ich nicht Bescheid gesagt; die wär ausgeflippt. Es könnten zehn, vielleicht auch fünfzehn Minuten gewesen sein.«

Da näherten sich Perillo und Daniele dem Auto. »Danke, dass Sie uns gerufen haben«, begrüßte Perillo sie. »Es gibt durchaus Leute, die einfach weitergefahren wären. Ich bin Maresciallo Perillo.«

»Kann ich jetzt los? Ich muss nach Hause.«

»Es gibt neue Informationen«, teilte Nico ihm mit.

»Gut. Nennen Sie Brigadiere Donato Ihren vollen Namen, Ihre Adresse und Ihre Telefonnummer. Danach fahren Sie langsam vorbei. Aber bleiben Sie auf der anderen Straßenseite von dem Toten. Ich möchte keine Reifenabdrücke von Ihnen hier sehen. Kommen Sie gut nach Hause. Noch einmal danke. Buonanotte.« Perillo wandte sich Nico zu. »Wo ist er?«

»Da drüben.« Nico ging voran.

Erica lenkte ihren Wagen langsam an ihnen vorbei, während Nico dem Toten mit seinem Handylicht ins Gesicht leuchtete.

Perillo gesellte sich zu ihm und schaute sich den Mann an. »Gütiger Himmel!«

»Ja«, pflichtete Nico ihm bei. »Ich denke, ein Lkw hat ihn erwischt. Die junge Frau sagt, dass ein Laster an ihr vorbeigebraust ist und fast ihr Auto gerammt hätte. Sie war zu erschrocken, um die Farbe zu bemerken.«

Während Perillo den Toten musterte, hörte er das Knattern von Motorrädern hinter sich und die Sirene eines Krankenwagens in der Ferne. Die junge Frau war verschwunden. Bis auf das Licht von Nicos Handy standen sie im Dunkeln.

Daniele eilte zu ihnen, leuchtete dem Mann ebenfalls mit seiner Handylampe ins Gesicht und bekreuzigte sich.

»Nico«, sagte Perillo, »darf ich Ihnen Claras Verlobten Marco Zanelli vorstellen?«

Nico betrachtete noch einmal die leblosen Augen des Mannes. »Der Arme.«

»Ganz schöner Zufall, falls es einer ist.«

»Glauben Sie, es ist Mord?«

»Ich wünschte, ich wüsste es.«

»Bitte machen Sie den Weg frei.« Zwei Sanitäter schoben sich mit einer Tragbahre an ihnen vorbei. Da sie die Scheinwerfer des Krankenwagens angelassen hatten, war alles in grelles Licht getaucht.

Nico und Daniele traten beiseite. Perillo rührte sich nicht von der Stelle. »Wo zum Teufel steckt die Stradale?«

»Gleich hinter Ihnen, Maresciallo.« Ein Verkehrspolizist gesellte sich zu Perillo und nahm den Helm ab.

»Warum haben Sie so lange gebraucht?«

»Samstagabend ist leider immer viel los.« Der Polizist beobachtete, wie die beiden Sanitäter das Motorrad von Marcos Leiche herunterhoben. Da stoppte ein Wagen hinter ihm, dessen Scheinwerfer eingeschaltet wurden. »Sieht fast so aus, als hätte ein Rowdy den armen Kerl das Fliegen gelehrt.«

»Möglicherweise jemand in einem Lastwagen.«

»Das werden wir feststellen. Ist jetzt unser Fall.«

»Den überlasse ich Ihnen gern. Ich brauche nur sein Handy.«

Einer der Sanitäter griff in Marcos Tasche und holte ein zerquetschtes Metallteil heraus, an dem ein paar Glassplitter hingen. »Dem werden Sie nichts entlocken können.«

»Ich fürchte, er hat recht, Maresciallo«, meinte Daniele.

»Tja, dann.« Perillo wusste nicht, warum er es überhaupt gewollt hatte. Es würde ihm nicht verraten, wer der Fahrer des Lastwagens war. »Ich lasse Sie jetzt Ihre Arbeit tun«, sagte er zu dem Verkehrspolizisten. »Das Unfallopfer war in die Ermittlungen zu einem Mordfall verwickelt. Sein Tod könnte einfache Fahrerflucht oder aber auch Mord sein. Bitte sagen Sie Bescheid, wenn Sie auf Informationen in die eine oder andere Richtung stoßen sollten.« Perillo entfernte sich, gefolgt von Nico und Daniele.

Wenig später setzte Nico sich in seinen Wagen und rief Nelli an. »Wie geht's ihm?«

»Bis vor zehn Minuten war er noch mürrisch. Jetzt murmelt er im Schlaf vor sich hin. Dante-Zitate, wie immer.«

»Es ist sehr nett von dir, dass du die Nacht bei ihm verbringst.«

»Nein, ich bin egoistisch, weil ich sicher sein möchte, dass er aufwacht. Wie läuft's bei dir?«

Nico erzählte ihr von dem Fahrerfluchtfall. »Perillo meint, es könnte Mord sein.«

»Und du?«

»Das kann ich noch nicht beurteilen.«

»Rocco?«

»Dem geht's gut. Ich hab ihn bei Tilde gelassen.«

ZWÖLF

Clara saß in einer alten Jeans und einer verknitterten Bluse, die sie nicht einmal in die Hose gesteckt hatte, auf dem Befragungsstuhl. Ihr Gesicht war fleckig und aufgedunsen vom Weinen. »Ich verstehe das nicht. Warum sollte ihm jemand den Tod wünschen?«

»Mein Beileid«, sagte Perillo. »Mir ist klar, wie sehr der Tod Ihres Verlobten Sie schmerzen muss, aber ich muss ergründen, ob er zufällig geschehen ist und somit Pech war, oder ob er umgebracht wurde.«

»Was für einen Unterschied macht das denn?« Sie holte tief Luft. »Er lebt nicht mehr.«

»Sein Tod könnte mit dem Mord an Ihrer Mutter in Verbindung stehen.«

»Wie bitte?«

»Vielleicht wusste er, wer sie getötet hat.«

»Nein!« Sie schüttelte den Kopf so heftig, dass ihr die langen Haare ins Gesicht klatschten. »Das hätte er mir gesagt. Wir hatten keine Geheimnisse voreinander.«

»Soll ich Ihnen etwas aus der Bar bringen?«, erkundigte sich Daniele. Angesichts von Claras Kummer bekam er seines eigenen Glücks wegen ein schlechtes Gewissen.

Clara lächelte unter Tränen. »Am liebsten einen doppelten Marco«, schluchzte sie. Daniele trat zu ihr und streichelte ihre Schulter.

Perillo schloss die Augen. Eine Frau weinen zu sehen erzeugte in ihm ein Gefühl der Ohnmacht. Er hätte warten, Clara wenigstens einen Tag Zeit lassen sollen, bevor er sie mit der Hypothese konfrontierte, möglicherweise sei Marco ermordet worden. Nein, nicht möglicherweise. Hier war kein Zufall im Spiel. Perillo war fest davon überzeugt, dass man Marco wissentlich und willentlich überfahren hatte.

Er öffnete die Augen wieder. Clara putzte sich die Nase. Daniele hatte aufgehört, ihre Schulter zu streicheln. *Er meint es gut, aber es gibt durchaus Frauen, die ihm das übelnehmen könnten*, dachte Perillo. »Signorina Clara, ich muss mich für meinen Übereifer entschuldigen, so viel wie möglich über den Tod Ihres Verlobten herausfinden zu wollen ...«

»Hören Sie auf, ihn meinen Verlobten zu nennen!«, herrschte sie ihn an. »Er hat einen Namen: Marco. Marco Zanelli.«

Daniele wich erschreckt zurück.

Perillo beugte sich vor. »Möchten Sie nach Hause gehen? Wir können uns weiter unterhalten, wenn Sie sich ein wenig gefangen haben.«

»Wann wird das sein?«, zischte Clara. »Morgen? Übermorgen? In einem Monat? Wie lange sind Sie bereit zu warten? Ein Jahr? Zwei?« Sie klang verbittert. »Nein. Bringen wir's hinter uns. Stellen Sie Ihre Fragen.«

»Marco wurde nur ein paar Kilometer von der Villa entfernt getötet, was mich anfangs vermuten ließ, dass er auf dem Weg zu Ihnen war. Ich bin zur Villa gefahren, doch Sie waren nicht dort.« Lapo hatte ihn daran erinnern müssen, dass sie sich in Lucca aufhielt. Er und Daniele waren nach Lucca gefahren und hatten zuerst Marcos Eltern informiert. Der Verlust eines Kindes hatte Vorrang. Die beiden hatten die Nachricht gefasst aufgenommen, als wären sie an schlechte Neuigkeiten gewöhnt. Clara hingegen hatte erst zu kreischen aufgehört, als Perillo sie schüttelte. »Wusste Marco, dass Sie nicht da sein würden?«

»Ja. Wir haben gestern in Lucca miteinander zu Mittag gegessen. Er wollte, dass ich mit ihm hierherfahre, aber die Wochenenden sind für mich die geschäftigsten Tage im Fitnessstudio. Ich habe ihm versprochen, heute Abend zu ihm zu kommen. Er hat mich gefragt, ob er allein reindarf.« Sie holte halb schluchzend Luft. »Ich habe ihm den Schlüssel gegeben.«

»Hat er Ihnen erklärt, warum er ohne Sie in die Villa wollte?«

Sie schnäuzte sich. »Das musste er nicht. Dort ist es sehr viel schöner als in seiner Wohnung.«

»Sie lebten nicht zusammen?«

»Doch, aber manche Nächte verbrachte er lieber bei sich. Seine Mutter ist krank.«

»Derjenige, der den Schmuck Ihrer Mutter stahl, hat sich unerklärlicherweise die Mühe gemacht, eines der Stücke zu vergraben.«

Claras Augen weiteten sich. »Nur eines?«

»Ja. Ein Diamantarmband.«

»Wo haben Sie es gefunden?«

»Das kann ich Ihnen nicht sagen. Halten Sie es für möglich ...?«

Clara ließ ihn den Satz nicht zu Ende führen. »Nein, keinesfalls.« Sie umklammerte die Kante von Perillos Schreibtisch und reckte den Hals. »Marco hatte nicht das geringste Interesse an diesen Diamanten. Er wäre nicht einmal fähig gewesen, eine Büroklammer zu stehlen. Sie wollen wissen, wer der Dieb ist? Dann sehen Sie sich das Bankkonto meines Schwagers an. Er braucht dringend Geld, und für mich steht fest, dass meine Schwester ihm nicht mit ihrem Erbe aushelfen wird.«

»Sie glauben, dass er Ihre Mutter umgebracht hat?«

»Es ist Ihre Aufgabe, das herauszufinden.«

»Als Sie mich unterbrochen haben, wollte ich fragen, ob Sie es für möglich halten, dass Marco den Dieb kannte. Ich hatte nicht vor, ihn des Diebstahls zu bezichtigen.«

»Oh.« Sie lehnte sich zerknirscht zurück. »Ich weiß es nicht. Mir gegenüber hat er nichts gesagt. Wenn er eine Ahnung gehabt hätte, wäre er damit zu mir gekommen. Wir hatten wie gesagt keine Geheimnisse voreinander. Meinen Sie wirklich, er wurde ermordet, weil er etwas wusste?«

»Ja. Ich glaube nicht an Zufälle, habe jedoch keine Beweise.«

Clara stand auf. »Egal, ob Marco etwas Belastendes herausgefunden hatte oder nicht: Einen Motorradfahrer mit einem Lastwagen zu rammen und ihn dann liegen zu lassen ist Mord. Sie müssen den Schuldigen fassen.«

»Da pflichte ich Ihnen bei.« Perillo erhob sich ebenfalls.

»Wo ist Marco? Ich möchte ihn sehen.«

»In der Leichenhalle in Florenz. Vermutlich identifizieren seine Eltern ihn gerade.«

»Das wäre meine Aufgabe gewesen.«

»Sie sind seine Eltern.«

Clara bedachte Perillo mit einem wütenden Blick aus roten, verheulten Augen. »Ich liebe ihn genauso sehr wie sie.«

»Wenn Sie wollen, kann ich arrangieren, dass Sie zu ihm dürfen.«

»Ja bitte. Ich muss mich vergewissern, dass er wirklich tot ist. Informieren Sie mich, wann. Ich bleibe hier, bis die Bel-Posto-Leute mich rausschmeißen.«

»Danke, dass Sie gekommen sind, Signorina Clara. Ich sage Ihnen Bescheid und hoffe, Sie nicht noch einmal stören zu müssen.«

»Tun Sie genau das. Um mir nämlich den Kopf des Mörders auf einem Silbertablett zu präsentieren.«

Daniele hielt ihr die Tür auf.

Sie wandte sich um. »Ich verlasse mich auf Sie.«

Als Daniele die Tür hinter ihr schloss, begannen die Kirchenglocken zu läuten.

»Geh, Dani, sonst kommst du spät zur Messe. Ivana wartet auf dich.«

Daniele nahm sein Handy vom Schreibtisch. »Ich werde für Clara beten.«

»Und für uns. Bei diesen Ermittlungen könnten wir ein bisschen Hilfe gebrauchen.«

Doch Daniele war bereits weg.

Nico traf Miss Barron in einem der Nebenräume des Hotels auf einem Ledersofa sitzend an, einen Stadtplan von Florenz auf dem Tischchen vor ihr ausgebreitet. Sie trug einen beigefarbenen Hosenanzug und braune Stiefeletten. Eine goldene Brosche in Form einer Tulpe schmückte ihr rechtes Revers.

»Guten Morgen, Miss Barron. Wollen Sie nach Florenz fahren?«

»Ah, guten Morgen, Mr Doyle. Ja, gestern Abend habe ich beschlossen, dass es an der Zeit ist, mich wieder in die Welt hinauszuwagen. Außerdem beginne ich, meine Heimat zu vermissen.« Sie streckte die Hand aus. »Komm her und sag hallo, OneWag.«

Der Hund trottete zu ihr, schnüffelte an ihren angenehm riechenden Stiefeletten und leckte ihr dann artig die Hand.

»Danke. Genau das habe ich gebraucht.«

OneWag ließ sich schwanzwedelnd zu ihren Füßen nieder.

Miss Barron wandte ihre Aufmerksamkeit Nico zu, der sich in den nächstgelegenen Sessel setzte. »Sind Sie dem Mörder von Nora schon ein Stückchen nähergekommen?«

»Nein. Hat der Maresciallo Ihnen nicht gesagt, dass Sie sich zu unserer Verfügung halten sollen?«

»Nein, aber bestimmt wäre es ihm lieb, wenn ich hierbliebe. Schließlich muss er mich ja für verdächtig halten. Tun Sie das nicht?«

»Wahrscheinlich sollte ich das, doch welches Motiv hätten Sie?«

»Jedenfalls nicht den Schmuck. Sie wissen ja, dass ich ihn nicht habe.« Sie nahm die Karte vom Tisch und legte sie ordentlich zusammen. »Tja, dann werden wir uns wohl oder übel eins ausdenken müssen.«

»Es scheint Ihnen nichts auszumachen, dass man Sie eines Mordes verdächtigt.«

»Da ich unschuldig bin, genieße ich das sogar.« Sie steckte die Karte in eine braune, mit Initialen bedeckte Handtasche. »Ich habe von dem armen jungen Mann gehört. Wie grausam, ihn umzufahren und hilflos liegen zu lassen. Clara muss außer sich sein vor Kummer. Schrecklich.«

»Ja. Woher wissen Sie es?«

»Beppe hat es mir erzählt. Ich habe ihn angeheuert, mich heute nach Florenz zu fahren, wo ich ihn in die Accademia schleppen möchte. Die dort ausgestellte Kunst wird ihm Stoff für seinen Blog geben. Dann kann er einmal etwas anderes schreiben als Unsinn.« Sie sah Nico einige Sekunden lang an. »Sie scheinen gute Nachrichten zu haben. Raus mit der Sprache.«

Nico hielt ihr die Uhrkette hin. »Hier, Miss Barron. Sie gehört Ihnen. Noras Familie will sie nicht.«

Miss Barron presste die Hände zusammen, Tränen traten ihr in die Augen. »Oje.« Sie wischte sie hastig mit den Fingern ab. »Ich hätte nicht gedacht, dass ich sie zurückbekommen würde.«

Ihre Reaktion verwunderte Nico. »Noras Geschenk bedeutet Ihnen viel, nicht wahr?«

»Ja, doch. Ich weiß es nicht.« Ihre Wangen färbten sich tiefrot. Sie schien verlegen zu sein. »Es ist nur ... Was als eine Woche in der schönen Toskana begann, hat ein ziemlich grässliches Ende gefunden. Und so weine ich über Noras Uhrkette. Das macht es irgendwie leichter.«

»Tut mir leid, dass Sie das erleben mussten.«

»Nicht ich sollte Ihnen leidtun, oder?« Sie wölbte beide Hände um die Uhrkette. »Heute Morgen ist mir ein Gedanke gekommen, und ich hatte gehofft, Sie zu treffen und nach Ihrer Meinung fragen zu können.«

»Fragen Sie.«

»Beim Frühstück habe ich etwas Verwerfliches getan. Ich habe mit meinem Stadtplan eine Biene erschlagen, weil ich fürchtete, dass sie mich stechen würde. Bienen sollten niemals getötet werden. Sie sind unendlich wertvoll.«

»Und zu welchen Gedanken hat das Töten der Biene Sie inspiriert?«

»Vielleicht wurde der junge Mann, Claras Verlobter, umgebracht, weil jemand Angst vor ihm hatte. Angst vor dem, was er wusste oder möglicherweise wusste.« Sie blickte Nico mit ihren blauen Augen an.

Er fühlte sich versucht zu erwidern, sie lese zu viele Krimis. »Oder er war einfach zur falschen Zeit auf der falschen Straße. Aber ich werde den Maresciallo über Ihre Theorie informieren.«

Sie schenkte ihm ein Lächeln. »Danke.«

»Ich hoffe, Sie verzeihen mir, wenn ich Ihnen noch einmal eine Frage über Nora stelle.«

»Das ist ja Ihr Job, oder?«

»Ich versuche, dem Maresciallo zu helfen. Hat Nora etwas davon erwähnt, dass sie in jemanden verliebt war?«

Miss Barrons Kiefermuskeln spannten sich sichtlich an. »Und Sie möchten wissen, wer dieser Jemand ist?«

»Die Frage scheint Ihnen unangenehm zu sein.«

»Sie kam unerwartet.«

»Wir müssen uns mit jedem beschäftigen, der Nora nahestand.«

Miss Barron betrachtete die Uhrkette, um die sie nach wie vor die Hände gewölbt hielt. »Das verstehe ich, obwohl zu hoffen wäre, dass das Liebesleben einer Frau auch nach ihrem Tod ihre Privatsache bleibt.«

»Bei erfolgreichen Ermittlungen in einem Mordfall bleibt nichts privat.«

»Dann dürfte manch einer sich wünschen, dass sie nicht von Erfolg gekrönt sind.«

»Zum Beispiel der Mörder.«

»Vielleicht sogar Nora selbst. Ich glaube, ihr hat es nichts ausgemacht zu sterben. Sie war sehr unglücklich.«

»Nora hat also erwähnt, dass sie verliebt war?«

»Ja, an unserem letzten gemeinsamen Abend.« Miss Barron hielt Nico die Uhrkette hin. »Könnten Sie mir die bitte um den Hals legen? Ich möchte sie nicht verlieren.«

Nico stand auf und fummelte am Verschluss herum. »Ich fürchte, ich bin ungeschickt.« Und ungeduldig. Miss Barron wollte Zeit schinden. Der Verschluss schnappte zu. »Geschafft. Lassen Sie sich bewundern.«

Miss Barron hob den Kopf und tätschelte die Kette, die jetzt vor ihrer Brust hing. »Danke.«

Nico setzte sich wieder. »Sehr hübsch. Erzählen Sie mir nun von Ihrem letzten Abend mit Ihrer Gastgeberin.«

»Sonia hatte ein leichtes Essen für uns auf der Terrasse vorbereitet. Es war ein herrlicher toskanischer Abend; eine Brise strich durch die Blätter der Bäume, die untergehende Sonne färbte die Wolken rosa, und die kalte Zucchinisuppe war einfach köstlich. Ich wollte mich freuen, mein unerwartetes Glück genießen, wieder in Italien zu sein. Doch Nora freute sich über nichts. Wir aßen schweigend. Ich trank ein Glas Wein, Nora leerte den Rest der Flasche und hatte sich schon einen beträchtlichen Teil einer zweiten genehmigt, als sie ...« Miss Barron presste die Hände gegen die Wangen und ließ sie kurz darauf in den Schoß sinken. »Ich kann sie wörtlich zitieren.« Ihr Blick schweifte ab. »›Du durftest das Glück kennenlernen. Die Welt lag dir zu Füßen. Du warst kurz davor, deine Liebe zu heiraten.‹« Sie sah Nico an. »Haben Sie jemals das Gefühl gehabt, die Welt liege Ihnen zu Füßen, Mr Doyle?«

»Ich war einmal glücklich verliebt und bin es wieder, aber dass die Welt mir zu Füßen liegt, habe ich mir niemals gestattet zu glauben.«

»Sie können von Glück sagen. Die Enttäuschung zieht einem den Boden unter den Füßen weg. ›Du warst kurz davor, deine Liebe zu heiraten‹, hat sie wiederholt, ›dann ist er eines Tages verschwunden. Und du merkst, dass du weiterleben sollst, obwohl das das Letzte ist, was du möchtest.‹

Wenn wir schon dabei sind, Geheimnisse zu enthüllen, Mr Doyle: Genau das ist mir passiert, doch das habe ich ihr nicht verraten.«

»Wie hat sie es herausgefunden?«

»Nora sprach von sich selbst. Sie war der Mittelpunkt eines jeden Ereignisses, einer jeden Unterhaltung. Trotzdem habe ich ihr zugehört. Sie hat ihre Liebe als überwältigend beschrieben. Ihre Schilderung war hoch dramatisch und romantisch. Den Namen des Mannes, den sie liebte, kann ich Ihnen nicht nennen, weil sie ihn mir nicht verriet und ich sie nicht danach fragte.«

»Das muss ein schwieriger Abend für Sie gewesen sein.«

»Ja, sehr. Immerhin hat Nora gemerkt, wie unbehaglich ich mich fühlte, und sich entschuldigt ...«, sie hob die Uhrkette von ihrer Brust, »... indem sie mir die hier schenkte. Sie ist nun unauflöslich mit meiner eigenen Liebesgeschichte verbunden. Danke, dass Sie sie mir zurückgegeben haben.«

»Sie gehört Ihnen. Was meinte Nora Ihrer Ansicht nach, als sie sagte, der Mann sei verschwunden?«

»Der meine ist tot.« Miss Barron stand vom Sofa auf. »Ich muss noch ein paar Sachen für die Fahrt nach Florenz einpacken. Einen guten Stadtplan, wie ich ihn habe, finde ich unerlässlich. Tut mir leid, dass ich Ihnen nicht weiterhelfen konnte.«

Nico erhob sich ebenfalls. »Sie waren ganz wunderbar, danke. Ich wünsche Ihnen viel Vergnügen in Florenz.«

»Das habe ich dort immer.«

Nachdem OneWag ein letztes Mal an Miss Barrons Stiefeletten geschnüffelt hatte, folgte er Nico aus dem Raum.

»Ehi, Nico, wo stecken Sie?«, fragte Perillo am anderen Ende der Leitung.

»Ich war gerade dabei, einen steilen Hügel mit zwei schweren Taschen voller Brot hinaufzusteigen. Jetzt telefoniere ich, während ich die Taschen mit den Beinen stütze in der Hoffnung, dass sie nicht umfallen und das Brot den Hügel hinunterrollt. Buongiorno.«

»Sie sind merkwürdiger Stimmung.«

»Ja. Gogol wird aus dem Krankenhaus entlassen, Miss Barron hat ihre Uhrkette wieder, mir ist eine Idee für ein neues Rezept gekommen, und Sie erzählen mir hoffentlich positive Dinge.«

»Die könnte ich gut gebrauchen. Claras Kummer heute Morgen war schwer zu ertragen.«

»Für sie wahrscheinlich noch schwerer.«

»Ich weiß. Es war ein Fehler, sie zu mir zu bitten. Marcos Eltern haben mich gerade angerufen. Sie bestehen darauf, von Lucca herzufahren und mit mir zu reden. Da hätte ich Sie gern dabei.«

»Ich habe die Mittagsschicht.«

»Sie sollen um vier erscheinen, habe ich ihnen gesagt.«

»Warum brauchen Sie mich?«

»Zur moralischen Unterstützung. Ich habe Daniele erklärt, er kann das Gespräch fortsetzen, das er gestern Abend mit

Stella begonnen hat. Seine Freude hat mich fast Claras Tränen vergessen lassen.«

»Haben Marcos Eltern Ihnen verraten, warum sie Sie treffen wollen?«

»Ich habe mit dem Vater geredet. Er meint, sie müssten etwas klären.«

Bevor Nico etwas erwidern konnte, bellte OneWag und setzte sich in Bewegung. Als Nico sich umdrehte, sah er, dass der Hund einer Ciabatta den Hügel hinunter nachjagte. »Ich rufe Sie zurück.«

Nico betrat das Sotto Il Fico, wo Enzo ihn mit offenen Armen begrüßte. Nico gab ihm das Brot. »Eine Ciabatta ist entkommen.«

»Das werden wir überleben.« Enzo stellte die Brottaschen auf einen Tisch. »Du könntest den Einkaufswagen nehmen.«

»Auf dem Weg den Hügel hinauf sollte ich nicht ans Handy gehen. Entschuldige, ich muss Perillo zurückrufen.« Nico kehrte auf die Straße zurück. OneWag, der auf einer der Stufen zur Kirche lag, spitzte die Ohren. Die Ciabatta lag unangetastet zwischen seinen Pfoten. »Gut gemacht. Gehört dir.« Während OneWag sich darauf stürzte, betätigte Nico die Kurzwahltaste für Perillos Nummer.

»Ich komme hin.«

»Sie sind ein wahrer Freund.«

Nico beendete das Gespräch, bevor sie beide sentimental werden konnten, und ging ins Lokal zurück.

»Ich habe eine Idee für ein neues Gericht«, teilte er Elvira mit, nachdem er ihr einen Kuss auf den gesenkten Kopf gedrückt hatte. Als Antwort erhielt er ein Grunzen, weil sie dabei war, Buchstaben für ein neues Spiel auszuprobieren.

»Was für ein neues Gericht?«, fragte Tilde ohne das Lächeln, mit dem sie Nico üblicherweise begrüßte, wenn er die Küche betrat. Sie stand vor einem großen Edelstahltopf, eine Schürze über dem grünen Kleid, die Haare unter einem dazu passenden Tuch verborgen. Wenn Stella sich im Ort aufhielt, lächelte Tilde normalerweise den ganzen Tag. Heute nicht.

Nico schlang eine Schürze um seinen Körper. »Was machst du?«

Mit einem Kochlöffel aus Holz drückte sie gekochte weiße Bohnen durch ein kegelförmiges Sieb.

»Nichts Neues. Lauwarme Bohnensuppe mit frittiertem Panko und gehackten Frühlingszwiebeln. Und du?«

»Frische Taglierini mit angebratenen Zwiebeln, Lauch und geriebener Muskatnuss, darüber frittierte Prosciutto-Chips.«

»Für heute? Ich habe nur abgetropfte Spaghetti.«

»Die wären auch okay, obwohl sie die Sauce nicht so gut aufnehmen. Also nicht heute. Mir wär's recht, wenn du das Gericht zuerst kostest.«

»Einverstanden. Ich setze es für Dienstag auf die Karte.«

»Gut, dann ist das geklärt. Und geh ein bisschen vorsichtiger mit dem Löffel um, Tilde, sonst bohrst du noch ein Loch in das Sieb.« Nico nahm den gekochten Dinkel aus dem Kühlschrank.

»Lass mich in Ruhe.«

»So schlimm?« Er würde den Farro-Salat zubereiten, wie er ihn im Il Cestino gegessen hatte. Mit Tomaten, gelber Paprika, roten Zwiebeln und Vollkorncroutons, dazu eine einfache Vinaigrette. »Schätze, Stella hat mit dir geredet.«

Tilde stellte das Sieb auf einen Teller. »Beim Familientreffen. Sie hat im Museum gekündigt und fängt im September an der hiesigen Mittelschule an, Kindern Kunstunterricht zu geben.«

»Warum bringt dich das aus der Fassung?«

»Weil sie dann in Gravigna festsitzt.« Tilde hob die Hand, um Nico zu signalisieren, dass er sie nicht unterbrechen solle. »Ja, an Gravigna ist nichts Schlimmes. Für uns, in unserem Alter. Aber sie ist jung. Ich hätte mir mehr für sie gewünscht.«

»Sie ist glücklich hier bei ihrer Familie.«

»Und bei Daniele.« Tilde presste weiter Bohnen durch das Sieb. »Es ist deutlich zu sehen, dass sie Sonne und Mond für ihn ist. Erinnerst du dich noch, wie sich das anfühlt?«

»Ich muss mich nicht daran erinnern.«

Tilde stieß ein kehliges Lachen aus. »Stimmt. Du bist ja ein Glückspilz.«

»Genau wie Daniele.«

»›Glückspilz‹ ist bei ihm noch eine Untertreibung.«

Da ging die Tür zur Küche auf. »Darf ich stören?«

Tilde drehte sich um. »Nelli! Wie geht's dir?«

»Ciao, Tilde, Nico.«

Nico stellte die Schüssel weg, die er gerade in der Hand hatte, und schloss Nelli in die Arme. »Ich freue mich so, dich zu sehen.«

Nelli erwiderte die Umarmung. »Du hast mir gefehlt.«

»Ich konnte dich nicht erreichen und hatte Ang–«

»Ich weiß, Nico. Entschuldige. Kannst du eine Minute mit mir raus auf die Terrasse gehen?«

»Für dich kriegt er auch zehn«, meinte Tilde.

Nico folgte Nelli nach draußen, wo an dem Tisch mit der besten Aussicht der in seinen Mantel gehüllte Gogol saß. One-Wag, der zu seinen Füßen lag, schnüffelte an dem Mantel. »Er wollte dich treffen, bevor ich ihn nach Hause bringe.«

Gogol hob zur Begrüßung die Hand. »Ehi, amico, ich habe überlebt.«

Nico spürte, wie Freude in ihm aufstieg. »Natürlich hast du überlebt.« Er überquerte die leere Terrasse und tätschelte kurz Gogols Arm, bevor er sich neben ihn setzte. Für gewöhnlich duldete Gogol nur Körperkontakt mit Nelli oder OneWag. »Du schaust aus wie neu. Dein Mantel auch.« Der Kölnisch-Wasser-Geruch, der ihn sonst umwehte, war verschwunden.

Nelli gesellte sich zu ihnen. »Er hat sich die Haare von mir schneiden lassen, und der Mantel wurde dampfgereinigt.«

Gogol ließ den Kopf hängen. »Ich fühle mich beraubt.«

Nelli legte einen Arm um seine Schultern. »Im Krankenhausbett durfte er ihn nicht tragen.«

»Was meinen die Ärzte?«

Gogol brummte nur. Nico blickte Nelli fragend an.

»Er hat eine verstopfte Arterie. Sie wollen einen Stent einsetzen. Erzähl Nico, was du gesagt hast.«

»Sie ›stellen so ihr Urteil fest, bevor was Kunst und Einsicht sagen, sie vernommen‹.«

»Und welche Kunst und Einsicht haben sie nicht vernommen?«, erkundigte sich Nico.

»›Es schläft dein Geist.‹«

»Deswegen möchte ich ja, dass du mir erklärst, was du meinst.« Es würde schwierig werden, seinen Freund davon zu überzeugen, dass er den Rat der Ärzte befolgte.

Gogol rieb sich die Nase. »Morgen beim Frühstück.«

Nelli stand auf. »Er ist müde. Ich muss ihn nach Hause bringen.«

»Und ich muss einen Salat zubereiten.«

In Nellis Augen blitzte ein Lächeln. »Sehen wir uns heute Abend nach der Arbeit?«

Nico grinste. »Definitiv.«

Gogol stützte sich beim Aufstehen am Tisch ab.

Nico merkte, wie viel Mühe ihn das kostete. »Ich freue mich, dass du wieder da bist, Gogol. Frühstück ohne dich macht keinen Spaß. Du hast mir gefehlt. Bis morgen in der Bar All'Angolo.«

»Bis morgen. So mein Herz es zulässt.«

»Das wird es.«

»Nelli, begleite mich.«

Nelli hakte sich bei Gogol unter. »Ich bin da.«

Als Nico ihnen nachblickte, wie sie, OneWag im Schlepptau, langsam weggingen, zog es ihm die Brust zusammen. Gogol musste begreifen, dass die Worte der Ärzte sowohl Kunst als auch Einsicht beinhalteten.

Daniele strich Stella über die Haare. Er saß auf Elviras Sofa, Stellas Kopf ruhte an seiner Schulter. »Deine Nonna ist nett.« Elvira hatte Stella ihre Wohnung für den Nachmittag zur Verfügung gestellt, da sie im Lokal beschäftigt war. Neben das Bett hatte sie saubere Laken gelegt.

»Mir gegenüber ist sie immer wunderbar.« Stella streckte die Beine auf der Couch aus. »Bei anderen ist sie schon mal mürrisch.«

»Bei mir war sie es nicht.«

»Weil ich es ihr verboten habe.«

Daniele blickte in Stellas intensiv grüne Augen. Nie hatte er sich glücklicher gefühlt. »Stella, du bist einfach wunderbar.«

Sie hob den Kopf, um ihn zu küssen. »Du auch. Ich glaube, ich sollte die zerknüllten Laken glattziehen. Meinst du nicht auch?«

Daniele antwortete mit einem weiteren Kuss.

Dino befand sich am Empfang, als Nico die Carabinieri-Station betrat.

»Ciao, Dino, der Maresciallo erwartet mich. Ist er allein?« Nico war zehn Minuten zu früh dran.

»Nein. Das Ehepaar Zanelli ist vor einer Stunde eingetroffen. Die beiden haben sich lange mit dem Maresciallo in dessen Büro unterhalten, und gerade eben ist er mit ihnen in die Bar gegangen. Sie sollen rüberkommen.«

»Danke.« Zur Bar waren es zu Fuß nur zwei Minuten. Als Nico den freien Platz davor überquerte, sah er Perillo, der mit einem Paar an einem der Außentische saß. Der Mann trug trotz der Wärme Krawatte und Jacke, die Frau ein schlichtes Kleid.

Perillo gab Nico mit einer Geste zu verstehen, dass er sich zu ihnen gesellen solle.

Nico ging hinüber. »Buonasera.«

Perillo erhob sich halb von seinem Stuhl. »Darf ich Ihnen Detective Doyle vorstellen? Er hilft mir bei den Ermittlungen. Signora und Signor Zanelli.«

Marcos Mutter, eine sehr schmale Frau, blickte Nico mit kummervoller Miene an.

»Mein Beileid, Signora«, sagte Nico.

»Marco war ein guter, ehrlicher Mensch.«

Nico wandte sich Perillo zu. *Was ist los?*

Signora Zanellis Mann streichelte den Arm seiner Frau. »Sch, Maria, sch.« Er sprach sanft wie ein Vater, der ein weinendes Kind zu beruhigen versucht, hatte ein müdes, raues Gesicht und schaute Nico mit leerem Blick an. Unter den Nägeln der Hand, mit der er seine Gattin tröstete, befand sich etwas, das wie Schmiere aussah. Da fiel Nico ein, dass er eine Fahrradwerkstätte sein Eigen nannte.

Perillo zog den Stuhl neben dem seinen heraus. »Setzen Sie sich, Nico. Trinken Sie, Signora, der Brandy wird Ihnen guttun.«

Ein Glas mit einer winzigen Menge Rotwein stand auf dem Tisch vor Signor Zanelli. Der Brandy seiner Frau war unberührt.

»Vielleicht einen Kaffee?«, fragte Perillo. »Oder etwas zu essen?«

Marcos Mutter, die eine große Handtasche gegen die Brust gepresst hielt, blickte ihren Mann an. »Lass uns gehen, Pietro.«

Signor Zanelli sah Perillo an.

»Ja, natürlich. Sie können nach Hause fahren.«

Signora Zanelli stand auf. »Nicht nach Hause. Wir bleiben bei meiner Schwester, bis alles vorbei ist.«

»Die Suchmannschaft wird erst morgen eintreffen«, meinte Perillo.

Nun erhob sich auch Marcos Vater. »Maresciallo, könnten Sie die Leute bitten, im Laden anzufangen? Montagmorgen habe ich geschlossen, aber nachmittags ist immer viel los. Am Wochenende trinken die Leute Alkohol und fahren ihre Räder kaputt.«

Signora Zanelli entfernte sich.

»Wir durchsuchen das Haus und den Laden gleichzeitig«, antwortete Perillo.

»Danke für Ihr Vertrauen.«

»Natürlich. Sie sind ja freiwillig zu mir gekommen.« Perillo wartete, bis beide Zanellis außer Hörweite waren. »Die zwei sind anständige Leute und verdienen Vertrauen. Leider konnte Tarani erst für morgen ein Durchsuchungsteam in Lucca organisieren.«

»Sie haben Schmuck gefunden?«

»Kommen Sie mit ins Büro. Wollen Sie diesen Brandy?«

»Nein danke.«

»Dann nehme ich ihn mit.« Er winkte dem Kellner. »Das Glas bringe ich später zurück.«

»Wenn nicht«, rief der Kellner zurück, »kostet Sie das was, Maresciallo.«

»Pah! In Neapel musste ich nie für irgendwas zahlen.« Sie gingen den kurzen Weg zur Polizeistation zu Fuß. »Die beiden waren fast eine Stunde zu früh dran. Signora Zanelli hat mein Büro aufgeregt und wütend betreten. ›Was hat das in den Sachen meines Sohnes zu suchen? Sie wollen ihm etwas anhängen. Mein Sohn ist kein Dieb.‹ Die Worte sind gerade so aus ihr herausgesprudelt. Ihr Mann hat nur den Kopf geschüttelt. Ich konnte nicht warten, bis Sie kommen.«

Nico packte Perillo am Arm und blieb stehen. »Lassen Sie die Spielchen. Was hat sie gefunden?«

»Ich zeige es Ihnen gleich.«

»Raus mit der Sprache, sonst gehe ich keinen Schritt weiter.«

Perillo bedachte Nico mit einem resignierten Blick. »Ein wenig Spannung ist gut, Nico, sie regt das Gehirn an, aber Sie wollen es auf die amerikanische Art. Schnell, schnell, schnell. Sofort, sofort, sofort.«

»Ja.« Nico ließ Perillos Arm los.

»Die Zanellis waren heute Morgen im Leichenschauhaus, um Marco zu identifizieren. Das dortige Personal hat ihnen seine Sachen gegeben. In einem Sack mit seiner Kleidung befand sich ein Diamantring.«

Sie setzten sich wieder in Bewegung. »Noras Ring?«

»Ja, es sei denn, Marco hat sich seine Klavierstunden extrem gut bezahlen lassen.«

In der Polizeistation telefonierte Dino gerade. Als er Perillo bemerkte, legte er eine Hand über das Mundstück des Hörers und formte mit den Lippen: »Noch einmal Meloni. Er ist in der Villa.«

Perillo ging kopfschüttelnd weiter. »Er bombardiert uns seit heute früh mit Anrufen.« Perillo schloss die Bürotür hinter Nico. »Ich habe Clara alles gesagt, was ich über die Fahrer-flucht weiß. Wenn sich etwas Neues ergibt, werde ich es ihr, nicht ihm, mitteilen.« Er holte seine Schlüssel aus der Tasche der Uniform, öffnete die Schublade des Schreibtischs und nahm einen kleinen Samtbeutel heraus. Dann löste er das Band daran und schüttelte den Ring, der sich darin befand, auf den Tisch.

Nico betrachtete ihn. Er hatte einen großen Diamanten in der Mitte, der beidseitig von drei langen Steinen im Baguette-schliff gehalten wurde. »Ein sehr teurer Verlobungsring.« Nico hatte Rita einen Halbkaräterdiamanten gekauft, für den er ziemlich lange mit Ratenzahlungen beschäftigt gewesen war.

»Ich muss mich vergewissern, dass er Teil des gestohlenen Schmucks ist, habe aber nicht den Mut, Clara zu fragen. Also bin ich gezwungen, wieder mit Adriana und Meloni zu reden.« Perillo ließ sich hinter seinem Schreibtisch nieder und trank einen großen Schluck Brandy. »Ich rufe sie morgen früh an, schließlich ist Sonntag. Setzen Sie sich, Nico. Wo ist Rocco?«

»Bei Nelli.« Nico nahm auf dem Stuhl vor Perillos Schreib-tisch Platz. »Sie hat Gogol aus dem Krankenhaus abgeholt.«

Perillo klatschte in die Hände. »Noch mehr gute Nachrich-ten. Wir haben den Dieb gefunden, und Sie haben Ihre Freun-din Nelli und Ihren Freund Gogol zurück.«

»Ja.« Perillo musste nicht erfahren, dass Gogol einen Stent brauchte. »Was macht Sie so sicher, dass Marco den Ring ge-stohlen hat? Er könnte ihm untergeschoben worden sein.«

»Hm. Der Fahrer fährt ihn um, steigt aus dem Laster, steckt Marco den Ring in die Tasche, klettert wieder in den Lkw und macht sich aus dem Staub? Jemand hätte doch vorbeifahren und ihn bei Marcos Leiche sehen können.«

»Stimmt. Zu riskant. Glauben Sie, dass Marco, falls er der Dieb war, auch Nora ermordet hat?«

»Betrachten wir ihn vorerst mal nur als den Dieb. Lediglich Marcos Eltern und wir beide wissen von dem Ring.«

»Wahrscheinlich wollten sie Clara die schlechte Nachricht ersparen.«

Perillo trank einen weiteren Schluck Brandy. »Vermutlich, und das war nett von ihnen. Nach allem, was sie gesagt haben, waren sie nicht allzu glücklich über die Verlobung. Der Vater glaubte, sein Sohn würde in eine Welt eintauchen, der er nie richtig angehören könnte. Und die Mutter meinte, sie möge Clara nicht, ohne mir einen Grund dafür zu nennen.«

»Vielleicht hat Marco den Ring selbst erworben, um seine reiche Braut in spe zu beeindrucken«, mutmaßte Nico, »und sich dafür in Schulden gestürzt.«

»Der Ring entspricht der Beschreibung auf der Liste, doch ich würde ebenfalls ein ›Vielleicht‹ einfügen. Möglicherweise hatte Marco den Ring bei sich, weil er ihn Clara geben wollte.«

»Um ihr damit zu verstehen zu geben, dass er der Dieb war?«

»Unter Umständen hätte das Schadenfreude ihrer Schwester gegenüber bei Clara verursacht. Nora hat den Ring kürzlich Clara gezeigt, worauf Adriana sie in meiner Gegenwart beschuldigte, sie habe ihre Mutter überreden wollen, ihr den Ring als Verlobungsgeschenk zu überlassen. Und Marco war anwesend, als Nora Clara sagte, sie wolle den gesamten Schmuck verkaufen, um Geflüchteten zu helfen.«

»Gut, das könnte ihn auf die Idee gebracht haben, ihn ihr zu entwenden. Aber was ist mit dem anderen Schmuck?«

»Von Juwelieren und Leihhäusern haben wir keine Rückmeldung bekommen, und das Geflüchtetenzentrum in Florenz hat keine Schmuckspende erhalten.«

»Wurde überprüft, ob jemand aus der Familie Reisen ins Ausland unternommen hat? Zum Beispiel nach Amsterdam oder New York?«

»Tarani möchte die Suche nach dem Schmuck überwachen. Ihm stehen mehr Leute zur Verfügung als uns.«

»Wie geht es seiner Frau?«

»Soweit ich weiß, hat sie noch einen Monat und muss nach wie vor liegen.« Perillo leerte das Brandyglas und stützte die Ellbogen auf den Tisch.

»Eine Frage: Welchen Grund kann jemand haben, Marco umzubringen, wenn der unser Dieb war?«

»Er *ist* unser Dieb. Vielleicht wusste er, wer Nora ermordet hat.«

»Bei der Menge Geld, die der Verkauf des Schmucks ihm eingebracht hätte, wäre es nicht nötig gewesen, jemanden zu erpressen.«

»Sie glauben also, er war einfach nur zur falschen Zeit am falschen Ort?«, erkundigte sich Perillo.

»Am Ende ziehen wir voreilige Schlüsse.«

»Möglich. Aber Zufälle machen mich argwöhnisch. Sie auch?«

»Ja. Haben die Leute von der Stradale Ihnen etwas über den Unfall sagen können?«

»Sie haben klare Reifenspuren von einem Lastwagen gefunden, die ohne Unterbrechung weiterführten. Keine Anzeichen dafür, dass der Fahrer bremste. Jeder Bauer und Weinhändler in der Toskana besitzt mindestens einen Lkw. Den richtigen aufzuspüren ist so gut wie unmöglich. Zum Glück ist das der Job der Stradale, nicht unserer.«

»Wir müssen Noras Mörder finden. Vielleicht stoßen Sie morgen auf eine Spur. Es ist jetzt fünf, und ich muss bei der Zubereitung der Abendessen helfen.« Nico stand auf. »Rufen Sie mich morgen an, sobald Sie mit den Melonis gesprochen haben. Grüßen Sie Ivana von mir.«

Perillo breitete verärgert die Arme aus. »Meine Frau arbeitet. An einem Sonntag, ist das zu fassen? Sie schwärmt, Albas Cantuccini verkaufen sich wie die warmen Semmeln. Enrico und Alba spielen mit dem Gedanken, eine größere Bäckerei zu bauen.« Er nippte an dem leeren Brandyglas.

»Gehen Sie zum Essen ins Sotto Il Fico. Auf der Speisekarte steht Toskanische Bauernsuppe. Wir machen um sieben auf. Sie werden's überleben. Ciao.«

Als Nico die Küche betrat, hackte Tilde Mangold, eine der zahlreichen Gemüsesorten für eine örtliche Suppe, die sie sommers wie winters auf Zimmertemperatur servierte.

»Ciao, Tilde.« Nico griff nach seiner Schürze. »Ich schneide die Zwiebeln.«

»Schon geschehen.«

Der Korb mit den Zwiebeln war voll. »Karotten? Sellerie? Kartoffeln? Kohl?«

»Ich brauche dich heute Abend nicht. Geh nach Hause.«

»Was habe ich verbrochen?«

Tilde drehte sich zu ihm um. »Nichts. Ich finde nur, du hast einen Abend ohne Kochen und Morde verdient.«

»Nelli hat mit dir geredet.«

»Das musste sie nicht. Ich habe gesehen, wie durcheinander du wegen Gogol warst. Er ist wieder da, und Nelli auch. Verschwinde und genieße die gute Nachricht. Bis morgen.« Sie wandte sich wieder dem Gemüse zu.

Nico hängte die Schürze zurück an den Haken. »Bei Gelegenheit revanchiere ich mich.«

»Morgen Abend mit den Lauch-Zwiebel-Taglierini inklusive Prosciutto-Chips.«

»Abgemacht.«

Nelli wartete mit OneWag auf den Kirchenstufen, als Nico aus dem Sotto Il Fico kam. Sie trug ein hellblaues Kleid, das ihrem blassen Gesicht schmeichelte. Der Hund begrüßte Nico mit einem Schwanzwedler. Nelli hob eine Hand. Nico setzte sich neben sie und küsste sie kurz. »Danke.«

»Ich habe nichts damit zu tun. Tilde hat mir gerade gesagt, dass du nicht bleiben musst. Enttäuscht?«

»Begeistert. Was würdest du gern machen?«

»Mit dir, Rocco, den Schwalben und einem Glas kühlem Vernaccia auf deinem Balkon sitzen.«

»Die Schwalben sind vermutlich unterwegs, Futter für ihre lauten Kleinen suchen, und ich habe keinen Vernaccia, also kann ich nur hoffen, dass Rocco und ich dir genügen.«

»Sie kommen in der Abenddämmerung zurück.« Nelli nahm ihre Strohtasche von den Stufen. »Ich habe Wein und etwas zu essen.«

Nico stand auf und streckte ihr die Hand hin. Sie ließ sich aufhelfen. OneWag lief voraus.

»Ich habe Clara eine Beileidskarte geschickt«, sagte Nelli, die an Nicos schmaler Arbeitsfläche im Küchenbereich Eier in eine Schüssel schlug, wenig später. »Vermutlich wird sie sich nicht an mich erinnern, aber ich bedaure sie. Dich auch. Bestimmt macht Marcos Tod die Ermittlungen komplizierter.« Sie sah Nico an, der gerade den Tisch deckte. Rocco lag zusammengerollt auf dem Sofa. »Stört es dich, wenn ich über das Thema rede?«

»Nein, solange du nicht versuchst, bei der Aufklärung des Falles mitzuwirken.«

»Das tue ich nicht, aber ich höre dir zu, wenn du darüber sprechen möchtest.«

Nico schloss Nelli in die Arme. »Jetzt möchte ich eher, dass wir erst später zu Abend essen.«

»Du wirst warten müssen. Spargel und Parmigiano brutzeln im Ofen. Sobald die Eier geschlagen sind, gebe ich sie in die Pfanne. Zehn Minuten später essen wir mein Omelett. Und dann entscheiden wir, was wir als Nächstes tun.«

Nico kehrte an den Tisch zurück und setzte sich. »Hoffentlich willst du damit nicht andeuten, dass ich diese Eier brauche.«

»Nein. Entschuldige, Nico. Ich möchte heute Abend wirklich ganz mit dir zusammen sein. Ich liebe dich. Du machst mich glücklich. Trotzdem sorgt sich ein Teil von mir nach wie vor um unseren lieben Freund.«

Nico wollte aufstehen, doch Nelli hielt ihn mit einer Geste davon ab. »Bitte. Ich will nicht zu weinen anfangen.«

»Wir überzeugen ihn davon, dass er sich den Stent einsetzen lassen muss. Das schaffen wir.«

»Ich muss die *Göttliche Komödie* noch mal lesen, um ihn mit seinen eigenen Waffen schlagen zu können.« Sie öffnete die Ofentür mit einem Topflappen.

Nico eilte mit der Schale, in der sich die Eier befanden, zu ihr. »Lass dir helfen.« Nelli zog die Pfanne heraus. Der Parmigiano hatte eine goldgelbe Kruste über dem Spargel gebildet. »Langsam darübergießen.«

Nico tat, wie ihm geheißen. Die Eier zischten, als sie auf dem heißen Gemüse mit dem Parmigiano aufkamen. Nelli schob die Pfanne wieder hinein, schloss die Ofenklappe und legte die Arme um Nico. »Ich bin so froh, dich in meinem Leben zu haben.«

Nico drückte sie fest an sich. »Mir geht es genauso.«

DREIZEHN

Perillo und Daniele trafen die Melonis im Morgenmantel beim Frühstück in einem kleinen Kräutergarten vor der Küche der Villa an. Als Fabio Perillo und Daniele bemerkte, stellte er die Kaffeetasse auf den Tisch. »Ah, Maresciallo, Sie beehren uns mit Ihrem Besuch und bringen sogar Ihren treuen Brigadiere mit. Da Sie heute Morgen schon so früh unterwegs sind, vermute ich, dass noch mehr Schmuck gefunden wurde. Ich hoffe, der gesamte.«

Perillo und Daniele nahmen ihre Mützen ab und begrüßten die Melonis mit einem »Buongiorno«.

Adriana strich eine dünne Schicht Marmelade auf eine Scheibe Toast. »Clara hat mir von dem Armband erzählt. Kann ich es sehen?«

Daniele beobachtete, wie sie in den Toast biss und gleichzeitig die Hand nach dem Armband ausstreckte. *Was sind das nur für Leute?*, fragte er sich. *Keinerlei Respekt vor dem Maresciallo. Kein Wort über Marcos Tod. Für sie zählt einzig und allein der Schmuck.* Seine Abneigung verleitete ihn zu der Frage: »Wie geht es Signorina Clara?«

Adriana deutete ein Lächeln an. »Sie trauert und schmollt. Clara ist es nicht gewohnt, dass man ihr nimmt, was sie begehrt. Und sie begehrte Marco, auch wenn keiner von uns verstand, warum.« Mit den Fingern signalisierte sie, dass sie das Schmuckstück haben wollte. »Das Armband, bitte.«

Perillo gab ihr den Ring. »Ich denke, der hier wird Sie mehr interessieren.«

Adriana steckte ihn an. »Sogar viel mehr.« Ein strahlendes Lächeln trat auf ihr Gesicht. »Das ist Mammas Ring.«

Fabio, der auf der anderen Seite des Tisches saß, streckte die Hand danach aus. »Lass sehen.«

Sie nahm den Saphirring ab, den sie an der linken Hand trug, streifte den gestohlenen über und hielt die Finger neben ihre Wange. »Kein Vergleich, was?«

»Das ist geschmacklos«, erwiderte Fabio, zog den Arm zurück und sah Perillo an. »Wo haben Sie ihn gefunden?«

»Das darf ich Ihnen nicht sagen.« Perillo hatte Adriana den Ring nur gezeigt, um sicher zu sein, dass es sich um den von Nora handelte. Er freute sich nicht darauf, Clara die schlimme Nachricht zu überbringen.

Fabio ließ seine Serviette auf den Tisch fallen. »So geht das nicht, Maresciallo«, rief er voller Empörung aus. »Meine Frau und ihre Schwester sind die rechtmäßigen Eigentümerinnen dieses Rings und des Armbands.«

Dies ist nicht der geeignete Zeitpunkt, das Nachlassgericht zu erwähnen, dachte Perillo. »Wie ich Ihnen bereits mitgeteilt habe, als ich Ihnen die traurige Nachricht überbrachte, dass Ihre Schwiegermutter erdrosselt wurde, leite ich die Ermittlungen in einem Mordfall. Bestimmt erinnern Sie sich daran.«

Daniele senkte den Blick, um nicht zu schmunzeln. Ganz offensichtlich bereitete die Antwort dem Maresciallo Vergnügen.

»Bei diesem traurigen Anlass waren Sie, Signor Meloni, der festen Überzeugung, dass der Diebstahl den Mord motivierte. Solange ich keine eindeutigen Informationen habe, kann ich Ihnen nicht sagen, wie der Ring und das Armband gefunden wurden.«

»Und wie lange wird es dauern, bis solche eindeutigen Informationen zu Ihnen gelangen?«

»Sprich nicht so laut.« Adriana steckte den Saphirring an den Zeigefinger ihrer rechten Hand. »Sonst weckst du Clara, und sie fängt wieder zu heulen an.«

»Ich bin wach und habe mir schon die Augen ausgeweint.« Clara tauchte mit einer Tasse in der Hand an der offenen Küchentür auf. Sie trug eine kunstvoll zerrissene Jeans und ein viel zu großes Männerhemd. »Hallo, Maresciallo. Brüllt Fabio Ihretwegen so?«

»Ich fürchte ja.«

»Er mag Sie nicht. Haben Sie Neuigkeiten für mich?«

»Und ob.« Adriana hob die linke Hand und hielt sie ihr hin. »Schau mal.«

Clara trat näher. Ihre Finger zuckten zurück, als hätte sie sich verbrannt. Sie blickte Perillo erstaunt an. »Wo haben Sie den gefunden?«

»Das darf ich Ihnen nicht sagen.« Er musste es ihr mitteilen, jedoch nicht hier, in Gegenwart der beiden anderen.

»Clara, setz dich«, wies Fabio sie an und klopfte auf den Stuhl neben sich. »Wir wollen doch nicht, dass du uns umkippst.«

Clara brach einen Zweig Rosmarin ab und ließ sich auf dem Gras nieder. »Wieso sollte ich das?« Sie roch an dem Zweig und sog den Duft laut und vernehmlich ein.

»Weil ich zu wissen glaube, wo der Maresciallo euren Ring gefunden hat. Der arme Marco wurde Samstagnacht getötet und in die Gerichtsmedizin gebracht, wo man seine Leiche obduziert und vermutlich auch seine Sachen begutachtet hat. Heute Morgen zeigt der Maresciallo uns nun den gestohlenen Ring, was mich zu der Annahme führt, dass Marco der Dieb war. Habe ich recht, Maresciallo?«

Bitte sagen Sie es ihr nicht, bat Daniele stumm. *Noch nicht.*

Claras verschwollene Augen verengten sich, als sie ihren Schwager ansah, und sie begann zu zittern. »Du bist so was von widerlich. Keine Ahnung, wie meine Schwester dich aushält.« Sie holte tief Luft. »Sagen Sie ihm, dass er sich täuscht, Maresciallo.«

Perillo kam zu dem Schluss, dass es keinen Zweck mehr hatte, mit der Information hinterm Berg zu halten. »Ich wünschte, ich könnte es, Signorina Clara, wirklich. Der Ring wurde tatsächlich bei den Sachen Ihres Verlobten gefunden.«

Clara schüttelte den Kopf. »Nein. Das kann nicht sein.« Sie sprang auf, knallte die Kaffeetasse auf den Tisch und rannte zurück ins Haus.

Adriana schaute ihrer Schwester nach. »Sie ist eine Drama

Queen, war sie schon immer.« Sie stand auf. »Ich versuche, sie zu trösten.«

»Signora, den Ring Ihrer Mutter, bitte«, sagte Perillo. »Beweismittel bleiben bei mir, bis der Fall abgeschlossen ist.«

Adriana hob erstaunt die Augenbrauen. »Ist er denn jetzt nicht abgeschlossen? Marco hat meine Mutter ihres Schmuckes wegen umgebracht.«

»Nein, ist er nicht.« Er hielt ihr die Hand hin. Sie zog den Ring vom Finger, warf ihn auf den Tisch und marschierte zur offenen Küchentür.

Daniele nahm den Ring hastig an sich und gab ihn Perillo.

Fabio lachte. »Meine Frau steht Clara als Drama Queen in nichts nach. Trinken Sie doch eine Tasse Kaffee mit mir, Maresciallo, und Sie auch, Brigadiere, und erläutern Sie mir, wann Sie gedenken, diesen Fall abzuschließen.«

»Sobald ich ausreichend Beweismaterial gegen den Mörder von Nora Salviati habe.«

»Die Entwendung des Schmucks reicht nicht aus?«

»Nein. Buongiorno.« Perillo setzte die Mütze wieder auf und entfernte sich. Daniele folgte ihm; die Mütze in seiner Armbeuge hatte er völlig vergessen.

Nelli und Nico frühstückten mit Gogol, der seinen gereinigten Mantel trug und wie eh und je nach Kölnisch Wasser roch, neben der offenen Terrassentür der Bar All'Angolo. Obwohl sie sich den Mund fusselig geredet hatten bei dem Versuch, Gogol zu überzeugen, dass er sich den Stent setzen ließ, weigerte er sich nach wie vor.

»Ärzte sind ›Neid und Geiz mit Hochmut im Vereine‹.« Gogol schob eine Scheibe Salami in den Mund und kaute laut und vernehmlich.

»Ah«, rief Nelli aus. »Auf das Dante-Zitat habe ich schon gewartet. Ich kontere jetzt selbst mit einem.« Nachdem sie früh aufgewacht war, hatte sie leise wiederholt, woran sie sich aus der *Göttlichen Komödie* erinnerte: »Wenn du dir den Stent nicht setzen lässt, wird ›Finsternis der Nacht in jeder Richtung‹.«

Gogol klatschte, ein stolzes Leuchten in den Augen, begeistert in die Hände. »Brava!«

OneWag trottete heran, um zu erkunden, was los war. Gogol belohnte ihn mit einem Crostino ohne Belag.

»Warum möchtest du früher als unbedingt nötig sterben?«, fragte Nelli Gogol.

»Meine Freundin«, erwiderte Gogol.

Nelli nahm seine rauen, runzligen Hände in die ihren. »Deine Freunde, Plural. Nelli und Nico.«

Sandro, der das Gespräch von hinter der Theke aus mitverfolgt hatte, rief aus: »Jimmy und Sandro wollen Gogol noch zwanzig Jahre jeden Tag bis auf Sonntag an diesem Tisch sehen.«

»Wir möchten, dass du so lange wie möglich lebst«, meinte Nico. »Deinetwillen, aber auch unseretwillen. Wir lieben dich. Bitte lass die Operation machen.«

Gogol grinste. Nelli war klar, dass ihm gerade ein weiteres Zitat einfiel, das zu dieser Situation passte. »›Die Bitte, die ihr höflich tut, erfreut mich, sodass ich mich nicht bergen kann noch will.‹«

»Wunderbar!« Nelli küsste Gogol auf die Stirn.

»Schätze, das ist ein Ja à la Dante«, meinte Nico. »Widmen wir uns wieder dem Essen. Gogol, wie wär's mit einer Ciambella?«

»Danke, gern.«

»Das ist ein Ja sowohl für den Stent als auch für die Ciambella, stimmt's?«

Gogol neigte das Haupt. »Wenn meine Freunde das so beschließen.«

»Ja«, sagten Nico und Nelli unisono und umarmten den alten Mann. OneWag stellte sich auf die Hinterbeine, um den Kopf zwischen die drei zu schieben.

Nachdem sie Gogol nach Hause gebracht hatten, eilte Nelli in die Arbeit im Querciabella-Weingut, und Nico rief Perillo an. »Wann kommt Nardi zu Ihnen?«

»Wenn er pünktlich ist, müsste er in zwanzig Minuten auftauchen. Er hat versprochen, um halb zehn hier zu sein.«

»Gut. Ich würde gern hören, was er zu sagen hat.«

»Freut mich, wenn Sie sich dazugesellen.«

Perillo saß beim dritten Espresso an seinem Schreibtisch, als Nico das Büro betrat. OneWag war geradewegs in den Raum von Vince verschwunden. Daniele erhob sich von seinem Schreibtisch. »Ciao, Nico.«

Nico fiel Danieles glücklicher und entspannter Gesichtsausdruck auf. »Ciao, Dani. Freut mich zu sehen, dass die Sonne für Sie scheint. Möge das immerzu so sein. Vergeben Sie mir meine gedrechselte Ausdrucksweise, aber ich komme gerade von einer Sitzung mit Dante-Zitaten.«

Daniele wurde tiefrot.

»Es macht nichts, wenn Sie rot werden, Dani. Sie bringen diesen Raum zum Leuchten«, bemerkte Nico.

Perillo löffelte den letzten Rest Zucker aus der kleinen Schale in seinen Espresso. »Dante erklärt die Erleichterung auf Ihrem Gesicht, Nico. Ich hatte gehofft, dass Sie eine Spur für uns haben.«

Nico holte einen Stuhl aus dem hinteren Bereich des Raums und stellte ihn neben Perillos Schreibtisch. »Keine Spur. Nur zwei Fragen, die Nardi hoffentlich beantworten kann.«

»Wie geht's Gogol?«, erkundigte sich Daniele.

»Er hat sich bereit erklärt, den dringend nötigen Stent setzen zu lassen. Nelli will den Arzt anrufen, um so schnell wie möglich einen Termin für die Operation zu vereinbaren. Deswegen bin ich erleichtert.«

»Freut mich zu hören.« Perillo stellte seine Tasse auf dem Tablett von der Bar ab. »Obwohl die Vorstellung, einen Stent im Herzen zu haben, mich schaudern lässt. Staatsanwalt Della Langhe hat beschlossen, die Rosatis nicht strafrechtlich zu verfolgen. Er hat Tarani mitgeteilt, seiner Ansicht nach hätten sie nicht in böser Absicht gehandelt.«

»Dem pflichte ich bei«, meinte Nico.

Da klopfte es an der Tür, und Dino streckte den Kopf herein. »Signor Nardi ist da.«

Perillo hob das Tablett hoch. »Bitte.« Dino eilte zu ihm, um ihm das Tablett abzunehmen. Als Dino das Büro verließ, betrat Nardi es, der Turnschuhe, Jeans und ein T-Shirt mit einem Werbespruch für das berühmte Fahrradrennen L'Eroica trug.

»Buongiorno, Maresciallo, Brigadiere, Signor Doyle. Speichelprobe und Fingerabdrücke sind erledigt, weswegen ich die nächste halbe Stunde voll und ganz zu Ihrer Verfügung stehe.« Ohne dazu aufgefordert worden zu sein, setzte er sich auf den Befragungsstuhl. »Was möchten Sie noch über meine Beziehung zu Nora wissen?«

»Danke, dass Sie gekommen sind«, begrüßte Perillo ihn. »Unser Gespräch wird aufgezeichnet.«

»Dann werde ich mit meiner besten, aufrichtigsten Stimme antworten.«

Perillo bedachte Nardi mit einem grimmigen Blick. »Betrachten Sie den Mord an Ihrer Geliebten als einen Scherz?«

»Entschuldigen Sie, Maresciallo. Das Schlimme im Leben auf die leichte Schulter zu nehmen hilft mir, besser damit fertig zu werden. Künftig werde ich mich zurückhalten.«

»Starte bitte die Aufnahme«, forderte Perillo, durch Nardis Erklärung alles andere als besänftigt, Daniele auf.

Während Daniele den Aufnahmeknopf betätigte und Datum, Uhrzeit und die Namen der im Raum Anwesenden auf Band sprach, legte Nardi einen Umschlag auf Perillos Schreibtisch. »Ihre Essensrechnung. Sie können mir einen Scheck schicken.«

Perillo nickte. »Wo waren Sie in der Nacht von Sonntag, 15. Mai auf Montag, 16. Mai?«

»Das Il Cestino hat montags geschlossen. Am Sonntagabend um zehn fahre ich immer los nach Siena, wo meine zweiundneunzigjährige Mutter unbedingt wohnen möchte. Dort wartet sie mit einer Tisane auf mich, von der sie glaubt, dass sie mich mindestens so alt werden lässt wie sie. Wir trinken die

Tisane, und dann gehen wir schlafen. Morgens bereite ich dann eine Zabaglione ohne Alkohol für sie zu und verabschiede mich mit einem Küsschen von ihr. Weniger als fünfundvierzig Minuten später bin ich wieder in Gaiole, wo ich mich um die Wocheneinkäufe kümmere.«

»Heute ist Montag«, erinnerte Perillo ihn.

»Heute habe ich die Haushaltshilfe meiner Mutter die Zabaglione für sie machen lassen.« Nardi griff in seine Jeanstasche, nahm einen gefalteten Zettel heraus und legte ihn auf Perillos Schreibtisch. »Hier habe ich Namen und Handynummer der Hilfe für Sie aufgeschrieben. Dazu die Festnetznummer meiner Mutter für den Fall, dass Sie mit ihr sprechen möchten. Sie kann einen Sonntag nicht vom anderen unterscheiden, aber wenn Sie sie fragen, ob ich jemals an einem Sonntagabend und Montagmorgen nicht bei ihr war, wird sie Ihnen sämtliche Sonntage, die ich in Bologna verbracht habe, mit den korrekten Daten auflisten.«

Wieder eine Sackgasse, dachte Perillo und wandte sich Nico zu. »Sie haben eine Frage an Signor Nardi?«

»Ja.« Nico richtete sich auf. »Wussten Sie, dass Nora Salviati sehr wertvollen Schmuck in ihrem Safe aufbewahrte?«

»Ja. Eines Abends hat sie eine Halskette mit Perlen und Diamanten hervorgeholt und mich gebeten, sie ihr anzulegen. Sie hat sie die ganze Nacht getragen.«

»Wann war das?«

»Ich bin mir nicht so sicher. Vermutlich vor zwei oder drei Monaten.«

»Hat sie Ihnen erzählt, dass sie den gesamten Schmuck vor etwa einem Monat aus dem Safe genommen und an einen anderen Ort gebracht hat?«

»Ich glaube, daran war ich schuld, denn ich habe den Fehler gemacht, sie um Geld anzupumpen. Das Il Cestino ist noch kein In-Restaurant. Letzten Sommer habe ich damit nicht genug verdient, um über den Winter zu kommen. Ich musste zwei Monate zumachen. Viele der hochklassigen Lokale der Gegend schließen, wenn die Saison zu Ende ist, aber ich finde, die Leute, die das ganze Jahr hier leben, verdienen ein ausgezeichnetes Restaurant, das zwölf Monate im Jahr geöffnet hat. Diesen Ehrgeiz habe ich für das Il Cestino.

Meine Bitte hat sie verärgert. Sie hat mich beschuldigt, ihr Gigolo werden zu wollen. Ich bin gegangen und mehr als eine Woche weggeblieben. Sie hat mich angerufen, sich entschuldigt und mir erklärt, sie würde mit ihrem Buchhalter reden, ihn fragen, wie viel sie mir leihen könnte. Es macht mich nicht gerade stolz, zugeben zu müssen, dass ich wieder in ihr Bett geschlüpft bin. Eines Abends hat sie ihren Safe vor mir aufgemacht, um Unterlagen für ihren Steuerberater herauszuholen. Da konnte ich sehen, dass sich darin nur einige Papiere befanden. Der Schmuck war nicht mehr drin, wollte sie mir zeigen, falls ich auf die Idee käme, ihn stehlen zu wollen. Keiner von uns hat die Situation kommentiert.«

»Trotzdem haben Sie sich weiter mit ihr getroffen.«

»Ja. Meine Mutter wirft mir immer noch vor, ein unverbesserlicher Optimist zu sein. Ich gab die Hoffnung nicht auf.«

»Danke für Ihre offenen Antworten«, sagte Nico. »Eine Frage hätte ich allerdings noch. Hat Nora je über den Mann gesprochen, den sie liebte?«

»Ja, als ich nach Gaiole zurückkehrte und wir uns zusammensetzten, um uns gegenseitig zu erzählen, was in der Zeit seit unserer letzten Begegnung geschehen war. Bevor wir intim wurden, hat sie über ihn geredet. Für meinen Geschmack zu viel. Anfangs dachte ich, sie will mich eifersüchtig machen, doch dann wurde mir klar, dass sie trauerte. Er war unmittelbar, bevor sie mit mir Kontakt aufnahm, gestorben. Vielleicht konnte sie den Schmerz besser bewältigen, wenn sie mit einem Freund darüber sprach. Sie sagte, sie hätte nie jemandem von ihm erzählt, nicht einmal ihren Töchtern.«

Nardis Zeigefinger wanderte an seine Lippen, sein Blick schweifte ab. Eine halbe Minute später lächelte er zufrieden. »Martin, so hieß er. Nora hat mir erzählt, nach seinem Tod habe sie sich einen Rémy Martin als Schlaftrunk angewöhnt, sozusagen als Gutenachtgruß an ihn. Seinen Nachnamen hat sie, glaube ich, mir gegenüber nie erwähnt. Ist er wichtig für die Ermittlungen?«

Perillo sah Nico an. Diese Frage hatte er ihm auch stellen wollen.

»Könnte sein«, meinte Nico. »Hat sie noch etwas anderes über ihn gesagt?«

»Wahrscheinlich schon, aber irgendwann habe ich aufgehört zuzuhören. Und nach einer Weile hat sie das dann gemerkt.«

Nico bedankte sich. »Keine weiteren Fragen.«

»Maresciallo?« Nardi wandte sich an Perillo.

Perillo nahm den Zettel, den Nardi ihm gegeben hatte. »Ich werde Ihre Mutter und deren Hilfe befragen müssen. Und Ihre Nachbarn.«

»Seien Sie gewarnt. Mamma wird Sie mit Klagen über unsere Regierung überschütten, und die Nachbarn werden Ihnen erklären, was für ein schlimmer Sohn ich bin, weil ich nicht bei der Frau wohne, der ich mein Leben verdanke.«

»Gut. Das heißt, sie werden die Wahrheit sagen, was bei Ihrer Mutter und deren Hilfe möglicherweise nicht der Fall ist. Sie können gehen. Die Befragung ist zu Ende.«

Daniele sprach die Uhrzeit auf Band und betätigte den Stoppknopf des Kassettenrekorders. Nardi und Nico standen auf. Perillo sagte: »Danke, dass Sie sich doch noch die Zeit genommen haben zu kommen, Signor Nardi.« Nico formte sein »Danke« mit den Lippen.

»Bitte entschuldigen Sie mein Zögern«, meinte Nardi. »Ich habe das Dessert mitgebracht, für das im Lokal keine Zeit mehr war. Crema catalana für Sie drei. Einer Ihrer Brigadieri hat sich freundlicherweise bereit erklärt, sie in seinen Kühlschrank zu stellen.«

Der Gedanke, dass sich die Nachspeise in der Obhut von Vince befand, ließ Perillo von seinem Chefsessel aufstehen. »Danke.«

»Betrachten Sie sie als Werbung für das Il Cestino, nicht als Bestechungsversuch.«

»Natürlich. Ich werde sie genießen.«

Nardi wandte sich Nico zu. »Möglicherweise halten Sie sie für Crème brûlée, aber unsere Crema catalana wird mit Milch, nicht mit Sahne gemacht und ist viel leichter. Arrivederci im Il Cestino.«

»Ich freue mich schon darauf, noch einmal hinzugehen«, sagte Nico. *Das würde Nelli gefallen.*

Sobald die Tür sich hinter Nardi geschlossen hatte, nahm Perillo den Telefonhörer in die Hand. »Ist die Crema zugedeckt?«

Nico hörte Vinces tiefe Stimme antworten.

»Drei zugedeckte Teller. Gut.« Perillo legte auf. »Keine Ahnung, was Vince in seinem Kühlschrank hat. Ich möchte nicht, dass mein Dessert nach Fisch oder gebratenem Essen riecht.«

Nico sah auf seine Uhr und stand auf. Er musste das Brot von Enrico abholen. »Wird Zeit, dass ich mich wieder an die richtige Arbeit mache.«

»Das finde ich nicht lustig, Nico«, beklagte sich Perillo. »Setzen Sie sich. Dani, du auch. Erläutern Sie den Grund für Ihre Fragen.« Nico nahm auf dem Stuhl Platz, den Nardi gerade geräumt hatte. Daniele rückte eine weitere Sitzgelegenheit heran und gesellte sich zu ihnen.

Perillo hob eine Hand. »Den Grund für die erste begreife ich. Warum Nora den Schmuck an einen anderen Ort gebracht hat, musste geklärt werden, doch ihr früherer Liebhaber? Meinen Sie, er könnte unser Mörder sein?«

»Selbst wenn dem so wäre, wissen wir jetzt, dass er tot ist. Ich wollte wegen einiger Dinge, die Miss Barron mir gesagt hat, mehr über ihn erfahren. Da wären ein paar Punkte, die mich vermuten lassen, dass Noras Engländerin uns möglicherweise nicht die ganze Wahrheit gesagt hat.«

»Entschuldigen Sie, Nico«, fiel Daniele ihm ins Wort, »glauben Sie also, dass Signorina Barron Sie angelogen hat? Das kann ich kaum glauben. Auf mich wirkt sie wie eine echte Signora. Eine ›Lady‹, wie Sie sagen würden.«

»Ja, Dani. Sie ist eine Lady, kultiviert, höflich und wortgewandt.«

»Soll ich sie herbestellen?«, fragte Perillo.

»Nein. Am besten treffen wir uns an einem Ort mit ihr, an dem sie sich wohlfühlt. Um halb vier im Hotel?«

»Es hat keinen Sinn, wenn ich mitkomme«, brummte Perillo. »Das Gespräch wird komplett auf Englisch geführt. Daniele begleitet Sie als Zeuge und um die Unterhaltung aufzuzeichnen. Sobald Sie fertig sind, brauche ich eine wortwörtliche Übersetzung. Dann weiß ich, wie ich die neuen Informationen verarbeiten soll. Falls es welche gibt.«

Nico stand auf und schlug die Hacken zusammen. »Ja, Chef!«

Perillo blickte ihn stirnrunzelnd an. »Was ist?«

»Ich muss mir von dem Job, mit dem ich mir meinen Lebensunterhalt verdiene, freinehmen.«

Perillo breitete die Arme aus. »Nico, Ihre Hilfe erfüllt mich mit Freude. Dass ich aufgrund meiner mangelnden Englischkenntnisse völlig von Ihnen abhängig bin, macht mich allerdings ziemlich kirre. Mich dumm zu fühlen hinterlässt einen schalen Geschmack in meinem Mund. Und das fehlende Nikotin hilft auch nicht gerade. Entschuldigung.«

»Okay. Ich nehme meine Nachspeise mit, falls Vince und OneWag sie sich nicht schon einverleibt haben.«

Perillos Telefon klingelte, als Nico die Tür erreichte. »Moment noch.«

Nico drehte sich um.

Perillo nickte mehrmals, während er lauschte. »Ich wünsche Ihnen und Ihrer Frau alles Gute, Capitano, und, egal, welches Geschlecht es hat, viel Freude mit dem Kleinen.« Er legte auf. »Die Füße von Taranis Frau sind dick geschwollen, was sehr schlecht ist, sagt er. Er bringt sie drei Wochen vor dem errechneten Termin ins Krankenhaus. Ich dachte, das Baby kommt in einem Monat. Drei Wochen zu früh ist vermutlich besser.«

»›Egal, welches Geschlecht es hat‹?«, wiederholte Nico erstaunt.

Perillo sah ihn seinerseits verwundert an. »Was ist daran auszusetzen? ›Auguri e figli maschi‹ kann man nicht mehr sagen.«

»Vielleicht ›Auguri e figli maschi e figlie femmine‹?«, schlug Daniele vor.

Perillo blähte die Backen. »Es war freundlich gemeint, das weiß Tarani. Er ist ein guter Mensch. Abgesehen davon, dass er sich um seine Frau kümmert, stellt er Nachforschungen darüber an, ob irgendein Diamantenhändler in New York oder Amsterdam Noras Schmuck angeboten bekommen hat. Und er sagt, sie hätten keinen Schmuck in der Fahrradwerkstätte oder Zanellis Haus gefunden. Als Nächstes wird die Wohnung von Clara durchsucht, nur für den Fall, dass Marco einfältig genug war, einen Teil dort zu verstecken.«

»Unwahrscheinlich.« Nico öffnete die Tür. »Dani, ich bestätige unseren Termin um halb vier, sobald ich mit Miss Barron geredet habe. Ciao.«

Perillo wartete, bis er Nico nach Rocco pfeifen hörte. Erst dann fragte er Daniele: »War ich schlimm?«

Ja, hätte Daniele am liebsten geantwortet. *Sie waren immer schon launisch, aber in letzter Zeit sind Sie auch noch unsensibel und egoistisch.* Stattdessen sagte er: »Ich glaube, Signor Nardis Crema catalana hat Sie hungrig gemacht.«

»Bravo.« Perillo schmunzelte über seinen scharfsinnigen Brigadiere. »Wenn mein Magen so leer ist wie die Wüste Gobi, funktioniere ich nicht besonders gut. Holen wir mal lieber unsere Desserts, bevor Vince die Selbstbeherrschung verliert.«

Perillo stand von seinem Chefsessel auf und eilte, gefolgt von dem erleichterten Daniele, zur Tür.

Das Brot war Enrico noch nicht geliefert worden. »Bitte haben Sie Verständnis.« Enrico schnitt ein paar Enden vom Schinken ab. OneWag lag scheinbar unbeteiligt ausgestreckt auf dem sonnenbeschienenen Gehsteig draußen, als würden ihn die Leckereien des Salumiere kein bisschen interessieren. »Alba und ihre Frauen haben die Bäckerei in Beschlag genommen. Natürlich sollte ich mich über diesen unerwarteten Erfolg nicht beklagen. Wir planen sogar, die Bäckerei zu erweitern. Aber bis dahin muss ich um einen freien Ofen kämpfen. Ich möchte meine Brotkunden nicht verlieren.« Er kam hinter der Theke hervor, schob den Perlenvorhang mit einer Hand beiseite und trat auf die Straße. OneWag begrüßte ihn, indem er den Kopf hob und einmal mit dem Schwanz wedelte.

»Setz dich wenigstens ordentlich hin, OneWag«, rief Nico ihm zu. »Ich muss mich für meinen undankbaren Hund entschuldigen, Enrico. Er verdient Ihre Leckereien nicht.«

»Kein Problem. Das ist ein Spiel. Stimmt's, Rocco?«

OneWag schlang die Schinkenstücke herunter, während Nico die Telefonnummer des Hotels aus seinen Kontakten heraussuchte. »Guten Morgen, Laura. Nico hier. Ist Miss Barron da? Ich würde gern mit ihr reden.«

OneWag rieb seinen Kopf an Enricos Bein. »Nicos Ansicht nach bettelst du mich um Nachschub an, aber ich weiß, dass das ein Dankeschön ist.«

»Sie ist also mit Beppe nach Siena gefahren, verstehe.«

»Sie möchte ihm den Duomo zeigen.« *Das ist nichts Verwerfliches. Fragen sollte man trotzdem.*

»Haben Sie ihren Pass noch?«

»Sie braucht ihn zum Shoppen.«

»Verstehe. Den benötigen sie im Laden für die Steuerbefreiung.« *Rita hatte niemals etwas gekauft, das teuer genug gewesen wäre, damit sich das gelohnt hätte.*

»Ihr Gepäck ist noch im Hotel.« *Gut.*

»Nein, ich glaube nicht, dass sie abhauen will. Ich habe mich nur erkundigt, ist vermutlich eine alte Polizistengewohnheit.«

»Sie hat für sieben Uhr einen Tisch zum Essen im Hotel reserviert.« *Tilde wird mit einer ihrer gusseisernen Pfannen nach mir werfen.*

»Bitte sagen Sie ihr, ich schaue vorbei. Aber es ist nicht nötig, sie in Siena zu stören.« *Und sie nervös zu machen.* »Danke. Ciao.«

»Das Brot ist da«, verkündete Enrico, der gerade hereinkam. »Zwei Tüten voll, noch warm. Darf ich Ihnen eine Kostprobe anbieten?«

»Danke, nein. Bis morgen.«

»Sagen Sie Gogol, ich freue mich, dass es ihm bessergeht.

Morgen wartet eine Packung frischgebackener Cantuccini von Alba hier auf ihn.«

»Danke, das wird ihn freuen. Ciao.« Draußen auf der Straße rief er Daniele an, um ihn über die neue Uhrzeit zu informieren.

Tilde stemmte die Hände in die Hüften. »Maremma maiale, Nico! Was wird nun aus den Taglierini mit Prosciutto-Chips, die du heute Abend kochen wolltest? Die stehen schon auf der Speisekarte, und ich habe gerade eine Menge Geld für frische Pasta von unserem Pastaiolo ausgegeben. Sie kommt um fünf.« Tilde zog ihr Handy aus der Schürzentasche. »Hoffentlich kann ich sie noch abbestellen.«

»Nicht. Ich bereite alles vor. Du musst die Pasta nur noch kochen.«

Tilde warf das Geschirrtuch auf die Arbeitsfläche. »Natürlich. Ich habe ja sonst nichts zu tun.«

»Enzo kann dir helfen.«

»Ha, sag du ihm das.«

»Warum fragst du nicht deine Schwiegermutter?«, erkundigte sich Elvira, deren Körper die Küchentür ganz ausfüllte. »Was meint ihr, wer hier gekocht hat, bis du aufgetaucht bist, Nico? Traust du mir zu, die Pasta nicht zu weich werden zu lassen?«

Nico blickte Tilde an, bevor er antwortete.

Tilde holte tief Luft. Beim Ausatmen nickte sie.

»Wie könnte ein Amerikaner einer Italienerin beim Pasta-Kochen nicht trauen?«

»Das war nur eine höfliche Floskel. Sämtliche Zutaten müssen gekocht und fertig sein. Ich kümmere mich um das Vorbereiten und Mischen. Alba serviert, und Tilde erledigt alles andere auf der Speisekarte.« Elvira betrat die Küche. »Einverstanden?«

Tilde rang sich ein Lächeln ab. »Einverstanden. Danke für das Hilfsangebot.«

»Deine Krise, mein Lokal, meine Lösung.« Elvira drehte sich um und verließ den Raum.

Nico wartete, bis Elvira außer Hörweite war, und sagte dann: »Tut mir leid, Tilde. Ich mache das wieder gut.«

»Fang damit an, dass du den Fall löst. Und jetzt an die Arbeit. Wir müssen ein Mittagessen zaubern.«

Miss Barron saß an einem Tisch in einer Ecke der Hotelterrasse. In ihrem langen marineblauen Seidenkleid mit dem weißen Wolltuch um die Schultern sah sie sehr elegant aus. Als sie Nico und Daniele entdeckte, hob sie eine Hand zum Gruß.

Sechs andere Tische waren mit Paaren besetzt, dazu eine Familie mit zwei kleinen, sehr wohlerzogenen Kindern. Im Vorbeigehen hörte Nico Französisch. »Guten Abend, Miss Barron. Vermutlich erinnern Sie sich an Brigadiere Donato.«

Sie lächelte. Im Kerzenlicht wirkte ihr Gesicht weich und jünger als sonst. »Ja. Das ist der attraktive junge Assistent des Maresciallo. Laura hat Sie schon angekündigt. Ich habe mit der Nachspeise gewartet, weil ich dachte, vielleicht haben Sie auch Lust auf eine.«

»Tut mir leid«, entschuldigte sich Nico, dem auffiel, dass sie die Uhrkette nach wie vor um den Hals trug. »Ich hatte vermutet, dass Sie mit dem Essen fertig sind. Genießen Sie ruhig das Dessert. Sie finden uns in dem Raum, in dem wir gestern waren. Es besteht keine Eile.«

»Verstehe. Es wird also eine ernste Besprechung. Dann gönne ich mir einen Pimm's zum Dessert. Den hole ich mir unterwegs an der Bar.«

Leo, der Hotelkellner, der an jenem Abend in der Bar Dienst tat, begrüßte Miss Barron mit einem breiten Lächeln. »Il solito. Sorry. Das Übliche?«

»Ja, Leo. Obwohl der heutige Abend vermutlich anders wird als die bisherigen. Für Sie nichts, meine Herren?« Sie wartete nicht auf eine Antwort. »Natürlich nicht. Sie sind ja im Dienst. Geben Sie ordentlich Gin dazu, Leo. Molto Gin. Diese Herren wollen in meine Seele blicken.« Sie nahm das hohe Glas, das Leo ihr reichte, und ging zu dem Raum voraus, in dem sie sich tags zuvor mit Nico unterhalten hatte.

Dort setzte sie sich vorsichtig auf eines der Ledersofas, damit ihr Drink nicht überschwappte, und deutete auf die beiden Sessel ihr gegenüber. »Wahrscheinlich sind Sie mir auf die Schliche gekommen, Mr Doyle. Das hatte ich schon befürchtet.« Sie nippte an ihrem Drink und stellte ihn mitsamt Serviette auf das Beistelltischchen.

Daniele zog sein Smartphone aus der Tasche.

Als Miss Barron das Handy bemerkte, sah sie Daniele mit einem Lächeln an, das Nico als nachsichtig interpretierte. »Sie möchten aufnehmen, was ich sage. Also muss ich meine Worte sorgfältig wählen.«

»Können Sie ...?«, hob Nico an.

»Bitte.« Miss Barron legte die Hände aneinander; der weiche Ausdruck ihres Gesichts verschwand. »Es ist meine Geschichte, Mr Doyle. Gestatten Sie mir, sie selbst zu erzählen.«

»Ja, aber ich werde Ihnen Fragen stellen müssen.«

»Vielleicht werden Sie gar keine haben.« Sie nahm einen ziemlich großen Schluck von dem Pimm's.

Daniele betätigte den Aufnahmeknopf und gab wie üblich die Daten an.

Miss Barron lehnte sich auf dem Sofa zurück. Sie umklammerte das Glas so fest mit beiden Händen, als könnte es ihr Halt geben. »Wie ich Ihnen bereits an jenem grässlichen Morgen erzählt habe, sind Nora und ich uns im Zug von Bath nach London begegnet. Sie sagte mir, sie sei nach Bath gekommen, um die römischen Ruinen zu besichtigen. Das habe ich ihr geglaubt. Sie war schrecklich neugierig und hat mir alle möglichen Fragen über mich gestellt, die ich ihr beantwortete, weil ich mich, naiv, wie ich war, geschmeichelt fühlte, dass jemand mich so interessant fand. Es fällt mir schwer, mir diesen Mangel an Urteilsvermögen zu verzeihen, doch ich war damals sehr unglücklich. Mein Exverlobter, ein Mann, den ich nach wie vor liebte, sogar sehr liebte, hatte Krebs. Er lag im Sterben und weigerte sich, mich zu sehen. Zu dem Zeitpunkt, als ich Nora kennenlernte, schmerzten mich die Wunden, die seine Zurückweisung mir ein Jahr zuvor geschlagen hatte, noch immer. Während der eineinhalbstündigen Fahrt nach London fesselte Nora mich mit ihrer Energie, ihrer Selbstsicherheit und ihrer Überzeugung, dass eine Reise nach Italien mich von dem befreien würde, was sie als ›lähmenden Kummer‹ bezeichnete, der sich in meiner Miene niederschlug …« Miss Barron hob ihr Glas und drückte es gegen ihre Wange.

Daniele stand auf und öffnete beide Fenster.

»Grazie.« Sie stellte das Glas zurück auf den Tisch. »Ich hatte nicht erwartet, dass mein Zustand für eine völlig Fremde so offensichtlich war. Was für ein Schock! Den ich anscheinend brauchte. Als wir in London ankamen, hat sie mir ihre Adresse aufgeschrieben und einfach in die Jackentasche gesteckt. ›Suchen Sie mich auf, wenn Sie in meine Gegend kommen.‹

Martin ist ein paar Monate nach besagter Zugfahrt gestorben, am fünfzehnten Mai. Vier Wochen später habe ich in diesem Hotel eingecheckt, mit neuer Frisur und neuer Kleidung, den lähmenden Kummer in meinem Herzen verschlossen. Angesichts meines Alters hielten mich alle für eine Signora, höchstwahrscheinlich eine Witwe, da ich mich nicht in Begleitung eines Mannes befand. Warum nicht einfach das sein, was ich mir erhofft hatte? Eine Frau, die den geliebten Mann geheiratet hatte. Dann der Abend mit Nora, der Abend vor ihrem Tod – ja, Mr Doyle, ich sehe die Frage in Ihren Augen. Der fünfzehnte Mai, der Jahrestag von Martins Tod. Nora hatte meinen Besuch sehr sorgfältig geplant, weil sie mir eröffnen wollte, wie schlau sie mich hinters Licht führte, an genau jenem Tag, an dem mich jedes Jahr schneidender Schmerz quälte.

An jenem Abend also, nach einem ruhigen Essen auf der hinteren Terrasse, gingen wir wie jeden Tag ins Musikzimmer, sie mit ihrem Cognac, ich mit meinem Wein. Sie fragte mich, ob sie die *Mondscheinsonate* für mich spielen solle. Dabei beugte sie sich, den Blick auf mein Gesicht gerichtet, nah zu mir herüber. Ich glaube nicht, dass ich sichtbar nach Luft schnappte. Hoffentlich nicht. Doch die Intensität, mit der sie mich musterte, verriet mir, dass sie die Sonate nicht zufällig gewählt hatte. Allmählich begann mir ein Licht aufzugehen.«

Miss Barron veränderte ihre Position auf dem Sofa, glättete ihren Rock und nahm mehrere Schlucke von ihrem Drink. Dann schenkte sie Nico zögernd ein Lächeln. »Auch wenn Sie das albern finden: Ich stelle diese unangenehme Situation jetzt szenisch nach. So tauche ich wieder ganz ein.

›Wieso glaubst du, dass ich die Mondscheinsonate hören möchte?‹

›Martin hat mir erzählt, sie sei sein Lieblingsmusikstück. Du hast es früher für ihn gespielt.‹

Das Licht wächst sich zu einer Flamme aus. Ich konfrontiere sie mit einer Frage, deren fürchterliche Antwort ich zu kennen meine. ›Du bist also diejenige, welche?‹

›Ja. Wir haben uns bei meiner ersten Englandreise in einer Londoner Kunstgalerie kennengelernt und dort dasselbe Bild bewundert. Ich fand seine englische Art sexy.‹ Zwischen den Sätzen nippt Nora an ihrem Drink. ›Es war weder seine noch deine Schuld. Ich habe ihm einfach nur eine andere Form der Liebe gezeigt, eine, die sich aus Leidenschaft speist. Kennst du die Leidenschaft, Laetitia? Sie ist ein zutiefst irrationales Gefühl ohne Regeln.‹

Ich würde am liebsten aufstehen, gehen, nach Hause fliegen. Irgendwohin. Nur weg. Aber ich bin wie am Stuhl festgeklebt. ›Ich sollte auf deine Kosten nach Italien kommen, weil du mir sagen wolltest, dass der Mann, mit dem ich verlobt war, mich für dich verlassen hat. Warum? Welche Befriedigung verschafft es dir, den Finger in die schwärende Wunde zu legen?‹

›Ich bin der festen Überzeugung, dass es heilsam ist, die Wahrheit zu kennen. Wahrheit bringt Klarheit. Du wirst mich hassen. Das tun die meisten Menschen. Aber du wirst sehen: Hass hilft.‹ Ihre Worte klingen verschwommen. ›Martin der Betrüger wird zu Martin, dem Opfer einer hinterhältigen Frau aus dem Ausland.‹

Die Wut verleiht mir die Kraft aufzustehen. ›Ich reise morgen früh ab.‹

›Wenn du meinst.‹

Ich will mich entfernen. Nora hält mich mit folgendem Satz zurück: ›Die gehört dir.‹

Ich drehe mich um. Sie hält die Uhrkette aus dem achtzehnten Jahrhundert hoch, die ich Martin zur Verlobung geschenkt habe. Ein tiefer Seufzer entringt sich meiner Brust.

›Nein, Laetitia, er hat sie mir nicht geschenkt. Ich habe sie bei unserem Abschied an mich genommen. Ihm ging es so schlecht, dass er es nicht bemerkt hat.‹ Nora spricht, als hätte sie Kleber im Mund. ›Danach habe ich dich im Zug kennengelernt. Ich hatte Fotos von dir bei Martin gesehen. Unsere Begegnung war reiner Zufall – falls du an Zufälle glaubst.‹ Sie lässt die Uhrkette vor meiner Nase baumeln.

Ich möchte sie haben, will Nora aber nicht die Befriedigung verschaffen, dass ich sie an mich reiße.

›Nun mach schon, sie gehört dir.‹ Als ich keinen Finger rühre, wirft sie sie mir vor die Füße. ›Buonanotte, Laetitia. Ich bin sehr müde und werde heute hier übernachten. Bis morgen ...‹

Sie ist mitten im Satz eingeschlafen. Ich habe die Uhrkette aufgehoben und Nora gelassen, wo sie war«, erzählte Miss Barron und ließ den Kopf auf die Rückenstütze des Sofas sinken.

Daniele hatte Miss Barron fasziniert von ihrem kontrollierten Tonfall beobachtet, der in krassem Widerspruch zu ihrer sich ständig verändernden Miene stand. Zuerst Trauer, dann Wut und nun Leere. Hatte sie soeben ein Geständnis abgelegt? Nico rutschte in dem Sessel, in dem er saß, nach vorn und stützte die Ellbogen auf die Knie. Daniele spürte, wie angespannt Nico plötzlich war. »Soll ich ihr noch einen Drink oder ein Glas Wasser holen?«, erkundigte sich Daniele.

Nico wiederholte die Frage auf Englisch.

»Nein.« Sie hob den Kopf, um Daniele anzusehen. »Grazie.«

Daniele lächelte. *Sie ist eine nette Lady. Keine Mörderin.*

»Ich bin nur müde. Mein Innerstes so zu entblößen fällt mir nicht leicht. Das war's, Mr Doyle.«

»Danke.« Ihre Geschichte hatte ihn gerührt. Miss Barron hatte etwas sehr Schmerzliches mit ungemeiner Würde erzählt, etwas, das er nun gegen sie verwenden würde. »Das Diazepam muss in der Cognacflasche gewesen sein, die nicht gefunden wurde. Sie haben eine Aussage unterschrieben, in der Sie behaupten, Sie seien aufgewacht, als Sie hörten, wie die *Mondscheinsonate* gespielt wurde.«

»Die habe ich gehört.«

»Meiner Ansicht nach hat etwas anderes Sie geweckt.«

»Offenbar habe ich soeben meinen eigenen Haftbefehl unterzeichnet, nicht wahr?«

»Ich fürchte ja, aber für welches Verbrechen? Behinderung der Ermittlungen, Mord oder beides?«

»Tja, ich hätte ihr tatsächlich gern den Kopf mit einem Schürhaken eingeschlagen. Und hätte das auch tun können, aber jemand anders hat es für mich getan.«

»Was hat Sie tatsächlich aufgeweckt?«

»Wut, glaube ich. Plötzlich war ich hellwach, bereit, sie zur Rede zu stellen, ihr zu sagen, wie abscheulich sie ist. Eine Frau wie sie konnte Martin nicht geliebt haben. Ich bin in meinen Morgenmantel geschlüpft und nach unten gegangen.«

»Um wie viel Uhr war das?«

»Sie kennen die Uhrzeit. In dieser Hinsicht habe ich Sie nicht belogen. Ich betrat das Musikzimmer. Dort war es dunkel. Als ich gegangen war, hatte ich das Licht angelassen. Beim Einschalten sah ich, dass Nora nicht mehr in dem Sessel saß. Das Glas und die Cognacflasche waren ebenfalls verschwunden. Es ärgerte mich, dass sie sich einfach in ihr Schlafzimmer verdrückt hatte. Ich habe mich umgedreht, um den Raum zu verlassen, und da lag sie: auf dem Rücken über dem Klavierhocker, tief und fest schlafend, wie ich meinte. Ich beugte mich über sie und spielte den ersten Satz der *Mondscheinsonate*. Der dauert nicht lange, nur knapp sechs Minuten. Sie rührte sich nicht. Ich rüttelte sie, um sie aufzuwecken. Und bemerkte die Schnur. Ich war so erschrocken, dass ich nach oben gerannt bin, um meine Reiseunterlagen zu holen, in denen die Telefonnummer der Carabinieri stand. Dort habe ich angerufen, bin dann ins Musikzimmer zurückgekehrt und habe sie hochgezogen und hingelegt, eine Hand auf den Tasten, als hätte sie gerade zu spielen aufgehört.«

»Warum haben Sie das getan?«

»Sie hatte davon geträumt, Konzertpianistin zu werden. Ich habe sie im Tod wie eine hindrapiert. Ob aus Boshaftigkeit oder weil sie mir plötzlich leidtat, weiß ich nicht. Spielt das eine Rolle?«

»Vor dem Gesetz schon«, antwortete Nico. »Maresciallo Perillo erwartet Sie morgen früh um zehn Uhr in der Polizeistation. Er wird Ihnen noch ziemlich viele Fragen stellen müssen, nachdem Sie Ihre Aussage von heute Abend unterschrieben haben. Die Befragung ist hiermit zu Ende.« Er wiederholte den letzten Satz auf Italienisch.

Daniele sprach wie üblich die Daten auf sein Smartphone und beendete die Aufnahme.

»Miss Barron«, sagte Nico, »ich fürchte, ich muss Ihnen den Pass abnehmen.«

»Verstehe, obwohl ich viel zu müde bin, um heute noch irgendwo anders hinzugehen als ins Bett. Ich trage ihn auf Reisen stets bei mir.« Sie griff in ihre dunkelblaue Clutch und gab Nico ihren britischen Ausweis.

»Sie haben ein Fläschchen Diazepam in Ihrem Zimmer. Das muss ich ebenfalls konfiszieren.«

»Ich hatte gehofft, Sie wären so freundlich, mir eine kleine Fluchtmöglichkeit zu gönnen, aber egal. Ich habe nicht Selbstmord begangen, nachdem Martin mich verlassen hatte, und würde mich auch jetzt nicht umbringen.« Sie zog einen Metallschlüssel an einer Quaste aus ihrer Handtasche und reichte ihn ihm. »Zimmer 312. Im Arzneischränkchen, zweites Fach.«

Nico stand auf und steckte den Schlüssel ein. Daniele nahm sein Handy und erhob sich ebenfalls.

»Gute Nacht, Miss Barron«, verabschiedete sich Nico. »Wir sehen uns morgen früh.«

»Ja«, erwiderte Miss Barron.

»Ich lege Ihnen den Zimmerschlüssel an die Rezeption.«

»Buonanotte, Signora«, sagte Daniele mit einer leichten Verbeugung.

»Notte.« Sie schloss die Augen, als könnte sie den Anblick der beiden keine Sekunde länger ertragen.

»Was hat sie gesagt?«, fragte Daniele Nico, nachdem dieser ihm erklärt hatte, warum sie Miss Barrons Zimmer aufsuchen würden. »Sie hat nicht gestanden, oder? Wenn doch, lügt sie. Oder sie bedauert es zutiefst. Haben Sie ihr Gesicht gesehen? Das sprach Bände.«

Nico holte das halbleere Diazepam-Fläschchen, hinterlegte den Schlüssel an der Rezeption und ging zum Parkplatz. Daniele, der ihm folgte, meinte: »Nein, das glaube ich nicht. Was hat sie Ihnen gesagt, Nico? Wie hat sie es erklärt?«

Nico blieb stehen. »Dani, es ist spät. Geben Sie mir Ihr Handy. Morgen früh lesen Sie meine Übersetzung ihrer Aussage, die Sie in korrektes schriftliches Italienisch bringen müssen. Buonanotte.«

»Lassen Sie mich noch schnell eine SMS an Stella schreiben.«

Nico staunte, wie flink Danieles Daumen über die winzige Tastatur huschten. Er selbst konnte nur mit dem Zeigefinger auf dem Handy tippen. Daniele hörte gar nicht mehr auf zu schreiben.

»Soll das ein Roman werden?«

»Ich sage ihr nur, warum ich sie so sehr liebe.«

Nico wollte nach Hause. Er musste Perillo des Treffens am Morgen wegen anrufen, und die Übersetzung würde Ewigkeiten dauern. »Dani, es reicht. Sie weiß, was Sie für sie empfinden.«

»Ich erinnere sie trotzdem gern daran.« Er setzte seinen Namen unter die SMS und reichte Nico das Handy. »Ciao, bis morgen früh. Bringen Sie Rocco mit. Er fehlt Vince und mir.«

OneWag lief Nico entgegen und drückte sich gegen seinen Unterschenkel. »Hallo, Kumpel.« Nico kraulte den Hund am Kopf. Nelli kam mit einem Buch in der Hand vom Balkon herein. »Ciao, amore.« Sie gab Nico einen Kuss. »Wie ist es gelaufen?«

»Perillo wird zufrieden sein.« Nico stöpselte Danieles Handy an der Steckdose beim Sideboard ein.

»Sie hat gestanden?«

Sie hat gestanden, dass sie ein todsicheres Motiv hat, dachte Nico. *Ob das für eine Festnahme wegen Mordes reicht, wird Perillo entscheiden.* »Sie hat mir eine lange Geschichte erzählt, mehr kann ich dazu nicht sagen. Und die muss ich jetzt übersetzen.«

»Soll ich dir helfen?«

»Nein danke. Daniele geht noch mal drüber.«

»Gut. Übrigens habe ich dich nicht bloß aus Neugierde gefragt.«

»Ich weiß.« Nico zog sie zu sich heran und umarmte sie. »Du warst wie immer hilfreich.« Er drückte ihr einen Kuss auf die Haare. »Ich mach mich mal lieber an die Arbeit. Hab Perillo versprochen, dass die Aussage bis morgen um neun Uhr fertig ist.«

»Dann lege ich mich mit meinem Buch ins Bett.« Sie gab ihm einen Gutenachtkuss. »Ich habe heute Abend im Sotto Il Fico gegessen. Deine Taglierini waren ausgezeichnet.«

»Freut mich zu hören.«

»Mich auch.« Nelli setzte sich in Richtung Schlafzimmer in Bewegung. »Kommst du, Rocco?«

OneWag sah zuerst Nico an, dann Nelli und wieder Nico.

»Deine Entscheidung, Kumpel.«

Mit einem Blick, in dem Nico Enttäuschung zu lesen glaubte, ließ der Hund sich auf dem harten Boden nieder und legte den Kopf auf die Pfoten.

»Ich weiß es zu schätzen, OneWag, aber ich warne dich: Es wird eine lange Nacht.«

OneWag rührte sich nicht von der Stelle.

VIERZEHN

Perillo hob den Blick von Miss Barrons übersetzter Aussage. Die Frau wirkte gelassen, hatte das Gesicht eines Menschen, der akzeptiert, was kommt, dachte er. An jenem Morgen in der Villa hatte er sie für schuldig gehalten, jedoch seine Meinung geändert, nachdem er die arrogante Familie der Ermordeten kennengelernt und seinen eigenen Vorurteilen nachgegeben hatte. Sein erster Instinkt war also richtig gewesen.

»Bitte machen Sie der Signora klar, dass es für sie von Vorteil ist, ihre Schuld zu bekennen.«

Nico übersetzte.

»Welchen Vorteil sollte das haben?«, erkundigte sich Miss Barron, an Perillo gewandt. »Ich müsste so und so ins Gefängnis, ohne Aussicht auf ein Berufungsverfahren. Wenn ich darauf aus gewesen wäre, sie zu ermorden, hätte ich den Schürhaken vom Kamin benutzt. Ein harter Schlag, und sie wäre erledigt gewesen. Soweit ich weiß, dauert Erdrosseln mehrere Minuten.«

»Sie helfen sich gerade nicht selbst, Miss Barron«, meinte Nico, der nicht übersetzen wollte, was sie sagte.

»Möglich, aber ich weiß nicht, ob mir das wichtig ist.«

»Haben Sie Nora Salviati umgebracht?«

»Ich hätte es gern getan.«

Nico wiederholte die Frage.

Miss Barrons Finger schlossen sich um die Uhrkette. »Sie hat mein Leben zerstört.«

»Ich frage Sie noch einmal: Haben Sie Nora Salviati ermordet?« Nico beobachtete, wie sie überlegte.

Schließlich straffte sie die Schultern und ließ die Uhrkette los, die sie umklammert hatte. »Nein, das habe ich nicht.«

Nico übersetzte für Perillo.

»Ich glaube ihr nicht«, meinte Perillo. »In ihrer Aussage behauptet sie, die Wut habe sie geweckt. Sie ging nach unten, bereit, die Frau zur Rede zu stellen, die ihr den Verlobten geraubt hatte. Vielleicht war ihr bis dahin noch nicht der Gedanke gekommen, sie zu töten. Sie fand Nora betäubt schlafend vor. Wie leicht es wäre, diese schreckliche Frau umzubringen! Möglicherweise hat sie den Schürhaken gesehen und war versucht, ihn zu benutzen, erkannte aber, dass ihr Morgenmantel dann über und über mit Blut bespritzt werden würde.

Bei einer Erdrosselung hingegen fließt kein Blut. Miss Barron ging in Noras Schlafzimmer, vielleicht der Ort, an dem Martin und Nora miteinander geschlafen hatten. Sie schnitt die Vorhangschnur mit der Schere ab, die wir auf der Frisierkommode gefunden haben, darauf bedacht, keine Fingerabdrücke zu hinterlassen, kehrte nach unten zurück und erdrosselte die Frau, die ihr Leben zerstört hatte.« Perillo lehnte sich zufrieden in seinem Chefsessel zurück. »So ist es passiert.«

Könnte sein, dachte Nico. »Soll ich das alles übersetzen?«

»Nur das: Signorina Barron, ich nehme Sie in Haft, weil ich glaube, dass Sie Nora Salviati durch Erdrosseln getötet haben.« Perillo nickte Nico zu. Der übersetzte.

Dann fuhr Perillo fort. »Die Untersuchungshaft dauert achtundvierzig Stunden, in denen Sie von Staatsanwalt Della Langhe vernommen werden. Wenn er zu dem Schluss gelangt, dass ausreichend Beweise gegen Sie vorliegen, werden Sie festgenommen und vor Gericht gestellt. Dort erhalten Sie Beistand von einem durch den Staatsanwalt bestellten Dolmetscher.« Nachdem Nico das übersetzt hatte, fügte Perillo hinzu: »Brigadiere Dino wird Sie zu Ihrem Hotel begleiten, um Ihre Sachen abzuholen, und chauffiert Sie anschließend nach Florenz.« Perillo stand auf. »Ich gehe in Vinces Zimmer und rufe Tarani von dort aus an. Der Fall liegt nun in seinen Händen.«

Daniele sprach den üblichen Text auf Band und betätigte den Stoppknopf.

»Das klingt schrecklich kompliziert«, sagte Miss Barron, nachdem Nico übersetzt hatte. »Warum können Sie nicht den Dolmetscher für mich machen, und wieso können Sie mich nicht einfach festnehmen?«

»Das italienische Recht *ist* kompliziert. Sie kennen Brigadiere Dino. Er hat mit mir Ihr Zimmer durchsucht. Ich fürchte, er wird Ihren Wachhund spielen.«

»Er scheint mir harmlos zu sein. Kann ich jetzt aufstehen?«

»Ich glaube, es ist besser, wenn Sie warten, bis der Maresciallo wieder da ist.«

Miss Barron musterte Nico. »Ich suche nach Hinweisen auf Ihre Gedanken. Und kann keine finden.«

»Was ich denke, spielt keine Rolle.«

»Für mich schon.«

»Denke ich, dass Sie Nora ermordet haben? Es sieht so aus. Sie hatten ein sehr starkes Motiv und Gelegenheit.«

»Höre ich da ein *Aber* in Ihrer Stimme?«

Nico zögerte. Er wollte ihr keine Hoffnung machen.

Sie schaute ihn mit einem flehenden Blick an. »Wenigstens ein ganz kleines *Aber*?«

»Ja, das gibt es«, gab Nico zu. Wahrscheinlich nur, weil er sie mochte.

»Danke. Da fühle ich mich gleich besser.«

Sie warteten schweigend. Daniele spulte die Kassette zurück, räumte seinen bereits ordentlichen Schreibtisch auf. Ihm fiel es schwer zu akzeptieren, dass diese nette, elegante englische Dame eine Mörderin sein sollte. Wenn dem tatsächlich so war, lag es ausschließlich an Nora.

Etwa zehn Minuten später kam Perillo zurück. »Erledigt.« Er setzte sich erleichtert seufzend. »Man erwartet Sie heute Abend um sechs im Büro des Staatsanwalts.«

Miss Barron stand auf und glättete die Vorderseite ihres dunkelgrauen Etuikleids. »Finito?«, fragte sie Perillo.

Perillo hob, erstaunt über ihr Italienisch, die Augenbrauen. »Si. Finito.«

Sie nahm zufrieden lächelnd ihre Handtasche und erklärte Nico: »›Finito?‹, sagt Leo nach jedem Gang. Ich vermute, dass es ›fertig‹ heißt. Auf Wiedersehen, Mr Doyle. Danke für Ihren Beistand. Ich hoffe wirklich, Sie wiederzusehen.«

Nico begleitete sie aus dem Büro. OneWag trottete aus Vinces Zimmer, wedelte einmal und schnüffelte an Miss Barrons Schuhen.

»Sie haben einen ausgesprochen netten Hund, Mr Doyle. Hoffentlich sind Sie seiner würdig.«

»Ich gebe mir Mühe«, erwiderte Nico. »Sie sind eine starke Frau, Miss Barron.«

»Auch ich gebe mir Mühe.«

Dino, der am Eingang gewartet hatte, bot ihr seinen Arm an. Miss Barron hakte sich unter, und sie entfernten sich.

Nico kehrte, gefolgt von OneWag, in Perillos Büro zurück. »Ich muss los.«

»Danke für Ihre Hilfe«, meinte Perillo. OneWag flitzte in den hinteren Teil des Raumes, um nachzusehen, ob Daniele etwas für ihn hatte. »Della Langhe wird sie festnehmen. Sie mögen sie, das weiß ich, aber ihm bleibt keine andere Wahl. Die Beweise sprechen für sich. Merkwürdig, dass sie Ihnen diese Geschichte gestern erzählt hat. Damit bringt sie sich selbst ins Gefängnis. War ihr das nicht klar?«

»Irgendwann hat sie es gemerkt, doch ihr Bedürfnis, sich alles von der Seele zu reden, war zu stark, oder Noras Enthüllung hat dafür gesorgt, dass ihr nun egal ist, was mit ihr passiert.«

»Eins wollte ich Ihnen noch sagen: Noras Leiche wird heute Vormittag freigegeben. Clara hat mich angerufen, um mir mitzuteilen, dass die Trauerfeier Donnerstagmorgen um zehn Uhr in der Kirche von San Leolino stattfindet. Das ist gleich oberhalb von Panzano.«

»Da war ich schon. Was ist mit Marco?«

»Samstag in Lucca.«

»Zu der von Nora werde ich gehen. Nelli wird hinwollen, und mir gibt das Gelegenheit, mir diese tolle Familie anzusehen, von der Sie erzählt haben. Ciao Ihnen beiden. Ich wünschte, ich könnte behaupten, froh über das Ende zu sein, doch das wäre gelogen.«

»Mir geht es genauso.« Daniele versuchte, OneWag den Bleistift wegzunehmen, den dieser auf dem Boden gefunden hatte und den er nun stolz wie einen Pokal im Maul herumtrug.

»Ich bin froh, dass es vorbei ist«, gestand Perillo. »Aber wie hätte ich mich erst gefreut, wenn es mir gelungen wäre, Fabio, seine Frau oder alle beide dem Staatsanwalt vorzuführen.«

»Lass das Ding fallen!«, herrschte Nico seinen Hund an. Die Ereignisse des Vormittags hatten ihm die Laune verhagelt.

OneWag setzte sich, den Stift nach wie vor im Maul, vor Nico hin und schaute ihn an.

»Bitte.« Ein sanfter Tonfall funktionierte immer am besten. »Wenn es dir nichts ausmacht.«

Der Hund trottete zu Daniele, wartete, bis dieser sich bückte und ihm die Hand hinhielt, und ließ den zerkauten feuchten Bleistift hineingleiten.

»Danke, Rocco.«

OneWag lief los, um Nico einzuholen, der am Hinausgehen war.

»Wie war das Frühstück mit Gogol?«, fragte Nico Nelli am Telefon. Er kaufte gerade im Coop von Greve Zwiebeln und Lauch für sein Pastagericht ein. Tilde hatte ihm eine SMS geschickt, dass er es noch einmal kochen solle. Sie würde sich um die Pasta kümmern. OneWag nagte draußen an einem Lederknochen herum, den Nelli ihm geschenkt hatte.

»Er wollte wissen, warum du nicht mit Rocco bei mir bist. Ich habe ihm erklärt, dass du an einer Übersetzung für den Maresciallo sitzt.«

Nico hatte auf seine morgendliche Joggingrunde und das Frühstück mit Gogol verzichtet, um das verdammte Schriftstück in eine zumutbare Form zu bringen.

»Ich bringe ihn heute Nachmittag ins Krankenhaus«, sagte Nelli.

»Das kann ich übernehmen.«

»Er möchte dich erst wieder nach der Operation sehen. Wahrscheinlich schämt er sich, dass er einen Stent braucht. Er ist sehr stolz.«

»Tut mir leid, dass alles an dir hängenbleibt, Nelli.«

»Ich mache das gern. Und ich kann noch Überstunden in der Arbeit abfeiern.«

»Noras Trauerfeier findet Donnerstagvormittag statt.« Er nannte ihr Zeit und Ort.

»Begleitest du mich?«, fragte sie.

»Ja, gern.«

»Das freut mich. Ich muss zurück an die Arbeit. Soll ich heute Abend zu dir kommen und über Nacht bleiben?«

»Klar, am liebsten jede Nacht.« Sobald Gogol wieder auf den Beinen wäre, würde er sie bitten, bei ihm einzuziehen. Sie sollte die Entscheidung ohne Ablenkung treffen.

»Ich hole OneWag ab und gieße vielleicht die Pflanzen in deinem Gemüsegarten für dich. Ciao.«

»Danke, Nelli.«

»Ich habe vielleicht gesagt.«

»Danke dafür, dass du einfach großartig bist, egal, ob du sie gießt oder nicht. Ich liebe dich.«

»Du bist mir gegenüber zu nachsichtig, Nico, aber ich glaube, das gefällt mir. Ich liebe dich auch.« Sie beendete das Gespräch.

Nico behielt das Handy noch eine Weile am Ohr, um Nellis Stimme nachzuspüren.

Nico betrat das Sotto Il Fico schwer beladen mit Gemüse aus dem Coop und Enricos Brot und Prosciutto. Enzo nahm ihm die Brottaschen ab. »Ein neues Nico-Gericht?«, erkundigte er sich, als er die Coop-Tüte sah. Er stellte die Taschen auf dem nächstgelegenen Tisch ab.

»Nein, das gleiche.«

»Gut, dann schreibe ich das in die Speisekarte. *Taglierini alla Nico*. Gratuliere. Die waren sehr schnell aus.«

»Lass meinen Namen weg.«

»Zu spät. So standen sie gestern Abend auf der Karte, und so bleibt's auch. Bevor du auf dem Weg in die Küche an meiner jähzornigen Mutter vorbeikommst, möchte ich dich warnen. Sie ist nicht gut auf dich zu sprechen.«

»Weil sie nicht als Erste kosten durfte?«

»Das hat sie, weil sie ja letzte Hand anlegte, doch sie wollte mehr und hat nichts gekriegt. Tilde ist nicht so nett zu ihr wie du.«

»Das stimmt nicht, wie Elvira mich ziemlich oft erinnert.« Nico ging mit der Coop-Tüte zu der Ecke, in der Elvira saß und Servietten faltete. Auf ihrem Schoß lag bereits ein dicker Stapel.

»Buongiorno, Elvira.« Nico küsste sie auf die Wangen.

Sie hob den Blick nicht. »Ich zahle dir Lohn, stimmt's?«

Da Nico sich denken konnte, was ihn erwartete, zog er einen Stuhl heran und setzte sich ihr gegenüber hin. »Ja, das tust du, und ich danke dir dafür.« Er kam sich vor wie ein Schuljunge vor dem Direktor.

»Und warum zahle ich dir diesen Lohn?« Sie faltete mit gesenktem Kopf weiter.

»Damit ich Tilde in der Küche helfe. Ich weiß, ich habe mir ziemlich oft freigenommen. Du hast jedes Recht, sauer zu sein.«

Sie hob ruckartig den Kopf. »Welches Recht auf meine Gefühle ich habe, entscheide immer noch ich.«

»Natürlich. Zieh die Stunden, die ich mir freigenommen habe, von meinem Lohn ab.«

»So leicht kommst du mir nicht davon. Du verschwindest einfach, wenn es dir einfällt, und lässt uns hängen. Gestern Abend habe ich geholfen, dein Gericht zuzubereiten. Die beiden Gabeln, die ich davon probiert habe, waren gut. Für meine Arbeit hätte mir ein voller Teller zugestanden, aber das Gericht war nach einer Stunde aus. Und du warst nicht da, um Nachschub zu machen. Ich musste was von Tildes üblichen Sachen essen.«

»Wenn du möchtest, koche ich es dir jetzt.«

Sie hielt den Blick auf die Servietten gerichtet, als wollte sie nicht, dass Nico ihre Freude sah. »Es ist mein Lokal. Ich sollte von allem, was wir anbieten, so viel essen können, wie ich will.«

»Natürlich.« Nico stand auf.

»Nico, ich brauche dich«, rief Tilde aus der Küche.

»Tut mir leid, Elvira. Am Donnerstagvormittag muss ich zu einer Trauerfeier in San Leolino. Danach kannst du frei über mich verfügen.«

Elvira faltete die Hände. »Dem Himmel sei Dank! Die Ermittlungen sind abgeschlossen, und ich kann mich wieder darauf verlassen, dass du dir deinen Lohn auch verdienst.«

»Nico!«, rief Tilde noch einmal.

»Geh jetzt und bereite dein Gericht zu.«

»Sofort.«

»Ich wollte dich von ihr loseisen«, erklärte Tilde leise, als Nico die Küche betrat. »Habt ihr Noras Mörder gefasst?«

»Scheint so.«

»Du klingst nicht gerade überzeugt.«

Er stellte die Tasche mit den Lebensmitteln auf seiner Seite der Arbeitsfläche ab. »Ich bin nur nicht glücklich darüber, wer es am Ende war.«

»Das tut mir leid, aber Gott sei Dank ist es vorbei. Du hättest Elviras Gejammer darüber hören sollen, dass man ihr verwehrt, was ihr zusteht. Ich habe dein Gericht selbst kaum gekostet. Gestern Abend war das Lokal voll, und fast alle haben deine Pasta bestellt. Passiert schon mal, wenn ein neues Gericht auf der Karte steht. Das sollten wir im Hinterkopf behalten, wenn einer von uns etwas Neues kreiert.« Tilde hörte kurz auf, Salatblätter zu zupfen, um Nico zu umarmen. »Du hast mir gefehlt!«

Er erwiderte ihre Umarmung. »Ich freue mich jedes Mal, hier zu sein.«

Tilde wandte sich wieder dem Salat zu. »Nelli war gestern Abend da. Ich habe sie vielleicht fünf Sekunden zu Gesicht bekommen. Sie wirkte sehr glücklich. Genau wie du, wenn du nicht gerade mit Ermittlungen beschäftigt bist. Wollen wir hoffen, dass der Mord an Nora der Letzte war.«

»Ich halte uns die Daumen.« Er holte den Prosciutto von Enrico aus der Einkaufstasche.

Tilde beobachtete, wie er vier Scheiben wegnahm.

»Was machst du da? Dein Gericht steht heute Abend auf der Karte.«

»Ich möchte die Inhaberin des Sotto Il Fico und somit die Person, die meinen Lohn zahlt, erfreuen.«

»Ein edles Unterfangen. Viel Glück.«

Als Nico abends um halb elf die Scheinwerfer ausschaltete und aus dem Wagen stieg, kam es ihm vor, als hätte jemand eine Maske über sein Gesicht gezogen. Der Himmel spannte sich kohlschwarz über ihm. Die Lampe an der Haustür war wieder einmal ausgebrannt. Auch die Fenster waren dunkel. Ihn fröstelte. Er hörte, wie OneWag heranhechelte, und spürte seine Schnauze an seinem Bein. »Hallo, Kumpel.« Er kraulte OneWag den Rücken. »Wo ist Nelli?«

Der Hund verschwand in der Dunkelheit. Nico machte sich auf den Weg zu dem Gemüsegarten hinterm Haus. Unterwegs hörte er kein Geräusch von laufendem Wasser. »Nelli?« Als Nico das Tor öffnete, verstummten die Grillen. Er bückte sich, um den Boden unter einer Zucchinipflanze zu berühren. Feucht. Vielleicht war sie zu Bett gegangen. Er schloss das Tor hinter sich. Die Grillen hoben wieder an. Da schoss ihm ein Gedanke durch den Kopf. *Nein, sie ist nicht im Bett. Dann wäre OneWag nicht draußen.*

»Ciao, Nico.«

Sein Herz setzte einen Schlag aus. »Wo bist du?«

»Unter deinem Olivenbaum. Ich habe tief und fest geschlafen.«

Nico näherte sich dem einen Olivenbaum, der aus Aldos Wäldchen entkommen war. Als Nico den kleinen Hof mietete, hatte er sofort eine innere Verwandtschaft mit dem einsamen Baum gespürt. Er war verkrüppelt und alt, mindestens hundert Jahre laut Aussage Aldos, trug aber nach wie vor Früchte. Wenn der Baum das so ganz allein schaffte, gelang ihm das vielleicht auch. Er saß gern darunter, wenn er denken, lesen oder sich entspannen wollte.

»Was machst du denn hier draußen?« In der Dunkelheit erkannte er lediglich eine längliche Form. Als er sie erreichte, schaltete er sein Handylicht ein.

»Nicht.« Nelli hielt die Decke, auf der sie lag, vors Gesicht. OneWag, der es sich an ihrer Hüfte bequem gemacht hatte, schloss die Augen.

»Sorry.« Nico löschte das Licht. »Ich war schon in Sorge.«

Nelli klopfte auf den Boden neben sich. »Ich höre gern den Grillen zu. Ihre Paarungsrufe machen mich schläfrig.«

»Mich halten sie wach, und ich glaube, es könnte regnen.«

»Soll es doch. Leg dich zu mir. Wenn es tatsächlich regnet, gehst du vielleicht ein bisschen ein, und das täte dir gut.«

»Herzlichen Dank.« Er streckte sich neben ihr aus. »Gogol?«

»Gogol wird morgen früh operiert. Wenn es keine Komplikationen gibt, kommt er spätestens am Samstag wieder nach Hause. Und er will keinen Besuch. Weder von dir noch von mir. Er wird uns empfangen, wenn er ›früh oder spät genesen möge‹. Natürlich Dante, was sonst?«

»Wenn er wieder ganz der Alte ist?«

»Der gesündere Alte.« Nelli drehte sich Nico zu. »Erzähl mir, wie's bei dir war.«

»Die Ermittlungen sind abgeschlossen. Miss Barron wurde des Mordes an Nora Salviati wegen festgenommen.« Perillo hatte ihn kurz vor Lokalschluss angerufen. Della Langhe meinte, der Fall würde vor Gericht keine Probleme bereiten.

»Wunderbar.« Nelli küsste ihn. »Dann kehrt endlich Ruhe ein.«

»Nicht für sie.«

»Beschäftigt dich das?«

»Ja. Nora Salviati hat bekommen, was sie verdiente. Das sage ich allerdings nur dir.«

Nelli zog Nico zu sich heran. »Sch. Mach die Augen zu und denk an Träume, die für Gogol, dich, mich, vielleicht sogar für Miss Barron wahr werden.«

»Hmm.« Nico kuschelte das Gesicht an Nellis warmen Hals, und es dauerte nicht lange, bis er beim Paarungsgesang der Grillen einschlief.

FÜNFZEHN

Als Nico am Mittwoch Portionen von Tildes Zucchinilasagne auf Teller gab, rief Nelli an, um ihm die frohe Botschaft zu verkünden.

»Er kommt gerade im Aufwachraum wieder zu sich und murmelt ›unverständliches Zeug‹, meinen die Krankenschwestern. Sie haben mich einen kurzen Blick auf ihn werfen lassen.«

Alba stieß Nico mit der Hüfte an. Er trat einen Schritt beiseite, damit sie die vollen Teller aufnehmen konnte.

»Der Arzt sagt, durch den Stent hat er mindestens zehn Jahre Lebenszeit gewonnen. Ich muss jetzt arbeiten. Kannst du mich morgen um halb neun für Noras Trauerfeier abholen?«

»Bin ich heute Nacht allein?«

»Ich bin mit meiner Arbeit im Hintertreffen. Du hast ja Rocco. Ciao.«

»Gute Neuigkeiten?«, erkundigte sich Tilde, die frische Lasagne aus dem Ofen holte.

»Ja. Gogol ist der Stent eingesetzt, und er unterhält die Schwestern mit Dante.«

»Sobald die Mittagsgäste weg sind, stoßen wir draußen auf seine Genesung an.«

»Gern.« Normalerweise tranken sie darauf, dass der Mittagsansturm vorbei war.

»Werden wir Alba jetzt, da ihre Cantuccini sich so gut verkaufen, verlieren?«, fragte Nico Tilde.

»Von wegen!«, antwortete Alba, die Hände in die Hüften gestemmt. »Wo bleibt die Lasagne?«

Nico portionierte weiter.

»Tilde und Enzo haben mir einen Job gegeben, als ich nichts hatte. Bei den Cantuccini delegiere ich. Ivana vertritt mich.« Alba balancierte sechs volle Teller auf den Armen. »Das macht mir keiner nach.« Mit einer anmutigen Drehung schob sie sich seitlich durch die Küchenschwingtür hinaus in den Gastraum.

»Eines Tages vielleicht doch«, meinte Nico.

»Dass du mir nicht auf Ideen kommst.«

Die Trauerfeier hatte bereits begonnen, als Nico und Nelli am nächsten Morgen die Pfarreikirche von San Leolino erreichten. Nelli, hübsch anzuschauen in einem grauen Kleid, das gut zu ihrem Zopf passte, hatte nur einen Blick auf den alten dunklen Anzug werfen müssen, den Nico bereits bei seiner Hochzeit mit Rita getragen hatte, um ihn sofort nach Hause zu dirigieren. Dort hatte sie aus den wenigen Kleidungsstücken, die er besaß, eine dunkle Hose, ein gestreiftes blaues Hemd und mangels besserer Alternativen eine marineblaue Strickjacke ausgesucht. Ihn störte es nicht, dass sie das Ruder übernahm. Das fühlte sich ein bisschen so an, als wäre er mit ihr verheiratet.

Als sie die schlichte romanische Kirche betraten, bekreuzigte Nelli sich und murmelte: »So wenige Leute.« Nur die ersten drei Reihen waren voll.

Der schlichte, mit bunten Rosen bedeckte Sarg ruhte auf einer Bahre am Ende des Mittelganges. Daneben lehnte ein Kranz mit Pfingstrosen an einer Holzstaffelei. Auf dem breiten Band stand: *AUF EWIG IN UNSEREN HERZEN, FAMILIE RO-SATI.*

Nico hörte, wie jemand seinen Namen flüsterte. Er drehte sich um. Perillo und Daniele, beide in Uniform, standen am Eingang.

»Warum setzen Sie sich nicht?«, fragte Nico sie leise, als Nelli den Gang entlangmarschierte.

»Weil wir ihr Achtung erweisen wollen«, antwortete Perillo ebenso leise. »Gerade haben Sie Adrianas Ansprache verpasst.« Eine Frau in einem nicht einmal bis zum Knie reichenden weißen Kleid und stolpergefährlichen Absätzen trat hinter dem Rednerpult hervor. »Sie hat gesagt, ihre Mutter sei immer schwierig gewesen, und sie hoffe, dass Nora nun im Tode Ruhe finde. Das kam von Herzen, was?«

»Sie hat nicht gelogen. So fühlt sie sich nun mal.«

»Bei Trauerfeiern werden Lügen erwartet und verziehen.«

»Später.« Nico folgte Nelli, die in eine Bank ein paar Reihen hinter der Familie geschlüpft war.

Ein junger Mann nahm Adrianas Platz hinter dem Rednerpult ein. »Ich fühle mich geehrt, dass Adriana und Clara mich gebeten haben, ihrer Mutter Tribut zu zollen.« Nico musterte den Mann. Er kam ihm bekannt vor.

»Eigentlich wollte mein Vater etwas sagen, doch er ist zu traurig. Also werde ich für meine gesamte Familie sprechen. Nora war gut zu uns, hat uns bei sich willkommen geheißen ...«

»Wer ist das?«, erkundigte sich Nico.

»Stefano Rosati aus Südafrika. Ich habe dir von ihm erzählt.«

»Perillo fand ihn sympathisch.«

Stefano erzählte von den Snacks, die Noras Haushälterin ihnen schickte, wenn sie spielten, und davon, dass ihnen immer verziehen wurde, wenn sie beim Bäumeklettern Äste abbrachen. »Nora, ich danke dir für deine Geduld mit uns und für deine Großzügigkeit. Und ich hoffe, dass du im Tod ein ähnlich schönes Zuhause wie im Leben gefunden hast.«

»Wie rührend«, meinte Nelli. »Ich glaube, er meint es tatsächlich so. Von den beiden Rosati-Jungen mochte Nora Stefano lieber, hat sie mir gesagt. Er saß gern dabei, wenn ich die Mädchen malte, und himmelte Clara an. Adriana und Clara waren Konkurrentinnen um Masos Zuneigung.«

»Merkwürdiger Name.«

»Das ist eine verbreitete Abkürzung für Tommaso.«

In der vordersten Bank stand eine Frau auf und stieg die wenigen Stufen zum Pult hinauf. Sie trug eine schwarze Hose mit weit geschnittenen Beinen, ein schwarzes, kurzärmeliges Oberteil mit U-Boot-Ausschnitt und flache weiße Sandalen.

»Das ist Clara«, erklärte Nelli. »Sie kleidet sich eigenwillig. Das mag ich an ihr.«

»Wie du.«

»Genau.«

Clara wandte sich an ihre Zuhörer. Nico erkannte ihre langen, ein wenig wirren Haare und das hübsche Gesicht sofort. »Die Frau habe ich vor ungefähr einer Woche im Friedhof von Gravigna gesehen.«

»Was wollte sie denn dort?«

Clara zog das Mikrofon ein Stück herunter. »Im Film finden Trauerfeiern und Beisetzungen für gewöhnlich im strömenden Regen statt. Meine Mutter hatte in ihrem Leben genug Regen. Heute scheint die Sonne für sie.« Durch das rechteckige Fenster der Apsis flutete Licht auf das goldene Altarbild. »An sie werde ich mich immer im Sonnenlicht erinnern. Sie hoffentlich auch. Danke, dass Sie gekommen sind. Die eigentliche Beisetzung findet im engsten Kreis statt. Unsere Mutter wird in der Gruft der Salviatis im Friedhof von Panzano ruhen.«

»Sie haben nicht einmal eine Messe für sie lesen lassen«, bemerkte Nelli.

»Den Gottesdienst haben wir versäumt.«

»Wir sind nur zwanzig Minuten zu spät gekommen.«

Nico sah die Neugierde in Nellis Blick. »Hast du auf dem Friedhof mit Clara geredet? Sie ist sehr attraktiv.«

»Rocco hat ihre Aufmerksamkeit erregt. Sie war gerührt, weil sie dachte, Rocco traure am Grab seines Frauchens. Ja, ich pflichte dir bei: Sie ist attraktiv.«

»Ich bin nicht der eifersüchtige Typ, Nico, aber an allem interessiert. Clara muss jemanden kennen, der dort begraben liegt.«

»Sie schien guter Stimmung zu sein.«

Nelli und Nico erhoben sich. Don Alfonso schritt, den Kopf im Gebet gesenkt, den Mittelgang entlang. Hinter ihm lenkten Stefano und Fabio Noras Sarg an den Griffen der Bahre. Nico betrachtete Stefanos Gesicht, als er an ihm vorbeiging, und versuchte, es mit dem des Mannes in Deckung zu bringen, der im Friedhof so schnell verschwunden war.

Adriana und Clara folgten dem Sarg, den Blick streng geradeaus gerichtet. Dann kamen die Rosatis. Als Gianna Nico passierte, nickte sie ihm zu. Sie wirkte als Einzige aufrichtig traurig. Nico begrüßte sie mit einem Lächeln.

Die Kirche leerte sich. Die Tür stand weit offen, sodass Licht mit der kühlen Morgenluft hereinströmte. Daniele und Perillo waren bereits weg, als Nelli und Nico aus der Bank schlüpften.

Sie gingen zum Wagen. »Musst du arbeiten?«, erkundigte sich Nico.

»Nachdem du mich heimgefahren hast und ich mich umgezogen habe. Sehe ich dich heute Abend?«

»Ja, aber lass uns nicht wieder im Gras einschlafen. Ich bin von oben bis unten von Mücken zerstochen.«

»Weil du süßes Blut hast.«

»Dich haben sie nicht erwischt?«

»Ich hatte Mückenschutzmittel dran. Ciao, bello.«

Nachdem Nico Nelli nach Hause gebracht hatte, blieb er im Wagen sitzen und recherchierte kurz mit seinem Smartphone. Zufrieden über das Ergebnis, rief er Perillo an. »Sie müssen Clara Salviati beschatten lassen.«

»Warum?«

»Weil ich denke, dass sie uns zum Mörder ihrer Mutter führen könnte.«

»Wir haben Noras Mörderin bereits.«

»Mein Gefühl sagt mir, dass dem nicht so ist.«

»Und Sie glauben zu wissen, zu wem sie uns führen wird?«

»Ja«, antwortete Nico.

»Darf ich fragen, zu wem?«

Nico erklärte es ihm.

Perillo schwieg kurz, bevor er meinte: »Für eine bloße Ahnung verlangen Sie ziemlich viel Einsatz.«

»Lassen Sie Clara ab sofort drei Tage lang beschatten. Sie ist gerade bei der Trauerfeier ihrer Mutter. Bestimmt gehen sie hinterher alle in die Villa.«

»Sie ist mehr als einmal auf dem Polizeirevier gewesen und kennt alle meine Carabinieri.«

»Bitten Sie Tarani, zwei Männer herzuschicken. Schnell.«

»Tarani muss die Anfrage an unseren geschätzten Staatsanwalt weiterleiten. Männer kosten Geld. Ich kann ihm nicht einfach sagen, dass es Sie juckt und Sie sich kratzen müssen. Damit handle ich mir ein *vaffa* ein, das steht fest.«

»Dann sagen Sie ihm, wir versuchen, einen möglichen Justizirrtum zu verhindern. Und dass es unsere Aufgabe ist, die Wahrheit zu ergründen, ohne Rücksicht auf die Kosten. Nein, vergessen Sie das.« In seiner Erregung war Nico nicht mehr in der Lage, logisch zu denken, das merkte er. »Erinnern Sie ihn daran, dass wir den Schmuck noch nicht gefunden haben, was Teil unseres Jobs ist. Nein, Ihres Jobs, um genau zu sein. Ich kann mich wieder dem Kochen widmen und die ganze Sache vergessen, wenn ich das möchte. Es ist Ihre Entscheidung.«

»Nico, Sie sind mein Freund, und ich werde alles in meiner Macht Stehende tun, um Tarani zu überzeugen, aber bitte geben Sie nicht mir die Schuld, wenn er Nein sagt.«

»Ich habe nicht die Absicht, irgendjemandem außer mir selbst die Schuld zu geben. Danke.«

»Wollen wir hoffen, dass bei Signora Tarani die Wehen noch nicht eingesetzt haben.«

Nico fuhr in den alten Teil von Gravigna, ließ den Wagen mit laufendem Motor auf dem Hauptplatz stehen und lief los, um OneWag von Luciana zu holen. Wenn Not am Mann war, machte sie die Hundesitterin für ihn. Man konnte OneWag nach wie vor nicht allein im Haus oder Auto lassen. Dass er in der Vergangenheit eingesperrt worden war, hatte ihm tiefe Wunden geschlagen.

»Ich habe Pfingstrosen für Rita«, verkündete Luciana, als OneWag vor Freude, Nico zu sehen, mit dem Hinterteil wackelte.

»Danke, für mich aufheben.« Nico ertrug ihre Umarmung

ein paar Sekunden lang. »Ich habe gerade keine Zeit, muss in die Küche.«

»Morgen spätestens.« Luciana gab ihm ein ums andere Mal deutlich zu verstehen, dass sie von seiner engen Beziehung zu Nelli nicht viel hielt, denn sie hatte Rita gekannt und gemocht.

Nelli betrat das Sotto Il Fico, als Nico seine Schürze aufhängte. Die Gäste hatten sich alle verabschiedet, und die Küche war sauber geschrubbt. »Was für eine wunderbare Überraschung«, begrüßte Nico sie.

»Ciao, cara.« Tilde drückte Nelli und empfing sie wie stets mit Wangenküsschen. »Ich freue mich immer, dich zu sehen.«

»Ich dachte, du kommst zu mir«, meinte Nico.

»Das dachte ich auch, doch Rocco ist im Atelier aufgetaucht und wollte unbedingt, dass ich ihm hierher folge. Er wartet draußen. Weiß er mehr als ich?«

Nico musste lachen. Nellis unerwarteter Besuch erfüllte ihn mit echter Freude. »OneWag hat das Steak, das es heute hier gab, gerochen. Und weil er erst was davon kriegt, wenn wir zu Hause sind, wollte er das Prozedere wohl beschleunigen.«

Tilde holte die Plastiktüte mit den Essensresten. »Ich würde euch ja auf ein Glas Wein mit Enzo und mir auf der Terrasse einladen, aber ich vermute, dass ihr lieber nach Hause wollt.«

»Wir haben so wenig Zeit miteinander«, klagte Nico.

»Ich weiß«, meinte Tilde. »Darüber habe ich nachgedacht.«

Da klingelte Nicos Handy. Als er aufs Display schaute, durchzuckte ihn ein Adrenalinstoß. »Entschuldigung, ich muss rangehen.« Er verließ die Küche. »Ja oder nein, Perillo?«

»Nico, Sie Glückspilz. Heute Morgen hat Signora Tarani Zwillinge zur Welt gebracht, einen Jungen und ein Mädchen. Den dreien geht es gut. Tarani ist so glücklich, dass sein Gehirn nicht mehr richtig funktioniert. Er erfüllt Ihnen Ihren Wunsch, ohne Della Langhe zu konsultieren, weil er Ihrem Instinkt vertraut. Und er hat hinzugefügt, er sei stolz darauf, alle seine Ermittlungen zum Abschluss zu bringen. Dazu zählt bei dieser auch das Auffinden des Schmucks.«

»Danke, Perillo. Wollen wir hoffen, dass meine Ahnung stimmt.«

»Darauf verlasse ich mich. Der erste Mann ist bereits zur Villa unterwegs. Der zweite übernimmt nach zwölf Stunden. Ich gebe Ihnen Bescheid, sobald ich etwas weiß. Ciao.«

»Du wirkst sehr zufrieden«, bemerkte Nelli, als Nico in die Küche zurückkehrte.

»Wenn, bin ich voreilig. Komm, lass uns nach Hause gehen. Gute Nacht, Tilde.«

Tilde hielt ihn zurück. »Moment noch. Lass mich zu Ende führen, was ich sagen wollte, bevor du rausgegangen bist. Ich habe beschlossen, deine Arbeitszeiten zu ändern. Von nächster Woche an hast du zwei Abende pro Woche und den Sonntag frei. Enzo ist einverstanden, und Elvira freut sich, das bisschen Geld, das ich dir von deinem Lohn abziehe, zu sparen.«

Nico machte den Mund auf.

»Keine Widerrede, Nico. Mein Entschluss ist gefasst. Das Glück ein zweites Mal zu finden ist nicht einfach. Es kann einem leicht wieder entschlüpfen. Ich mag euch beide sehr. Ihr braucht Zeit miteinander, und ich kann keinen Souschef gebrauchen, der mehr Komplimente für seine Kochkünste erhält als ich.«

»Das ist nicht dein Ernst«, sagte Nico. »Alle wissen, dass du viel besser kochst als ich.«

Tilde zwinkerte Nelli zu. »Wenn du meinst.«

»Wie wirst du zurechtkommen?«, erkundigte sich Nico. Mehr freie Zeit mit Nelli zu haben wäre herrlich, doch ein Teil von ihm empfand auch so etwas wie Zurückweisung.

»Ich bin vor dir allein zurechtgekommen, also werde ich es auch jetzt schaffen. Es soll ja nicht für ewig sein. Wenn die Touristen in ein paar Wochen hereinströmen, brauche ich dich wahrscheinlich wieder ganz. Vorausgesetzt, du hast Lust.«

»Immer Lust. Immer bereit.« Nico umarmte Tilde. »Danke.«

Nelli stemmte die Hände in die Hüften. »Fragt mich vielleicht jemand, was ich davon halte?«

»Das müsst ihr zwei unter euch ausmachen.«

Nelli hakte sich bei Nico unter. »Schätze, das tun wir.«

Von draußen erklang Bellen.

Tilde gab Nico die Tüte mit den Essensresten. »Geht lieber, bevor Rocco das ganze Viertel aufweckt.«

Nico und Nelli dankten Tilde und verabschiedeten sich mit Wangenküsschen. »Buonanotte.«

»Euch beiden *sogni d'oro*.«

»Wirst du heute Nacht goldene Träume haben?«, fragte Nico Nelli, als sie und OneWag zu ihm ins Bett kletterten. Zuvor hatten sie nicht über die freie Zeit gesprochen, die Nico nun haben würde. Nelli hatte von ihrem Besuch bei Gogol erzählt und von dem Wandgemälde für das Weingut, an dem sie arbeitete. Nico hatte ihr zugehört und dabei überlegt, wie er seine Einladung am geschicktesten formulieren könnte. Die mögliche neue Spur in dem Mordfall war in seinen Gedanken vorübergehend in den Hintergrund getreten.

»Goldene Träume, weil wir mehr Zeit miteinander verbringen können?«

»Ja.«

Nelli drehte sich zu Nico, was sich schwierig gestaltete, weil OneWag zwischen sie geschlüpft war. »Ich fand das ein bisschen übergriffig von Tilde. Sie geht einfach davon aus, dass wir uns beide mehr Zeit miteinander wünschen.«

»Tust du das denn nicht?«

»Natürlich. Ich liebe dich, doch ich habe auch noch ein eigenes Leben unabhängig von dir. Manchmal arbeite ich bis in die frühen Morgenstunden in meinem Atelier.«

»Das würde ich dir nicht wegnehmen. Wäre es nicht schön, jeden Abend miteinander zu essen, statt nur gemeinsam zu frühstücken?«

Nelli küsste ihn leidenschaftlich. »Vorausgesetzt, du kochst.«

Sie hob OneWag auf die andere Seite und kuschelte sich enger an Nico. »Achte gar nicht auf mich. Ich freue mich sehr, dass wir öfter zusammen sein können. Wirklich. Nur lebe ich seit fünfundzwanzig Jahren allein und bin ein bisschen eingefahren in meinen Gewohnheiten. Kurz habe ich mich bedroht gefühlt. Als würde deine freie Zeit meine Freiheit beschneiden.«

Nico meinte, einen schweren Stein in seinem Magen zu spüren. »Das klingt nicht gerade nach einer liebenden Frau.«

»Ich bin eine moderne liebende Frau. Du hast dich zum wichtigsten Teil meines Lebens entwickelt, bist jedoch nicht das Ganze. Und ich bin auch nicht das Ganze für dich, Nico. Genau so soll es sein. Obsessive, besitzergreifende Liebe zerstört sich selbst.«

Nico drehte sich auf den Rücken und blickte zu den Deckenbalken empor. »Ich wollte dich fragen, ob du bei mir einziehen möchtest.«

»Und jetzt willst du das nicht mehr?«

»Du würdest Nein sagen.«

»Ich liebe es, jeden Abend mit dir ins Bett zu gehen und morgens mit dir aufzuwachen. Ich liebe es auch, eine Nacht und einen Morgen für mich zu haben. Ich bin lieber mit dir zusammen, aber mit mir allein zu sein ist für mich im Moment nach wie vor wichtig. Wir haben noch nicht viel Alltag miteinander erlebt. Tilde hat das begriffen. Deswegen gibt sie dir die freie Zeit. Lass sie uns miteinander erkunden und schauen, wie es funktioniert. Am Ende langweilst du dich vielleicht.«

»Niemals.«

Nelli wölbte die Hände um Nicos Gesicht und drehte es zu sich. »Ich liebe dich jetzt, Nico, und habe vor, dich immer zu lieben. Und ich hoffe, dass das bei dir genauso ist.«

Nico legte die Arme um sie und drückte sie an sich. »O ja.«

»Dann lass uns einfach das genießen.«

»Ich warte mit meiner Frage, bis …«, er vergrub die Nase in ihren offenen grauen Haaren, die nach Sandelholz rochen, »… bis ich weiß, dass du Ja sagst.«

»Wie wirst du das erkennen?«

»Das werde ich deinem wunderschönen lächelnden Gesicht ansehen.«

Als Nicos und Nellis Atem sich schließlich wieder beruhigte, kletterte OneWag vorsichtig über Nellis Beine und drängte sich zwischen sie und Nico. Nun herrschte allseits Frieden.

SECHZEHN

Am folgenden Morgen, einem Freitag, ging Nico mit einigen Zutaten, die er frisch bei Enrico gekauft hatte, früher ins Restaurant als sonst. Ein neues Spaghettirezept zu kreieren würde dafür sorgen, dass er sich besser fühlte. Er wartete voller Anspannung auf einen Anruf von Perillo, und sein Gespräch mit Nelli vom Vorabend hatte ihm Angst gemacht, er könnte die Sache mit ihr zu schnell angehen, zu viel von ihr erwarten.

Beim Eintreten fragte er Enzo, ob es ihm etwas ausmachen würde, das Brot abzuholen. »Ich will was Neues ausprobieren.«

»Kein Problem. Ein neues Gericht von dir ist immer willkommen.«

»Danke.«

»Nichts zu Teures, hoffe ich«, meinte Elvira, als er sie auf die Wangen küsste.

»Für dich nur weiße Trüffel und Kaviar.«

»Ich kann's kaum erwarten.«

»Du bist früh dran und scheinst vor Energie zu sprühen«, stellte Tilde fest, als er mit der Gemüsetüte in die Küche marschierte.

»Spaghetti alla Tilde sind im Werden. Wenn sie dir schmecken, sind sie ein bescheidenes Dankeschön für die Reduzierung meiner Arbeitszeit.«

»Mir schmeckt alles, was du kochst, und du weißt, dass ich nicht eifersüchtig bin. Mit meiner Äußerung gestern Abend wollte ich dich nur ärgern.«

»War mir klar.« Er breitete die Zutaten auf seiner Arbeitsfläche aus, wusch die Cocktailtomaten und schnitt sie in Hälften.

Tilde begutachtete, was da lag. »Ich sehe entkernte Gaeta-Oliven, Sardellen in Öl, Kapern in Salzlake und Karotten. Mir läuft schon das Wasser im Mund zusammen.«

»Basilikum hole ich mir von der Terrasse und Knoblauch aus dem Korb. Jetzt noch die Karotten hauchdünn schneiden, den Rest ebenfalls zerkleinern, alles in Olivenöl anbraten, das Basilikum dazugeben, und schon sind die Spaghetti alla Tilde fertig. Ich mache nur drei Portionen – für dich, Enzo und Elvira. Danach sagt ihr mir, was ich noch verbessern muss.« Da klingelte sein Handy. Nico ließ das Messer fallen und ging mit einem flauen Gefühl im Magen ran, ohne aufs Display zu schauen. »Ja?«

»Ich bin's«, meldete sich Nelli. »Hast du einen Moment Zeit für mich?«

»Klar.« Er klemmte das Smartphone zwischen Schulter und Wange und nahm das Messer wieder in die Hand. Das flaue Gefühl verschwand nicht.

»Sie entlassen Gogol früher. Ich hole ihn nach der Arbeit ab. Er hat sich beklagt, das Krankenhausessen sei so schlecht, dass ›der dreiköpfige Hund des Hades es nicht anrühren würde‹. Wenn er dazu in der Lage ist, fahre ich ihn zu einem frühen Dinner ins Sotto Il Fico, habe ich mir gedacht. Er wird sich freuen, dich zu sehen.«

»Wunderbare Idee.« Nico halbierte die Oliven. »Ich sorge dafür, dass er etwas Gutes und Gesundes zwischen die Zähne bekommt.«

»Danke. Ciao.« Nelli beendete das Gespräch.

»Wer kommt zum Essen?«, erkundigte sich Tilde.

»Nelli bringt Gogol ins Sotto Il Fico, damit er was Ordentliches kriegt.«

»Freut mich zu hören, dass er sich wieder besser fühlt, aber wenn du nicht langsamer machst, schneidest du dich in den Finger. Entspann dich, Nico. Dein Dankeschönessen wird sicher ein großer Erfolg.«

Bis zur Mittagspause hatte Nico noch nichts von Perillo gehört, also ging er hinunter zum Hauptplatz. Luciana, die ihr dunkles Muumuukleid trug, stand an der Tür zu ihrem Blumenladen und winkte ihn zu sich.

»Ich dachte, Sie hätten's vergessen«, sagte sie ein wenig vorwurfsvoll.

Dafür war Nico dankbar, denn es bedeutete, dass sie ihn nicht umarmen würde.

»Jetzt bin ich ja da.«

Zur Begrüßung schnupperte OneWag am Saum ihres Kleides. Luciana griff in ihre Tasche und holte einen Keks heraus. Der Hund setzte sich hin. Sie bückte sich ein wenig. OneWag stellte sich auf die Hinterbeine, um den Keks aus ihren Fingern zu nehmen. »Jemand wollte mir das Doppelte für die Blumen zahlen, aber ich habe Nein gesagt.« OneWag kaute den Keks. »Denn die sind für Rita, Nicos *Frau*.« Sie betonte das letzte Wort.

»Danke, Luciana. Verlangen Sie in Zukunft ruhig mehr von mir.«

Luciana richtete sich auf. »Vielleicht tue ich das sogar das nächste Mal.« Sie ging zwischen Reihen von Topfpflanzen hindurch ins Innere und kehrte mit drei dunkelroten Pfingstrosen zurück.

»Die sind toll. Danke.«

»Bin ich zu streng mit Ihnen?«, fragte Luciana.

»Nein, Sie sind nur loyal Rita gegenüber.«

»Nelli ist eine gute Frau, und ich bin altmodisch. Möglicherweise auch eifersüchtig.« Sie fing zu lachen an und breitete die Arme aus. Nico blieb keine andere Wahl, als sich drücken zu lassen. Nach langen dreißig Sekunden klingelte Nicos Handy. Er löste sich sanft von Luciana, ging ran und sagte lediglich »Ich rufe gleich zurück«, bevor er das Gespräch beendete.

»Sorry, Luciana, ich muss los.«

Da OneWag wusste, dass er von Luciana immer nur einen Keks pro Besuch bekam, folgte er Nico zum Friedhof.

»Ich habe gerade einen Bericht erhalten«, teilte Perillo Nico wenig später mit. »Adriana und ihr Mann haben die Villa verlassen. Es sieht so aus, als würde Clara ausziehen. Sie hat einen vollen Seesack in ihren Wagen gelegt. Ich vermute, dass sie nach Lucca zurückfahren will.«

»Sonst ist niemand da?«

»Nein. Mehr weiß ich nicht.«

»Danke. Ciao.« Nico betrat den Friedhof, zog die verwelkten Rosen aus der Zinnvase an Ritas Grab, wechselte das Wasser und stellte die frischen Blumen direkt unter das Emaillebild seiner Frau. OneWag legte sich wie immer neben das Grab. Jedes Mal, wenn Nico es besuchte, bemühte er sich, eine bestimmte Erinnerung an Rita zu wecken, damit er ihr nahe war. Er versuchte es auch jetzt, doch es wollte ihm nicht gelingen.

Vergib mir, Rita. Und wünsch mir Glück.

Nico hatte noch eine halbe Stunde Zeit, bevor er in die Küche zurückmusste, also ging er mit OneWag die Salita della Chiesa hinauf, an deren oberem Ende er sich auf eine Bank mit Blick auf das goldene Tal setzte, das so hieß, weil es früher einmal völlig mit Weizen bedeckt gewesen war. Das Gold war schon vor Jahren durch das Grün der Weinberge verdrängt worden. Nun leuchtete dieses Grün, dessen erste Ranken sich gen Sonne wanden, appetitlich frisch. Die Gegend sah aus wie eine weiche Decke, auf die man unbesorgt springen konnte. OneWag ließ sich neben Nico nieder und wechselte vorsichtig Blicke mit einer orange-schwarzen Katze, die auf der Motorhaube eines geparkten Autos saß. Nico hatte ein schlechtes Gewissen, weil er es nicht schaffte, eine Erinnerung an Rita heraufzubeschwören, aber er war einfach zu angespannt. Er hasste es, keine Befehlsgewalt zu besitzen und andere bitten zu müssen, dass sie auf eine Ahnung von ihm hin aktiv wurden, die sich möglicherweise als Wunschdenken entpuppte. Hätte er nur allein vorgehen können! In den Staaten waren Festnahmen durch Zivilpersonen erlaubt. Aber in Italien?

Nico zog sein Smartphone heraus, um im Internet zu recherchieren. Nein, hier galten andere Vorschriften. Er lehnte sich zurück und kraulte OneWag am Kopf, während er die Aussicht genoss. Immerhin eine seiner Unternehmungen war von Erfolg gekrönt gewesen. Sein neues Gericht hatte von Enzo und Tilde fünf Sterne erhalten. Elvira hatte erklärt, mit Castelvetrano-Oliven wäre es besser gewesen als mit Gaeta-Oliven, und hatte ihm drei Sterne verliehen. Auf der Speisekarte des morgigen Abends würden die Spaghetti alla Tilde trotzdem mit Gaeta-Oliven stehen, und Tilde würde sie kochen.

OneWag sprang von der Bank herunter.

Aus einer Seitenstraße hörte Nico eine Stimme rufen: »Bist du Nico, aus dessen Brunn so üppig Freundschaft sprudelt?« OneWag schnüffelte schwanzwedelnd an den Schuhen des alten Mannes.

»Gogol!« Nico eilte zu seinem Freund, der bei Nelli untergehakt ging. »Du siehst prima aus. Hast mir gefehlt.«

Gogol ließ zu, dass Nico ihn kurz umarmte. »Dir fehlen die Crostini, die ich sonst immer mitbringe.«

»Und selber isst.«

Gogol löste sich von Nelli, schlurfte zu der Bank und setzte sich. »Deine Beatrice hat mich weit begleitet. Rast tut gut.«

»Übertreib mal nicht.« Nelli nahm neben Gogol auf der Bank Platz. »Der Arzt sagt, du musst dich bewegen. Hundert Meter sind nicht gerade weit.« OneWag sprang zwischen sie. Die Katze auf der Motorhaube beobachtete sie gelangweilt.

»Der Dämon Charon sprach: ›An's andre Ufer komm' ich euch zu führen in ew'ge Finsternis‹, doch meine Freunde hatten Mitleid mit mir und brachten mich ins Leben zurück. Und so ich lebe, werde ich meiner Dankbarkeit stets Ausdruck verleihen. Sie wird sogar noch größer sein, sobald ich etwas im Magen habe.«

Nelli blickte Nico an. »Ich weiß, wir sind früh dran, aber er wollte nicht nach Hause, bevor er dich nicht gesehen hatte.«

Gogol legte die Hand auf OneWags Kopf. »Dein einköpfiger Hund.« OneWags Schnauze berührte Gogols Kinn. »Ich bleibe mit Rocco und deiner Beatrice hier sitzen, bis der Duft deiner kulinarischen Bemühungen uns in die Nase steigt.«

»Das wird nicht lange dauern«, sagte Nico. »Was hättest du gern? Wie wär's mit einer Gemüsesuppe und danach gebratener Hühnchenbrust oder Scaloppine vom Kalb?«

»Gib das den armen Seelen im Fegefeuer. Ich bin der Hölle

entkommen und hungere nach dem Paradies. Rigatoni mit Zwiebeln, Rucola und Wurst. Eine sehr große Wurst.«

Nelli hob schmunzelnd zwei Finger.

»Amico, vergiss nicht die scharfe Paprika, um mich daran zu erinnern, wo ich war, und eine Handvoll Parmigiano, um zu feiern, wo ich jetzt bin.«

Nico fing zu lachen an. Gogol war wieder ganz der Alte. »Zu Befehl.«

Zwei Stunden später, nachdem Gogol auf der Terrasse gegessen hatte, brachte Nelli ihren Freund satt und zufrieden nach Hause. Das Sotto Il Fico füllte sich, und Nico hatte in der Küche zu tun. Perillos Anruf kam erst, als Nico heimfuhr.

»Wo ist Clara jetzt?«

»In ihrer Wohnung in Lucca«, antwortete Perillo. »Im dritten Stock ohne Aufzug, woran sich mein Knie sehr gut erinnert. Sie hat die Fensterläden geschlossen, weswegen man nicht erkennen kann, ob sie allein ist oder nicht.«

»Wenn man sich mit jemandem im Friedhof trifft, um nicht zusammen gesehen zu werden, riskiert man nicht, ihn in die eigene Wohnung zu bitten, wo die Nachbarn ihn vielleicht bemerken.«

»Ihr Seesack ist noch im Wagen. Das könnte bedeuten, dass dies nicht ihr letzter Stopp ist. Oder dass sie keine Eile hat, das Ding nach oben zu schleppen.«

»Ich rechne damit, dass sie weiterfährt, wenn auch nicht mehr heute Abend. Wieder so eine von meinen Ahnungen.« Nico hatte Flugpläne studiert. Nachts starteten keine Flugzeuge. »Es wäre gut, wenn Sie und Dani sich zu dem Beamten gesellen, der Clara beschattet, bevor sie morgen aufsteht und sich auf den Weg macht, um ihren Liebhaber zu treffen. Ich würde das ja übernehmen, doch wie Sie wissen, kann ich in Italien nur jemanden festnehmen, wenn ich ihn in flagranti erwische. Und soweit ich weiß, wurde dieses Verbrechen bereits vor einiger Zeit verübt.«

Nico hörte ein langes Seufzen. »Na schön, ich mach's. Wenn Sie uns begleiten. Das ist nur fair.«

Perillo hatte recht. Nico sollte die Sache durchziehen. Höchstwahrscheinlich würde Elvira ihn feuern, wenn er erneut nicht zur Arbeit kam – die Verfolgung konnte nur ein paar Stunden oder aber auch mehrere Tage dauern –, aber vielleicht würde Tilde ihn wieder anheuern. »Wir treffen uns morgen früh um sieben in der Polizeistation. Ich bringe Kaffee und Cornetti von Jimmy mit.«

»Das ist das Mindeste«, meinte Perillo und beendete das Gespräch.

Am Samstagmorgen fuhren Nico, Perillo und Dani nach dem Frühstück in Perillos Panda nach Lucca. Sie brauchten mehr als eine Stunde bis zu Claras Wohnung. Zum Glück befand diese sich außerhalb der alten Stadtmauer. Im historischen Zentrum wäre das Parken unmöglich gewesen.

»Da ist er«, verkündete Perillo, als er einen Mann in einem alten grünen Renault entdeckte. »Er hat heute früh um sechs von einem grauen Citroën übernommen.«

»Haben die Männer keinen Namen?«, erkundigte sich Nico.

»Sie heißen beide Mario. Während der Nacht haben keine Aktivitäten stattgefunden.« Perillo lenkte den Wagen in eine Parklücke ein paar Autos hinter dem Renault.

»Wo ist Claras Wagen?«, fragte Nico.

»Von dem Renault aus gesehen auf der anderen Straßenseite, und ein paar Autos weiter vorn«, antwortete Daniele vom hinteren Sitz, den Nicos neuer Ansatz aus seiner Stella-liebt-mich-Blase geholt hatte. Nun war er wieder voll da. »Der burgunderrote Ford.«

»Tja, und jetzt warten wir«, brummelte Perillo.

»Wer möchte eine Bomba mit Vanillecreme, während wir das tun?«, meinte Nico. Er war gut ausgestattet aufgebrochen, um Perillo jederzeit besänftigen zu können. »Ich habe zwei Stück und Kaffee. Dazu sogar eine kleine Flasche Grappa für den Fall, dass Clara beschließt, lange zu schlafen.« Die Fensterläden waren nach wie vor geschlossen.

Perillo schnappte sich eines der runden, fluffigen Teigbällchen und biss hinein. Puderzucker regnete auf seine Jeans. »Könnte gut sein, dass sie die nächsten drei Tage daheimbleibt.« Er leckte Creme von seiner Unterlippe.

Nico reichte ihm eine Papierserviette. »Der Seesack ist noch in ihrem Wagen, oder?«

»Ja.«

»Perfekt.« Nico gab Daniele die andere Bomba und eine Serviette. Der dankte ihm und schenkte sich selbst Kaffee ein.

Zwanzig Minuten später flüsterte Daniele aufgeregt: »Schauen Sie, sie ist wach.« Er erhaschte einen kurzen Blick auf Claras dunkle Haare, als sie die Läden eines Fensters öffnete.

Weitere zwanzig Minuten vergingen. Die Läden der beiden anderen Wohnungsfenster blieben geschlossen. »Wenn sie zubleiben, ist das ein gutes Zeichen«, bemerkte Daniele, der sich nach Action sehnte. »Das bedeutet, sie will weg.«

»Es bedeutet lediglich, dass sie Dunkelheit mag«, erwiderte Perillo. Er hatte versucht, ein wenig zu dösen, doch Daniele bewegte sich immerzu, sodass die Plastikbezüge der Sitze quietschten. »Dani, ich weiß, du bist aufgeregt, aber es hört sich an, als wären da hinten Mäuse.«

Daniele erstarrte. »Tut mir leid, Maresciallo.«

»Salvatore! Wie oft ...«

Nico zückte die Thermosflasche. »Trinken Sie einen Schluck Kaffee, Perillo.« Er füllte einen Metallbecher und gab einen Schuss Grappa hinein. »Der sollte Sie milder stimmen.«

»Noch milder bin ich gestimmt, wenn das hier endlich vorbei ist.«

Die Sonne stieg höher. Perillo schlief. Daniele saß bewegungslos. Nico hielt den Blick auf die schwere Holztür des Wohngebäudes gerichtet. Um 11.21 Uhr ging sie auf, und Clara betrat, mit Jeans, weißen Turnschuhen und einer weißen Bluse unter einem dunkelroten Blazer bekleidet, die Straße. Der Riemen ihrer großen Handtasche rutschte ihr von der Schulter, als sie einen Rollkoffer herauszog.

»Sie bricht auf.« Nico stieß Perillo mit dem Ellbogen an, damit der aufwachte. »Lassen Sie den Motor an.«

Auf dem Rücksitz begann das Quietschen wieder. Perillo schüttelte den Kopf, um wach zu werden, und drehte den Zündschlüssel im Schloss.

Clara passierte den grünen Renault, sah auf die Uhr. Zwei Autos fuhren vorbei. Sie überquerte die Straße zu dem burgunderroten Ford. Als sie den Kofferraum öffnete, blieb ein großer schwarzer Wagen vor ihrem Haus stehen.

»Ah, er holt sie ab«, meinte Nico.

»Das ist ein Mietwagen«, sagte Daniele, dessen junge, frische Augen in der Lage waren, das Kennzeichen zu entziffern. »Da sitzt nur der Fahrer drin.«

Clara nahm den Seesack heraus, schloss den Kofferraum, trat auf die Straße und winkte dem schwarzen Wagen. Kurz fiel ein Sonnenstrahl auf ihre erhobene Hand.

Perillo schaltete in den ersten Gang. Der schwarze Wagen näherte sich. »Ihre Ahnung könnte sich in einen riesigen Heißluftballon verwandeln.«

Der schwarze Wagen hielt vor Clara. Der Fahrer stieg aus und öffnete die hintere Tür. Clara setzte sich auf den Rücksitz.

»Warum nimmt sie nicht ihren eigenen?«, fragte Perillo, während sie beobachteten, wie der Fahrer ihr Gepäck in den Kofferraum hievte.

»Weil sie ihn dort, wo sie hinwill, nicht braucht«, antwortete Nico.

»Nur die Toten brauchen kein Auto.«

Nico sah im Rückspiegel, wie Daniele sich bekreuzigte. »Sie wird nicht sterben, Dani. Ich glaube, sie will verreisen.«

»Ah.« Der Sitz unter Daniele quietschte wieder. »Sie will also zum Bahnhof Santa Maria Novella.«

»Ich würde eher sagen zum Flughafen.«

Die Limousine fuhr los. Wenig später lenkte Renault-Mario das Auto aus dem Parkplatz und folgte ihr. Perillo wartete seinerseits eine halbe Minute und folgte dann ebenfalls.

Rund fünfzig Minuten und siebzig Kilometer später erreichten die drei Fahrzeuge den Flughafen von Florenz. »Pisa ist viel näher«, stellte Perillo fest. »Warum hier?«

Nico hatte sich am Abend zuvor über beide Flughäfen informiert. »Pisa fertigt weniger internationale Flüge ab.«

»Paris. Ich wette, sie will nach Paris«, meinte Daniele. »Da möchte ich mit Stella in unseren Flitterwochen hin.«

»Dani der Optimist«, murmelte Perillo.

»Wir werden heiraten!«

»Sicher.« Perillo hielt den Blick auf die schwarze Limousine vier Autos vor ihnen gerichtet. »Ich stelle mir gerade Paris vom Gehalt eines Brigadiere vor.«

Die Limousine stoppte vor dem Abflugbereich, wo es von Menschen wimmelte. Renault-Mario, der an der Limousine vorbeifuhr, hatte das Glück, einen Platz ein paar Autos weiter zu ergattern. Während Clara ausstieg, holte der Fahrer ihr Gepäck aus dem Kofferraum. Perillo parkte seinen Wagen zwei Autos hinter ihnen in zweiter Reihe.

»Rufen Sie Renault-Mario an und sagen Sie ihm, dass er ihr hinein folgen soll«, forderte Nico Perillo auf. Eine Mischung aus Erregung und Furcht erzeugte ein Prickeln auf seiner Haut, und sein Magen verkrampfte sich. »Sie könnte sich am Airline-Schalter mit Rosati treffen. Wenn nicht und wenn Rosati nicht auftaucht, habe ich Pech gehabt, und Mario soll ihr zu ihrem Gate nachgehen.«

»Eher mein Pech als Ihres.« Perillo gab die Anweisungen über sein Smartphone weiter.

Nico atmete tief aus. *Möge Fortuna mir beistehen*, dachte er. Dieses Stoßgebet hatte seine Mutter immer gen Himmel geschickt, wenn sein Vater wieder einmal zu einer Zechtour aufbrach. »Halten Sie uns die Daumen«, sagte er laut.

»Das und ein Gebet von Dani.« Perillo drehte sich zu seinem Brigadiere um. »Eines aus tiefstem Herzen.«

»Bei mir kommt es immer aus tiefstem Herzen, Ma... Salvatore«, erwiderte Dani leicht verärgert. »Ich habe bereits für uns alle und Signorina Barron gebetet.«

»Was hat sie damit zu tun?«, fragte Perillo.

Daniele sah Nico an, der in den Rückspiegel grinste.

Perillo bemerkte das Grinsen. »Nein, das glaube ich jetzt

nicht. Ihr denkt immer noch, dass sie …« Er verstummte. Der Gedanke war einfach zu lächerlich, um ausgesprochen zu werden.

»Die Möglichkeit besteht«, sagte Nico.

Perillo schlug mit der Hand aufs Lenkrad. »Gütiger Himmel, Nico! Sie scheint Sie in ihren Bann geschlagen zu haben.«

»Ehi, schauen Sie«, unterbrach Daniele ihn. Dass der Maresciallo nach wie vor von Signorina Barrons Schuld überzeugt war, verursachte ihm ein unbehagliches Gefühl. »Mario ist Clara gerade nach drinnen gefolgt. Er hat einen Koffer in der Hand. Das ist schlau. So fällt er ihr nicht auf.«

Die drei Männer lehnten sich zurück. Zwanzig Minuten später klingelte Perillos Handy. Er reichte es Nico. »Ihre Show.«

Nico ging ran und hörte: »Sie ist am Check-in-Schalter von Air France. Die einzige Person, mit der sie bisher geredet hat, ist die Angestellte dort. Sie nimmt den Flug nach Paris, der in zweieinhalb Stunden startet. Gate C6. Momentan ist sie auf dem Weg zur Sicherheitskontrolle. Ich bleibe ihr weiter auf den Fersen.«

»Danke.« Nico informierte Perillo und Daniele. »Wir müssen jetzt rein.«

Als einige Autos wegfuhren, lenkte Perillo den Panda in die nächstgelegene Lücke. Bevor er ausstieg, legte er den Parkausweis der Carabinieri hinter die Windschutzscheibe.

Im Terminal folgten sie den Schildern zum Sicherheitsbereich. Als sie an der belebten Bar vorbeikamen, wurde Perillo ein wenig langsamer, um einen sehnsuchtsvollen Blick auf die Schiacciata-Sandwiches in der Theke zu werfen. Nico schob ihn von hinten an. Kurz darauf erreichten sie die Sicherheitskontrollen, wo sie warteten. Der nächste Anruf kam fünfzehn Minuten später.

»Sie ist durch. Ich musste meinen Ausweis vorlegen und erklären, warum wir hier sind. Zeigen Sie einfach auch die Ihren. Hoffentlich hat der Amerikaner seinen Pass dabei.«

»Ja«, sagte Nico.

Renault-Mario lachte rau. »Dann ist ja alles in Butter. Bis jetzt ist sie allein.«

»Renault-Mario wirkt effizient«, bemerkte Nico, nachdem er das Gespräch beendet hatte. »Die Sicherheitsleute wissen, dass wir kommen. Sobald wir durch sind, bleiben wir stehen und warten auf den nächsten Anruf.«

Nico schlüpfte gerade wieder in seine Schuhe, als Perillos Handy erneut klingelte. »Ja?«

»Volltreffer!«

»C6!«, rief Nico aus und rannte los. So unvermittelt, dass er seinen Gürtel in dem Plastikbehälter hinter der Sicherheitskontrolle vergaß. Daniele lief ihm damit hinterher. Perillo ging so schnell, wie sein schlimmes Knie und seine Würde es erlaubten.

Als Nico und Daniele den Wartebereich von C6 erreichten, hielten sie inne. Clara und Rosati saßen nebeneinander vor einer Glaswand mit Blick auf das Rollfeld. Ein Flugzeug der Air France bewegte sich langsam in Richtung Gate.

Frustration und Ungeduld, wie Nico sie lange nicht mehr empfunden hatte, stiegen in ihm auf. Rosati und Clara gehörten ihm, doch er konnte nichts tun, außer Clara zu überraschen – falls sie ihn ohne OneWag überhaupt erkannte.

Perillo erreichte sie schwer atmend. Daniele drehte sich zu ihm um. »Am Fenster.« Er deutete mit dem Kopf hin.

Perillo holte tief Luft. »Er sitzt mit dem Rücken zu uns. Ist das wirklich Rosati?«

»Sehen wir mal nach.« Nico drängte sich zwischen Stühlen und Handgepäck zu Clara durch und verstellte ihr die Sicht aufs Rollfeld. »Buongiorno, Signorina Clara. Erinnern Sie sich an mich? Wir sind uns vor etwa zehn Tagen auf dem Friedhof von Gravigna begegnet.«

Clara sah ihn überrascht an. Die Tüte mit den Chips, die sie gerade aß, entglitt ihr und fiel auf den Boden.

Tommaso Rosati legte lächelnd einen Arm um Clara. Eine Hand drückte ihre Schulter, die andere ruhte entspannt auf einem schwarzen Lederrucksack auf dem Sitz neben ihm. »Clara war ganz angetan von Ihrem Hund.«

Clara rang sich ein Lächeln ab.

Die Familienähnlichkeit der Brüder war frappierend, fiel Nico auf, doch Tommaso hatte einen durchtrainierteren, muskulöseren Körper und sah besser aus als Stefano. Sein Bild bei LinkedIn wurde ihm nicht gerecht.

»Wohin sind Sie unterwegs?«, erkundigte sich Tommaso aufrichtig interessiert.

»Zu demselben Ort wie Sie.« Perillo trat hinter den Sitzen hervor und gesellte sich zu Nico. »Zur Carabinieri-Station von Greve.«

Nico beobachtete, wie Zorn in Tommasos Augen aufflackerte. Clara stieß ein quiekendes Lachen aus, als ein bulliger Mann mit einer Pistole im Hüftholster hinter ihnen auftauchte.

»Nein, wir bleiben hier«, widersprach Tommaso. »Wir wollen einen Flug erwischen.«

Der Mann hinter Tommaso nickte Perillo und Nico zu. »Aber nicht heute.«

»Ich muss hier weg«, jammerte Clara. »Mamma ermordet und Marco von einem verrückten Fahrer umgemäht. Das ist einfach zu viel.«

Nico kaufte es ihr fast ab.

Tommaso zog Clara zu sich heran. »Du kommst wieder auf die Beine.« Er sah Perillo an, der sich nicht von der Stelle gerührt hatte. »Maresciallo, sagen Sie ihr, dass sie wieder auf die Beine kommt. Lassen Sie sie eine Weile wegfahren.«

»Und was machen Sie hier bei Signorina Clara?«, fragte Perillo ihn.

Tommaso schenkte ihm ein strahlendes Lächeln. »Clara und ich sind alte Freunde. Ich bin ihr vor ein paar Tagen zufällig begegnet. Sie hat mir erzählt, dass sie nach New York will, und ich hatte vor, über New York zurück nach San Francisco zu fliegen. Da habe ich vorgeschlagen, zusammen zu reisen. Ich dachte mir, Gesellschaft muntert sie auf.«

Renault-Mario packte den Rucksack. Tommaso sprang auf und griff danach. »Ehi, der gehört mir!«

Renault-Mario entzog ihn ihm. »Kein Grund, sich aufzuregen. Ich bin kein Dieb.« Mit der freien Hand holte er seinen

Nucleo-Investigativo-Ausweis aus der Hemdtasche. »Ich begleite Ihren Rucksack lediglich zur Carabinieri-Station.«

»Ihr aufgegebenes Gepäck bekommen Sie später wieder«,
erklärte Perillo. »Brigadiere Donato ist unterwegs, um es von
der Air France zurückzuholen. Ich verhafte Sie beide, weil Sie
verdächtigt werden, gestohlenen Schmuck außer Landes bringen zu wollen.«

Tommaso warf den Kopf in den Nacken und lachte. »Das
soll wohl ein Witz sein.«

Perillo zückte Handschellen. »Bitte stehen Sie auf und drehen Sie sich um, Signor Rosati.«

Tommaso lachte immer noch, als Perillo ihm die Handschellen anlegte. »Das ist absurd. Was habe ich mit alledem zu tun?«

Clara drehte sich ebenfalls um und hielt Perillo die Hand-
gelenke hin, ohne dazu aufgefordert worden zu sein.

Der Schmuck steckte zwischen Socken und Jockey-Unterho-
sen. Perillo breitete die Stücke auf seinem Schreibtisch aus.
Nur das Diamantarmband, das Gianna Rosati unter dem Lorbeerbusch gefunden hatte, und der Ring, der an Marcos Leiche entdeckt worden war, fehlten. Sie lagen im Safe des Polizeireviers.

Perillo stützte die Ellbogen auf den Schreibtisch. Tommaso
und Clara saßen ihm, nun ohne Handschellen, mit ausdrucks-
losen Gesichtern gegenüber. »Möchte einer von Ihnen oder
möchten Sie beide eine Aussage machen?«, fragte Perillo freundlich. Er war bester Laune. Nicos Ahnung hatte sich als richtig
erwiesen. Sämtliche Schmuckstücke waren wieder da. Die Melonis würden ihn nun nicht mehr für einen Dummkopf halten. »Brigadiere Donato hat die üblichen Informationen auf
Band gesprochen. Der Kassettenrekorder läuft.«

Clara sah kurz Tommaso an, dann ihre Füße. Tommaso schien
mit den Gedanken anderswo zu sein; er hielt den Blick auf
das Fenster neben Daniele gerichtet. Renault-Mario stand neben der geschlossenen Tür, die Arme vor der Brust verschränkt.
Nico, der an der Seite saß und den offenen Bordkoffer zu sei-

nen Füßen durchsuchte, dankte Tarani insgeheim für sein Vertrauen.

»Haben Sie nichts zu sagen?«, erkundigte sich Perillo nach etwa einer Minute.

Clara leckte ihre Unterlippe und richtete sich auf dem Stuhl auf. »Die Sache lässt sich ganz leicht erklären, Maresciallo. Wenn Adriana und ich nicht wissen, was der Schmuck wert ist, können wir ihn nicht gerecht unter uns aufteilen, also habe ich beschlossen, ihn von Diamantenhändlern in New York schätzen zu lassen. Das verstehen Sie doch, oder?«

Amsterdam wäre näher, dachte Daniele.

»Außerdem ist er nicht gestohlen. Schließlich gehört die Hälfte von Rechts wegen mir.«

»Noch nicht«, erwiderte Perillo mit einem zufriedenen Lächeln. »Die Hälfte wird erst dann Ihnen gehören, wenn das Nachlassgericht das bestätigt.«

Nico hob den Blick von dem Koffer. »Was hatte er dann in Signor Rosatis Handgepäck verloren?«, erkundigte er sich.

Tommaso drehte sich zu Nico um. »Warum sollte ich Ihnen das verraten?«

»Bitte antworten Sie Detective Doyle«, wies Perillo ihn an.

Tommaso wandte sich wieder Perillo zu. »Clara hat mir gesagt, sie will den kostbaren Schmuck schätzen lassen. Da sie deswegen ziemlich nervös war, habe ich ihr angeboten, ihn in meinem Bordkoffer unterzubringen. Bei mir wäre er sicherer. Ich wusste nicht, dass er gestohlen ist.«

»Ist er ja auch nicht mehr«, meinte Clara. »Mamma ist tot. Er gehört jetzt uns. Mir und Adriana. Wir sind die einzigen Erben.« Sie stampfte mit dem Fuß auf. »Das hier ist unglaublich. Wir haben nichts Unrechtes getan.«

»Das werden wir sehen.« Nico trat an Perillos Schreibtisch, schob den Schmuck beiseite und legte den kleinen Opalring auf den Tisch. »Der war in Signor Rosatis Rasierzeug.«

Clara schaute ihn mit offenem Mund an. »Das ist Mammas Ring. Den hat sie niemals abgenommen. Als wir ihre Leiche identifiziert haben, trug sie ihn nicht. Ich dachte, jemand, der in der Leichenhalle arbeitet, hätte ihn eingesteckt. Was ...?« Sie presste eine Hand auf ihren Mund.

Tommaso schmiegte seine Schulter an die von Clara. Sie löste sich schaudernd von ihm.

Tommaso schnappte nach Luft. »Der war bei den anderen Sachen.«

»Haben Sie ihn nicht von Noras Finger abgestreift, weil er früher mal Ihrer Mutter gehörte?«, fragte Perillo ihn. »Vielleicht hat sie Ihnen ja erzählt, wie Nora ihn ihr mit ihrer Beharrlichkeit abluchste.«

»Ich habe Nora seit meinem letzten Besuch zu Hause nicht gesehen. Und der ist über zwei Jahre her.«

Nico rückte mit seinem Stuhl direkt neben Clara. »Soweit ich weiß, haben Sie sich nicht mit Ihrer Mutter verstanden. Sie konnte grausam sein. Nora hat Ihnen gesagt, sie würde ihren Schmuck verkaufen, statt ihn Ihnen und Ihrer Schwester zu geben. Sie hat Ihnen das Geld verwehrt, das Sie für eine bessere Wohnung gebraucht hätten. Und die Villa zur Absicherung eines Darlehens angeboten, obwohl sie vorhatte, sie einer Schweizer Hotelkette zu verkaufen.«

Clara hatte den Kopf gesenkt.

»Ich kann verstehen, welche Gefühle ihr Handeln in Ihnen erzeugt hat, Clara, aber warum musste Marco sterben? Er hat Sie so sehr geliebt, dass er bereit war, für Sie zu stehlen. Als er umgebracht wurde, war er auf dem Weg zur Villa, um Ihnen den Ring zu bringen, den Ihre Mutter Ihnen nicht geben wollte.«

Sie schaute Nico mit schmerzerfülltem Gesicht an. »Warum fragen Sie *mich* das? Ich weiß nicht, warum. Es gibt kein Warum. Es ist einfach so passiert. Marco wurde von einem volltrunkenen Verrückten umgefahren, der sich nicht mal die Mühe gemacht hat anzuhalten.«

»Ein Tod, der sehr gelegen kam, finden Sie nicht?«

»Wie meinen Sie das?«

Während Nico sprach, sah Perillo, wie Tommasos Kiefer zu mahlen begannen.

»Welchen Nutzen hatte er denn noch nach dem Diebstahl?«

»Was wollen Sie damit sagen?«

Perillo übernahm. »Detective Doyle will Folgendes sagen: Wir glauben, dass Ihr Marco absichtlich getötet wurde. Sobald Sie sich mit Tommaso und dem Schmuck nach Amerika abgesetzt hätten, wäre er doch sicher sehr zornig geworden, oder? Er hätte uns erzählen können, wie sehr Sie Ihre Mutter hassten, wie Sie jemanden dazu brachten, sie zu ermorden, genauso, wie Sie ihn dazu brachten, für Sie zu stehlen. Und er hätte auf Tommaso hinweisen können.«

»Sie reden Unsinn«, erwiderte Tommaso.

»Dann hätten wir uns näher mit Ihnen beschäftigt. Wir wissen, dass Ihr Tech-Unternehmen auf dem absteigenden Ast ist. Sie brauchen ziemlich viel Geld. Der Verkauf von Noras Schmuck wäre ein Anfang. Und wenn Clara einen hohen Geldbetrag erbte, würde Ihnen das geschäftlich wieder auf die Beine helfen. Möglicherweise hegten Sie auch Ressentiments gegen Marco. Schließlich hatte er mit Ihrer Freundin geschlafen. Clara machte sich etwas aus ihm. Ihn auszuschalten war für Sie unumgänglich.«

Nun sah Clara Tommaso an. Ihr Gesichtsausdruck oszillierte zwischen Ungläubigkeit und Zweifel. »Maso?«

»Mach dich nicht lächerlich, Clara. Wieso sollte ich eifersüchtig auf jemanden wie Marco sein?«

Clara sprang von ihrem Stuhl auf und begann, auf Tommaso einzuschlagen und ihn mit dem Fuß zu treten. Tommaso blieb sitzen, ohne sich zu wehren. Renault-Mario machte einen Schritt auf sie zu, um sie zu stoppen. Nico erreichte sie zuerst, schloss die Arme um Clara und zog sie weg. Als ihre Gegenwehr erlahmte, setzte er sie neben sich.

Perillo schaute Nico an. Der nickte.

Perillo stand auf, zog seine Uniformjacke glatt und straffte die Schultern. »Erheben Sie sich bitte beide.«

Sie standen auf.

»Tommaso Rosati, ich beschuldige Sie, Diebesgut außer Landes bringen zu wollen und Nora Salviati getötet zu haben. Außerdem verdächtige ich Sie des Mordes an Marco Zanelli.«

Tommaso reckte das Kinn vor. »Das müssen Sie erst mal beweisen.«

»Keine Sorge, das werden wir«, erwiderte Perillo mit einer Überzeugung, die er nicht empfand. Er wandte sich Noras Tochter zu. »Clara Lamberti, ich beschuldige Sie der Mitwirkung beim Mord an Ihrer Mutter Nora Salviati.«

»Sie haben den Verstand verloren«, zischte sie.

Daniele verkündete das Ende der Befragung.

»Bringen Sie sie raus«, sagte Perillo mit bebender Stimme.

Renault-Mario legte ihnen Handschellen an. Perillo drehte sich zu Daniele um. »Willst du sie nach Florenz begleiten? Ich kann auch Vince oder Dino schicken.«

Auf Danieles Gesicht breitete sich ein strahlendes Lächeln aus, das er hastig zu kaschieren versuchte. »Gern, Maresciallo.«

»Gut. Und du musst heute nicht mehr zurückkommen.«

Daniele wurde vor Freude tiefrot.

Nico schloss den Reißverschluss an Tommasos Bordkoffer. »Hier drin befindet sich nichts Interessantes mehr, aber sorgen Sie dafür, dass die Leute von der Spurensicherung sich die bereits aufgegebenen Taschen der beiden vornehmen. Wer weiß, was sie sonst noch verstecken.«

Daniele nahm den Bordkoffer, Renault-Mario die anderen Gepäckstücke, dann begleiteten sie Clara und Tommaso aus dem Büro.

Als der Renault mit den beiden Verdächtigen auf dem Rücksitz den Parkplatz der Polizeistation verließ, rief Daniele Stella an. »Ich kann die Nacht bei dir verbringen.«

Alle im Wagen hörten Stellas freudiges Lachen.

Ein paar Tage später schrieb Nelli Adriana eine Nachricht, in der sie ihr erklärte, wie leid ihr Noras Tod und Claras Festnahme tue.

Adriana antwortete:

Es war nett von dir zu schreiben, Nelli, aber du bist ja immer schon eine Nette gewesen. Mamma war nicht nett. Trotzdem fehlt sie mir. Auch Clara wird mir fehlen, obwohl wir uns nicht mochten. Wahrscheinlich kann man gleichzeitig hassen und lieben. In jungen Jahren haben wir beide Maso geliebt. Vermutlich tut ein Teil von mir das immer noch. Er hat es irgendwie geschafft, mein Herz mit seinen Augen zu packen. Er hat nur sie geliebt. Als wir älter wurden, hat sie aufgehört, sich etwas aus ihm zu machen. Sie hatte gern Spaß mit anderen Männern. Deswegen ist Maso nach San Francisco gegangen. Vor ein paar Jahren, ich weiß nicht mehr genau, wann, ist Clara zu einer Yoga-Konferenz nach San Francisco geflogen. Da hat das mit ihnen wieder angefangen, denke ich. Danach hat sie viele »Yoga-Reisen« unternommen. Ich habe vermutet, dass Maso der wahre Grund für diese Reisen war, und überlegt, warum sie ihre Beziehung geheim hielt. Vielleicht, dachte ich, ist er verheiratet. Wer weiß schon, warum Menschen etwas tun. Ich frage mich oft, warum ich Fabio geheiratet habe. Ich würde Mammas Schmuck nicht stehlen, um seine Zahnarztpraxis zu retten. Aber ich werde ihm Luca zuliebe mit Mammas Geld unter die Arme greifen. Traurig. Traurig wegen Mamma. Traurig wegen Clara und Maso. Traurig einfach alles außer Luca. Ich hoffe, dass du noch einmal Zeit findest, ein Porträt von ihm zu malen, wenn er älter ist.

Bis dahin,
Adriana

Zwei Tage später betrat Vince Perillos Büro grinsend mit einem offenen Paket. »Wir haben's überprüft. Ist keine Bombe und auch kein weißes Pulver drin.«

Perillo hob stirnrunzelnd den Blick. »Was zum Teufel ist es dann?« Er las gerade den Zeitungsbericht über Claras und Tommasos Festnahme. Tarani erntete das Lob für diese Festnahme, die »mithilfe der Carabinieri von Greve in Chianti« erfolgt sei. Das gefiel Perillo nicht.

»Das Paket ist an Daniele adressiert«, sagte Vince.

»Ach.« Daniele nahm es Vince ab. »Danke.«

»Viel Spaß damit«, formte Vince mit den Lippen und verschwand.

Daniele trug das Paket zu seinem Schreibtisch und packte es vollends aus. »Oh, mamma!«

Perillo wandte sich seinem Brigadiere zu. »Deine Mutter hat dir ein Geschenk geschickt?«

Daniele wurde rot und lachte. »Nein. Es ist von Capitano Tarani. Schauen Sie.« Er eilte mit dem Paket zu Perillo.

Perillo betrachtete die kleine schwarze Maschine darin. »Was ist das?« *Bestimmt ein Höllengerät*, dachte er.

»Ein Digitalrekorder von Sony.« Daniele kippte vor Aufregung und Erleichterung die Stimme. »Jetzt können wir den alten Kassettenrekorder endlich in den Ruhestand schicken.«

»Aber das Ding ist für dich.«

»Nein, fürs Büro. Es liegt ein an Sie adressierter Umschlag bei.« Daniele gab ihn ihm.

Perillo öffnete ihn und las:

Ein kleines Dankeschön für das, was Sie und Ihr Team geleistet haben. Ich schulde Ihnen, Nico und Brigadiere Donato etwas für Ihre ausgezeichnete Ermittlungsarbeit. Es tut mir leid, dass ich Ihnen das verdiente Lob nicht offiziell erteilen kann. Staatsanwalt Della Langhe kennt die Wahrheit.

Tarani hatte nur mit seinem Vornamen unterzeichnet – Carlo. Ein Freundschaftsbeweis. Und er hatte ein Foto dazugelegt von ihm mit seinen neugeborenen Zwillingen im Arm.

Perillo sah Daniele lächelnd an. »Ein guter Mann.«

Daniele nickte.

SIEBZEHN

Am folgenden Sonntag schloss Tilde das Sotto Il Fico für ein Abendessen zur Feier von Nicos Rückkehr als Vollzeitkraft in die Küche. Unter dem großen Feigenbaum hatte man eine Reihe Tische zusammengestellt. Elvira saß am einen Ende, Nico am anderen.

Sie waren schon bei den Antipasti, als Miss Barron, sehr elegant in einem fahlblauen Moiréseidenkleid, Nico fragte: »Ich hatte recht, stimmt's? Finden Sie den Ring, dann haben Sie den Mörder.« Nico übersetzte simultan für Perillo.

Perillo, der auf der anderen Seite von ihr saß, riss den Blick vom Antipasti-Teller los. »Ja, Signorina Barron, doch Noras kleiner Opalring hätte für eine Verurteilung vermutlich nicht ausgereicht. Ihr Wort steht gegen seines, und da gegen Sie noch ermittelt wird ...«

»Aber der Staatsanwalt hat sämtliche Anklagepunkte gegen mich fallen gelassen.«

Perillo legte die Hände auf seine Brust. »Ich muss mich bei Ihnen entschuldigen.«

»Nicht nötig. Ich feiere ja hier mit gutem Essen und in wunderbarer Gesellschaft. Es wäre sehr ungerecht Adriana gegenüber, wenn die beiden freikommen würden.«

»Das werden sie nicht«, versicherte Perillo ihr.

Am anderen Ende des Tisches klopfte Elvira in weißem Sonntagskleid und Perlenkette mit einem Messer gegen ihr Weinglas. »Ich finde euer Gemurmel da unten ziemlich frustrierend. Sie werden was nicht?«

Perillo spießte die letzte gegrillte gelbe Paprika von seinem Tagliere auf. »Clara und Tommaso werden nicht freikommen.« Er schob die Paprika in den Mund.

Elvira winkte mit dem Zeigefinger ab. »Ihr werdet mich nicht davon überzeugen, dass Clara etwas mit dem Mord an ihrer Mutter zu tun hatte. Nein, nein. Man kann die Brust, die einen stillte, nicht töten. Das ist gegen die Natur.«

Gogol ließ eine Scheibe Prosciutto für OneWag unter den Tisch fallen.

Enzo stand auf und sammelte die Taglieri ein. »Der nächste Gang wird gleich serviert. Es gibt frische Teller.« Alba eilte, zehn flache Terrakottaschalen mit dem schwarzen Chianti-Classico-Emblem in den Händen, an den Tisch.

Ivana erhob sich. »Ich helfe dir.«

»Nein danke. Ich kriege heute doppelten Lohn.« Ivana setzte sich. Neben ihr schenkte Perillo Panzanello Riserva in alle Gläser, die er erreichen konnte. Alba sammelte schmutzige Teller ein.

Nun betrat Tilde mit einer riesigen dampfenden Schüssel Pasta die Terrasse. »Taglierini alla Nico. Die müssen heiß gegessen werden, also folgt jetzt erst mal eine Gesprächspause.«

Stella und Daniele standen auf, um zu helfen. Diesmal blieb Ivana sitzen.

»Setzt euch wieder hin«, forderte Tilde die beiden auf. »Ihr seid meine Gäste.«

»Unsere Gäste«, korrigierte Elvira sie.

Tilde ging mit der Schüssel den Tisch entlang, Enzo gab Pasta in die Schalen. Als alle gefüllt waren, nahmen sie rechts und links von Elvira Platz. »Buon appetito!«

Alba trug die leere Pastaschüssel in die Küche, wo ein voller Teller mit Nicos Kreation auf sie wartete. Und im Ofen brutzelte eine Schweinelende langsam vor sich hin.

Die nächsten fünfzehn Minuten war nach Ausrufen wie »Köstlich!«, »Weltklasse!« oder »Bravo, Nico!« nur noch das Klappern von Gabeln auf Schalen zu hören. OneWag, der zu Gogols Füßen lag, hoffte, dass ein paar in Butter geschwenkte Nudeln den Weg zu ihm finden würden. Als das nicht geschah, wand er sich unter dem Tisch zwischen zahlreichen Beinen hindurch und landete schließlich bei den Schuhen mit dem angenehmen Talkpudergeruch.

Elvira, die ihr Essen so schnell wie ein Staubsauger auf

höchster Stufe inhalierte, wartete geduldig, bis Perillo seine Schale geleert hatte, und fragte dann: »Sie haben da vorhin eine ziemlich großspurige Bemerkung fallengelassen. Was macht Sie so sicher, dass sie verurteilt werden?«

Perillo sah Nico an. »Erklären Sie ihr meine Großspurigkeit.«

»Sehr gern«, meinte Nico. »Bei Tommaso haben wir einen Ring gefunden, den Nora stets trug. Wir fürchteten, dass er nicht reichen würde, seine Schuld zu beweisen, doch dann half uns ein glücklicher Zufall.«

»Glück ist alles«, stellte Alba fest, als sie aus der Küche kam, um nachzusehen, ob sie die Schalen schon abräumen konnte. »Glück hat mich nach Italien geführt, mich einen Job und einen Mann und jetzt auch noch Ivana finden lassen, die mir bei der Cantuccini-Produktion hilft.«

Ivana war neugierig auf Perillos Reaktion.

»Das ist Ivanas Glück und meines«, verkündete er. Er meinte es ernst. Ivana war zufrieden und voller Energie, und er würde abnehmen und seinen jüngeren Körper wiederentdecken.

Daniele beugte sich vor. »Tommaso hatte kein Glück.«

»Dani hat recht«, pflichtete Nico ihm bei. »Nora wurde mit einer Schnur erdrosselt, die von dem Vorhang in ihrem Schlafzimmer heruntergeschnitten war. Die Spurensicherung hat ein Taschenmesser in Tommasos Koffer gefunden, und die Fasern der Vorhangkordel passten zu den Fasern am Gelenk dieses Messers. Tommaso Rosati wird also verurteilt werden.«

»Was ist mit Clara?«, fragte Elvira, als Alba und Enzo anfingen, die Schalen abzuräumen und sie durch Teller zu ersetzen.

Daniele meldete sich zu Wort. »Maresciallo, darf ich?«

»Salvatore. Wir sind in Gesellschaft von Freunden«, erinnerte Perillo ihn. »Schieß los.«

Daniele richtete sich auf seinem Stuhl auf, nahm einen Schluck Wasser und ließ den Blick mit ernster Miene über die Runde wandern. »Clara hat am nächsten Morgen vor dem Staatsanwalt gestanden.« Mit lauter, gewichtiger Stimme wiederholte er, was er in dem Bericht von Capitano Tarani gelesen hatte. »Sie meinte, die Wahrheit sagen zu müssen, weil sie nun überzeugt davon war, dass Tommaso Marco umgebracht hatte, um ihn zum Schweigen zu bringen. Sie gab zu, dass sie Marco gebeten hatte, den Schmuck zu stehlen, und sich von Tommaso hatte überreden lassen, ihm zu helfen, wenn er ihre Mutter des Erbes wegen ermordete. Sie sagte, sie würde sich diese beiden Todesfälle nie verzeihen.«

»Danke, Daniele«, meinte Elvira, »obwohl ich nicht taub bin.«

»Entschuldigung.« Daniele schluckte und schaffte es, nicht rot zu werden.

»Ich habe Hunger«, verkündete Elvira. »Wann gibt's endlich den Braten? Der ist ausnahmsweise nach meinem Rezept zubereitet.«

»Er braucht noch ungefähr zehn Minuten«, erklärte Alba vom anderen Ende des Tisches. Sie wartete darauf, dass One-Wag die Schale leerte, die Miss Barron für ihn auf den Boden gestellt hatte. Tilde war wieder in die Küche gegangen.

Stella fiel Danieles trauriger Blick auf. Sie streichelte seinen Arm. »Keine Sorge, Dani. Ich habe eine Kasserolle mit Pilzen und Baby-Artischocken für dich vorbereitet.«

Ein Gefühl tiefer Liebe erfüllte Daniele. Er umarmte sie. »Danke.«

Stella lachte. »Probier sie erst mal und danke mir dann. Aber nur, wenn sie dir tatsächlich schmeckt.«

»Die Geschichte geht noch weiter«, verkündete Nico. »Jetzt oder nach dem Dessert?«

»Jetzt«, wies Elvira ihn an. »Bei der Nachspeise werde ich schon in Morpheus' Armen ruhen.«

Perillo beugte sich vor. »Der Teil der Geschichte gehört mir.« Er musste sich von seinen Gedanken an eine Zigarette ablenken, die das köstliche Essen aufs herrlichste abgerundet hätte.

Miss Barron hob OneWag auf ihren Schoß und freute sich, weiter der wohlklingenden italienischen Sprache lauschen zu dürfen.

Perillo schenkte ihr ein Lächeln. »Als Tommaso klar wurde, dass er lange nicht mehr in Freiheit leben würde, wandte er sich gegen seine große Liebe. Er behauptete, sie habe alles schon vor Monaten geplant, als sie erfuhr, dass er Geld für die Rettung seines Unternehmens brauchte. Seiner Aussage nach machte sie Marco glauben, dass sie ihn liebe, indem sie sich mit ihm verlobte, und überredete ihn, den Schmuck für sie zu stehlen. Sie plante den Mord an ihrer Mutter, gab Tommaso die Schlüssel zur Villa und die Flasche Cognac, in die sie Diazepam gegeben hatte.«

Nico übersetzte leise für Miss Barron.

»Falls er sich weigerte«, fuhr Perillo fort, »drohte Clara, ihn aus ihrem Leben zu verbannen. Er liebte sie seit Kindertagen, und die Angst davor, sie endgültig zu verlieren, brachte ihn dazu, sich darauf einzulassen.« Perillo lehnte sich auf seinem Stuhl zurück und breitete die Arme aus. »Die Wahrheit dürfte irgendwo zwischen diesen beiden Versionen liegen.«

Gogol hob einen Zeigefinger. »›Nun suche, Leser, scharfen Blick's die Wahrheit.‹«

»Die Wahrheit sieht folgendermaßen aus …«, meinte Tilde, als sie mit einer großen Platte die Terrasse betrat, »… ich habe euch hierher eingeladen, um die guten Dinge des Lebens zu feiern.«

»Gerechtigkeit zu finden ist gut«, erklärte Stella.

»Ja, das stimmt, doch jetzt …«, Tilde stellte die Platte neben Nico ab, »… wollen wir einfach nur essen, trinken und die angenehme Gesellschaft genießen. Reicht die Platte herum und nehmt euch. Vorsicht, sie ist schwer.«

»›Freude!‹«, rief Gogol aus. »›Namenlose Freude!‹«

Tilde sah Gogol an. »Trotzdem wirst du dich gedulden müssen, bis du an der Reihe bist. Der Einzige, dem extra serviert wird, ist unser vegetarischer Brigadiere.«

Alba brachte Daniele Stellas Kasserolle.

»Hast du das gehört?«, flüsterte Stella. »Mamma hat ›unser‹ gesagt. Du bist in die Familie aufgenommen.«

Da wusste Daniele, dass kein noch so heftiges Schlucken ein Erröten verhindern konnte.

OneWag streckte den Kopf unter dem Tisch hervor und stupste Tildes Fuß an.

Tilde schaute zu ihm hinunter. »Ach, Rocco, dich habe ich völlig vergessen.« Sie nahm die kleine Metallschüssel, die auf einem Tisch in der Nähe stand, und stellte sie dem Hund hin. »Ihm wird auch serviert.«

Sie füllten ihre Teller mit Schweinelende in geschmolzener Butter und Dijon-Senfsauce sowie Bratkartoffeln und aßen. OneWag, der inzwischen wieder auf dem Boden saß, freute sich über sein Hühnchen mit Reis. Nico machte Elvira ein Kompliment, die anderen taten es ihm gleich. Miss Barron rief aus: »Bellissimo!« Elvira, die den Mund voll hatte, antwortete mit einem Grunzen.

Weiterer Tellerwechsel, mehr Wein und Gespräche, dann Fenchelsalat, grüner Salat und Rucola.

Nico klopfte auf seinen Bauch. »Um dieses Essen abzuarbeiten, muss ich bis nach Siena und zurück joggen.«

»Vielleicht leiste ich dir Gesellschaft«, meinte Nelli. »Das war das beste Essen meines Lebens.« Darauf ertönte Lob aus allen Richtungen: »Ja, genau!«, »Super!«, »Bellissimo!« Nico hob drei Finger. »Drei Michelin-Sterne.«

Tilde lachte erfreut. Enzo brachte offene Proseccoflaschen, Alba die Gläser dazu. »Bevor wir uns über Nellis Zitronen-Ricotta-Torte und Ivanas Schokoladen-Mandel Torta Caprese hermachen ...« Tilde wartete, bis sämtliche Gläser gefüllt waren. »Alba, bitte setz dich zu uns.« Stella ließ Alba zu sich auf den Stuhl. »Ich würde gern einen Toast aussprechen auf all die guten Dinge, die wir haben.« Tilde hob ihr Glas. »Auf junge Liebe und Freundschaft. Auf dass wir sie festhalten.«

Miss Barron wandte sich an Nico. »Darf ich etwas hinzufügen?«

»Natürlich.«

»Auf libertá.«

»Und darauf, dass keine Morde mehr geschehen«, meinte Perillo.

Sämtliche Gäste hoben die Gläser und riefen: »Auf alles!«

OneWag pflichtete ihnen mit einem satten Rülpsen bei.

HANDELNDE PERSONEN IN DER REIHENFOLGE IHRES AUFTRITTS

Nico Doyle – amerikanischer Ex-Detective der New Yorker Mordkommission, lebt jetzt in Gravigna

Nelli Corsi – Nicos Künstlerfreundin

OneWag – von Nico adoptierter Hund, auch als Rocco bekannt

Salvatore Perillo – Maresciallo der Carabinieri, braucht Nicos Hilfe diesmal mehr denn je

Miss Laetitia Barron – englische Freundin des Mordopfers

Daniele Donato – leicht errötender venezianischer Brigadiere, Perillos rechte Hand und Liebling

Tilde Morelli – Cousine von Nicos verstorbener Frau Rita und Chefin des Sotto Il Fico

Vince – stets hungriger Brigadiere der Carabinieri-Station von Greve in Chianti

Dino – schweigsamer Brigadiere der Carabinieri-Station von Greve in Chianti

Nora Salviati – ungeliebtes Mordopfer

Adriana Meloni – Noras versnobte ältere Tochter

Clara Lamberti – Noras attraktive Tochter, Yogalehrerin

Dottore Gianconi – Rechtsmediziner

Rita Doyle – Nicos verstorbene italienische Ehefrau

Enzo Morelli – Tildes Ehemann und Elviras Sohn

Elvira Morelli – chronisch schlecht gelaunte Inhaberin des Sotto Il Fico

Stella Morelli – Museumsführerin in Florenz und Danieles Traumfrau

Gogol – Nicos Dante zitierender Freund, benötigt einen medizinischen Eingriff

Sandro Ventini – Jimmys Ehemann und Mitinhaber der Bar All'Angolo

Ivana Perillo – Perillos neuerdings unabhängige Ehefrau

Marco Zanelli – Claras Verlobter

Enrico – Inhaber der örtlichen Salumeria und Bäckerei

Fabio Meloni – Adrianas Zahnarztgatte

Riccardo Della Langhe – Stellvertretender Staatsanwalt mit wenig Achtung vor Perillo

Capitano Carlo Tarani – dem deshalb der Mordfall Salviati zugewiesen wird

Jimmy Lando – Cornettobäcker und Mitinhaber der Bar All'Angolo

Sergio – Metzger

Lapo Angelini – Gärtner der Villa Salviati

Beppe – immer neugierig auf Klatsch für seinen BeppeInfo Blog

Luciana – Umarmungsliebhaberin und Inhaberin des Blumengeschäfts von Gravigna

Laura Benati – Managerin des Hotels Bella Vista

Alba – albanische Kellnerin im Sotto Il Fico und Mehrheitseignerin von Albas Cantuccini-Produktion

Sonia Rossi – Nora Salviatis treue Haushälterin

Gianna Rosati – Noras trauernde Nachbarin und Bridge spielende Freundin

Federico Rosati – Giannas Ehemann, der Nora seit der Kindheit kannte

Avvocato Sbarra – Noras Anwalt, wartet nicht auf einen Durchsuchungsbeschluss

Cecco Angelini – Sohn des Gärtners mit gesundheitlichen Problemen

Gustavo – Rentner und Anführer des Rentnerquartetts

Ettore, Simone und Pippo – die anderen drei vom Rentnerquartett

Carletta – arbeitet für Albas Cantuccini-Produktion in Enricos Bäckerei

Stefano und Tommaso Rosati – Giannas und Federicos Söhne, leben im Ausland

Don Alfonso – Geistlicher der örtlichen Gemeinde

Alberto Lamberti – Noras reicher Schürzenjägerehemann, inzwischen verstorben
Marta Macchi – Noras Wäscherin
Celestina – Martas weinendes Baby
Max Vitale – viel älterer Ehemann der Wäscherin
Claudio Nardi – Restaurantbesitzer in Gaiole und Noras alter Schatz
Leo – Kellner im Hotel Bella Vista
Aldo Ferri – Inhaber des Weinguts Ferriello und Nicos Vermieter
Cinzia Ferri – Aldos Ehefrau
Erica – eine junge Frau, die eine hässliche Entdeckung macht
Maria und Pietro Zanelli – Marcos Eltern

TAGLIERINI ALLA NICO

VIER PORTIONEN

Zutaten:
- = 8 dünne Scheiben Prosciutto
- = 3 Esslöffel Olivenöl
- = 2 große Zwiebeln, geschält und fein geschnitten
- = 2 mittelgroße Stangen Lauch, fein geschnitten, gründlich gewaschen und abgetropft
- = Salz
- = 1½ Tassen Hühner- oder Gemüsebrühe
- = 3 große Hände voll Rucola
- = 2 Esslöffel ungesalzene Butter
- = 450 g frische Eier-Taglierini (wahlweise frische Eier-Fettucine)
- = ¾ Tasse frisch geriebener Parmigiano Reggiano

Zubereitung:

Die Prosciuttoscheiben in kleine Stücke schneiden oder reißen, auf einen mikrowellenfähigen Teller legen und 1½ Minuten auf hoher Stufe in der Mikrowelle erhitzen. Beiseite stellen.

Das Olivenöl bei mittlerer Hitze in eine Pfanne mit 30 Zentimeter Durchmesser geben. Zwiebeln und Lauch dazugeben. Mit Salz und Pfeffer würzen. Gelegentlich umrühren, darauf achten, dass Zwiebeln und Lauch nicht anbrennen. Sobald alles nach 20-25 Minuten eine leicht goldene Farbe angenommen hat, Wasser in einem Topf zum Kochen bringen.

Wenn das Wasser kocht, drei oder vier Esslöffel Salz dazugeben. (Das Wasser sollte wie Meerwasser schmecken.)

Sobald Zwiebeln und Lauch eine tiefbraune Farbe angenommen haben, die Brühe zugeben und umrühren. Wenn die Hälfte der Brühe verdampft ist, die hart gewordenen Prosciuttostücke, den Rucola und die Butter dazugeben. Gut vermischen.

Weiter kochen lassen, bis nur noch zwei oder drei Esslöffel Brühe in der Pfanne sind.

Falls das Nudelwasser noch nicht kochen sollte, Platte für die Pfanne abschalten und Pfanne zudecken. Sobald es kocht, Pasta hineingeben. Frische Pasta ist nach drei bis vier Minuten fertig. Bei Fabrikware Kochanleitung auf der Packung befolgen.

Platte mit der Pfanne wieder einschalten. Eine Tasse Nudelwasser zurückbehalten, Pasta abtropfen lassen und in die Pfanne geben.

Die Hälfte des Parmigiano dazugeben und gut vermischen. Wenn die Pasta zu trocken aussieht, Nudelwasser dazugeben und eine Minute bei Hitze umrühren. Herd ausschalten und Gericht mit dem restlichen Parmigiano in einem Extraschälchen servieren.

Buon appetito!

DANK

Als die Schrecken der Covid-Pandemie allmählich verebbten, konnte ich endlich wieder nach Panzano fahren, in jenen kleinen toskanischen Ort in den Chiantihügeln, in den ich mich vor sieben Jahren verliebt hatte. Die Freundlichkeit sämtlicher Menschen, denen ich dort begegnete, die Schönheit der Weinberge, die ausgezeichneten Weine und das köstliche Essen, von dem ich nie genug kriegen kann, schenkten mir Lebensfreude. Im Herzen und im Kopf nahm ich den Ort nach New York mit und begann zu schreiben.

Die Serie hätte ich weder beginnen noch fortführen können ohne Lara Beccatinis Freundschaft und Andrea Sommaruga und Iole Como, die mich herzlich bei sich aufnahmen und mich an ihrem Wissen über Wein teilhaben ließen. Auf ewig dankbar werde ich dem pensionierten Maresciallo Giovanni Serra für seine Geduld sein, mit der er meine zahllosen Fragen stets lächelnd beantwortete. In New York danke ich Dr. Barbara Lane für ihr scharfes Auge.

Bei diesem neuen Roman hatte ich das Glück, mit Rachel Kowal zusammenarbeiten zu dürfen. Mit ihrer Bearbeitung hat sie ihn um vieles besser gemacht, und dafür danke ich ihr. Großen Dank schulde ich auch Alexa Wejko, die so eifrig die Werbetrommel rührt.

Meinem stets geduldigen und verständnisvollen Mann Stuart verdanke ich unendlich viel.

Nicht zuletzt danke ich all den Figuren einschließlich One-Wag, die diesen Roman bevölkern, dafür, dass sie mich in ihr Leben gelassen haben. Wie Haruki Murakami einmal auf die Frage antwortete, woher seine Charaktere kommen: »Nicht ich wähle sie, sie wählen mich.«

Mord im Chianti

Nico Doyle zieht nach dem Tod seiner Frau in deren italienische Heimat, in ein kleines Dorf im Herzen der Toskana. In den idyllischen Weinbergen des Chianti will er, ein Ex-Cop des NYPD, noch einmal ganz neu anfangen. Er hilft im Ristorante seiner Verwandten, wo er sich bei Pasta, Pizza und regionalem Wein von der Einsamkeit abzulenken versucht.

Eines Morgens findet er unweit seines Hauses eine Leiche in den Hügeln – und der zuständige Kommissar Salvatore Perillo spannt Nico sofort in die Ermittlungen ein, denn das Opfer ist ebenfalls Amerikaner. Bald stellt sich heraus, dass der Tote kein Unbekannter in der malerischen Region ist. Unter all den Verdächtigen, seine eigenen Verwandten eingeschlossen, muss Nico auch das letzte Geheimnis des Dorfes aufdecken, um die Wahrheit herauszufinden.

Camilla Trinchieri hat mit *Toskanisches Vermächtnis* einen packenden Krimi geschrieben, der die Schönheit der Toskana, die italienische Lebensart und einen hochspannenden Mordfall in sich vereint.

Camilla Trinchieri, Toskanisches Vermächtnis. Kriminalroman. Aus dem amerikanischen Englisch von Sabine Hedinger. insel taschenbuch 4828. 364 Seiten. Auch als eBook erhältlich.

»Ein toskanisches Feuerwerk voll alter Lust und neuer Liebe.«
Martin Walker

Ein Jahr ist vergangen, seitdem der Ex-Polizist Nico Doyle ins idyllische Gravigna in der Toskana gezogen ist. Er hat sich eingelebt, hilft im Restaurant seiner Verwandten, pflegt sein Gemüsebeet, streift mit seinem Hund durch die Weinberge und isst Cornetto in der Bar All'Angolo. Ein mitten auf der Piazza geparkter Jaguar sorgt für Gesprächsstoff: Michele Mantelli, ein bekannter Weinkritiker, ist in eine handfeste Auseinandersetzung mit Nicos Freund Aldo Ferri geraten. Ein harmloser Streit unter Konkurrenten? Oder geht es um mehr?
Als Mantelli mit seinem Sportwagen tödlich verunglückt, gerät Aldo unter Verdacht – und Nico wieder mitten in einen Mordfall …

»Packende Lektüre voller Kulinarik und Charme.« *New York Journal of Books*

Camilla Trinchieri, Toskanische Vergeltung. Kriminalroman. Aus dem amerikanischen Englisch von Uta Botsching. insel taschenbuch 4916. ca. 372 Seiten. Auch als eBook erhältlich